국역
매옹한록

上

國譯 梅翁閒錄

박양한 지음
김동욱 옮김

보고사

《매옹한록(梅翁閒錄)》에 대하여

　《매옹한록》은 조선조 영조 때 소론(少論) 명문가 출신의 한 사람인 박양한(朴亮漢, 1677~1746)이 저술한 야담집이다. 박양한은 자를 사룡(士龍), 호를 매옹(梅翁)이라고 하였으며, 본관이 고령(高靈)으로, 현종 때 이조판서를 역임한 구당(久堂) 박장원(朴長遠, 1612~1671)의 손자이자 학문과 덕행으로 저명하였던 박심(朴鐔, 1652~1707)의 아들이다. 어머니 윤씨 부인은 동산(東山) 윤지완(尹趾完, 1635~1718)의 따님이다.

　박양한의 외조부인 윤지완은 영의정을 역임한 양파(陽坡) 정태화(鄭太和, 1602~1673)의 생질로, 동평위(東平尉) 정재륜(鄭載崙)은 그의 외사촌 아우가 된다.

　박양한은 1696년(숙종22)에 사마양시에 합격하고, 영조 때 고산현감 · 평양서윤 등을 역임하였다.

　《매옹한록》의 이본은 현재 10종이 알려져 있다. 이들 이본은 대략 네 계열로 나누어 볼 수 있다.

1. 버클리대본 계열 : 천리대본, 버클리대본, 조선대본, 동양문고본
2. 장서각본 계열 : 장서각본, 규장각본
3. 한고관외사본 계열 : 한고관외사본, 패림본
4. 기타 계열 : 야승본, 고려대본

버클리대본 계열은 모두 2권 1책으로 200화가 넘는 많은 이야기를

수록하고 있으며, 권1에는 왕가와 사대부들의 일화가 대부분으로, 16세기의 인물이 주류를 이루고 있다. 권2에는 지체가 낮은 양반, 사대부의 부인이나 기녀, 시화 등이 수록되었으며, 17세기 인물이 주류를 이루고 있다. 천리대본이 262화로 가장 많은 이야기가 수록되어 있고, 버클리대본에는 258화, 조선대본에는 247화, 동양문고본에는 243화가 수록되어 있다.

장서각본 계열은 모두 2권 2책으로, 장서각본은 164화, 규장각본은 161화를 수록하고 있다. 장서각본의 제141-164화에 해당하는 24편의 이야기는 여타 이본에는 없는 이야기들로 이루어져 있다.

《한고관외사(寒皐觀外史)》는 김려(金鑢, 1766~1821)가 편찬한 문헌이다. 한고관외사 계열은 모두 단권으로, 96화를 수록하고 있다. 한고관외사본에는 김려가 쓴 〈제매옹한록권후(題梅翁閒錄卷後)〉라는 글이 실려 있다.

그밖에 《야승(野乘)》제5권에 실려 있는 《매옹한록》은 단권으로 144화를 수록하고 있으며, 고려대본은 《야승》본에서 초록한 것으로 보이는 44화의 이야기가 수록되어 있다.

이 국역본의 저본인 천리대본 《매옹한록》은 현전본 가운데 가장 앞서는 선본으로 알려져 있으며, 필사본 상하 2권 1책으로 일본 덴리(天理)대학 이마니시(今西) 문고로 소장되어 있다. 상권에는 154화, 하권에는 108화, 모두 262화가 수록되어 있다. 총 260면에 매면 11행, 매행 24자의 단정한 해행체로 필사되어 있다. 이야기가 바뀌는 곳은 행을 바꾸어 구분하였다.

《매옹한록》은 조선조 개국 이래 숙종 때까지 3백여 년 간의 기록으로, 인조조부터 숙종조에 이르기까지 4대에 걸친 기사가 주류를 이루고 있다.

참고문헌

김민혁, 「박양한의 『매옹한록』연구」, 한양대학교 대학원 석사논문, 2015.

김준형, 「기문총화계의 문헌학적 연구」, 고려대학교 대학원 석사논문, 1997.

문미애, 「매옹한록의 이본 연구」, 전북대학교 대학원 석사논문, 2014.

박천규, 「매옹한록」, 『국학자료』5, 1972. 9.

정순희, 「매옹한록에 대한 문헌학적 고찰 – 장서각본과 천리대본을 중심으로」,
　　『한국언어문학』76, 한국언어문학회, 2011.

일러두기

1. 이 책의 국역 대본은 일본 천리대 소장본 《梅翁閒錄》이다.
2. 원문에는 별도의 제목이 없으나 국역문에 적절하게 붙였다.
3. 국역문은 가능한 한 평이하게 풀어썼다.
4. 대화는 " "로 묶고, 대화 속의 대화, 생각이나 강조 부분, 문서의 내용 등은 ' '로 묶었다.
5. 국역문 뒤에 여타 이본을 참조한 교감 원문을 싣고, 오자는 [ ]속에 탈자는 ( ) 속에 바로잡았다.
6. 교감 원문의 설명이 필요한 낱말이나 어구에는 주석을 달았다.
7. 각 이야기에 등장하는 인물에 대한 인명색인을 부록으로 붙였다.

차 례

제1화
동방의 요순 인종대왕

　인종대왕은 동방의 요순이다. 더구나 그 당시 신하 가운데는 화담 서경덕, 퇴계 이황, 회재 이언적 등의 어진 이들이 있었다. 우리 동방 인물의 융성함은 그 뒤를 이은 명종, 선조 무렵보다 나은 적이 없었다. 만약 인종이 오래도록 나라를 다스렸다면, 명종, 선조 때의 인재들이 모두 현명한 임금과 충성스럽고 어진 신하로서 태평성대를 이루는 데 무슨 어려움이 있었겠는가? 하늘이 이미 인종과 같은 성인이 태어나게 하고 또 이처럼 수많은 인재들이 나타나게 한 그 뜻은 아마도 무엇인가를 할 수 있도록 한 것이다.

　인종이 등극한 뒤에 신속하게 여러 어진 이들을 등용하였으나, 어떤 이는 성취할 때를 만나지 못하여 멀리 외딴 곳으로 귀양 가서 죽었고, 어떤 이는 존재조차 잊혀 때를 만나지 못하고 암혈에서 일생을 마치기도 하였다. 천시는 열린 듯하나 열리지 않았고, 지극한 도리는 이루어진 듯하면서도 이루어지지 않았다. 이것이 예로부터 뜻 있는 선비들이 몹시 한스러워 하였던 일이다.

제2화
인종의 유한

    인종은 즉위하자 예를 갖추어 화담 서경덕을 불렀다. 화담이 대궐에 들어가서 인종을 만나보고 나와서 말하기를,

    "요순과 같은 성군이시나 우리나라가 복록이 없는 것이 한이로다."

하고는 눈물을 흘리며 울었다.

    인종이 즉위한 초기에 여러 어진 이들이 무리를 지어 가서 기묘사화 때 삭탈되었던 관작을 복구시켜 달라고 청하였으나 인종은 끝내 윤허하지 않았다.

    인종은 병이 위중해지자 하교하기를,

    "(앞부분 생략. [원주] 《국조보감》을 참고할 것) 이제 과인이 병들어 이미 조광조의 관작을 복구시킬 수가 없구나."

하였다. 또 병환 중에 탄식하기를,

    "나는 반드시 서경덕을 좌의정으로 삼으려 하였는데, 이제 틀렸구나."

    이 두 마디 말로 인종이 요순과 같은 성군임을 알 수 있다. 그 시대에는 요순의 위에 올랐었으나 오랜 세월이 지난 뒤에는 사람들로 하여금 눈물을 흘리게 하였다.

제3화
인종과 김인후의 첫 만남

하서 김인후는 젊었을 때 명성이 높았다. 인종이 세자로 있을 때에 그의 명성을 듣고 선망하여 세자시강원의 관리로 하여금 궁중에 맞아들이게 하였다. 하서의 한 친구가 세자시강원에서 수직을 하면서 공문을 보내 힘써 그를 맞아들였다.

하서가 궁궐에 들어가자 그 친구는 하서와 이야기를 나누다가 돌아가려는 하서를 굳이 만류하였다. 날이 저물어 궁궐 문이 닫히자 그 친구가 말하였다.

"일이 이미 여기에 이르렀는데, 내가 숙직하는 방에서 자고 간들 안 될 게 뭐겠는가?"

하서가 그 친구를 나무랐으나 막무가내여서 어쩔 수가 없었다.

그 날 밤은 달이 환하게 밝았다. 세자는 윤건에 선비 차림새로 하인에게 술병을 들리고 숙직하는 곳으로 찾아와 하서의 손을 잡으며 말하였다.

"나도 선비 친구를 사귀고 싶었을 따름이네."

두 사람은 자리를 잡고 앉아 한밤중이 될 때까지 이야기를 나누었다.

이때부터 하서는 세자와 교분을 맺게 되었다. 그 뒤에 하서는 과거에 급제하여 서연 자리에 출입하였고, 더욱 깊은 지우를 받게 되었다.

인종이 승하한 뒤에 하서는 스스로 전라도 옥과 현감 벼슬을 버리고 낙향하여 끝내 벼슬길에 나가지 않았다. 하서는 인종의 기일이 돌아올 때마다 깊은 산중에 들어가서 온종일 통곡하고 돌아왔다.

제4화

고려조에 절의를 지킨 조견

안렴사 조견의 처음 이름은 조윤문으로, 고려 문하시중 조덕유의 아들이며, 조선조 개국의 원훈인 문충공 조준의 아우다. 대대로 고려조의 두터운 은혜를 입었다고 스스로 생각하였다. 조선조 태조의 위엄과 권위가 날로 성해지자 비분강개하여 고려조의 멸망과 함께 목숨을 버릴 뜻을 가졌었다.

그러나 그의 형인 조준은 천명에 순응하여 덕이 있는 곳으로 귀의하려는 생각을 가지고 있었다. 조공은 항상 의리를 들어 자중하라고 형에게 충고하였다.

혁명을 일으켰을 때, 조준은 조공을 영남 안렴사로 내보내 놓고 몇 년이 지나도록 불러들이지 않았다.

조선조 태조가 등극하자, 조공은 즉시 벼슬을 버리고 집으로 돌아가서 이름을 견(狷)자로 개명하였다. 나라가 망하였는데도 죽지 않았으니 개나 다름이 없다고 생각하여 개견(犬) 변이 붙은 글자로 이름을 지은 것이었다. 또한 개나 말에 빗대어 옛 임금을 그리워하는 뜻을 부친 것이었다.

조공은 사람을 만나면 개국공신들을 꾸짖고 욕하여 그들에게 그 소문이 들리게 하였다. 조준은 아우가 화를 면치 못할 것이 두려워 태조에게 아뢰어 조공을 개국공신 명단에 억지로 올리고 호조전서 벼슬에 임명하였으나 역시 임금의 명에 응하지 않았다.

태조가 친히 집으로 찾아가서 달래 기용하고자 하였으나, 조공은
이불로 얼굴을 가리고 누워 일어나지 않은 채 성난 목소리로 대답하기를,

"고려조에서 나와 함께 일하던 때를 아직도 기억하는가?"

하였다. 태조는 조공이 뜻을 굽히지 않으리라는 것을 알고 서운하고
섭섭한 마음으로 돌아가서 집을 지어 주라고 명하였다. 조공은 그 집에
도 들어가지 않고 백운산 속에 은거하다가 일생을 마쳤다. 자손들에게
유언을 남겨 3대에 이르기까지는 과거에 응시하지 말라고 하고, 장례
때 명정에도 조선조에서 내린 벼슬과 품계를 쓰지 말라고 하였다.

조공의 사망 소식이 전해지자 세종은 매우 슬퍼하며 조정의 백관들
을 거느리고 발상하고 사흘 동안 관아와 시장을 닫고 애도하게 하였으
며, 평간공이라는 시호를 내려주었다.

조공의 여러 아들들은 자식 된 도리로 선친의 유언을 그대로 따르
는 것이 두려워 유언을 따르지 않고 묘소 앞에 세운 표석에 조선조에
서 내린 관직을 새겼다. 표석을 세우고 나자, 표석은 저절로 부러져서
떨어져 나가고 다만 '조공지묘(趙公之墓)'라는 네 글자만 남았다. 그것
을 목격한 사람들은 조공의 한결같은 충성심에 감동을 받았다.

조공은 일찍이 황해도 은산 땅을 지나가다가 다음과 같은 시를 지었다.

    수양산도 주나라 땅이니,
    그곳 고사리는 맑은 기풍에 누를 끼쳤네.
    수양산이 있는 줄 알았으면,
    기자가 동래한 것을 응당 먼저 알았어야 할 것을.
    首陽亦周地 薇蕨累淸風 知有此山在 應先箕子東

조공도 또한 수양산을 바라보며 느낀 바가 있어 이 시를 지었던 것
이다.

제5화
충신의 효자 아들

맹희도 공과 그의 아들 맹사성은 고려조에서 벼슬을 하다가 고려가 망하자 충청도 온양으로 물러가서 살았다.

조선조의 태조가 즉위하여 하교하기를,

"경의 부자가 나를 섬기고자 하지 않는다면 마땅히 중형에 처할 것이다."

하였다.

맹희도는 부득이 아들을 붙잡고 통곡을 한 뒤 아들을 조선조 조정으로 보냈다. 맹사성은 조선조에서 벼슬하였으나, 맹희도는 스스로 자신의 절개를 온전히 지킨 셈이다.

맹사성은 재상 벼슬에 이르러 당세에 명망이 두터웠다. 당시 사람들이 일컫기를,

"맹희도는 충신이 되었고, 맹사성은 효자가 되었다."

라고 하였다. 온양 사람들이 사당을 세워 맹희도의 제사를 지냈으나 맹사성은 제향에 들어가지 못하였다.

만약 의리로 따진다면, 부자가 통곡을 하고 함께 죽는 것이 마땅하다. 그러나 아비는 죽지 못하였고, 자신의 아들을 보냄으로써 아들의 목숨을 살리고 자신의 절개를 온전히 하였다. 그런 즉 그 아들 된 맹사성도 차마 부친과 함께 죽지 못하였고, 사랑하는 부친의 지극한 정에

얽매이게 되어 스스로 절조를 잃게 되었다. 그러나 부친의 목숨을 살렸고, 부친의 절개를 온전하게 하였으니, 이 또한 전혀 가치가 없는 데 이르지는 않았다.

만약 부자가 함께 죽는 것과 아들을 벼슬길에 내보내고 아비만이라도 절개를 지키는 것의 경중을 저울질해본다면 그 결과가 어떨지는 알 수가 없다.

제6화
물에 빠져 죽은 것으로 알려진 정희량

　　허암 정희량은 천문 관측에 정통하여 갑자사화가 일어날 것을 미리
알았다. 경기도 풍덕천에서 어머니의 상중에 있던 그는 밤에 강가에
이르러 두건과 신발을 물가에 벗어놓고는 마침내 간 곳을 알 수 없었
다. 이 일은 우계 성혼의 기록에 자세하다.
　　당시 사람들은 허암이 물에 빠져 죽은 것으로 알았다. 읍취헌 박은
이 다음과 같은 만시를 지었다.[1]

　　　반생에 이미 인간사를 모두 마쳤으니,
　　　젊은 날에 신선술 못 배운 걸 후회하노라.
　　　주현[2]이 적적하니 그 누굴 위해 끊을까?
　　　꾀꼬리 울어대며 하릴없이 이리저리 옮겨 다니네[3].

---

1) 원문에는 시가 생략되었으나, 역자가 문집을 참고하여 제시하였음.
2) 주현(朱絃) : 현악기의 붉은 줄. 이 시 함련(頷聯)의 앞 구절은 춘추시대 금(琴)을 잘
　 타던 백아(伯牙)라는 사람이 자신의 연주를 알아주던 벗 종자기(鍾子期)가 죽자 더 이
　 상 자신의 연주를 알아줄 사람이 없다 하여 금의 줄을 모두 끊고 다시는 금을 타지
　 않았다는 고사를 차용한 것으로, 자신을 진정으로 알아주던 벗이 죽었음을 뜻한다.
3) 《시경》 소아(小雅) 벌목(伐木)에 "나무 베는 소리 쩡쩡 울리고, 새 우는 소리 꾀꼴꾀꼴
　 들리도다. 깊은 골짜기에서 나와 높은 나무로 옮겨 가도다. 꾀꼴꾀꼴 꾀꼬리 울음이
　 여, 벗을 찾는 소리로다. 저 새를 보건대 오히려 벗을 찾아 우는데, 하물며 사람이
　 벗을 찾지 않는단 말인가.[伐木丁丁 鳥鳴嚶嚶 出自幽谷 遷于喬木 嚶其鳴矣 求其友聲
　 相彼鳥矣 猶求友聲 矧伊人矣 不求友生]"라는 시가 있음. 여기서는 벗이 죽어서 이제
　 다시는 함께 시를 짓지 못하게 되었다는 뜻임.

다시는 주로⁴⁾ 지나며 술잔 잡을 일 없으니,
다시금 손 대하여 새 시편을 어이 외우랴?
밤새 비바람이 시름겨운 생각에 더 보태니,
서호⁵⁾에서 옛날 술 취했던 때를 추억하노라.
半世已能了人事 早年悔不學神仙
朱絃寂寂爲誰絶 黃鳥嚶嚶空屢遷
無復經壚把盃酒 更堪對客誦新篇
夜來風雨添愁思 尙憶西湖舊日顚

또 읍취헌은 다음과 같은 시를 지었다.

대장부가 한 번 발분하였으면,
금석이라도 꺾을 수 있는 법이네.
그 옛날에 노중련⁶⁾이는
동해를 술잔처럼 작게 보았네.
사람은 반드시 한 번은 죽거늘,
죽음 앞에 어떤 이들은 머뭇거리네.

---

4) 주로(酒壚) : 황공주로(黃公酒壚). 옛날 친구들끼리 술을 마시던 곳을 뜻함. 진(晉)나라 때 죽림칠현(竹林七賢)의 한 사람인 왕융(王戎)이 상서령(尙書令)이 되어서 황공주로 앞을 지나다가 뒤에 오는 수레에 탄 사람을 돌아보면서 "내가 옛날에 혜강(嵇康)·완적 (阮籍) 등과 함께 이 주점에서 술을 마시면서 죽림(竹林)의 노닒에도 참가했었다. 혜강과 완적이 세상을 떠난 후로 나는 세속의 일에 몸이 묶여 지냈던 터라 오늘 이곳을 보니 거리는 비록 가까우나 산하가 가로놓인 듯 아득하게 느껴진다."라고 하였다는 고사가 있음.

5) 서호(西湖) : 경기도 수원시에 있는 못.

6) 노중련(魯仲連) : 중국 전국시대 제(齊)나라의 고사(高士)로, 조(趙)나라에 가 있을 때 진(秦)나라 군대가 조나라의 서울인 한단(邯鄲)을 포위했는데, 이때 위(魏)나라가 장군 신원연(新垣衍)을 보내 진나라 임금을 천자로 섬기면 포위를 풀 것이라고 하였음. 이에 노중련이 "진나라가 방자하게 천자를 참칭(僭稱)한다면 나는 동해를 밟고 빠져 죽겠다." 하니, 진나라 장군이 이 말을 듣고 군사를 후퇴시켰다고 함.

허암의 마음을 진실로 미루어 가면,
모든 사람들이 그에 휩쓸리리라.
우리들은 허암에게 부끄러움 있나니,
비명에 간 것이 어찌 슬프지 않으랴?
흐르는 강물은 깊이를 알 수 없는데,
사방에 산들은 울창하게 솟았구나.
평소의 넋을 부르고자 하노니,
천추의 뒤에 혹시라도 돌아오시려나.

丈夫一發憤 金石亦可摧 當時魯連子 東海小如盃
人生會一死 臨死或低徊 此心苟能推 餘風庶靡頹
吾徒有餘愧 非命豈不哀 江流深莫測 四山鬱崔嵬
欲招平生魂 千秋倘歸來

읍취헌은 스스로 주를 달기를,
'이 해에 허암이 스스로 강물에 몸을 던져 죽으니, 온 세상 사람들이 슬퍼하였다.'
라고 하였다.

그 뒤, 추강 남효온은 어느 역의 다락에 써놓은 다음과 같은 시를 보았다.

지난날 비바람에 놀라,
문명한 이때를 저버렸네.
외로운 지팡이로 천지간을 떠도니,
시끄러움이 싫어져 시마저 짓지 않으려네.

風雨驚前日 文明負此時 孤筇遊宇宙 嫌鬧並休詩

허암이 지은 것을 알고 널리 찾아보았으나 자취가 없었다.

퇴계 이황이 젊은 시절에 산사에서 《주역》을 읽었다. 깊은 밤에 승려들은 모두 잠들었고, 다만 한 노승만이 자주 고개를 들어 퇴계가 책 읽는 소리를 몰래 듣고 있었다. 퇴계는 마음속으로 예사롭지 않은 승려라고 생각하고 그 노승을 불러 일으켜 함께 《주역》의 이치에 대해 논하였다. 그 노승은 조금도 거침없이 파죽지세로 담론을 펼치는 것이었다. 퇴계는 크게 기이하게 여기며 혹시 허암이 아닌가 하는 의심이 들어 허암에 관한 일을 말하자, 노승이 말하였다.

"그는 이미 세상을 피해 강물에 빠졌으니 필시 죽었을 겁니다. 세상에서도 이미 죽은 것으로 알고 있지 않습니까?"

퇴계가 대답하였다.

"온 세상 사람들이 모두 그가 죽지 않았을 것이라고 의심하고 있지요."

노승은 허탈한 표정으로 불쾌한 기색이 있었다. 잠시 후에 용변을 보러 간다며 밖으로 나가더니 오래도록 돌아오지 않았다. 찾아보았으나 아무 데도 종적이 없었다.

허암이 저술한 《준원수(準元數)》는 사람의 운명을 귀신같이 논하였는데, 후세 사람들이 어지럽혀 지금은 다만 지나간 일만 맞추고 다가올 일은 맞지 않는다고 한다.

제7화
우계와 율곡

　우계 성혼은 율곡 이이와 더불어 서로 왕래하며 학문을 논하였다. 일찍이 우계가 며칠 동안 생각에 잠겨 이기설의 옳고 그름을 따지다가 문하생에게 율곡을 찾아뵈라고 하며 떠날 때 경계하였다.

　"자네가 숙헌을 찾아가서 뵙는 것이 10년간 글을 읽는 것보다 나을 걸세."

　문하생이 경기도 파주의 율곡으로 찾아가 문지기에게 찾아온 것을 알려달라고 하였다. 그때는 이미 늦은 아침이었다.

　한참이 지난 뒤에 율곡은 망건을 착용하지 않은 채 머리에 사립을 쓰고, 호박을 꿰어 만든 갓끈을 늘어뜨리고, 버선도 신지 않고 바지끈도 묶지 않은 채 내당으로부터 발보다 큰 가죽신을 끌고 나오는 것이었다.

　우계의 문하생이 절을 올리자, 율곡은 고개만 끄덕이며 말하였다.

　"그대가 호원의 문하생인가?"

　그 문하생은 늘 우계가 동이 틀 무렵에 일어나서 세수한 뒤 갓과 옷을 바르게 입고 행전을 착용하고 있는 것을 보았었다. 손님이 찾아오면 공손히 읍하고 공경하여 접대하였었다. 그러다가 율곡의 성품이 소탈하고 여유로워 우계와 상반됨을 보고 마음속으로 놀랐다.

　우계의 편지를 전하자, 율곡은 뜯어 본 뒤 즉시 종이를 펼쳐놓고 답장을 썼다. 깊이 생각하지도 않고 그 자리에서 종이에 붓을 놀려 수천 글자의 편지를 썼다. 먼저 초안을 잡지도 않았고, 더구나 점 하나도 덧붙이지 않았다.

그 문하생은 일찍이 우계가 이러한 편지를 쓸 때 며칠 동안 끙끙대고 몇 차례나 초안을 고치는 것을 보았었다. 우계는 이처럼 부지런히 힘써서 답장을 쓰는데, 율곡은 도무지 성의가 없이 잠깐 사이에 단숨에 내리 썼으니, 이 또한 마음속으로 놀라웠다.

문하생이 돌아가서 우계를 뵙고 답장을 바치니, 우계는 큰 소리로 탄복하며 자신은 따라갈 수가 없다고 생각하였다.

문하생이 율곡에게 인사를 드릴 때의 상황을 빠짐없이 말하고 그때 의아하였던 점을 말하자 우계가 웃으며 말하였다.

"숙헌은 타고 난 자질이 슬기롭고 더할 나위 없이 빼어난데, 그런 세세한 예절을 어찌 숙헌에게 나무랄 수가 있겠는가?"

제8화
형에게 아다개를 준 율곡

　　이번은 율곡 이이의 형이다. 경기도 파주에 살다가 마침 도성에 들어가서 아우인 율곡을 만났을 때 임금이 표범 가죽으로 만든 긴 요를 보내주었다. 그것은 곧 외방에서 진상한 물건으로 속칭 아다개라고 하는 모피 요였는데, 길이가 길고 폭이 넓으며 화려하고 아름다웠다. 바로 대궐에서 임금이 쓰던 물건으로, 임금이 율곡을 아끼고 배려하여 하사한 것이었다.

　　그 이튿날 이번은 하직을 하고 파주로 돌아갔는데, 이미 떠난 뒤에 다시 돌아오자 율곡이 물었다.

　　"어찌 다시 돌아오셨습니까?"

　　"몇 리쯤 가다 보니 다시 자네를 보고 싶다는 생각이 들더군. 그래서 다시 왔을 따름이네."

　　그 말을 듣고 율곡이 말하였다.

　　"어제 상감께서 하사하신 표범 가죽 요를 마땅히 형님께 드리려고 했으나 상감께서 하사하신 것을 감히 써보지도 않고 보낼 수가 없어서 며칠 지난 뒤에 보내드리려고 했었지요. 이제 이미 깔아 놓고 하룻밤을 지냈으니 이번에 감히 보내드릴까 합니다."

　　그리하여 이번은 모피 요를 가지고 갔다.

제9화
시로 탄핵의 조짐을 간파한 율곡

송응개와 박근원 등 여러 사람들이 율곡 이이를 모함하기 위해 참판 김우옹의 집에 모였다. 한참 논의를 벌이고 있는데 하인이 와서 아뢰기를,

"병조판서 대감께서 오셨습니다."

하는 것이었다. 당시 율곡은 병조판서로 있었다.

그 소리에 여러 사람들이 모두 방 안에 숨었다. 김우옹은 대청에서 율곡을 접견하였다. 율곡은 조용히 이야기를 나누다가 물었다.

"영공께서 근래에 지은 시가 있는지요?"

김우옹은 그가 근래에 지은 시 한 편을 외웠다.

> 발 친 창밖에 떨어진 꽃잎이 서로 뒤엉켜 날리네.
> 簾外落花撩亂飛

율곡이 한동안 읊조리다가 말하였다.

"이 시에는 혹시 풍파가 일어날 조짐이 있는 게 아니오?"

"그렇습니다. 방금 공을 탄핵하기로 논의하였으니, 풍파가 일어난 것이지요."

"상감께 올릴 장계가 이미 나왔소이까?"

"그렇습니다."

"꺼내 보여줄 수 있겠소?"

김우옹이 창틈에서 그 계초를 찾아내어 보여주었다. 율곡은 계초를 펼쳐 죽 읽어 본 뒤, 그 항목별로 손으로 짚어가며 말하기를,

"이 일은 사실 이러이러한 일인데 잘 모르는 사람들이 이렇게 말을 한 것이니, 그 또한 그다지 괴이할 것은 없소. 또 이 일은 전혀 단서가 없는 것인데 전하는 사람의 잘못이오. 그리고 이 일은 실상이 이러한데 여러분들께서 잘못 아신 것이오."

하고 다 본 뒤에 둘둘 말아 창틈으로 밀어 넣었다. 말이나 기색이 태연하여 아무런 기미도 얼굴에서 찾아볼 수 없었다. 자리에 앉아 한동안 평소와 다름없이 이야기를 나누다가 일어나며 말하기를,

"대간들의 글이 올라가게 되면 나는 그 즉시 도성 밖으로 나가 멀리 헤어지게 될 테니 부디 보중하시길 비오."

문을 나선 율곡은 앞길을 인도하는 사람들에게 뒤처져 오라고 명하였다.

율곡이 간 뒤에 모인 사람들은 기가 꺾여 모두들 탄식만 할 뿐이었다.

선조 때의 당론을 지나친 고질병이라고들 하나, 이러한 기상을 통해 또한 태평성대의 유풍과 여운을 볼 수 있다. 그 당시의 시운과 나라의 형편에 여지가 있었음을 알 수 있다. 그 뒤에 비록 임진왜란을 만났으나 중흥의 기틀을 다질 수 있었던 것은 당연하다.

제10화
흉복통의 원인

　상촌 신흠은 송응개의 생질이다. 상촌은 외가에서 자랐는데, 외삼촌인 송응개는 생질을 마치 자기 자식처럼 사랑하였다.

　송응개가 율곡 이이를 탄핵하려던 때였다. 퇴궐한 송공이 소매 속에서 계초를 꺼내 상촌더러 읽어보라고 하였다. 계초를 읽어본 상촌은 깜짝 놀라며 물었다.

　"어찌 이러실 수가 있습니까?"

　상촌의 집안은 서인이었으나, 송공은 처음부터 생질을 기왕에 자신의 집에서 길렀으니 당연히 자신의 당파인 남인의 당론을 따를 것이라 생각하였는데 이 말을 듣고는 노하고 말았다.

　송공은 즉시 신고 있던 신발의 뾰족한 부분으로 상촌의 가슴을 걷어찼다. 상촌이 평생 흉복통에 시달린 것은 이로 말미암은 것이라고 한다.

제11화
왕족에게 기죽지 않은 선비

재상을 지낸 이탁은 성종 때의 명신이었다. 처음 태어났을 때 포대기로 덮어 두었는데, 오래도록 소리가 들리지 않아 모부인이 포대기를 들치고 보니 뿔이 우뚝한 조그만 용 한 마리가 몸통을 꿈틀거리며 정신없이 깊은 잠이 들어 있었다. 마침내 포대기를 덮어주고 조용히 기다렸더니 잠에서 깨어나며 우는 소리가 들리는 것이었다. 포대기를 들치고 보니 곧 어린아이였다.

대개 갓난아이가 막 용이 되려 할 때 만약 갑작스럽게 놀라거나 이 사람 저 사람에게 그 사실을 전파하여 여러 사람들의 말소리로 소란스럽게 하여 변동을 주었다면 아마도 죽음을 면치 못하였을 것이다.

장성한 이탁은 과거에 급제하여 성균관의 말단 벼슬 학유가 되었다. 고향에 가려고 말미를 얻어 한강을 건너 10여 리쯤 가다가 물가 모래사장에서 말을 먹일 즈음, 봄나들이 휴가를 내고 한강 남쪽에서 노닐다가 돌아가던 월산대군도 말에서 내려 물가에 함께 앉게 되었다.

월산대군의 점심을 은그릇에 차려 내놓자, 이공은 손으로 은그릇을 집어다가 두루 살펴본 뒤에 쟁반 위에다 도로 가져다 놓았다. 그러자 대군이 말하였다.

"자네 그 그릇을 가지고 싶은가? 그렇다면 내 선물로 줌세."

이공이 웃으며 대답하였다.

"제 평생 은그릇이라는 건 본 적이 없어서 가져다 보았을 뿐입니다."

그리고는 갑자기,

"가지긴 무얼요? 사대부 대접을 어찌 그리도 야박하게 하십니까?"

하고는 작별을 고하고 떠났다.

월산대군은 바로 성종의 형이었다. 이 날 성종은 한강변의 제천정에 행차하여 월산대군을 맞았다. 성종은 월산대군의 손을 잡고 맞으며,

"먼 길의 여행에 피로하지는 않으셨는지요? 오래도록 형님 얼굴을 못 보아 울적함이 심하였습니다."

그리고는,

"인재는 나라의 원기입니다. 형님께서는 이곳저곳의 시정에 널리 노니셨는데, 인재를 찾는 데 유념해 달라고 헤어질 때 청했던 말씀을 기억하시는지요?"

하고 물었다. 월산대군은,

"상감의 말씀을 이미 받들었는데 어찌 감히 소홀했겠습니까? 가는 곳마다 유념해서 찾아다닌 지가 오래입니다. 먼 지방으로 두루 다니면서 그런 인재를 만나지 못했는데, 아까 길가에서 한 관리를 만났습니다. 그 사람은 참으로 기특한 선비였습니다."

하고는 그와 주고받았던 말을 임금께 아뢰었다.

성종은 흥미롭게 듣더니 즉시 말을 내오라고 하여 쫓아갔다. 성종은 이공과 더불어 이야기를 나누어 보고 크게 기뻐하며 즉시 홍문관의 수찬 벼슬을 제수하였다. 그 뒤, 승진을 거듭 하여 마침내 재상이 되기에 이르렀다.

성인께서 하시는 일은 일반적인 규칙이나 예사로움을 대단히 벗어난다는 것을 볼 수 있다.

제12화
앞일을 내다본 강서

　승지를 지낸 강서는 선조 때의 명신인데 이인으로 명성이 나 있었고 《주역》의 이치에 밝았다. 일찍이 팔각정에 거처하면서 밤이면 산꼭대기에 올라 천문을 살폈다. 임진년(1592) 이전에 왜란이 일어날 것을 미리 알고 항상 나라를 근심하며 탄식하였다. 또 이르기를,
　"우리 가족은 응당 면경으로 인해 화를 면할 것이다."
하였다. '면경'은 곧 그의 종제인 강신의 자(字)다.
　임진왜란 때 강원 감사를 맡을 적임자를 찾기 어려웠는데, 강신이 마침 이름난 벼슬아치로 강원도 원주에서 상중에 있었다. 드디어 상중에 벼슬자리에 나아가 강원감사가 되었다. 강씨 일문은 모두 관동 지방에 피란하여 화를 면하였다고 한다.
　임진왜란 이전에는 강씨들이 조정 곳곳에 포진하고 있었다. 일찍이 낮 경연이 끝난 뒤 강공의 종질인 강홍립이 말하기를,
　"오늘 주강은 우리 집안사람들만으로 충분히 해냈습니다."
하자, 강공이 탄식하며 말하였다.
　"우리 집안은 저 녀석 때문에 망할 것이야."
　강공이 일찍이 외출하였는데 어떤 이가 어린아이를 안고 길가에 서 있는 것이었다. 강공이 안고 오라고 하여 누구 집 아이인가를 물었다.
　"신 도사의 아이옵니다."
　강공은 아이를 무릎에 앉혀놓고 탄식하며 말하였다.

"큰 그릇이 될 테니 잘 기르게."

그 아이는 바로 상촌 문정공 신흠이었다. 그 뒤, 신공은 과거에 급제하여 교서관의 정자 벼슬을 하게 되었다. 신공이 공적인 일로 강공을 찾아뵈니, 다른 말이 없이 다만 가족을 부탁한다며 말하기를,

"자네가 우리 집안을 온전히 살려주길 바라네. 이 늙은이의 말을 잊지 말게."

하였다. 신공이 깜짝 놀라 사양하자, 강공은 다시 신신당부해 마지않았다.

"무슨 말인지 나중에 알게 될 걸세. 이 늙은이의 뜻을 저버리지 말게."

그 뒤, 강홍립은 청나라에 투항하였다.

계해년(1623)의 인조반정 뒤 강씨 일문에는 멸문지화가 닥쳤다. 당시 신공은 이조판서로서 나라의 정무를 맡고 있었다. 그제야 예전에 강공이 한 말을 떠올렸으나 구할 방책이 없었다. 당시 오리 이원익 공이 영의정으로 있었다. 신공은 이공과 더불어 상의하려고 곧바로 찾아갔다. 이공은 근심 어린 얼굴로 생각하는 것이 있는 듯 문을 닫고 있었다.

신공이 물었다.

"공께서는 일찍이 강 승지를 아셨습니까?"

이공이 깜짝 놀라며 물었다.

"무슨 말인가?"

신공이 강공에게 인정을 받고 부탁을 받은 일을 모두 말하자, 이공은 칭탄하였다.

"강공은 귀신같은 분일세. 나도 예전에 그런 부탁을 받은 일이 있었지. 강공께서 말하기를, '나중에 우리 문중이 죽게 되었을 때 그대는 모름지기 내 말을 생각하게. 다만 그대는 힘이 약할 테니 모름지기

그때 나랏일을 담당하는 재상과 힘을 합쳐 구제하여 살려주게.'하시더군. 지금 강씨 일문의 화가 여기에 이르렀는데, 강공의 말씀은 마치 오늘의 일을 눈으로 보신 것 같구먼. 나는 구할 재주가 없어서 밤낮으로 걱정만 하고 있었는데, 신공의 말을 들으니 강공께서 그 당시 말씀하신 재상은 바로 신공을 말씀하신 것이었구려."

이에 신공과 이공이 힘을 다하였다. 이공은 동인들에게 주선을 하였고, 신공은 서인들을 완곡한 말로 설득하여, 강씨 일문의 화는 차차 완화되었고, 강공의 후손들은 화를 면할 수 있었다고 한다.

제13화
강서와 이원익의 첫 만남

　승지를 지낸 강서가 일찍이 남의 집에 앉아 있는데 완평부원군 이원익 공이 밖에서 들어오는 것이었다. 강공은 자신도 모르게 섬돌 아래 내려서서 읍하고 이공을 대청에 오르게 하였다. 강공은 좌정한 뒤에 이공을 자세히 보다가 다른 말은 없이 다만 일컫기를,
　"괴물!"
이라며 그 말만 되풀이하다가 마침내 말하기를,
　"명망 있는 재상이오. 우리나라가 환난을 당해 난처한 지경을 하나하나 겪지 않을 수 없을 것이오."
하고는 한 마디도 이야기를 나누지 않고 일어섰다고 한다.

제14화
우스갯소리로 재능을 감춘 강서

　　강서는 해학으로 자신의 재주를 감추었다. 일찍이 승지 벼슬을 하고 있을 때였다. 여러 동료들과 더불어 승정원에서 술을 마시다가 술이 떨어지자 말하기를,

　　"술이 떨어졌군. 내 술을 찾을 데가 있네."

하고는 일어나 조복을 챙겨 입고 차비문 밖에 들어가 그곳 관리를 불러 말하기를,

　　"승지 강서가 여러 동료들과 음주하다가 술이 떨어져 하사주 얻기를 비옵니다.'라고 상감께 아뢰어 주게."

하였다. 그 관리가 다시 나와 말하였다.

　　"술을 이제 가져올 것입니다."

　　선조가 궁중에서 빚은 술을 갖추어 주라고 명하였다. 강 승지 등 여러 사람들은 다시 즐겁게 술을 마시다가 파하였다.

　　이날 강공은 숙직을 해야 하는데 홀연 말을 내오라고 하여 나가려고 하였다. 여러 동료들이 물었다.

　　"영공께서는 입직할 차례인데 어째서 나가려 하시오?"

　　"내게 탄핵하는 상소가 이르렀소. 사헌부에서 파직을 시켜야 한다고 주장하자 상감께서는 첫 번째 상소에 즉시 윤허하시었소. 이조에서 상감께 품의하여 파직하게 되었소."

　　그 이튿날 인사에 관한 정사가 시작되자 임금의 전교가 내리기를,

'승지 강서는 이미 벌을 받았으니 다시 승지 벼슬에 임용한다.'
하였다고 한다. 태평성대의 기상을 생각해볼 수 있겠다.

제15화
세상을 희롱하며 산 강서

강서는 일찍이 조복을 입은 채 술에 취해 길에 누워 있었다. 저잣거
리의 아이들이 몰려들어 놀리기를,
"영감의 옥관자가 장차 깨지겠소!"
하자 강공이 대답하였다.
"금관자로 바꾸면 되지!"
그는 이처럼 세상과 맞서 희롱하며 살았다.

제16화
그릇의 크기

선조 때 동고 이준경이 나라의 정무를 맡아 여러 대신들을 추천하여 임용하였는데, 이양원과 이수광 등 두 사람의 우열을 시험해 보고자 하였다.

일찍이 어떤 사람의 경사스러운 잔치에 가서 미리 기생과 짜고 술이 취한 척하며 한 기생의 손을 잡고 물었다.

"너는 나를 위해 잠자리를 모실 수 있겠느냐?"

그 기생은 이공이 지시해준 대로 그 자리에 있던 이양원과 이수광을 가리키며 말하였다.

"만약 천첩이 대감의 돌보심을 입는다면 이 두 어르신과 같은 아들을 낳을 테니 그 어찌 대단한 영광이 아니겠사옵니까?"

대개 그 두 사람은 모두 종실로 천첩의 자손이었던 까닭이다.

이양원은 태연히 안색을 변치 않고 마치 못 들은 듯하였고, 이수광은 자신도 모르게 얼굴이 붉으락푸르락하였다.

이공은 이로써 그 두 사람 그릇의 크기를 정하였다. 그 뒤, 이양원은 마침내 재상이 되었다고 한다.

제17화
과연 청빈한 사람은?

인조 초기, 완평부원군 이원익이 나라의 정무를 맡고 있을 때였다. 문정공 청음 김상헌은 품계가 종2품이었는데, 마침 이공에게 인사차 갔었다. 이때 이공은 장차 정승 후보자를 추천하려고 조용히 물었다.

"여러 사람들의 기대를 받고 있는 사람이 누구시오?"

청음이 대답하였다.

"대감께서는 어째서 그것을 물으십니까? 미천한 제가 어찌 감히 그런 일을 더불어 논하겠습니까?"

"그대의 대답이 이와 같군. 애초에 내가 묻는 까닭이 털과 가죽 같은 겉껍질을 걷어버리자는 것임을 어찌 몰랐겠는가? 서로 정성스러운 마음을 가지자는 것뿐일세."

"정승감에 대해서는 감히 더불어 논하지 못하나, 다만 미천한 제가 일찍이 지내면서 겪어 온 것을 말씀드리지요. 일찍이 제가 서장관으로 북경에 갈 때, 지봉 이수광 상서는 정사였고, 해창군 윤방 공은 부사였습니다. 저는 스스로 갈고 닦으려고 상사인 이공에게 말씀드렸습니다.

'예로부터 연경에 사신으로 간 사람들이 돌아올 때의 짐이 많아 깨끗할 수가 없었습니다. 이번 사행에는 상하가 마땅히 약조를 하여 연경의 물건을 하나도 가지고 오지 말았으면 합니다.'

그러자 이공께서 개연히 허락하시더군요. 같은 말을 부사인 윤공에

게도 했는데, 별로 흔쾌히 받아들이시는 기색이 없이 다만 말씀하시기를,

　'자네 말이 그렇다면 내 어찌 따르지 않겠는가?'

하시더군요.

　연경의 객관에 들어가자, 부사 윤공은 서책, 비단, 진귀한 것들을 잡다하게 끌어들이시더군요. 한 차례씩 가볼 때마다 서책과 옷이나 노리개들이 앞에 있는 횃대 위에 마구잡이로 걸려 있었습니다. 거기다 갖옷 한 벌이 걸려 있기에 물었습니다.

　'이 갖옷은 누구 것입니까?'

　그러자 윤공이 대답하더군요.

　'내 평생 갖옷 한 벌이 없어서 이렇게 춥기로 이걸 사서 귀국하는 날 방한구로 입으려 하네.'

　그 뒤, 연경에서 돌아올 때 하인들이 말하기를,

　'상사 이공과 서장관의 짐이 너무 무거워 말이 견디지 못하고 힘들어 했답니다.'

하더군요. 그래서 부사인 윤공의 짐은 어땠느냐고 물으니, 모두들 이렇게 말하더군요.

　'부사 윤공은 처음부터 침구 외에 한 가지 물건도 없었습니다.'

　대개 상사 이공과 저는 서책을 사 가지고 왔고, 윤공도 함께 서책을 구하였으나 가져오지 않았던 것입니다. 연경의 객관에 있을 때의 서화와 옷이나 노리개들은 모두 객관에 비치해 놓고 때때로 둘러보기만 하였을 뿐 떠나올 때에는 본디 주인에게 모두 돌려주었던 것이지요. 압록강을 건너 평안도 의주에 이르러 들으니, 입고 있던 갖옷도 비장에게 주었다고 합니다. 그 당시 제가 두 분께 본 것이 이와 같았습니다."

　그 뒤, 치천 윤공은 과연 가장 먼저 정승으로 발탁되었다.

제18화
이제신 혼령의 도움

임진왜란 때 이정암은 황해도 연안성으로 들어갔다. 이때 청강 이제신 공의 맏아들이 연안부사로 있다가 모친상을 당하여 돌아가고 관아가 비어 있었다.

이공이 연안성에 들어가서 주둔하고 있다가 왜병에게 포위되었다. 어느 날 이공이 베개에 기대 잠깐 졸고 있었는데, 청강이 홀연 나타나 황급히 이르기를,

"사또, 왜적이 남쪽 성에 올랐소!"

하므로 놀라 깨어서 급히 군사를 일으켜 막았다. 과연 왜적들이 남산으로 올라오고 있었다.

그러다가 또 화살이 다하였는데, 문득 한 늙은 할미가 버들상자에 화살을 담아 가지고 와서 바치는 것이었다. 드디어 그 화살로 힘써 싸워서 대승을 거두었다. 늙은 할미는 누구인지 알 수 없었다.

청강은 죽은 지 이미 수십 년이 지났는데도 능히 혼백이 이처럼 있으니, 예전의 위대한 인물들은 신령이 어려서 죽는다고 곧바로 없어지는 것이 아닌 듯하다.

제19화
문장을 알아보는 귀신같은 안목

　　모재 김안국은 문장을 감식하는 능력이 귀신같았다. 그의 아우인 사재 김정국이 형의 문장 감식안을 시험해 보고자 하였다. 사재가 중국 연경에 갔을 때《당시(唐詩)》한 질을 정리하여 엮으면서 그 사이에 자신의 시를 붙여 넣어 책을 찍었다. 북경에서 책을 간행하는 방식은 목판이 아닌 토판을 쓰므로, 책을 출간하는 일이 매우 쉬웠다. 그래서 즉시 책을 찍어 가지고 왔다.

　　사재는 귀국하자마자 그 책을 모재에게 보냈다. 모재는 책을 다 훑어 본 뒤에 사재가 지은 시를 하나하나 지적하며 말하였다.

　　"이런 시는 당나라 사람이 지은 것이 아닐세. 자네 같은 사람들도 충분히 지을 수 있는 것이지."

　　모재의 오랜 친구 가운데 글을 잘하는 사람이 오래도록 과거에 낙방하자, 모재와 사재가 다 같이 가엾이 여겼다. 그 친구가 비록 문장에는 능하였으나 책문의 중간에 앞뒤 문장을 연결하는 말의 배열은 그의 장기가 아니었다.

　　모재가 대제학으로서 과거 시험을 주관하게 되었다. 고요한 밤에 두 형제가 베개를 나란히 하고 누웠을 때 사재가 조용히 물었다.

　　"이번 과거의 책문에 어떤 제목이 나올까요?"

　　모재가 간략하게 말해 주었다. 사재는 과거에 계속 낙방하고 있는

그를 위해 문장이 순조롭게 연결되도록 손수 두어 줄을 써서 그에게
주었다. 그는 과거시험장에서 책문을 작성할 때 사재가 써준 글을 중
간에 끼워 넣었다.

그의 답안지를 받아 본 모재는 무릎을 치며 칭찬하고는 장차 높은
등급으로 뽑을 생각으로 읽어가다가 사재가 지어준 대목에 이르러 홀
연 눈을 부릅뜨고 한참동안 자세히 살펴보다가 말하기를,

"이 글은 합격으로 뽑을 수가 없어!"

하며 붉은 줄을 두어 줄 긋고 찢어서 자리 밑에 던져 버렸다.

모재가 급제자의 명단을 적은 방을 내걸게 한 뒤 귀가하자, 사재가
맞으며 말하였다.

"형님 친구가 이번에도 낙방을 하셨다니 안됐구려."

모재는 이부자리 속에서 그 답안지를 꺼내 내던지며 정색을 하고
사재를 크게 꾸짖었다.

"자네는 나라의 명망 있는 관리로 어찌 이 따위 짓을 하는 겐가?
나 또한 신중하지 못했던 게 더욱 두렵구먼. 한스러운 것은 옛 친구를
자네 때문에 끝내 낙방하게 만든 것이야. 이 모두가 자네의 잘못이네."

그 답안지를 보니 오직 사재가 써준 두어 줄에만 붉은 줄을 그어
지워 놓았다. 사람들은 모재의 귀신같은 감식안에 모두들 탄복하였다.

제20화
임제를 누른 박지화의 송별시

참판을 지낸 박민헌이 함경도 관찰사가 되었을 때 백호 임제가 동대문 밖에서 전송하였다. 그 자리에 영의정 소재 노수신이 왕림하여 작별을 하려 하자, 백호는 그 자리를 피해 밖으로 나갔다. 박민헌이 소재에게 이르기를,

"임자순이 송별시를 가지고 전별하러 왔다가 대감과 마주치게 되자 피하여 숨었습니다."

하자, 소재가 말하였다.

"그 사람의 명성을 들은 지 오래되었소. 한번 만나보았으면 하오만…."

마침내 백호를 청하여 들어와 앉자, 소재는 백호가 지은 송별시를 찾아 한 마디 말도 없이 보다가 부채로 부쳐 보내주었다. 그러자 문득 박민헌이 말하였다.

"박군실도 송별시를 가져 왔습니다."

소재가 보자고 하여 보니 그 시는 다음과 같았다.

역참 객사의 꿈에 청빈함이 학으로 돌아오고,
변방의 바람에 안영의 갖옷이 떨어지네.
郵館夢回淸獻鶴 塞垣風落晏嬰裘

대개 그때 박민헌은 제기로 인해 문책을 받아 함경도 관찰사로 나가게 되었던 것이다. 용사가 정밀하고도 적절하고 시 짓는 솜씨가 조용하고도 고상하였다. 소재는 한참동안 읊조려보다가 극찬을 아끼지 않았고 거듭 칭찬하였다.

"군실이로다, 군실이야!"

백호는 본디 몸에 밴 습성으로 세상에 이름이 났었는데, 털끝만큼이나마 남에게 창피를 당하였다고 생각하니 마치 저잣거리에서 회초리를 맞은 것 같아 이 날은 몹시 부끄럽기만 하였다.

'군실'은 곧 박지화의 자였다. 박지화는 성품이 조용하고 욕심이 적었으며, 시율에 정통하였다. 경기도 영평의 백로주에 살다가 임진왜란을 만나 탄식하기를,

"내 나이가 연로한데 어떻게 피란을 하겠는가? 차라리 자결하여 왜적의 손에 죽지 않으리라."

하고 물가의 나무를 깎아 손수 두보의 '갈매기는 본디 물가에 깃드는데, 슬프고 말고 할 게 뭐 있으랴.[백구원수숙 하사유여애(白鷗元水宿 何事有餘哀)]'라는 시를 써놓고 드디어 백로주에 스스로 투신하여 죽었다.

박지화는 평소에 단학을 좋아하였는데, 사람들은 그가 물의 신선이 되었을 것이라고들 하였다.

제21화
평민의 딸에게서 태어난 김귀영

좌의정 김귀영은 판서 아무개의 손자다. 판서의 아들, 곧 김공의 아버지는 어려서부터 사리에 어둡고 철이 없어서 사리를 분별할 줄 모르고 다만 지각이 있을 뿐이었다.

김공의 조부 판서공은 은퇴하여 시골에 거처하였는데, 그 마을에 사는 평민에게 딸이 있었다. 어느 날 판서공은 그 백성을 불러 말하였다.

"내 아들이 어리석어서 양반 집안과 혼인을 맺을 수가 없다네. 듣자니 자네에게 딸이 있다던데, 나와 사돈을 맺는 것이 어떻겠는가?"

"삼가 집에 돌아가 제 처와 상의해서 아뢰겠습니다."

그 백성이 집에 돌아가 아내에게 그 말을 하니, 그의 아내가 말하였다.

"이게 무슨 말이오? 그 대감 댁 도령은 지각이 있을 뿐 흙으로 빚은 인형이나 같답니다. 그런데 어떻게 혼인을 할 수 있겠어요?"

그 집 딸이 옆에 있다가 조용히 어미에게 말하였다.

"우리 집안은 시골의 백성인데, 멀쩡한 아들이라면 대감 댁에서 어떻게 상민과 혼인을 맺겠어요? 딸 하나를 버려서 우리 집안이 대대로 양반 집안이 된다면 어떨까요?"

그 백성은 자기 아내와 딸이 한 말을 대감에게 아뢰었다. 그리하여 마침내 혼례를 치렀다.

그러나 대감의 아들은 사람의 도리를 모르는지라, 유모가 가르쳐서 아들을 낳았다. 그가 바로 김귀영 공이었다. 김공은 문장에 능하여 일찍이 귀하게 되고, 이름이 높고 녹이 많은 벼슬을 두루 거쳤다.

김공 어머니의 형제와 친척들은 여전히 군적에 올라 있어, 번을 들러 서울에 오는 사람들은 김공의 집에 머물렀다. 김공이 퇴궐하여 집에 와서 군장과 병기들이 자리 위에 놓여 있는 것을 보고 하인을 불러 말하였다.

"이 물건들을 어째서 여기에 두었느냐? 보이지 않는 곳에 감춰 손님들이 보지 못하게 하거라."

김공의 어머니가 그 말을 듣고 김공을 붙잡아 들여 따져 물었다.

"너의 집은 참으로 공경의 집안이다마는, 우리 집은 비천해서 여러 동생과 조카들이 모두 군적에 올라 있구나. 내가 그 아이들의 가장 가까운 친척이라고 서울에 올라오면 내 집에 와 있는데, 마땅히 마음을 다해 잘 대해서 사이가 벌어지지 않도록 해야지, 어찌 싫어하는 기색을 보여 그들의 마음을 불안하게 할 수가 있겠느냐?"

김공은 어머니의 말을 듣고 두려워 스스로 그만두었다.

제22화
필담으로 인정을 받은 이정구

　　임진년(1592) 왜란이 일어난 뒤 명나라 장수들은 시도 때도 없이 선조를 뵙자고 청하였다. 선조가 마침 낮잠을 자다가 일어나 나와 만나자 명나라 장수는 크게 못마땅해 하며 이르기를,

　　"국왕께서는 이처럼 와신상담해야 할 때에 얼굴에 낮잠을 주무신 흔적이 있으니, 어찌 이 난국을 극복하실 수 있겠소?"

하는 것이었다. 선조는,

　　"이 일은 다만 역관에게만 맡겨 해명할 수 없겠소. 시종하는 신료들 가운데 한어에 능한 사람이 있소?"

하고 물었다. 이때 월사 이정구 공이 세자시강원에 입직을 하고 있었다. 여러 신하들이 아뢰기를,

　　"사서 이정구가 입직 중이온데 한어에 자못 능하옵니다."

하였다. 선조는 월사를 불러 명나라 장수에게 변명을 하라고 하였다. 월사도 한어에는 두루 통달하지 못하였고, 다만 필담으로 충분히 중국 사람과 응대를 할 수 있었다. 그래서 월사는,

　　'주상 전하께서는 군사적인 전략에 응하시느라 밤새도록 눈을 붙이지 못하셨소. 그래서 안석에 기대시어 잠시 눈을 붙이셨던 것이오.'

라는 뜻으로 글을 써서 거듭거듭 해명하였다. 그러자 명나라 장수도 마침내 기쁘게 받아들였다.

　　월사는 이때부터 선조에게 인정을 받고 등급을 뛰어 넘어 승진하여

품계가 종1품에 이르렀다. 때를 만나 벼슬자리에 이르는 것도 천운에
달렸다고들 하였다.

제23화
역관의 실수를 눈감은 이원익

오리 이원익 공은 젊어서부터 한어를 잘하였다. 젊은 시절에 이공은 낮은 벼슬에 머물러 있었다. 일찍이 서장관이 되어 연경에 사신으로 가는 길에 큰 내를 건너게 되었다. 당시 정사·부사·서장관 등 세 사신이 탄 가마를 수행하던 사람들이 모두 떠메고 내를 건넜다. 역관들도 모두 발을 벗고 가마를 떠메게 되었는데, 이공의 지위가 낮은 것을 업신여겨 자기들끼리 한어로 주고받기를,

"이런 놈들도 우리 상전이라고 손수 가마를 메다니 참으로 고생스럽군."

하는 것이었다. 이공은 알아듣고도 못 들은 체하였다.

연경에 이르러 중국 조정에서 나온 예부의 관리들과 문답할 때, 이공은 역관을 쓰지 않고 한어를 훤히 아는 듯이 이야기를 주고받는데, 하나도 막힘이 없었다. 그제야 역관과 아전들은 깜짝 놀라며 언행을 조심하였다. 그러나 이공은 끝내 그들을 문책하지 않았다.

이공은 한어에 능통하여 한어를 아는 사람을 만나면 그때마다 한어로 말을 주고받았다.

이 이야기는 예전에 외조부님으로부터 이와 같이 들었는데, 지금 동평위 정재륜의 견한록을 보니 이 이야기와는 약간 달랐다.

제24화
교만하게 굴다가 목이 부러져 죽은 사나이

오리 이원익 공은 연로하여 탄천으로 은퇴하였다.

어느 날 이공이 시골 노인들과 함께 산기슭을 올라가는데, 말을 타고 지나가는 사람들이 있었다. 다른 사람들은 말에서 내리는데, 유독 한 사람만 내리지 않았다. 하인들이 말을 탄 채 가는 것을 금하였으나, 그는 못 들은 체하였다. 시골 사람들이 그를 잡아다가 다스리자고 하자, 이공이 말하였다.

"삼가 건드리지 말게나. 아랫사람들은 두어 사람의 양반들을 만나면 문득 두려워 말에서 내리는데, 이제 저 사람은 여러 사람들이 다 같이 금하는데도 내리지 않는군. 이 사람은 틀림없이 곧 일을 당할게야. 시비를 판단할 줄 모르는 사람은 절대로 건드리지 말게나."

조금 뒤에 그 사람은 말을 탄 채 골짜기를 건너뛰다가 추락하여 목이 부러지고 말았다. 함께 가던 사람들이 놀라 허둥지둥하는 사이 끝내 죽고 말았다.

옛 사람들이 사태를 미리 잘 헤아리고 조그만 분노를 참는 것이 이와 같았다.

제25화
부지런한 오리 정승

완평부원군 이원익은 성품이 부지런하였다. 은퇴하여 한가롭게 지내게 되었을 때는 연로하여 서책을 가까이 할 수 없었으므로 스스로 소일할 거리가 없었다. 마침 지나가는 마을 사람에게 이공이 말하였다.

"자네는 멍석자리를 짤 줄 아는가? 그렇다면 자리를 짜는 틀과 새끼줄을 내 앞에 가져다 놓게. 내가 짜 볼 것이네."

그 사람은,

"예, 예."

하고 이공이 시키는 대로 자리틀과 새끼줄을 가져다 놓았다. 이공은 며칠 동안 짜서 자리가 완성되자 그 마을 사람을 불러 그에게 내주며 말하였다.

"자네 자리니 가지고 가게."

그는 황송하여 사양하였다.

"대감께서 짜신 자리를 소인이 어찌 감히 가져가겠습니까?"

이공이 웃으며 말하였다.

"내가 소일거리로 이걸 짠 것인데, 어찌 자네 자리를 내가 가지겠는가?"

하고는 끝내 마을 사람에게 주고 말았다.

이공은 연로한 나이에도 이처럼 스스로 안일을 추구하지 않았으니, 나태한 후배들에게 경계가 될 만하다.

제26화
밤에 안광을 쏘는 사람

월사 이정구 공이 정응태의 무고를 밝히기 위하여 중국에 사신으로 갔다. 당시 우리나라가 받은 무고는 억울하기 짝이 없는 것이었다. 중국 조정의 관리들은 우리나라에서 간 사신들을 매우 엄격하게 단속하였다. 낮에는 규찰하고, 밤이면 등불도 내주지 않았다.

월사는 본국에서 이미 현지의 형편에 따라 임의로 하라는 명을 받고 왔으므로, 여러 사람들의 여론을 채취하여 그때마다 임금에게 아뢸 글을 정리하여 정서하려 하였다. 그러나 손발을 쓸 수가 없이 억눌리고 막혀 어찌할 바를 알 수가 없었다.

문서를 정서하는 어떤 관리 한 사람이 밤에 객관에 들어와서 이공에게 말하였다.

"공께서 불러만 주시면 제가 받아서 보겠습니다."

"칠흑 같은 밤에 등불도 없는데 자네가 어떻게 쓰겠는가?"

"그저 부르기만 하십시오."

그제야 이공이 불러주자, 그는 한 통을 받아썼다. 다 쓰고 나서 이공이 말하였다.

"자네의 안력은 참으로 기이하구먼. 그런데 내가 볼 수 없으니 어쩌지?"

그러자 그는 고개를 숙이고 눈을 종이 위에 가져다 대며 말하였다.

"공께서는 제 머리 뒤에서 한번 보시지요."

이공이 그의 등 뒤로 구부려 머리 뒤에서 보니, 글자가 모두 또렷하게 보였다. 대개 그의 눈빛은 사물을 비추면 빛이 난다고 하는 것이었다.

대개 선조 때는 우리나라의 인재들이 매우 성하게 모여들었던 시기였다. 그 관리도 그런 시대에 부응하여 나타났다고 하겠다.

제27화
이정구의 지도로 급제한 중국 선비

　월사 이정구 공이 사신으로 중국 연경에 갔을 때였다. 어느 날 밤, 이공이 앉아 있는데 홀연 부엌에서 글을 외우는 소리가 들리는 것이었다. 누구냐고 물으니 하인이 대답하였다.

　"부엌일을 맡아 하는 사람입니다."

　이공이 그를 불러 물어보니, 그는 먼 지방에서 과거를 보러 연경에 왔다가 낙방을 하고 돌아갈 수가 없어서 이 일을 하며 품을 받아 살아간다고 하는 것이었다.

　이공이 물었다.

　"그대가 과거를 보러 온 사람이라면 과거에서 쓰는 문장을 지을 수 있겠구먼?"

하고는 손수 책문의 제목을 써서 그에게 주었다. 그러자 그는 즉시 수천 마디의 말을 써서 바쳤다. 이공이 그 글을 읽어본 뒤에 말하였다.

　"그대의 글은 참으로 거리낌이 없이 자유분방하구먼. 다만 과거 볼 때 쓰는 문장은 반드시 긴요하고 절실하게 써서 시험관의 눈에 들어야 한다네. 자네의 글이 비록 폭넓기는 하나 절실하지 못한 것이 약간의 흠이라네. 내가 당장 가르쳐 줌세."

하고는 한결같이 우리나라 과거의 법식에 따라 즉시 한 통의 글을 써서 그에게 보여주고 웃으며 말하였다.

　"이 글을 문장의 규범으로 논하자면 비록 부족하지만, 과거에서 급제를 따내는 데에는 실로 묘법이 될 걸세."

그 뒤, 급제자 발표가 나자, 그가 과연 장원급제하여 바로 한림원에 들어갔다. 그는 이공을 찾아와 사례하였다.

"저는 공께서 일러주신 법식대로 해서 여기에 이르렀습니다. 모두가 공의 은혜입니다."

마침내 이공은 그의 집으로 찾아가 답례하였다. 중국에서는 과거에 급제한 관리에게 집과 하인을 내주는 까닭에, 그의 집은 이미 엄연한 관부의 모양을 하고 있었다. 하루 사이에 마구간 청소나 하던 사람이 높은 벼슬아치가 된 것이다. 그의 귀천의 현격함이 이와 같았다.

사신으로 온 사람이 하는 일은 예부를 거쳐야 하는데, 그가 많은 힘을 써주었다고 한다.

제28화
옛 주인의 원수를 갚으려 한 계집종

정순붕이 을사사화를 빚어내자, 재상 유인숙의 집 계집종으로 있다가 적몰되어 정순붕 집의 계집종이 된 아이가 있었다. 그녀는 항시 충심을 다하려고 힘썼다.

정순붕이 죽은 뒤에 그 계집종이 정순붕을 저주한 일이 발각되었는데, 죽은 사람의 다리를 정순붕의 베개 속에 넣었던 것이다. 그 계집종이 자복하기를,

"정순붕은 우리 대감을 살해하였으니 같은 하늘 아래 살 수 없는 원수다. 나는 손수 칼로 찌를 수 없는 것이 한이 되었으므로 이런 계책을 썼을 뿐이다. 처음부터 이 일을 하려고 했으나 청파 서방님이 계시는 동안에는 신명처럼 훤히 꿰뚫어 아시는 까닭에 감히 엄두를 내지 못하다가 서방님이 돌아가시자 나의 계획을 행할 수 있었던 것이다."
하였다. 청파 서방님은 바로 북창 정렴을 가리키는 것이다. 북창은 남의 마음속을 꿰뚫어 볼 수 있는 재주를 부릴 수 있었다. 그의 아버지인 정순붕이 몰래 흉계를 모의할 때마다 그는 깊은 산속에 들어가서 통곡하였다. 그 계집종의 말은 북창이 이러하였기 때문이었다.

제29화
동방의 이인 정렴

북창 정렴은 정순붕의 아들로, 세상에서는 동방의 이인이라고 일컫는다. 타고난 자질이 순수하고, 풍채와 골격이 남달리 맑아 완연히 천상의 인물과 같았다. 정신이 깨끗하여 욕심이 없었으며, 여섯 가지 신통한 재주에 통달하였다. 북창은 젊은 시절 산사에서 글공부를 하였는데, 산 아래 백 리 안의 일을 다 알았다.

사신을 따라 연경에 가서는 여러 나라의 사신들을 만났는데, 그때마다 그 나라 말로 이야기를 주고받는 데 막힘이 없었다.

유구국에서 온 사신이 정공을 보고는 정중히 인사를 올리며 말하였다.

"정공은 신인이십니다. 제가 본국에 있을 때 운명을 점쳐 보았는데, 아무 달 아무 날 중국에 들어가면 이인을 만날 것이라는 점괘가 나왔습니다."

하고는 점괘를 주머니에서 꺼내 보여주는데, 과연 그 날이었다.

정순붕이 흉악한 사람들과 더불어 모의할 때마다 북창은 깊은 산속에 들어가 통곡하였다. 그는 나이 40여 세에 이르러 죽었다. 임종한 뒤 집안사람들이 발상하여 곡을 하려는데 홀연 일어나 앉으며 말하기를,

"내가 잊은 일이 있다."

하고는 붓과 벼루를 가져오라고 하여 스스로 다음과 같은 만시를 썼다.

평생에 일만 권의 책을 읽어 치웠고,
하루에 일천 병의 술을 마셔버렸다네.
고상하게 한 말은 복희씨 이전 일뿐이요,
속된 이야기는 줄곧 입에 담지 않았네.
안회는 나이 서른에 아성이라 일컬어졌는데,
선생의 나이는 어찌 그리도 많으오?
一生讀破萬卷書 一日飲盡千鍾酒
高談伏羲以上事 俗說從來不掛口
顔回三十稱亞聖 先生之壽何其久

다 쓰고 나서 붓을 던지고는 죽었다.

제30화

인조가 그린 말 그림

선조 말년에 나중에 인조가 된 능양군의 이름을 종(倧)으로 명명한 것은 이미 깊은 뜻이 있었다.

선조는 여러 궁에 있던 왕손들을 불러 모았는데, 어떤 사람은 그림을 그리고 어떤 사람은 글씨를 썼다. 인조는 어린 시절에 말 그림을 그렸는데, 선조가 그 그림을 백사 이항복에게 주었다.

백사가 함경도 북청으로 귀양 갈 때는 문하생과 군사들 가운데 길가에까지 배웅하는 자들이 매우 많았다. 그러나 백사는 유독 승평부원군 김류만을 데리고 객관에 투숙하여 그 그림을 주며 말하였다.

"이 그림은 선왕께서 하사하신 것인데, 주신 뜻을 알지 못하겠네. 자네는 이 그림을 그린 사람이 누구인지 조사해 보게."

승평도 망연하여 그 까닭을 알지 못하였다. 집에 돌아와서는 그 그림을 벽에 붙여 두었다.

인조가 잠저하고 있을 때였다. 어느 날 외출하였다가 때마침 소나기를 만나 길가에 있는 어느 집 대문 밖에서 비를 피하고 있었다. 잠시후에 젊은 계집종이 안에서 나와 아뢰기를,

"어디서 오신 손님이신지는 모르겠으나 비가 몹시 내리는데 오래서 계실 수는 없으니 잠시 사랑채에 앉아서 기다리시지요."

하는 것이었다. 인조는 바깥주인도 안 계시는데 어찌 그럴 수 있느냐며 사양하였다. 계집종이 거듭 안방마님의 뜻이라며 청하자, 인조는

어쩔 수 없어 말에서 내려 사랑채로 들어갔다. 벽에 말 그림이 걸려 있어 자세히 살펴보니, 바로 자신이 어릴 때 그렸던 그림이었다. 마음 속으로 괴이하게 여기고 있는데, 잠시 후에 주인이 들어왔다. 바로 승평이었으나 처음에는 서로 알지 못하는 사이였다.

인조는 비를 피하다가 사랑채에까지 들어오게 된 연유를 자세히 말하고 나서 물었다.

"저 그림을 어떻게 벽에 붙여놓게 되었소?"

"백사 대감께서 일찍이 제게 주셨는데, 이 그림을 누가 그렸는지 모르는 까닭에 벽에 붙여놓고 누군가 찾기를 바라고 있지요."

"이 그림은 제가 어렸을 때 그린 것이오."

잠시 후에 안채에서 잘 차린 주안상을 내오자, 승평은 마음속으로 괴이하게 여겼다.

손님을 보낸 후에 승평이 부인에게 물었다.

"지나가던 종친이 우연히 비를 피해 들어왔는데 진수성찬을 차려 대접한 것은 무슨 까닭이오?"

"지난 밤 꿈에 어가가 우리 집으로 드셨는데, 위의가 매우 성하더군요. 꿈이 깬 뒤에 이상하게 여겼는데, 낮에 몸종이 전하기를, '어떤 관원 한 분이 비를 피해 대문간에 들어 말을 세우고 계십니다.' 하더군요. 제가 문틈으로 엿보니 얼굴 모습이 완연히 꿈에서 본 분이므로 깜짝 놀라 성대하게 대접했을 따름입니다."

이때부터 승평은 인조와 왕래하여 친밀해졌고, 마침내 인조반정을 일으키게 되었다.

백사는 뛰어난 기품을 숨김없이 드러내어 더러 귀신같은 일들이 있었다.

인조반정 때의 정사공신인 연평부원군 이귀, 연양부원군 이시백,

평성부원군 신경진, 승평부원군 김류, 완성부원군 최명길 등의 사람들이 모두 백사의 문하에서 배출되었으니, 그 또한 기이하지 않은가!

제31화
인렬왕후의 성덕

하늘이 창업이나 중흥의 임금을 낼 때는 또한 반드시 성덕이 뛰어난 왕후를 내어 내조를 하게 한다.

인조대왕은 위대한 천명을 받고 탄생하여 중흥의 대업을 크게 밝혔다. 인렬왕후 또한 성덕으로써 내치를 도왔다.

인조반정 후 광해군을 모셨던 궁녀 가운데 옛일을 생각하며 눈물을 흘리는 사람이 있었다. 어떤 궁녀 하나가 인렬왕후에게 헐뜯어 고자질하니 왕후가 하교하였다.

"그 궁녀는 옛 임금이 그리워 눈물을 흘린 것이니 충성스럽다고 할 수 있겠구나."

하고는 그 궁녀를 불러 말하기를,

"네가 능히 옛 임금을 잊지 못하고 있으니 반드시 네가 하던 일을 옮겨 나를 섬기게 하리라. 이제 너를 보모상궁으로 삼을 것이니 나의 자녀들을 잘 돌보아라."

하고는 일러바친 궁녀를 매질로 다스리게 하였다. 보모상궁이 된 궁녀는 감격하여 눈물을 흘렸다. 이때부터 옛 임금을 모시던 궁녀들은 모두 불안하던 마음이 풀려 절로 편안해졌다.

이 일은 동평위 정재륜의 견한록에 상세하다.

인목대비가 승하한 뒤 남모르게 간직하고 있던 물품 가운데 대비가

손수 써서 명나라 조정에 보내려던 글 한 통이 있었는데, 그 가운데
놀랍고 두려운 말이 있었다. 인조가 그 글을 읽어보고 놀라 어떻게
처리해야 할지를 모르자, 인렬왕후가 여쭈었다.

"이 일을 전하께오서는 장차 어찌 처리하시렵니까?"

"중전의 생각은 어떻소?"

"이목을 번거롭게 하지 마시고 제게 주시면 제가 마땅히 잘 처리하
겠습니다."

인조는 그 글을 인렬왕후에게 건네주었다. 인렬왕후는 불을 가져오
라고 하여 태워버렸다.

이러한 조처를 성덕을 갖춘 왕후가 아니라면 능히 할 수 있겠는가?
아아, 참으로 성대하도다!

제32화
인조반정 전야

　계해년(1623) 인조반정 전날 저녁, 승평부원군 김류가 여러 사람들과 수진방에 있는 완남군 이후원의 집에서 만났다. 도성을 나가 홍제원에서 만나 그 날 밤 거사를 하기로 약속하였다.

　완남의 조카 이형은 궁촌에 나가 그 집안의 노복들을 수습해 오려고 하였다. 궁촌은 바로 완남의 서울 근교 농장이 있는 곳이었다. 승평이 말하였다.

　"이이반이 궁촌에 살고 있으니, 자네는 꼭 그를 데려오게."

　이이반은 바로 고인이 된 부제학 이유홍의 아들이다. 이유홍은 죄도 없이 광해군 체포되어 먼 변방에 유배되어 죽었다. 이이반은 젊은 시절 승평의 문하에서 학문을 익혔던 까닭에 함께 거사를 하고자 하였던 것이다.

　이형은 가는 길에 이이반을 살곶이다리에서 만나 그를 산언덕 사람이 없는 곳으로 데려가서 자초지종을 말한 뒤 다시 이르기를,

　"김 동지께서 지금 수진방 집에 계시니 곧장 그리로 가셔야 합니다."

하자, 이이반이 사례하였다.

　"선생께서 나를 아끼시어 대사를 함께 하자고 하셨군. 나는 이미 지극히 원통한 일을 겪었는데 어찌 감히 가담하지 않겠는가?"

　이이반은 수진방의 집으로 달려가서 중문에 들어서다가 창강 조속

을 만났다. 이이반은 다시 사례하였다.

"그대들이 대사를 일으키려고 모의하면서 나를 호락호락하다고 하지 않고 그 모의에 참예시켜 준 것을 감사드리오. 그렇더라도 내게 숙부님이 계시니 가서 말씀드리는 게 어떻겠소?"

조공이 세상 물정에 어두운 선비는 마땅히 준엄한 말로 엄격하게 물리쳐야 한다면서 이이반을 데리고 들어가 단단히 묶어놓고 대답하기를,

"이런 중대한 일을 어찌 경솔하게 가서 아뢴단 말이오? 부디 깊이 헤아려보고 하시오."

하고는 그 자리를 떠났다.

이이반은 들어가서 승평을 뵙고 감사의 인사를 드린 뒤 잠시 자신의 집에 다녀와서 곧장 그의 숙부인 이유성의 집으로 가서 아뢰었다. 이유성은 곧 문과에 급제하여 승지로 있던 사람이었다. 그는 조카의 말을 듣고 깜짝 놀라 이이반을 데리고 곧장 김신국의 집으로 달려가서 고변하는 글을 지어 올렸다.

이럴 즈음에 날이 이미 저물어 어두워졌다. 금부도사가 곧장 수진방에 있는 완남의 집에 이르러 보니, 사람들이 모두 홍제원으로 가고 이후배와 이형만 남아 있었다. 금부도사는 이 두 사람을 추국청으로 잡아들였다.

김자점과 심기원은 이보다 앞서 별도로 함께 모의하여 인조에게 붙은 사람들이었다. 마침내 뇌물로 줄 물품들을 대량으로 준비하여 광해군의 후궁인 김씨에게 후하게 보냈다. 광해군은 후궁 김씨와 밤새도록 후원에서 큰 잔치를 벌이면서 다만,

"성지가 반역을 했다고? 수지가 반역을 했다고?"

라는 말만 하였다. '성지'와 '수지'는 바로 김자점, 심기원 두 사람의

자였다. 평소에 궁궐에서 광해군이 그 두 사람을 만나곤 하여 그들의 자를 익히 알고 있었기 때문이었다.

광해군은 술에 몹시 취해 국청에 군사 동원의 신표를 넣어 둔 상자를 내리지 않았으므로 역모에 연루된 자들을 체포하러 나가지 못하였던 것이다.

이 날 밤 반정군들은 창의문으로 들어와 창덕궁에서 새 임금 인조를 추대하였고, 이후배와 이형은 죽음을 면할 수 있었다. 인조는 등극하여 하교하기를,

"이유성은 자신이 섬기던 임금에게 충성한 자이니 죄를 묻지 말라. 이이반은 자기 아비가 죄도 없이 죽었다는 것을 잊었고, 또한 자신의 스승을 배반하여 덫에 몰아넣었으니 그 죄를 용서할 수 없노라."

하고 처형하라고 명하였다.

제33화
지명 속의 예언과 조짐

　무릇 예언적 기록과 조짐이 간혹 예로부터 세상에 널리 퍼져 오다가 제왕이 천명을 받아 등하는 것처럼 후세에 부합되는 것은 진실로 타고 난 운명이 전생에 이미 정해져 있는 것이지, 이 어찌 인력으로 용납될 수 있는 것이겠는가?

　한양 도성의 서쪽에 이른바 인왕산이 있는데, 이 산의 북쪽 성문을 창의문이라고 하고, 창의문 밖에는 홍제원이 있으며, 홍제원에서 서쪽으로 10여 리 되는 곳에는 연서역이 있다. 인왕산, 창의문, 홍제원, 연서역 등의 이름은 어느 시대에 처음으로 붙인 것인지 알 수 없다. 그러나 창의문은 조선조 태조가 나라를 세우고 도읍을 정할 때 명명한 것이다. 이들은 모두 옛날부터 세상 사람들이 전하는 것을 기록한 것이다.

　광해군 때 인왕산 아래 왕이 태어날 조짐이 있다는 속설이 있었다. 그 때문에 광해군이 별궁을 지었는데, 그것이 오늘날의 경궁이다. 그러나 인조대왕이 그 산 아래서 탄생한 것은 끝내 몰랐다.

　'창의'와 '홍제'라는 이름 또한 계해년(1623)의 의거인 인조반정의 조짐을 예언하고 있다. 더구나 연서역이라는 이름은 더욱 기이하다. 계해년 인조반정 때 완풍부원군 이서가 경기도 장단부사로 거사에 참여하였는데, 인조가 의지하고 믿을 군사는 장단부사가 이끄는 군사뿐이었다. 인조는 여러 훈신들과 더불어 밤에 홍제원에서 만났다. 완풍이 군사를 거느리고 오기로 약속하였는데 밤이 깊어도 이르지 않는 것이었다. 그것을 우려한 인조가 여러 훈신들과 더불어 앞으로 나아가다가 연서역에 이르렀을 때 군사들을 이끌고 오는 완풍을 만났다. 그리하여 완풍과 더불어 홍제원에 이르러 창의문을 거쳐 도성으로 들어갔던 것이다.

역의 이름을 '이서를 맞다[연서(延曙)]'라고 명명한 것이 어느 시대 누구에 의한 것인지는 알 수 없다. 그러나 수많은 세대가 지난 뒤에 이른바 '이서'라는 사람이 있을 줄 어찌 알았으랴? 또한 인조가 이서를 이곳에서 맞게 될 것을 어찌 알고 '연서'라는 이름을 명명하였겠는가? 이는 진실로 하늘과 사람이 서로 맞은 것이요, 예기치 않게 그리된 것이다.

또한 내가 들은 옛말에 이르기를,

'지극히 덕이 높은 사람은 천 년 전과 천 년 후를 안다.'

라고 하였다. 혹시라도 지극히 덕이 높은 옛사람이 미리 알고 그러한 이름을 붙였던 것인가? 아무튼 알 수가 없다.

제34화
기회주의자의 말로

인조반정 때의 반정군은 장단부사 이서가 이끄는 군사 약간에 지나지 않았다. 비록 이들이 하늘의 뜻에 순응하고 백성들의 뜻을 따르는 군사라 하더라도 어찌 능히 임금의 친위병을 감당할 수 있었겠는가?

이때 이흥립은 훈련대장으로 있었다. 반정에 성공한 뒤 훈신이 된 장유가 이흥립의 사위인 자신의 동생 장신을 연줄로 이흥립과 통하여 거사를 일으켰을 때 내응해줄 것을 청하였다. 그러자 이흥립이 말하였다.

"나는 마땅히 군사들을 정비하고 재편성하여 구원하러 갈 것이오. 어느 쪽이 성공하고 어느 쪽이 실패하는가를 살펴서, 만약 반정군이 실패하면 당연히 공격할 것이오."

이 날 밤, 이흥립이 군사를 모아 대궐에 이르러 보니 반정군이 이미 들어와 있는지라 징을 쳐서 군사를 물리고 파자교에 진을 쳤다. 그 때문에 반정군은 무인지경에 들어가듯 하였다. 그 뒤 이흥립은 훈련대장 직을 그대로 맡았다.

갑자년(1624) 이괄의 난 때 이흥립은 또 이 술수를 부리다가 난이 평정된 후 복주되었다.

남의 신하가 되어서 맡은 일에 충성을 다하지 않고 가만히 앉아 성패를 구경만 하고 있었으니, 진실로 이는 천지자연의 이치가 마땅히 그를 죽게 한 것이다. 하물며 전대의 역사와 근간의 일을 두루 살펴보면, 무릇 사람 어떤 일을 하려고 마음을 먹거나 계획을 꾸미면서 이랬다저랬다 변덕을 되풀이하며 반드시 이해를 가려 편리한 것만을 교묘히 차지하는 사람은 화를 당하지 않을 수가 없었다. 이런 기회주의자는 대개 조물주가 몹시 증오하는 사람이 아니겠는가!

제35화
변란 중에도 침착함을 잃지 않은 윤지경

   참판을 지 윤지경은 광해군 때 세자시강원의 사서로 입직하고 있다
가 계해년의 변란을 만났다. 급히 세자를 찾았으나 어디에 있는지 알
수가 없었다. 반정군에게 붙잡힌 윤공이 말하였다.

   "왕조가 바뀌 종묘와 사직이 망했다면, 나는 마땅히 죽으리라."

   그러자 어떤 이가 말하였다.

   "능양군께서 이미 즉위하셨으니 급히 숙배를 올리시오."

   "그렇다 하더라도 내가 친히 뵙지 않고는 숙배를 할 수가 없소."

   그 말을 들은 인조는 임시로 마련한 자리의 휘장을 열고 용안을 드
러내 보여주었다. 그러자 마침내 윤공은 숙배를 하였다.

   창졸간에 이와 같이 하기도 또한 어려운 것이다. 이 일로 윤공은
그 당시에 명망이 중해졌다.

제36화

훈작을 거절한 조속

　창강 조속의 부친인 조수륜은 광해군 때에 화를 입었고, 창강의 형
인 조직은 머리를 부수어 죽었다.

　창강은 인조반정이 일어난 날 밥을 먹은 뒤 거사에 참여하였다. 반
정이 성공한 뒤 녹훈을 하려 하자, 창강은 힘써,

　"만약 녹훈이 된다면 신하로서 반정에 참여한 본뜻이 아닙니다."

하고 사양하며 끝내 훈작을 받지 않았다. 이 때문에 창강의 명망이
중하여졌다. 사람들은 창강 부자와 형제의 일을 중국 춘추시대 초나
라의 오사와 오자서 형제에 견주었다.

제37화

홍서봉의 기상

학곡 홍서봉과 백사 윤훤은 변함없는 우정을 나누는 사이였다. 백사의 막내아들로 승정원의 주서 벼슬을 하는 기암 윤징지는 유희분의 사위였다.

어느 날 학곡이 백사의 집에 가서 좌정하고 있는데 기암이 와서 아뢰기를,

"장인어른께서 말을 보내 부르십니다. 가서 뵙기를 청합니다."

하였다. 백사는 그러라고 허락하였다.

잠시 후에 기암이 다녀왔다고 아뢰자 백사가 물었다.

"장인어른께서 너를 불러 무슨 일을 말씀하셨느냐?"

"조용히 말씀을 올렸으면 합니다만…."

백사가 일어나 문밖으로 나가서 묻자, 기암이 말하였다.

"장인어른께서 이르시기를, '홍 아무개가 역모를 꾸민다는 말이 널리 퍼져 있는데, 자네 아버님께서는 어쩌자고 밤낮으로 친밀하게 지내시는가?' 하셨습니다."

학곡이 두 부자의 뒤를 따라와 물었다.

"자네 부자간에 주고받는 말을 내 어찌 들으면 안 되겠는가? 무슨 일을 말한 겐가?"

백사가 대답하였다.

"자네를 들먹이며 하는 말이 이러이러하더군."

학곡은 도로 방안으로 들어가서 편안히 누우며 말하였다.

"그놈이 어찌 나를 죽일 수 있겠는가?"

하며 꿈쩍도 하지 않았다.

대개 그 규모가 공부자께서 말씀하신 '제대로 다스려지지 않는 나라에서는 살지 않는다.[난방불거(亂邦不居)]'나 '나라에 도가 행해지지 않을 때는 행동은 준엄하게 하되 말은 낮춰서 해야 한다.[위행언손(危行言遜)]'는 기상과는 같지 않았다.

제38화
홍서봉과 홍명원

　계해년 인조반정 뒤 해봉 홍명원은 학곡 홍서봉과 더불어 경기도 안산의 시골집에서 함께 잤다. 학곡이 말하였다.

　"반정이 일어나기 전에 내가 일찍이 자네에게 말을 했었는데, 자네는 알아듣지 못했나 보네."

　"무엇을 일찍이 말하셨소?"

　"아무 해 자네와 안산에서 잘 때 내가 지은 시를 외워주지 않았는가?

　　젊은 날 풍파가 두려웠는데,
　　풍파가 많기도 했었지.
　　오늘밤 포근히 잠든 곳에서,
　　꿈에 풍파가 그쳤다고 외치네.
　　少日風波畏　風波亦已多　今宵睡足處　夢唱定風波

라고 말일세."

　그러자 해봉이 말하였다.

　"그 시로 어찌 알겠소?"

제39화
홍서봉의 어머니 유씨

학곡 홍서봉의 어머니는 유몽인의 누이동생이다. 글 솜씨가 있고 감식이 있었으나 성품이 사납고 샘이 많았다.

학곡의 부인 홍천민이 일찍이 친구를 만나 아내의 성품이 사납고 투기가 심해 감당하기가 어렵다는 말을 하자, 그 친구가 말하였다.

"그런데도 어떻게 아내로 여기고 고통을 자초하는가? 어째서 내쫓지 않는 게야?"

"쫓아낼 만하다는 걸 내 어찌 모르겠는가마는 지금 임신 중이라서…. 혹시 아들을 낳지 않을까 해서 드러내지 않은 채 참고 있을 따름일세."

"그런 사람이 아들을 낳은들 어디다 쓰겠는가?"

유씨 부인은 들창문 사이로 몰래 듣고는 하인에게 막대기에 똥을 묻혀 오게 하였다. 그녀는 손님이 앉아 있는 창가로 가서 창구멍으로 똥 막대를 넣어 손님의 뺨을 때렸다.

그리하여 낳은 아들이 바로 학곡이다. 학곡은 어려서부터 스스로 글 읽는 과제를 부과함으로써 문장에 능하게 되었다.

완남군 이후원이 젊은 시절 학곡을 찾아가 뵙고, 과거시험 답안으로 쓴 표문과 시 각각 3편을 평가해 달라고 청하였다. 학곡은,

"두고 가게. 평가해서 보내줌세."

하였다. 며칠 뒤에 모두 '하등'이라고 써서 보내주었다.

그 뒤, 완남이 학곡의 집을 찾아가 보니 자신의 과시와 과표의 한 구절씩을 벽 사이에 써놓은 것이었다. 완남이 물었다.

"어째서 이 구절을 써 놓으셨습니까?"

"그 글이 좋아서가 아니라 어머님께서 보시고 말씀하시기를, '이 두 구절의 기상이 마땅히 멀리 이를 것 같구나.'하셔서 쓴 것일 뿐일세."

제40화
유씨 부인의 신감

학곡 홍서봉의 모부인인 유씨는 신령스러운 감식력이 있었다. 학곡의 맏아들인 감사 홍명일이 젊은 시절 과거를 보러 갔다가 나오자, 학곡은 아들이 지은 글을 보고 틀림없이 급제하지 못하리라고 생각하였는데, 유씨 부인이 말하였다.

"이 글이면 마땅히 장원이지."

하고는 집안사람들을 재촉하여 과거 급제에 대비하여 술을 빚게 하였는데, 방이 나붙자 과연 장원으로 진사가 되었다.

그밖에도 후손들이 쓴 글을 한번 보기만 하면 그때마다 그 사람이 빈궁할 것인지 영달할 것인지와 요절할 것인지와 장수할 것인지를 점쟁이처럼 알아맞혀서, 일일이 다 기록할 수가 없다고 한다.

어느 날 저녁, 학곡이 모부인을 모시고 앉아 있는데 멀리서 말이 우는 소리가 들려오자 부인이 말하였다.

"이 말은 명마로군!"

하며 끌어오라고 명하였다. 그 말은 작고 둔한 관단마로 말라서 거의 죽을 지경이었다. 부인은 그 말을 잘 먹여 기르라고 명하였는데, 과연 준마가 되었다고 한다.

유씨 부인은 비단 이와 같은 일뿐만 아니라 그 이외의 많은 부덕으로 오늘날까지도 그 맑은 덕이 칭송되고 있다. 막대기에 똥을 묻혔기 때문에 성품이 사납고 투기가 심하다고 논하는 것은 부당하다. 그 일은 홍명일의 후취 부인인 구씨의 일이다.

구씨 부인은 성품이 맵고 뛰어난 기상과 재기가 있었다. 홍명일이 첫날밤에 몸에 걸친 것을 가지고 비굴하게 굽실거리며 말하기를,

"말총갓은 어떻소? 붉은 실띠는 어떻소?"

하자, 부인이 응답하였다.

"갓은 황색 초립이요, 관자는 바다거북의 등껍질로 만든 대모관자요, 띠는 실띠로군요."

그 말을 들은 홍명일은 그만 말문이 막혔다고 한다.

어느 날 홍명일이 쪽빛 비단으로 새로 지은 깃이 둥근 관복을 입고 조정에 나갔다가 귀가하는 길에 첩들의 집을 두루 살펴보고 돌아왔다. 그 사실을 안 구씨 부인은 급기야 홍명일의 도포를 벗겨가지고 곧장 기름동이에 담가 버렸다고 한다.

제41화
인조의 비호를 받은 동래 정씨 가문

수죽 정창연 공은 폐비가 된 광해군의 왕비 유씨의 외삼촌이다. 광해군 초년에 좌의정이 되어 나랏일을 맡고 있었다. 수죽은 광해군과는 인척이 되는 신하로, 광해군은 국가의 모든 일을 편로 비밀리에 묻고 오직 수죽의 말만을 썼다. 광해군 초년의 정치가 맑고 밝았던 것은 이 때문이었다.

수죽 집안의 하인으로 남쪽 지방에 갔던 자가 돌아와 아뢰기를,

"남쪽 사람들 대다수가 대감마님께서 국정을 전횡한다고 하옵니다."

하는 것이었다. 수죽이 깜짝 놀라 말하였다.

"그러하다면 내 어찌 목숨을 보전하겠는가? 그러나 그렇더라도 내가 어찰에 답장으로 상감께 올린 글은 종로 거리에 떨어뜨려도 부끄러울 것이 없다."

그 뒤 인목대비를 폐하자는 폐모론이 일었을 때 광해군은 또 어찰로 그에 관해 물었다. 수죽은 힘써 불가함을 간하였다. 이때부터 어찰로 정사를 논하는 일은 끊어졌고, 수죽은 대신의 자리에서 물러나 오래도록 한가하게 지냈다.

계해년 인조반정이 일어나던 날 밤에 장차 변란이 있을 것이라는 소문을 듣고 대궐로 달려갔다. 수죽의 맏아들인 판서공 정광성이 모시고 앉아 있었다. 수죽이 물었다.

"네 생각에는 이것이 누가 벌인 일 같으냐?"

"누가 벌인 일인지는 모르겠사오나 김류가 가담한 것은 틀림없는 듯하옵니다."

"그걸 어찌 아느냐?"

"일찍이 그의 말을 들어보니 나라에 대해 거칠고 거만함이 있어 의심이 갔을 뿐이옵니다."

수죽의 동래 정씨 가문은 광해군의 외척이었으므로 실로 화를 면하기 어려웠다. 그러나 인조가 등극하기 전 오래도록 능양군으로 있을 때 수죽이 어질다는 것을 익히 잘 알고 있었으므로, 죄를 묻지 말고 관작도 예전과 같이 내리라고 명하였다.

수죽은 서울에 있기가 어렵다고 생각하여 경기도 수원의 농장으로 내려가서 살았다. 인조반정에 공을 세운 훈신들은 아직도 수죽을 의심하는 자들이 많아서 걸핏하면 염탐꾼을 보내 감시하였다.

어느 날 어떤 승려 한 사람이 수죽의 집에 와서 노복들과 이야기를 하는데, 간혹 옛 임금을 추념한다는 등의 과격하고 무서운 말을 많이 하는 것이었다. 수죽은 그 말을 듣고 하인더러 그 승려를 결박하여 관가로 보내라고 하였다.

당시 완풍부원군 이서가 수원부사로 있었는데 웃으며 그 승려를 풀어주었다. 아마도 그 승려는 완풍이 보낸 듯하였다. 수죽은 두려워 움츠리고 있다가 한양 도성으로 돌아가 살았는데, 이는 대개 인조의 성덕이 아니었으면 화를 면하기 어려웠다.

이런 까닭에 수죽의 손자인 양파 정태화는 인조의 기일이 되면 집안의 어린아이들까지도 모두 고기반찬이 없는 밥을 먹으라고 명하고 이르기를,

"만약에 인조대왕께서 성덕을 베푸시지 않으셨다면 애초에 너희들이 어떻게 태어났겠느냐?"

하였다.

제42화
선비의 꿋꿋한 기개

인조 때 정명공주가 혼인한 뒤였다. 공주의 남편인 영안도위 홍주원은 바로 월사 이정구의 외손이므로, 공주가 장차 찾아가 뵈려고 하였다. 월사의 집은 동촌에 있었다. 공주는 지름길로 가려고 창경궁의 북문인 집춘문에서 문묘를 지나 성균관을 가로질렀다. 성균관 유생들이 놀라 괴이하게 여겨 다수의 겸종들을 차출하여 공주의 종자와 궁녀들을 다 붙잡아 묶어 놓고 꾸짖었다.

"집춘문은 단지 주상께서 문묘에 배알하시기 위해 설치한 것이라 평상시에는 닫아 놓고 열지 않는 것이오. 또한 협문도 없소. 공주께서 아무리 귀하시다 해도 이 문으로 나가실 수는 없소. 그리고 공주의 행차가 반궁을 가로질러 가는 것은 예전에도 전례가 없었는데 어찌 그리하실 수가 있소?"

공주가 신부로서 집안 어른을 뵈러 가는 까닭에 잘게 저민 고기를 다량 장만하여 궁궐의 하인들이 술과 음식을 짊어지고 길게 늘어서서 나가니, 유생들도 반궁의 하인들을 내어 모조리 붙잡아다가 궁궐에서 나온 하인들을 포박하고 그들이 가지고 가던 술과 음식을 빼앗아 성균관의 명륜당에 모여 앉아 함께 먹어 치웠다.

공주가 크게 노하여 장차 임금에게 올릴 글을 쓰려고 하자, 월사가 듣고 공주에게 청하기를,

"애초에 공주께서 집춘문으로 나오신 것은 결과적으로 미안한 일입

니다. 유생들이 붙잡은 것은 근거가 없이 한 일은 아닙니다. 지금 만약 노하여 잘잘못을 따지며 다투신다면, 유생들이 틀림없이 이 늙은이를 공격하여 장차 감히 편안하게 집에서 지낼 수가 없을 것입니다. 이 늙은이를 위해 그만두시기를 바랍니다."

하자, 공주가 마침내 그만두고 돌아가서 인조에게 울며 하소연하였다. 인조가 하교하기를,

"고모님께서 그만두신 것이 옳습니다. 비록 글을 써 보내셨어도 저 많은 유생들을 어떻게 처리하겠습니까?"

하였다. 아아, 아름답고 성대하도다! 유생들이 궁궐의 하인들을 포박하여 다스리고, 감히 성균관을 가로지를 수 없다고 꾸짖은 것은 그럴 수도 있는 일이다. 그러나 공주가 시집에 장만해 가는 이바지 음식을 빼앗아 다 함께 모여 먹은 것은 당연히 경박한 어린아이들이나 하는 짓이다. 어찌 식견이 있는 군자가 할 수 있는 것이겠는가? 그러나 비록 왕의 위엄으로도 단지 용서를 하였을 뿐 어찌할 수가 없었던 것이다.

역대의 왕조에서 유교적 교화를 드러내어 일으키고 사기를 진작시킴이 이와 같았으나 그것이 폐단으로 흐른 것은 그 무리가 많은 것을 믿고 명성과 위세를 지어 조정의 의논에 참견하고, 때에 따라 조정을 올렸다 내렸다 하며, 앞 다투어 빼앗아 가질 즈음에는 문득 분발하여 일어나서 제멋대로 생각하여 행동하고, 갑자기 뛰어 들어 쫓아서 몰아내며, 서로 남의 흉내를 내면서도 수치를 모른다. 그런 까닭에 임금에게 소중하게 여겨지지 못하였다.

근래 여러 차례 엄한 분부를 받들고 그로 인해 부끄럽던 얼굴을 회복하였다. 이것이 그 선비들을 꾸짖는 데에는 부족하나 또한 학문을 이룬 선비들의 교화에 관계가 있는데, 가장 중요하고 근본적인 것에 미치지 못해서 그러한 것이다.

근년에 상감께서 친히 창경궁 춘당대의 과거 시험장에 거둥하셨는데, 어떤 가마 한 채가 유생들이 바다처럼 꽉 들어찬 가운데로 세차게 돌진하여 지나갔다. 궁녀들이 그 뒤를 따르고 있었다. 물어본 즉 나이 어린 옹주가 구경하러 들어왔다는 것이었다. 선비들은 감히 누구냐고 묻지도 못하였다. 그 광경을 당시의 성균관 유생들이 보았다면 어떠하였을까? 이는 진실로 사기가 꺾여 위축된 것이다. 사기가 이 지경에 이른 것은 오직 교화가 점차 해이해지고 세상을 올바로 다스리는 도리가 날로 쇠퇴하였기 때문이다.

사대부 풍습에 더 이상의 여지가 없음은 온전히 숙종조 50년 사이에 여러 차례 조정의 국면이 바뀌었기 때문이다. 오로지 벼슬과 녹봉으로 신하들의 처지를 구속하여 억눌러 반드시 정권의 대강령을 한꺼번에 관할하려 하고, 애증과 출척이 다만 성상의 뜻에서 나온 것만을 따르게 하였기 때문이다. 조정의 신하들과 선비들이 오직 이로움만을 좇는 것은 물론이요, 편안히 여겨 부끄러움을 알지 못하는 것이 이처럼 극에 달하였으니 애석하도다!

제43화

필화를 입은 유몽인

　어우당 유몽인은 광해군 때 벼슬이 종2품에 이르렀으나 이이첨과
대립하여 폐모론에 참예하지 않았으므로 계해년의 인조반정 후에는
죄를 입지 않았다. 그 뒤에 말 때문에 유효립의 옥사에 연루되어 체포
당하게 되었다. 처음에 그가 있는 곳을 알지 못하여 한참이 지난 뒤에
야 붙잡았다. 옥관이 물었다.

　"어디에 갔었는가?"

　"서산에 갔었소."

　이때 오리 이원익, 상촌 신흠, 청음 김상헌 등이 옥사를 다스렸는
데, 마침내 서로 이르기를,

　"저 죄인이 참으로 자신이 품고 있는 생각을 드높이고 있소. 비록
그러하나 주나라 무왕이 은나라 주왕을 정벌하고 만약에 주왕의 서
형인 미자를 옹립하였다면 백이와 숙제가 또한 마땅히 서산에 갔었
겠소?"

하고는 옥사의 진상을 신문하였다.

　유몽인의 진술서에는 신문하는 말에는 대답하지 않고, 다만 자신이
일찍이 지었다는 〈노과부사〉 한 편만을 써서 올렸다고 한다. 그 시는
다음과 같다.

칠순의 늙은 과부가
단정히 살며 규중을 지켰네.
이웃사람이 시집가라고 권하는데,
멋진 남자의 얼굴이 무궁화처럼 환하다네.
여사의 시를 익숙하게 외우고,
태임과 태사의 가르침도 대강은 알고 있는데,
하얗게 센 머리에 새색시 화장을 하면,
분과 연지에 부끄럽지 않겠는가.
七十老寡婦 端居守閨闈 傍人勸之嫁 善男顏如槿
慣誦女史詩 粗知任姒訓 白首作春容 寧不愧脂粉

이 시로써 죄를 자복하였다고 하고 법에 따라 처형하였다.
내가 일찍이 유몽인의 문집 원고에서 조정에 벼슬하러 가는 아들을 전송하며 써준 편지를 보았는데, 그 편지는 다음과 같다.

'옛 임금은 덕을 잃어 스스로 천명을 끊었고, 새 임금은 성덕이 밝으니, 네가 벼슬해서 안될 의리는 없다. 나는 벼슬이 높고 나이도 먹을 만큼 먹은 지금 어찌 머리와 얼굴을 바꾸겠느냐?'

그 시의 뜻이 아마도 이와 같은 것에 불과하다면, 그의 죽음은 어찌 원통하지 않겠는가? 비록 그러하나 그는 본디 소활한 문인으로, 유효립의 옥사에서 스스로 벗어날 계책을 알지 못하였고, 도리어 그 시의 본뜻을 거창하게 말하여 자신이 죽음에 이를 것을 알지 못한 것은 아닐까? 또한 자신이 죽음을 면할 수 없다는 것을 알고 나서는 자신의 처신을 높이려고 하였던 것은 아닐까? 알 수 없는 일이다.
그의 생질인 학곡 홍서봉 공이 인조반정에 으뜸으로 공신으로서 힘써 주선하였으나 구할 수가 없었다. 이 때문에 세상 사람들은 학곡을 헐뜯었다. 유몽인이 평소에 학곡의 글을 경시하였기 때문이라고 의심하는 사람들이 있으나 인정상 그럴 리는 전혀 없다. 더구나 학곡처럼 충후한 사람이 어찌 그러하였겠는가?

제44화
유효립의 옥사

유효립의 옥사 때 유효립은 그의 사촌 아우인 유두립을 끌어들였다. 대질을 하게 되었을 때 유두립이 말하였다.

"형님, 내 어찌 일찍이 이리될 줄을 알았겠소?"

그러자 유효립이 꾸짖었다.

"너만 홀로 살아서 어쩌자는 것이냐?"

유두립은 드디어 죄를 자복하고 죽었다.

유효립의 생각은 은연중에 자신을 사육신에 견주어 그의 아우를 끌어들여 함께 죽었으니 정말 가소로운 일이다.

그의 부자형제들은 왕실의 성이 다른 친척들로 조정을 어지럽혔다. 또한 그들이 섬긴 임금을 인륜을 없애버린 죄에서 구하지 못하였다. 도리어 무도한 계책 가지고 오랜 세월이 지난 뒤에 혹시나 그 계책이 펼쳐지기를 바랐다. 그가 자신의 역량을 알지 못하였다는 것을 다수 찾아볼 수 있다. 하물며 죄가 없는 아우를 끌어들여 죽게 하였으니 더욱 괘씸하다.

유두립에게는 유광선이라는 아들이 있었는데 시를 짓는 재주가 있었다. 일찍이 다음과 같은 시를 지었다.

승려들 속에 몸 숨기지 못한 걸 한하며,
평생 강과 바다 떠돌아 만년의 길 곤궁하네.

까닭 없이 동루의 기둥 주변을 배회하니,
달빛 비추는 샘물 소리에 새벽 골짜기가 텅 비었네.
恨不藏身萬衲中 百年江海暮途窮
無端徒倚東樓柱 月落泉鳴曉洞空

제45화
맹인 점쟁이를 만난 신경진

평성부원군 신경진 공은 나의 외조부로 젊은 시절 무과에 급제하였다. 전임 선전관으로 마침 배를 타고 예성강 하류의 벽란도를 건너게 되었는데, 산더미 같이 솟구치는 거센 풍랑을 만나 배가 키질을 하듯 들썩이는 바람에 승객들이 조처할 방법이 없이 마구 뒤흔들렸다.

마침 승객 가운데 맹인이 있었는데, 그가 고함을 쳤다.

"우리들이 곧 다 죽을 텐데 혹시라도 귀인이 이 배에 함께 타고 있으면 그 덕에 살 수 있을 게요. 이 배에 혹시 사대부께서 타고 계시오?"

그의 곁에 있던 사람이 말하였다.

"양반 한 분이 타고 있소."

맹인은 그 양반에게 생년월일을 알려달라고 청하였다. 평성이 말해주자, 맹인이 사주를 보더니 깜짝 놀라며 큰 소리로 외쳤다.

"이 배에 귀인이 타고 계셔서 그 덕으로 모두들 살게 되었으니 걱정하지 마시오!"

하고는 이어서 말하였다.

"이 분의 사주는 대제학에, 부원군에, 영의정까지 하시겠소."

평성이 그 말을 듣고 웃으며 말하였다.

"나는 얼마 전까지 선전관을 하던 사람인데 어찌 대제학이 될 수 있단 말인가? 자네가 보는 사주를 알 만하구먼."

"상공께서는 무인이시니 대제학이 되신다는 말은 진정 잘못이지요.

그러나 제가 듣자니 높은 재상이 되시면 문관직도 겸하신다더군요. 이 사주에 틀림없이 영의정에 대제학이 되시는 것으로 나오는데 무슨 말씀을 더 드리겠습니까? 끝내 잘 이르실 겁니다.”

평성은 맹인더러 앞으로의 운명을 풀이해보라고 하였는데, 그 뒤 다수가 적중하였다.

평성의 지혜로운 생각과 기량은 타고난 것이었다. 그러나 한문을 읽고 쓸 줄을 몰랐다. 재상이 된 뒤에 중국과 일본 등 모든 외교적인 문서는 비록 계곡 장유나 택당 이식이 지었으나, 비변사의 낭관이 그 글을 가지고 와서 보여주면 그때마다 글의 내용을 말로 풀이하여 아뢰게 하고 말뜻이 타당하지 않은 곳을 그 구절이나 말에 따라,

“어느 말은 미안하지만 이렇게 고쳐야겠소. 어느 구절은 생경할 수도 있으니 이런 말뜻으로 고쳐야겠소.”

라고 하였다. 비록 계곡이나 택당 같은 문장가들도 그때마다 평성의 평에 따라 글을 다듬는 것을 감히 거스르지 못하였다.

말년에 이르러 마침내 영의정이 되었다.

황해도에 점을 잘 치는 맹인들이 많은데, 이 또한 풍수지리가 그렇기 때문인 듯하다.

제46화
어눌함 속의 조리

　계곡 장유 공이 일찍이 말하기를,
　"젊은 시절 백사 이항복 공의 문하에서 글공부를 하였는데, 매번 모시고 앉아 있다가 일이 생기면 백사는 그때마다 하인을 불러 말씀하시기를,
　'신 동지를 모셔오너라.'
하셨네. 평성부원군 신경진 공이 이르면 그 일을 거론하며 의논하곤 하셨다네. 그 자리에 있던 우리 문하생들이 적지 않았는데도 우리에게는 묻지 않으셨네. 들어보면 평성의 언사가 조리도 없이 더듬거렸고 논하는 바도 평범해서 그다지 신기할 것이 없었는데, 그때마다 백사는 칭찬을 마지않았고 한결같이 그의 말대로 처리하시더군. 나는 마음속으로 항상 불복하였다네. 나이가 들어 식견이 나아진 뒤에 생각해보니 그 당시 신공께서 하신 말이 사리에 맞아떨어지지 않은 것이 없더군. 진정으로 우리들이 미칠 바가 아니었네."

제47화
사돈 간의 악연

이대엽의 아내는 평성부원군 신경진의 누이동생이었다. 계해년의 인조반정 때 신공이 반정 모의를 주도하였는데, 대부인이 딸을 사랑한 나머지 그 사실을 누설하였다. 딸이 그 말을 듣고 깜짝 놀라 시집에 가서 알려주려고 하였다. 거사가 장차 어찌될지 헤아리기 어렵게 되자, 평성은 누누이 일의 이치를 따져서 설명하였다.

"거사가 성공하면 내가 힘써 네 남편을 살릴 것이다. 네가 만약 시집에 알려 우리 모자가 역모 죄로 죽으면 네 남편은 틀림없이 역적 집안의 딸을 아내로 삼으려 하지 않을 게다. 네가 우리 모자를 죽게 한 뒤 너도 그 집에서 쫓겨난다면 어찌하겠느냐?"

"그렇다면 마땅히 저와 약속을 하시고 끝내시지요."

신공이 부득이 인조에게 그 사실을 아뢰자 인조가 하교하였다.

"그렇다면 내가 응당 그를 살려주겠소."

반정 후 인조는 이대엽을 죽이지 말라고 특명을 내렸다. 그러나 이대엽은 이이첨의 아들로, 그 죄악이 하늘에 넘칠 지경이어서 중론이 들끓자 끝내 죽음을 면치 못할 것이 두려워 그 집안에서 과일 속에 독약을 넣어 죽였다고 한다.

제48화
혼란기 대신의 역할

계해년의 인조반정 후 인심이 요동하여 쉽게 안정되지 않았다. 오리 이원익은 광해군 때 재상으로 있다가 귀양을 갔었는데 방환되어 향리에 거처하고 있었다. 인조가 예를 갖추어 오리를 수상으로 초빙하여 조정에 들이자 인심이 비로소 안정을 찾게 되었다.

광해군이 덕을 잃은 것은 이미 윤리와 기강에 죄를 얻어서였고, 인조는 선조의 왕손으로서 대통을 계승하였으므로 나라사람들이 다른 말을 하지 않은 것은 당연하다. 그런데도 오히려 이처럼 인심을 안정시키기가 어려우니, 왕조가 바뀔 즈음에야 어찌 위태롭지 않겠는가?

완평은 중흥의 원로로서 그 덕망이 민심에 매우 흡족하였다. 비록 평소의 거취도 사직의 안위에 충분히 관계가 되지만, 더구나 불안하고 의구심이 생길 때에는 반드시 덕망이 높은 인물과 경험이 많은 원로를 기다리게 되는 것이다. 큰 나라와 작은 나라를 가려 외국인이 복종하여 조공하게 하는 사람이 조정에 나아간 뒤에야 온 나라의 신하와 백성들이 비로소 종묘와 사직의 막중함과 벼슬자리와 그 명칭의 올바름을 알아 한마음 한뜻으로 안정되는 것이다.

예전에 명종이 붕어하였을 때 마침 중국 사신을 맞게 되었는데, 사신이 조선의 국경에 들어와서 국상이 났다는 말을 듣고 깜짝 놀라 생각하기를,

'국상이 났는데 아직 왕세자가 없으니 혹시 내란이라도 일어나지

않을까?'

하고 국경에서 곧장 돌아가려고 하며 역에게 물었다.

　"그대 나라의 대신이 누구인가?"

　"이준경이라는 분으로 평소 덕망이 있지요."

　"그렇다면 걱정 없이 나라가 보전되겠군."

하고 마침내 들어왔다. 대신이 나라의 경중에 관계됨이 어떠한가?

제49화
인조반정 전후의 문란한 과거

　　조정에서 일을 처리하는 조치는 반드시 당위성과 체통을 얻어야 인심을 복종시킬 수 있다. 광해군 때에는 간사한 무리들이 권력을 장악하여 사심이 횡행하였다. 무릇 대과와 소과의 급제자가 모두 사사로운 정에서 나오고, 뇌물이 공공연히 행해졌으며, 뇌물로 주는 금액이 정해지기에 이르자 국론이 시끌시끌하였다.

　　허균은 '당나라의 신하들이 불씨를 하사 받고 사례하다'라고 미리 출제된 과거의 시제를 팔기까지 하여 백일하에 드러나니, 과장에 들어가는 선비들이 응당 그 제목이 출제되리라는 것을 다 알았다. 다수의 선비들이 과장에 들어갈 때 모두들,

　　"불이 나오네. 불이 나와."
하였다.

　　명경과에는 사서삼경에서 읽었던 장구가 미리 출제된 까닭에 석주권필이 다음과 같은 시를 지었다.

　　　사서삼경 으뜸 암송을 원하는 대로 할 수 있으니,
　　　남모르게 하는 짓을 귀신만은 알리로다.
　　　七大文通從自願 暗行事鬼神知

　　광해군 때의 과거시험이 얼마나 뒤죽박죽이었는가를 가히 알 수 있

다. 비록 그러하였으나 광해군 말년에는 몇 해 동안 각과의 과거에서 모두 급제자 발표를 하지 않았다.

인조반정 이후에는 당시의 의논이 꼿꼿이 맞서서 몇 차례의 과거에서 모두 급제자 발표를 취소해야만 하였다. 다만 세력가의 자제들 가운데 거기에 참여하였던 사람들로만 몇 해 동안의 모든 시험을 아울러 다시 과거를 치르고, 이를 '복시'라고 하였다. 그 일이 매우 구차하고 나라의 체통을 손상시켜 다시 더할 여지가 없었다.

일찍이 외조부님께 들으니, 광해군 때 어둡고 어지럽다가 인조반정으로 나라 안팎에서 눈을 씻고 태평해지기를 기대하였는데, 복시를 시행한다고 하자 인심이 크게 실망하여 그 뒤로는 수습을 할 수가 없었다.

호주 채유후가 바로 복시에 장원급제한 사람이다. 일찍이 외조부께서 호주에게 여쭙기를,

"그 당시 혹시 복시에 응시하러 가지 않은 사람도 있었습니까?"

하자, 호주가 대답하였다.

"나도 갔는데, 누가 능히 가지 않을 수 있었겠는가?"

제50화
이완의 양동작전

병자년(1636)에 청나라 오랑캐가 압록강을 건넌지 사흘 만에 곧장 한양 도성에 이르렀다. 도원수 김자점이 황해도 토산의 객사에 군사를 주둔시키자, 오랑캐들은 후방의 근심거리를 끊어버리고자 원수를 잡으려고 군사를 나누어 들이닥쳤다. 김자점은 척후병의 보고가 엉성하고 사실과 거리가 멀어 미처 대비하지 못하고 있다가 오랑캐 군사가 곧장 관아 문 앞에 이른 것도 깨닫지 못하였다. 그 자리에서 홀연 어떤 사람이 전하기를,

"오랑캐가 담 밖에 이르렀다!"

하는 것이었다. 김자점은 급히 일어나서 관아 뒷산으로 달아났다.

양파 정태화 공은 도원수의 종사관으로, 급히 군사들을 불러 모아 쉴 새 없이 대포를 쏘게 하였다. 마침내 오랑캐들은 관아 문 밖에 진을 치고 접전하였다. 양파는 급히 포를 잘 쏘는 자들을 가려 늘어서서 연달아 쏘게 하였다. 포수 세 사람으로 포대를 만들어, 한 사람이 포탄을 장착하면 잘 쏘는 한 사람이 포를 쏘고 나머지 한 사람은 대포를 받아 다시 포탄을 장착하여 연달아 쏘는 방식으로 하자 포성이 크게 진동하고 오랑캐가 감히 접근하지 못하였다.

화살이 비 오듯 이르렀으나 아군은 모두 창이나 마루의 기둥에 기대 서 있었으므로 화살이 모두 헛되이 떨어지고 말았다. 양파는 방안에 앉아서 독전하고 있었는데, 포를 잘 쏘는 군졸 한사람이 자주 기둥

가로 몸을 드러내는 것이었다. 양파가 성난 소리로 말하였다.

"저 군졸은 어째서 몸을 숨기지 않고 자꾸 기둥 밖으로 나가는가?"

미처 그 말이 끝나기도 전에 그 군졸은 화살에 맞아 쓰러졌다. 만약 군졸이 화살에 맞게 되면 다시 다른 군졸로 바꾸었다.

반나절을 서로 버티면서 오랑캐 병사는 죽은 자가 매우 많았다. 드디어 오랑캐들은 군사를 물려 진영을 벌여 포위하였다.

양파는 그제야 군사를 거두어 도원수가 간 곳을 찾아 산으로 올라갔다. 미처 반을 오르지 못하였을 때 화살에 맞은 갖옷 한 벌이 땅에 떨어져 있었다. 살펴보니 바로 이완 공의 갖옷이었다. 양파가 놀라서 탄식해 마지않으며 말하였다.

"이완이 죽었구나."

군졸에게 명하여 그 갖옷을 가지고 올라갔다.

김자점이 있는 곳에 이르니, 이완 공은 땅바닥에서 끙끙 앓고 있었다.

김자점이 물었다.

"어떻게 나갈 계획인가?"

양파가 대답하였다.

"삼각산을 향해 나아가는 것 말고 무슨 다른 길이 있겠습니까?"

이공이 말하였다.

"정공이 한번 보시오. 다른 사람들의 의견도 이와 같소."

대개 이공은 바야흐로 왕을 위해 충성을 다해야 한다는 주장을 하고 있었으나 김자점은 어렵다고 하므로 이런 말을 한 것이었다. 김자점이 대답하였다.

"상감을 위해 충성을 다해야 한다는 것이 어찌 당당한 정론이 아니겠나? 그러나 강약이 현격히 다른데 만약 군사들이 평지로 나갔다가 적들과 마주치면 한갓 전멸할 따름이지. 산골짜기를 따라 앞으로 나아가는 것만 못하네. 그러니 급히 포위를 풀고 탈출할 계책을 써야 나아갈 수 있는데, 이제 어찌할 것인가?"

이완 공이 별장 아무개를 불러 의논해 보겠다고 청하였다. 잠시 후에 별장 아무개가 밖에서 이르자, 김자점이 계책을 물었다. 그 별장도 탈출할 계책을 알지 못하였다. 이공이 말하기를,

"영공께서는 각오를 하고 계시리라 추측하는데, 어째서 모른다고 하시오?"

하고는 병서 가운데 몇 마디의 말을 외운 뒤 말을 이었다.

"병법에 '이러저러하다.'라고 이르지 않았소?"

별장은 그제야 무슨 말인지 알아듣고 말하였다.

"그리하면 제가 죽게 됩니다. 우두머리 장수가 어째서 탈출을 하지 않습니까?"

이공이 또 말하였다.

"영공께서는 또 깨닫지 못하셨군요. 만약에 정말 그대로 한다면 영공께선 과연 돌아가시겠지요. 그러나 만약 거짓으로 한다면 영공께서 어찌 돌아가시겠습니까?"

별장은 다시 알아듣고 말하였다.

"그렇다면 그대 말이 맞소."

대개 기밀한 일이 면밀하지 않으면 적에게 쉽게 드러나는 까닭에 묻고 대답하는 것이 이와 같았던 것이다.

마침내 포위망을 뚫고 산을 내려갈 계책을 정하고 날이 어두워질 때까지 지체하였다. 오랑캐 군사들을 내려다보니 무리 지어 둥글게 모여 밥을 지어 먹고 있었다. 드디어 한 쪽에서 군기를 휘두르고 북을 울리면서 마치 군사들을 이끌고 아래로 향하는 듯이 하였다. 산을 에워싸고 있던 분영의 오랑캐 군사들이 맞아 싸우려는 계책으로 여겼는

지 모두 아군이 내려가는 곳에 모여 있었다. 이윽고 아군은 위장된 군사로 군기와 등롱을 더욱 많이 설치하고 거짓으로 마치 싸우러 가는 듯이 꾸몄다.

한편, 도원수와 군사들은 다른 방향으로 달아났다. 싸우러 갔던 군사들도 깃발을 세우고 등을 달아놓은 뒤 점차 물러나 뿔뿔이 흩어졌다. 이때 하늘빛은 밤이 되어 칠흑 같았다. 아군이 산골짜기를 따라 달아나니, 오랑캐들은 끝내 어찌할 수가 없어서 추격하지 않았다. 도원수와 군사들은 산골짜기를 따라 우회하여 경기도 양주의 미원에 이르렀다. 인조가 남한산성을 나와 청나라와 강화를 맺은 뒤에야 비로소 도성으로 돌아갔다.

그 뒤, 김자점이 죄를 조사하여 다스리고 왕에게 올린 글에 '곧장 한양 도성으로 향하자는 의논을 쓰지 않았다.'라고 일컬었다.

양파가 평소에 이르기를,

"내가 그 말을 누설할 리가 없고, 이완도 필시 입 밖에 내지 않았을 텐데, 그 말이 어디서 나왔는지 모르겠다."

라고 하였다. 외조부님께서 당시의 일을 양파에게서 들으시고 전해주셨다. 병서의 구절은 처음에는 전해지지 않았고, 이씨 성의 별장은 외조부께서 전해주셨는데 오랜 세월이 지나 그 이름을 잊었다.

제51화
이름 모를 군졸의 지혜

　병자호란이 일어나 남한산성이 포위되었을 때였다. 어느 날 밤이 깊어진 뒤에 오랑캐들이 짚으로 허수아비를 만들어 남한산성 성가퀴에 등불과 함께 매달았다. 대개 성을 지키는 군졸들이 잠에서 깨어나는가를 시험해보고 군사들을 진격시켜 성을 함락하려는 것이었다. 이때는 성을 지키고 있은 지 이미 오래 되어, 군사들은 피로하였고 수비는 해이해졌다. 성가퀴를 지키던 군졸들이 모두 잠들었는데, 오직 한 군졸만이 잠들지 않고 있다가 성을 돌며 급히 외쳤다.

　"내부 검열이요, 내부 검열!"

　이에 성가퀴를 지키던 군졸들이 모두 잠이 깨어 성 밑을 내려다보니, 오랑캐들이 허수아비를 앞세우고 그 뒤를 따라 성가퀴로 기어오르는 자들이 구름처럼 몰려왔다. 아군이 급히 화살을 쏘고 돌을 굴려 물리쳤다.

　대개 허수아비가 성으로 올라올 때에 만약 한 마디라도

　"적이다!"

하고 외쳤다면 군사들이 틀림없이 놀라서 동요하여 예측할 수 없는 사태가 빚어졌을 것이다. 그 군졸은 미처 어찌할 수 없이 급박한 순간에 생각이 여기에 미쳐 이러한 방편을 썼던 것이다. 그 군졸이 임기응변하는 지혜는 장수가 되기에도 충분한데 졸병의 대오에 매여 있었다. 그리고 끝내 제 입으로 공을 말하지 않은 까닭에 성명도 전해지지 않고 있다. 자신의 재주를 감춘 지혜로운 선비가 아니겠는가!

외조부께서 항상 이 일을 말씀하시면서 이르셨다.

"우리 조정에서는 끝내 그 군졸이 누구인지 알지 못했다. 그런 사람을 과감히 천거해서 쓰지 않고 어떻게 뒤에 닥쳐올 우환에 대비할 수 있었겠느냐?"

제52화
인조의 명마

병자호란 때 인조는 처음에 남한산성으로 들어갔다가 종묘사직이 분산될 것을 염려하여 성을 나와 강화도로 옮겨 가려고 하였다. 조정의 의논이 정해져서 마침내 대가가 남문을 출발하였다. 미처 몇 리도 가기 전에 인조가 탄 말이 갑자기 앞발을 쳐들고는 나아가지 않았다. 놀라 벌벌 떨면서 땀을 뻘뻘 흘리는 것이었다. 인조는 매우 이상하게 여기다가 드디어 놀라 깨닫고 남한산성으로 도로 들어갔다.

과연 오랑캐들이 진군하여 성을 에워쌌다. 만약 이 말이 아니었으면 닥치는 화를 헤아릴 수 없었을 것이다. 임금에게는 반드시 신의 도움이 있는 것이니, 어찌 하늘의 뜻이 아니겠는가? 마침내 인조는 그 말을 내사복시에서 죽을 때까지 기르게 하였다.

제53화
변발할 위기

　병자호란으로 청나라와 강화를 맺은 뒤 청나라 태종은 우리나라가 약속을 저버릴까 염려하여 온 나라 사람들에게 변발을 시키려고 하였다. 청나라 장수 요퇴가 힘써 간하기를,

　"조선은 평소에 예의를 중시하는 나라입니다. 만약 지금 머리를 자르게 하면 필시 변란이 생길 것입니다. 혹시라도 약속을 저버리면 우리의 수천 병력으로 즉각 죽여 버리겠습니다."

하여 마침내 변발을 면할 수 있었다. 만약 요퇴가 아니었으면 우리나라가 문물을 갖춘 예의의 나라로 하루아침에 삭발을 하고 오랑캐의 풍속으로 바뀔 뻔하였다. 요퇴가 우리나라의 백성들에게 세운 공이 크다.

제54화
충보다 효를 앞세웠던 조익

　　재상을 지낸 포저 조익은 병자호란 때 예조판서로서 종묘와 사직의 신주를 받들고 먼저 강도로 들어가게 되었다. 그 당시 조공의 부친은 용산에 있었다. 조공의 성품이 지극히 효성스러워서 이미 출발을 한 뒤인데도 종묘와 사직의 신주를 앞서 보내고 샛길로 용산에 이르러 부친이 있는 곳을 찾아갔다.

　　그로 인하여 벌떼 같이 들이닥친 오랑캐의 기마대를 만나 강도로 들어갈 수가 없었다. 조공은 배를 타고 경기도 남양에 이르러 자칭 '수군대장'이라고 하며 바닷가의 여러 고을을 지휘하여 군사를 모아 가지고 바다 섬에서 살았다.

　　당시 윤계 공이 남양부사로 있었다. 조공은 윤공에게 명하여 식량을 운반하고 인력을 차출하여 군량을 나르게 하였다. 윤공은 감히 어길 수가 없어서 나갔다가 적을 만나 굽히지 않고 싸우다가 죽었다.

　　조공은 평소 성품이 충후하고 진실하였으며 또한 학문이 깊었다. 그가 비록 병자호란을 만나 일을 그르쳤으나 사람들은 작은 허물로 큰 덕망을 가리지는 않았다.

　　그러나 당시 강도에 있던 효종은 이것을 분하게 여겼다. 그런 까닭에, 그 뒤에 유생들이 조공의 제향을 청하자, 효종은 내전으로 들어가서 여러 부마들에게 말하기를,

　　"너희들도 죽은 뒤에는 마땅히 서원에 모셔야지. 조 아무개는 제향

을 하는데 너희들은 어째서 할 수 없는 것이냐?"

하였다. 대개 조공을 업신여긴 것이다.

아아, 사람이 귀하게 여기는 학문이라는 것은 선을 가려 굳게 잡는데에 귀함이 있는 것이다. 임금과 아비가 한 몸이라는 것은 임금과 아비가 계신 곳을 따라 신하와 자식의 직분을 다하는 것일 따름이다.

난리를 만나 종묘사직의 신주를 받드는 일은 남의 신하된 자로서 얼마나 큰일인데, 조공은 부친을 찾는다는 이유로 신주를 버리고 다른 곳으로 갈 수 있는 것인가? 대개 조공이 효심이 독실하여 충과 효 두 가지를 온전히 하고자 하였으나 창졸간에 잘못된 생각을 면치 못하였다. 비록 조공이 불행한 때를 만나 일이 마음대로 되지 않았다 하더라도, 또한 조촐하지 못한 이치를 선택하여 견고하지 못한 것을 고집하였으니 애석하도다!

제55화
지키기 어려운 만년의 절개

덕행이 높은 선비가 만년에 절개를 지키는 것이 가장 어렵다.

치천 윤방 공은 문정공 오음 윤두수의 장자였다. 선조 때 오음은 평안감사로 있었는데, 치천이 새로 과거에 급제하여 승문원의 정9품 벼슬인 정자가 되었다. 선조가 궁중의 하인으로 하여금 정2품 벼슬아치가 조복에 띠던 금대를 치천에게 보내며 하교하기를,

"그대 아비에게 전하라."

하였다. 그러나 치천은 끝내 금대를 승정원에 반납하고 상소하기를,

'하사해주신 금대가 승정원을 거치지 않았기에 신은 감히 사사로이 받을 수가 없사옵니다.'

하였다. 이처럼 그가 정직하고 구차하지 않았음이 사람들 사이에 전파되었다.

광해군 때 치천과 판서를 지낸 이광정이 함께 말미를 받아 온천에 갔다. 그곳에서 갑자기 조정의 폐모 논의에 관한 소식을 들었다.

이광정은 깜짝 놀라 흥분하여 조바심을 내고 쉴 새 없이 혀를 차며 말하기를,

"태어나서 이런 인륜에 어긋나는 변을 보게 될 줄 어찌 알았겠나? 이런 불운한 때에 태어났으니, 어찌할꼬? 어찌할꼬?"

하며 밤새도록 잠을 이루지 못하였다. 치천은 단지 한 마디로,

"정말 그렇군요."

하고는 더 이상 한 마디 말도 하지 않았다. 밤이 되자 평소처럼 잠자리에 드는 것을 보고 이광정이 치천을 걷어차며 물었다.

"이런 일이 벌어졌다는 걸 듣고도 어떻게 잠을 잘 수가 있는가?"

치천이 다시 대답하였다.

"제 본성이 미욱해서 그렇습니다."

서울로 돌아가자 폐모에 관한 정청이 이미 시작되어 벼슬아치들이 뜰에 가득하였다.

윤방과 이광정이 들어가서 숙배하자 구실아치가 품계에 해당하는 자리로 들어가라고 청하였다. 이광정은 주저하고 우물쭈물하다가 끝내 자리에 들어가는 것을 면치 못하였다. 치천은 여러 사람들이 있는 가운데 큰 소리로 말하기를,

"나는 병이 있어 나아가지 못하니, 그리 기록하시오."

하고는 반열에 늘어선 조신들을 흘겨보며 편안한 걸음으로 나갔다.

흉악한 무리들은 곁눈질하고 있다가 그 일로 탄핵하여 치천을 먼 곳으로 귀양을 보냈다.

대개 대북파들은 가혹한 형벌로 공포를 느끼게 하였으므로, 이광정처럼 약간은 자신을 아끼려는 사람도 또한 실절을 면치 못하였다. 그러나 치천만은 의연히 절의를 세웠다. 그의 강직하고 엄격함과 견고하고 확실함이 이와 같았다.

그러나 치천의 말년에 대신으로서 종묘사직의 신주를 받들고 강도로 들어가면서, 자신이 기왕에 신주를 받들었으니 의리상 당연히 신주를 버리지 않고 목숨을 바쳐야 함에도 마침내 죽지 못하고 오랑캐 진영에 붙잡혀 자신과 명예를 모두 욕되게 하고 말았다.

외조부께서 일찍이 말씀하셨다.

"사람이 나이가 들면 기력이 쇠약해지지. 해창군 윤방 공은 젊은

시절에 기개와 절조가 탁월하셨다. 그러나 특히 몹시 연로하여 뜻이 약해졌고 생각을 잘못하셔서 종묘사직의 신주를 받들고 과감하게 순절하시지 못하신 게야. 그때 만약 선원 김상용 공이 화약에 불을 붙여 순절할 때 신주를 안고 함께 뛰어들었더라면 어떤 사람이 되었을까? 나라가 망하지 않으면 종묘사직의 신주를 다시 세우는 거야 뭐가 어렵겠느냐?"

문정공 청음 김상헌 공의 정축년(1637)의 큰 절개는 하늘의 해와 별처럼 늠름하였으나 만년에는 강홍립의 옥사에 휩쓸리는 것을 면치 못하였다. 비록 그러한 작은 허물이 큰 덕망에 누를 끼치기에는 부족하였으나, 그 또한 의지와 기개가 노쇠해져서 그런 것이다. 그러니 만년에 절개를 지킴이 어렵다는 것이 미쁘지 아니한가!

제56화
포로가 되어서도 상석을 고집한 윤방

의원인 김만직이 일찍이 사신을 따라 연경에 갔다. 청나라의 재상이 병이 들어 우리나라 의원의 진료를 요청하였던 것이다. 김만직은 몇 차례나 조용히 다녀왔는데, 이른바 재상이라는 사람은 바로 병자호란 때 강도에 들어왔던 오랑캐 장수였다. 이야기를 나누는 사이에 매번 강도에서의 일을 말하곤 하였다.

"그 당시 나이가 80여 세 된 노인이 있었는데, 너희 나라 재상이라고 하더구나. 붙잡혀 와서도 장교들의 아랫자리에 앉게 하는 것에 굴하지 않고 문득 말하기를,

'내가 대신인데 너희들이 어찌 감히 나를 업신여기는가?'

하면서, 늙어서 걸을 수도 없었는데 기어이 기어서라도 장수들의 윗자리에 가서 앉더구나. 우리 군사들이 웃지 않는 사람이 없었지. 그 꼴을 보려고 말석에 끌어다 놓으면 기어이 또 기어서 상좌에 가 앉았지. 그 당시 매번 그런 장난을 치며 웃었기에 지금도 잊히질 않는구나."

김만직이 돌아와 허적에게 그 이야기를 하였더니, 허적이 말하였다.

"그는 필시 치천 윤방 대감이었을 게다."

제57화
억울하게 죽은 임경업

　의주부윤을 지낸 임경업은 항시 명나라에 절의를 지킬 뜻을 품고
있었다. 승려인 독보를 불러 명나라 조정에 달려가 문안을 드리게 하
였다. 독보가 붙잡히자 청나라 사람들이 사태를 깨닫고, 사신을 포로
로 붙잡아 묶어 압송하였다.

　임공은 탈출에 성공하여 달아났다. 몰래 죽음을 각오한 선비들을
모집하고 배를 빌려 바다로 들어갔다. 처음에는 마치 다른 곳으로 가
는 것처럼 거짓으로 꾸몄다가, 바다 한가운데 이르러 칼을 빼들고 뱃
머리에 올라 명령하였다.

　"나는 이제 배를 띄워 곧장 중원으로 들어갈 것이다. 명령을 따르지
않는 자는 목을 베리라."

　뱃사람들이 두려워서 복종하자 드디어 바다를 건너 명나라의 남경
조정으로 들어갔다. 그런데 남경 조정도 패망하여 청군의 포로로 붙
잡히고 말았다. 청나라에서는 우리나라로 돌려보내며 말하기를,

　"이들은 너희 나라의 죄인들이니 마땅히 스스로 처리하라."
하였다.

　급기야 인조가 친국을 하게 되었다. 당시에는 청나라 오랑캐의 압
력을 받아, 겉으로는 마치 그 일을 중하게 여기는 듯하였으나, 인조의
뜻은 임경업 등의 뜻을 애달프게 여겨 사실은 용서하려고 하였다. 그
런데 형조의 담당자들은 임금의 뜻을 알지 못하고 각별히 엄중하게

곤장을 쳐서 1차에 죽고 말았다.

　인조는 마음속으로 불쌍하고 가엾게 여겨 특별히 비망기를 내려 시신 앞에서 읽도록 하였다. 인조가 살리고자 하였던 뜻을 알게 하려는 것이었다. 후일 인조는 조정의 대신들과 함께 한 자리에서 탄식하기를,

　"우리나라의 쓸 만한 인재가 그때부터 점차 사라졌으니, 이 또한 국운과 관계가 있으리라."

하였다.

제58화
음란한 풍속의 성행

  명나라 말기에 음란한 풍속이 날로 심해져서 남녀가 교합하는 모습을 새기기도 하고 그리기도 하였다. 그림으로 그린 것을 '춘화'라고 하였고, 새긴 것을 '춘의'라고 하였다.

  벼슬아치와 사대부들이 그것들을 가지고 놀면서 부끄러운 줄을 몰랐으니, 여염의 음란하고 방탕함은 따질 것도 없었다.

  인조 때 명나라 장수인 모문룡이 평안도 철산군의 섬 가도에 주둔하고 있었다. 우리나라와 통신하기 위해 예물을 가지고 왔는데, 그 가운데 상아로 새긴 춘의가 한 가지 있었다. 인조는 승정원에 내려주었다. 그것은 상아에 남녀의 얼굴 표정과 눈빛을 새겼고 틀을 작동시키면 교합하는 동작을 하는 것으로, 우리나라 사람들은 일찍이 보지 못하던 것이었다. 모두들 모문룡이 그것으로 모욕한 것이라 여기고, 달리 중국인들에게는 예사로운 장난감이라는 것을 알지 못하였다. 마침내 인조는 부서 버리라고 명하였다.

  이때 조정의 신하 가운데 그것을 손에 쥐고 작동시키며 구경한 사람이 있었다. 이 때문에 조정의 회의에서 그 사람은 출세가 보장된 좋은 벼슬길이 막히게 되었다. 우리나라는 풍속이 깨끗하고 교화가 맑고 밝았으니 알 만한 일이었다.

  옛날에 삼괴당 신종호가 기생 상림춘의 집 앞을 지나다 다음과 같은 시를 지었다.

　　다섯째 다리 들머리에 버들은 휘늘어지고,
　　느지막이 경치는 맑고 화창해졌네.
　　열두 폭 발이 늘어진 곳에 옥 같은 미인 있어,
　　궁중의 사신은 말 가는 대로 따라왔네.
　　第五橋頭楊柳斜　晚來風物轉清和
　　緗簾十二人如玉　青瑣詞臣信馬過

　이것은 가히 풍류에서 나온 고상한 익살이라고 이를 수 있는데, 오히
려 이 때문에 좋은 벼슬길이 막혔으니, 그 엄격함을 가히 알 수 있다.
　인조·효종·현종 등 세 왕조 이래로 유학에 정통하고 언행이 바른
선비들이 배출되어 흐린 물을 몰아내고 맑은 물을 끌어들임으로써 자
못 한 시대에 사리를 분명히 밝히는 효과가 있었다.
　그러다가 4, 50년 사이에 고상한 풍속이 남김없이 휩쓸어 사라지고
춘화 따위가 연경으로부터 유포되었다. 상당수의 사대부들이 돌려가
며 보면서도 그것이 부끄러운 줄을 몰랐다. 그 당시 그러한 것을 한
번 보고도 벼슬길이 막힌 것을 보면 어떻다고 하려나.

제59화
원숭환의 억울한 죽음

모문룡은 명나라 말기 황실의 기강이 점차 쇠퇴하자 남녀들을 노략질하여 바닷섬에 들어가 웅거하였다. 비록 '천자의 조정을 보좌한다'고 칭하였으나 기실 그는 죄를 짓고 달아난 영웅이었다.

명나라의 요동 총독 원숭환이 그를 제거하려고 사람을 보내 자신을 낮추는 말과 후한 예의로 맞이하여 함께 얼굴을 맞대고 군국에 관한 일을 상의하자고 청하였다.

모문룡은 큰 배 한 척에 추종들을 잔뜩 태우고 왔다. 영문에 이르자 모문룡만을 들여보내고, 추종들은 들어가지 못하게 막은 뒤 장사들로 하여금 결박하게 하여 섬돌 아래로 데려갔다. 모문룡의 죄를 따져 물은 뒤 참형에 처하였다. 이리하여 가도는 마침내 평정되었다.

원공의 이번 일 처리는 다만 나라를 위해 우환을 제거하려는 데서 나온 것이었다. 그러나 그 뒤 원공은 이 일이 죄가 되어 화를 당하였으니, 어찌 원통하지 않겠는가?

제60화
인조와 효종의 용인술

인조대왕은 성덕으로 천명을 받았는데, 제정한 대개의 법도가 모두 만세의 법으로 계승할 만하였다.

선조 말년과 광해군의 혼조 이래로 당론이 분열되어 서로 다툰 후에는 반드시 탕평책으로 조정하거나 중재하고자 하여, 오직 재능을 보고 등용한 까닭에 육조와 모든 관아에 남인과 서인이 모두 등용되었다.

대개 인조반정 때 공을 세운 정사공신들은 모두가 서인인 까닭에 서인이 권력을 잡았고, 반드시 남인 한 사람을 각 관아에 두어 서로 어렵게 여겨 꺼리고 단단히 타일러 권면하며 감히 사사로운 행동을 용납하지 못하게 하였다. 어진 이를 임용하고 능력 있는 사람을 부려 나랏일을 분명하게 익히게 하고 예전의 문물, 제도, 법령 등을 준수하여 변경하는 것을 즐겨 하지 않은 까닭에 여러 차례 변란을 겪었어도 민생이 편안하고 조용함을 얻을 수 있었다. 또한 매번 경험을 쌓아 노련한 사람을 임용하고, 명망 있는 벼슬자리를 아껴 품계를 뛰어넘어 승진시키는 일은 매우 드물었다. 참판이나 좌우윤 등 종2품 벼슬이나 덕망을 갖추어야 할 수 있는 벼슬에는 등급을 뛰어넘어 승진하는 것이 더욱 드물었다. 승지는 모두 노인들을 등용한 까닭에 여섯 승지가 모두 수염과 눈썹이 하얗게 셌었다. 반드시 여러 해를 밤낮으로 수고를 쌓은 사람을 가려 종2품으로 승진시켰다. 인조 때의 나라를 다스리는 법도가 이와 같았다.

효종 때에 이르러서는 점차 나이가 젊고 기개가 예리한 신하를 등용하니, 굽실대며 아첨하는 것이 풍속을 이루어 분열이 더욱 심하여졌다. 이는 대개 효종이 다스리는 법도가 선왕조와 약간 달라서 그런 것이니, 마치 한나라의 문제는 노인을 등용하였고 무제는 젊은이를 좋아하였던 것과 같다. 제왕의 규모, 겉모습과 바탕의 상승작용이 이와 같다.

제61화
강빈의 옥사

　인조 말년에 불행하게도 궁궐 내의 변란이 있었다. 강빈이 혹 변란에 대처할 즈음에 미진하였다고 하더라도, 반역죄로 사사되기에 이르자 그 당시 사람들이 그 억울함을 슬퍼하였다. 그런 까닭에 사약을 내리라는 명이 내린 뒤에 사간원이나 사헌부 등 대각에서 허구하게 간쟁하였던 것이다.

　나라에서는 간관을 중히 여긴다. 비록 신하의 신상에 관하여 어명이 있었더라도 대간이 간쟁을 하면 전지를 받들지 않는 것이 법식이다. 반드시 계가 멈추기를 기다린 뒤에 임금의 명을 받들어 행하는데, 대개 옛 법도가 그러하였다.

　강빈을 사사하라는 왕명을 거두어들이라는 계를 만약 정계하면 강빈은 당연히 죽는 까닭에 사람들이 차마 정계하지 못하였다.

　대신인 이행원이 대간으로서 앞장서서 정계하자, 온 세상 사람들이 슬퍼하고 참혹해 하지 않은 이가 없었다.

　이조판서를 지내신 외증조부 윤강 공과 지암 이행진 공, 부제학 이행우 공은 같은 마을에서 친하게 지내며 아침저녁으로 왕래한 까닭에, 외조부께서 어린 시절에 부친의 손에 이끌리어 가서 두 분께 인사를 드렸는데, 마치 아주 가까운 친척 같았다고 한다. 외조부께서 10여 세 때인 어느 날 지암 댁에 갔더니 부제학 공이 창문에서 맞으며 이르기를,

"우리 형님께서 재상이 되셨다."

하였다. 대개 부학공은 이행원 상공의 4촌 아우였기 때문이었다. 외조부께서 천천히 들어가 앉으시며,

"그것이 뭐가 기이한가요? 오래 전부터 그리 되실 줄 알았어요."

하니, 부학공이 물었다.

"네가 그걸 어떻게 알았느냐?"

"아무 해 아무 달 아무 날 이후에 그 어른께서 재상이 되실 것을 어찌 모르겠습니까?"

대개 강빈이 정계 되던 날을 가리켜서 그렇게 말하였던 것이다. 그러자 지암공이 불쾌한 표정으로 이르기를,

"너는 어린 것이 어찌 감히 어른을 쓸데없는 말로 놀리느냐?"

하자, 부학공이 정색을 하고 못마땅한 듯이 말하였다.

"비록 어린아이의 말이라도 참으로 변명을 할 수 없을 듯싶소."

제62화
정원군의 원종 추숭

　인조대왕이 대궐에 들어가서 대통을 계승한 뒤에 선친인 정원군에게 마땅한 칭호가 없는 것이 허전하였다. 훈신들은 정원군을 원종으로 추존하자는 주장을 내놓았다. 온 세상 사람들이 고결하고 공정한 의견을 가지고 모두들 간쟁하니, 인조는 오래도록 결정을 내리지 못하였다. 연평부원군 충정공 이귀도 으뜸 훈신으로서 추숭하자는 논의를 깊이 주장하다가 인조에게 아뢰기를,

　"소신의 벗인 김장생과 박지계는 곧 예를 아는 선비이오니, 그들 또한 필시 추숭함이 예에 합당하다고 생각할 것이옵니다. 예우를 다하여 불러 입조하게 하시어 물어보시고 결정하소서."

하였다. 사계 김장생 공과 잠야 박지계 공이 입조하였다. 사계는 힘써 추숭이 불가함을 말하였고, 박공은 추숭이 예에 합당하다고 적극적으로 찬성하였다.

　마침내 인조는 추숭의 예를 행하였다. 그 뒤, 인조는 박공을 승지로 발탁하였을 뿐 다시 불러서 쓰지는 않았다. 박공이 승지가 되었을 때 길을 인도하는 하인이 여염집 모퉁이를 돌아 지나갈 때 박공을 돌아보며 중얼거렸다.

　"입이 쩍 벌어지네. 그 기쁨을 알 만하구면."

　대개 우리나라의 풍속에 초야에서 초빙된 사람이 벼슬길에 나가지 않는 것을 어질다고 하는 까닭에 벼슬길에 나간 사람에 대해서는 비록

종이라도 이처럼 조롱하는 것이다. 이미 아교처럼 굳어버린 습속은
풀기가 어렵다.

제63화
율곡의 당론

　재상을 지낸 오리 이원익이 일찍이 어떤 사람과 율곡 이이에 대해 논하였다. 그가 율곡은 당론을 좋아하였다고 말하자, 오리가 정색을 하며 말하였다.

　"율곡이 언제 당론을 펼쳤단 말인가? 그는 마음을 공평하게 다잡아 편파적인 적이 없었네. 비유하자면 사람이 용마루에 걸터앉아 양쪽 가에 있는 사람을 불러 말하기를, '선한 사람은 모두 와서 나와 함께 앉으세.'하는 격이지."

　오리의 말이 이와 같았으나 젊은 시절에는 오리도 또한 율곡을 배척하는 주장에 동조 하였었다. 그러다가 한 시대의 여론이 비등할 즈음, 무너져 가는 세파에 꿋꿋이 버티는 지주가 된 것을 믿기가 어렵다. 비록 오리가 수없이 단련된 금속과 같다 할지라도 여전히 당론에서 벗어날 수는 없었다.

　후세에 당론이 갈라질 즈음에 오리의 이러한 말은 다른 사람들을 통해 전해져서 그 허실을 바로잡을 수가 없었다. 그러나 이 이야기는 외조부께서 친히 양파 정태화 공이 전한 말씀을 듣고 말씀하신 것이니 믿을 수가 있다고 하겠다.

제64화
율곡과 우계의 문묘 배향

　외조부께서 일찍이 말씀하시기를,

　"판서 오정일공이 일찍이 말하기를, '율곡을 문묘에 배향하는 것은 선비들의 공론에 딱 들어맞네. 서인들이 만약 율곡의 배만을 청한다면, 우리 남인들이라고 어찌 따르지 않겠나? 하지만 우계를 종사하는 것은 참으로 기준에 미치지 못하지.' 하므로 내가 대답하기를, '공의 견해가 그와 같다면 어찌하여 곧장 그 논리를 내세워 율곡을 배척하는 논의에 따라서 동참하지 않습니까?' 하였다. 그러자 오공은, '중론이 서로 배척하는 때에 비록 내 자신의 의견이 있다 하더라도 어찌 깃발을 세우고 쪼개고 나눌 수가 있겠나? 실로 어찌할 수가 없네그려.' 하더구나."

제65화
정충신과 장만

   역적 이괄이 평안병사로 반역의 군사를 일으켜 서울에 이르렀다. 도원수 옥성부원군 장만은 평양에서부터 군사를 거느리고 그 뒤를 밟았으나 그 예봉을 감당할 수가 없어서 그저 앉아서 구경만 할 따름이었다. 장만이 홍제원까지 와서 진을 치자, 금남군 정충신은 곧장 길마재에 진을 치자고 청하였다. 반쯤 행군하였을 때 옥성은 산정에 진을 치고 있다가 고립이 될까 염려되었다. 이괄이 견고하게 벽을 쌓고 싸우려 들지 않으면 나아가지도 물러서지도 못하게 될까 하여 급히 퇴군을 명하였다.

   전령이 도착하자 금남은 말에 앉은 채로 뜯어서 보고 편지를 소매 속에 넣었다. 장교가 와서 물었다.

   "도원수께서 무슨 일로 전령을 보냈습니까?"

   "제군을 독촉하여 급히 산으로 오르게. 어서 오르라. 어서 올라!"

   드디어 깃발을 휘두르고 북을 울리며 곧장 길마재로 올라가서 더욱 많은 깃발을 설치하고, 마치 금방이라도 쳐내려갈 듯이 북과 나팔을 시끄럽게 울려댔다.

   그러자 과연 이괄은 모든 군사로 방어하기 위해 곧장 산 아래에 이르렀다. 이괄의 반군은 높은 곳을 올려다보고, 금남의 군사들은 아래를 내려다보는 형세가 되었으니, 이미 서로 현격히 달랐다.

   이때 서풍이 몹시 급하게 불자 관병들이 쏘는 화살과 돌이 순풍을 타고 교대로 떨어졌다. 이괄의 군사들은 산을 반도 오르지 못하였는데 모두들 눈을 뜰 수가 없었다. 관군들이 북을 치고 고함을 지르며 짓밟자, 이괄의 반군은 일시에 크게 무너지고 말았다. 금남은 승승장구하여 드디어 도성에 입성하였다.

이괄은 패하여 달아나다가 이천에 이르렀는데, 그의 부하가 이괄의 목을 베어 가지고 와서 바쳤다. 마침내 반적이 평정되고, 승전보가 이르러 임금은 장차 환도하려 하였다.

금남은 처음에 안주목사로 있다가 도원수를 따라 근왕하였던 까닭에 반적이 평정된 뒤에는 즉시 임지로 돌아가고자 하였는데, 사람들이 모두 어가를 맞아 인사를 올리라고 권하였다. 금남이 말하였다.

"반적으로 하여금 서울도성을 범하게까지 하였으니 내 죄는 죽어 마땅한데, 이제 어찌 마치 공이 있는 것처럼 편안하게 길가에서 맞는단 말이오? 임지에 돌아가서 조정의 처분을 기다리는 것이 직분에 당연한 일이오."

하고는 끝내 돌아갔다.

인조는 환도하여 조서를 내려 금남을 불렀다. 그는 그제야 대궐에 들어가서 죄를 기다렸다.

대개 반군들은 도성에 이른지 얼마 되지 않아 피로하여 굳게 방어벽을 치고 있는 것이 이롭다고 생각하였던 것이다. 금남은 이괄이 깊은 꾀와 멀리 내다보는 생각이 없음을 알고 있었다. 그는,

'만약 우리가 바싹 다가가면 저들은 필시 우리를 막으러 올 것이다. 우리가 높은 지역의 기세를 의지하여 저들의 약점을 틈타 급습하면 필승을 할 수 있을 것이다. 불행히도 저들이 장기적인 계책을 내어, 견고한 방어벽 속으로 깊이 들어가 있으면서 우리를 막으러 군사를 내보내지 않는다면, 우리도 응당 이로움과 불리함을 따지지 않고 죽

을 각오를 할 것이다.'

라고 생각하였다.

금남의 적을 증오하는 충성심과 적을 헤아리는 지혜는 모두 다른 사람들이 미치기 어려운 것이었다. 그리하여 결국 사직이 다시 안정된 것은 모두 그의 공이었다.

옥성은 이미 반군 때문에 임금을 버렸고, 우물쭈물하며 주저하고 머뭇거리느라 몇 번이나 싸움에서이길 수 있는 기회를 놓쳤으니, 그 죄를 용서 받기 어려웠다. 그런데 도리어 상급 장군이라 하여 공로를 인정받았으니, 매우 가소로운 일이다.

제66화
동양위의 장략

갑자년(1624) 이괄의 난에 인조는 파천하기 위해 대가를 이미 출발시켰다. 인목대비는 한강을 건너지 못한 채 멈추어서 곧장 앞으로 나아가지 못하였다. 인조는 근심스러워 어찌할 바를 모르고 있었다.

동양위 신익성이 임금에게 청하였다.

"소신이 마땅히 나아가 대비를 모시고 오겠습니다."

그는 드디어 말을 달려가서 칼을 빼 들고 참판 홍영을 불러 말하였다.

"방금 반적의 세력이 몹시 급하여 어가는 이미 출발하셨으나 대비전께서는 주저하시다가 출발하지 못하셨소. 일이 급하게 되었으니 모름지기 홍공께서는 있는 힘을 다해 주선해 주시오. 만약 대비께서 즉시 길을 떠나지 못하게 되시면 응당 홍공의 머리를 베어 가지고 돌아가겠소."

마침내 대비는 곧장 출발하였다.

대개 동양위는 홍영의 아들인 영안위 홍주원과 연배가 현격하게 차이 났다. 그러나 왕가에서 적파와 서파의 구분이 매우 엄격하였다. 일찍이 동양위가 정명공주에게 인사를 드렸는데 반드시 말하기를,

"아무개 옹주의 지아비 아무개가 감히 현관 밖에서 현신하여 절을 올립니다."

라고 해야 하였다.

영안위는 항상 정명공주와 나란히 앉아서 인사를 받으며 동양위라

는 직함을 불렀던 까닭에 이렇게 앙갚음을 한 것이라고 하나 거의 그렇지 않다.

이는 마치 상하관 사이에 지켜야 할 예절이 진정 마음에 충족되지 않아 그 노여움이 대비를 받드는 데에 이른 듯하지만, 이와 같이 하지 않았다면 정말 대비를 움직이게 하지 못하였을 것이다. 이것이 바로 동양위의 장수로서의 지략과 기량인데, 어찌 사소한 분풀이를 하였다고 말하겠는가?

제67화
박응서의 거짓 고변

박응서가 국문을 받을 때, 그의 어머니도 붙잡혀 와서 고문을 받고 있었다. 박응서는 국청에서 결박된 채 어머니의 비명을 묵묵히 듣고 있다가 혼잣말로 중얼거렸다.

"다시 우리 모친을 해치면 나도 응당 네 어미를 해칠 것이다."

이튿날 드디어 연흥부원군 김제남을 고변하는 글을 올려, 끝내 영창대군을 죽게 하고 인목대비를 폐하게 만들었고, 나라도 그에 따라 망하였다.

흉한 무리의 정상을 헤아리기가 어려움이 이와 같으므로, 임금도 의당 그러함을 알고 경계로 삼아야 할 것이다.

제68화
선왕의 갓끈

영안위 홍주원 공이 일찍이 인조가 거둥할 때 임금을 호위하는 별운검으로 입시하였다. 그가 걸고 있던 화려한 갓끈이 조정 벼슬아치들이 서 있는 반열 가운데서 빛을 냈다.

인조가 그를 불러 앞으로 오라고 하여 그 갓끈을 바치라고 명하였다. 갓끈을 자세히 살펴본 인조가 말하였다.

"이건 선왕께서 착용하시던 갓끈으로 간 곳을 알지 못했는데, 그것이 경에게 가 있었군."

대개 인목대비가 영안위를 아껴서 하사한 것이었다.

영안위는 자신도 모르게 놀라 얼굴빛이 변하며 대소변을 함께 지리고 말았다.

제69화
정작과 심열의 말장난

재상을 지낸 심열의 병이 심해져서 고옥 정작 공을 맞아 진맥을 받았다. 고옥은 의술에 정통하였는데, 들어와 앉자마자 바로 말하기를,

"나는 심열이 바로 범열이라 생각하네."

하였다. '범열'은 열이 침범하였다는 뜻이니, 곧 열병에 걸렸다는 말이었다. 그러자 심열이 맞장구를 쳤다.

"저는 정작이 바로 편작이라고 여깁니다."

'편작'은 바로 중국 전국시대의 명의였던 것이다. 이 이야기를 들은 사람들이 냉소하였다.

제70화
평생 유일한 부끄러움

　재상을 지낸 이완이 통제사 벼슬이 체직되어 양파 정태화에게 인사하러 와서 말하기를,

　"평생 질박함을 지키며 살아왔는데, 문득 부끄러운 경우가 한 번 있었소. 상공께서 단오 때 부채를 보내주신 데 대해 답하는 편지에 이르기를, '수군통제영에서는 단오부채에 전복을 함께 보내는 것이 관례인데 지금은 없으니 탄식할 만합니다.'라고 하였으니 어찌 부끄럽지 않았겠소?"

하였다. 그 뜻은, 비록 스스로 부끄럽다고 하였으나 그 편지가 부끄럽다는 뜻인 듯하다.

제71화
놋그릇에 이름을 새겨 바친 재상

    광해군 때에 조정의 높은 벼슬아치들이 사사로운 연줄로 임금에게 예물을 바치는 일이 많았다.

    어떤 한 재상이 놋그릇 위에 자신의 이름을 새겨 사사롭게 바쳤다. 대개 임금이 아침저녁으로 수랏상을 받을 때마다 항상 보고 자신의 이름을 잊지 않게 하려는 것이었다.

    계해년의 인조반정 후에 그 그릇이 여염집으로 나와서 많은 사람들이 보게 되었다. 당초에 이름을 새겨 보낼 때에야 대궐에 바친 그릇이 다시 나와서 사람들이 보게 될 줄을 어찌 알았으랴? 사람들로 하여금 대대로 수치스럽게 여기게 하기에 충분하였다.

제72화

왕족도 두려워하지 않은 홍무적

 판서를 지낸 홍무적은 음관으로 천거되어 사헌부의 지평이 되었다.
 인조의 아우인 능원대군이 용머리를 새긴 등자를 갖춘 말을 탄다는
말을 듣고, 하루는 사헌부에 나아가 서리와 소유 가운데 재간과 능력
이 있는 자 대여섯 명을 가려 그들의 본처를 모조리 잡아가두고 명하
기를,
 "보름 안에 그 등자를 얻고 대군의 궁에 딸린 종을 잡아 와라. 기한
을 넘겨 얻지 못하면 마땅히 죽을 것이다."
하였다. 홍공의 말이 매우 엄한지라 아전들이 모여 서로 약속하였다.
 "이 말이 새나가면 등자를 얻을 수가 없어서 죽게 될 테니 누설하지
말기로 하세."
 이때는 병자호란이 끝난 뒤여서 대군이 간혹 말을 타는 까닭에 아
전들은 남모르게 궁속들과 자발적으로 연줄을 맺어 대군이 대궐에 갈
때를 몰래 탐지하였다.
 대군이 창덕궁 돈화문 왼편에 있는 단봉문으로 들어가고, 안장을
얹은 말과 종들은 문밖에서 대기하고 있었다. 사헌부의 아전들은 술
과 음식을 풍성하게 갖추어 단봉문 밖에 있는 여염집에 모여 있다가
그 추종들을 모두 이끌어다가 함께 술을 마시고, 다만 마부만이 말고
삐를 잡고 서 있었다.
 잠복하고 있던 날래고 사나운 사람 두어 명이 양쪽의 등자를 끊고

마부를 붙잡자, 사헌부의 아전 네댓 명이 마부의 허리와 몸통을 머리 위에 올려 들고 급히 달려와서 아뢰었다.

홍공은 자신의 집으로 나아가 황금 등자를 분쇄하고, 그 마부를 쳐 죽였다. 홍공은 이와 같이 세력가를 두려워하지 않았다. 이 일로 홍공 은 저명해졌고, 후에 벼슬이 이조판서에 이르렀다.

제73화

엄격히 법을 집행한 이완

　재상을 지낸 이완 공이 형조판서로 있을 때였다. 함경도에 사는 엄가 성의 백성이 사헌부의 장령으로 있는 이증과 밭을 두고 송사를 벌였다. 조사해보니 엄가가 옳았고, 이증이 잘못이었다. 이공이 판결을 내린 뒤에 엄가는 마땅히 판결문을 받았어야 함에도 여러 날이 되도록 아득히 아무 소식이 없었다. 이공의 생각에 엄가가 먼 지방의 힘없는 백성으로 조정의 높은 벼슬아치와 더불어 큰 송사를 벌였으니 아무도 도와줄 데가 없는 형편으로 필시 죽인 뒤 그 사실을 숨겨 그 흔적이 가려진 것이 아닐까 하는 걱정이 되었다.

　이에 재빠르고 재치가 있는 사람들을 모집하여 이증의 집을 몰래 살펴보게 하고, 그 집의 어린 종을 꾀어서 붙잡아다가 반복하여 죄를 끝까지 캐물었다. 그러자 마침내 그 아이가 단서를 대강 털어놓았으나 그나마 상세하게 아뢰지는 않았다.

　드디어 이공이 약간의 형장을 가하자, 어린 종이 말하였다.

　"처음에는 술과 음식으로 엄가를 꾀다가 끝내 죽였사옵니다. 사람들에게 그 시신을 메다가 남한산성을 넘어 한강에 빠뜨리라고 하였사옵니다."

　이공은 어전에 들어가서 임금에게 아뢰었다.

　"범죄를 예방하기 위해 펼치는 행정과 기강이 올바로 서야 나라를 나라라고 할 수 있사옵니다. 지금 조정의 높은 관료가 제멋대로 소송

상대자를 박살하였사옵니다. 그런데도 다만 벼슬이 높고 세력이 있다는 것 때문에 법을 올바로 집행하지 못한다면 나라가 어찌 망하지 않을 수 있겠사옵니까?"

"이는 반드시 그 시신을 찾은 뒤라야 그 죄를 다스릴 수 있을 것이오."

"신이 지금 시신을 찾고 있사옵니다. 만약 시신을 찾게 되면 신은 기필코 이증을 손수 극형에 처하겠사옵니다."

이때 이공은 훈련대장을 겸하고 있었다. 마침내 군졸과 그 지역의 백성들을 모두 강에 있는 배에 모아서 거미줄처럼 생긴 철제 낚시를 다량으로 만들어 온 강을 샅샅이 뒤져 엄가의 시신을 찾았다. 이공은 강가에 있는 지휘소에 나와 앉아 군졸들과 시신을 찾으면 깃발을 세우고 찾지 못하면 깃발을 내리기로 약속하였다.

조금 뒤에 한강으로부터 배 한 척이 깃발을 세우고 급히 달려오는 것이었다. 이공은 벌떡 일어나 무릎을 치며 말하였다.

"이증은 이제 죽었다!"

시신을 조사해보니 과연 엄가의 것이었다. 이에 이공은 다수의 형리와 군졸들을 동원하여 이증의 집을 포위하고 이증을 체포하였다. 이증은 마침내 옥중에서 죽었고, 조정 신하들은 두려워 벌벌 떨었다.

제74화

우계와 율곡

　율곡 이이가 원접사가 되어 도성 서쪽으로 나가다가 지나가는 길에
우계 성혼을 만났다. 율곡은 품질이 좋은 쪽빛 비단으로 지은 도포를
입고 있었다. 우계가 정색하며 말하였다.

　"공께서 입은 도포가 어찌 그리도 화려합니까?"

　"명나라 사신을 접대하게 되다 보니 어쩔 수 없이 이리 되었습니다."

　두 사람이 한 방에서 함께 잠을 자게 되었는데, 비단 이불이 찬연하
였다. 그것을 보고 우계가 물었다.

　"이 이불도 명나라 사신을 접대하는 것이오?"

　율곡은 미소만 지을 뿐 대답이 없었다.

제75화
후손을 살린 조상의 영혼

백사 이항복 공은 익재 이제현의 방계의 후손이다.

백사가 어린 시절에 그의 유모가 나무 그늘 밑에서 데리고 놀다가 아이를 놓아 둔 채 깊이 잠들고 말았다. 아이가 기어가서 우물에 빠지려고 하였다. 유모의 꿈속에 어떤 백발노인 한 사람이 나타났는데, 신선 같은 모습에 체격이 장대하고 훤칠하였으며, 풍채가 빼어나게 헌걸차서 완연히 위인의 모습과 같았다. 그가 지팡이로 급히 유모를 때렸다. 유모가 깜짝 놀라 일어나 보니, 아이가 우물로 들어가려 하므로 급히 거두었다.

그 후, 익재의 후손 집안에서 갠 날 익재의 초상화를 햇볕에 말리고 있었는데, 때마침 익재의 유모가 그것을 보고 크게 놀라며 말하였다.

"완연히 지난번 꿈에서 보았던 노인이시네요."

대개 익재는 백사보다 몇 백 년 전 인물인데도 저승에서 도와줌이 이와 같았으니, 익재의 정령이 아직도 남아 있음을 알 수 있다.

백사는 하늘의 운수에 응하여 태어나서 마땅히 천지신명의 보호가 있었다. 익재도 또한 여러 세대를 두고 뛰어난 기품의 인물이어서 의당 그에게는 죽음을 따라서 없어지지 않는 것이 있었다.

제76화
송상현의 순절

　동래부사를 지낸 송상현이 젊은 시절 꿈에 다음과 같은 율시 한 수를 지었다.

> 천운이 다시 돌아와 남녀가 다 죽으니,
> 병신년(1596)의 화는 쪽빛보다 더 푸르네.
> 북쪽 철령으로 돌아가자니 술이 없어 시름겹고,
> 동쪽 금강산에 달려가서는 소금이 있어 기뻐하네.
> 천자의 깃발이 자주 요동의 학 울음소리에 놀랐으나,
> 황건적은 끝내 한나라 군화 끝에 쓰러졌네.
> 훗날 전쟁이 종식되길 기다려서,
> 장기 어린 남쪽 바닷가에 꼭 나의 유골을 묻어다오.
> 天運重回士女殱　丙申之禍碧於藍
> 北歸鐵嶺愁無酒　東走金剛喜有塩
> 翠華頻驚遼鶴唳　黃巾竟倒漢靴尖
> 他年待得干戈息　吾骨須收瘴海南

　이 시가 무엇을 말하는지 알 수 없었다.

　임진년(1592)에 송상현은 동래부사로 있었는데, 왜적이 갑자기 이르러 먼저 봉수대를 지키는 군사를 죽이고 동래성 밑으로 엄습하였다.

　송상현은 쥐고 있던 부채에 다음과 같이 16자의 글을 손수 써서 하

인으로 하여금 샛길로 본가에 전하게 하였다.

> 달무리 진 외로운 성에
> 적을 막을 방책이 없네.
> 군신간의 의리는 무겁고,
> 부자간의 은혜는 가볍네.
> 月暈孤城 禦敵無策 君臣義重 父子恩輕

　　그런 뒤 송상현은 조복을 갖추어 입고 북쪽을 향해 임금에게 사배를 올리고는 마침내 살해되었다. 왜인도 그를 의롭게 여겨 그를 벤 자를 참수하고 깃발 위에 쓰기를, '조선의 충신 송상현의 시신'이라고 쓰고 군중에 명을 내려 호송하게 하였다. 그 깃발을 본 왜군들은 모두 시신을 침범하지 않았다.

　　순절할 때 송상현은 공복 차림으로 의자에 앉아 있었는데, 왜인이 창으로 찔렀다. 그를 시종하던 신여로와 함흥 출신의 기생첩 금섬이 손으로 의자의 좌우 기둥을 잡은 채 함께 살해되었다. 그의 첩인 이양녀는 붙잡혔는데, 왜장이 겁탈하려 하자 죽을 각오로 몸을 지켜 욕을 당하지 않으니 왜인들은 그녀를 의롭게 여겼다. 왜국에도 원씨라는 절부가 있었는데, 왜인들은 이양녀의 매서운 의기가 원씨와 비슷하다고 하여 함께 거처하게 해주었다.

　　일찍이 천둥과 벼락이 일어 원씨 집의 담과 벽이 파괴되었다. 이양녀가 사는 집은 지척의 거리에 있었는데도 우레가 치지 않았다. 왜인들이 깜짝 놀라 기이해 하면서, 이는 하늘이 그녀의 절개를 아는 것이라고 여기며 우리나라로 내보내 주었다.

　　이양녀는 항상 송상현이 착용하였던 호박으로 만든 갓끈해 품고 있

었는데 귀국하자 부인에게 바쳤다. 그 당시 사람들이 그녀의 절조를
칭송하였다.

　송상현의 후손들은 충청도 청주 땅에 다수가 살고 있는데, 그 집안
에서 기록해 놓은 것이 이와 같다.

제77화
성몽정의 기이한 출생

　참판을 지낸 성몽정은 바로 판서를 지낸 성담년의 아들이다. 성담년이 사신이 되어 뱃길로 중국에 간 이듬해에 부인이 회임하였다. 성담년의 모부인인 시어머니는 차마 내쫓겠다는 말은 하지 못하고 다만 친정으로 돌아가라고 명하였다. 부인은 조금도 시어머니의 분부에 동요됨이 없이 친정으로 돌아가서 사내아이를 낳았다. 집안사람들이 모두들 남몰래 의심하였으나, 부인은 못 들은 체하였다.

　3년 후에 성담년이 비로소 돌아와 모부인을 뵈러 갔는데 그의 아내가 없었다. 그가 묻기를,

　"집사람은 어디 있습니까?"

하자, 모부인은 기껍지 않은 안색으로 눈살을 찌푸릴 뿐 아무 말이 없었다.

　"만약 친정에 가 있다면 속히 데려오겠습니다."

　"데려와서 어쩌려고?"

　"이 일이 매우 기이합니다. 마땅히 아이도 함께 데려 와야지요."

　모부인이 깜짝 놀라 물었다.

　"자네가 그걸 어찌 아는가?"

　"연경에 있을 때 이상한 일이 있어서 벌써 아들을 낳았다는 걸 알았었습니다. 그 사람이 오면 아마도 절로 아시게 될 겁니다."

　잠시 후에 부인이 아이를 데리고 와서는 먼저 저고리 고름 풀고 옷

고름에 매달렸던 작은 종이를 꺼내 보여주었다. 그 종이에는,

　'아무 해 아무 달 아무 날 밤 꿈에 부부가 우물 속에서 만나다.'

라고 기록되어 있었다. 드디어 성담년이 기록해 두었던 것을 꺼내니 아귀가 꼭 들어맞았다. 마침내 집안사람들이 의심을 시원히 풀었고, 그 아이의 이름을 '몽정'이라고 지었다.

　대개 이 일은 황당무계함에 가까운 것인데, 그 집안에서 족보에 기록하여 수많은 자손들이 지금까지도 기이한 일로 전하고 있다.

제78화
윤훤의 참화

　　백사 윤훤 공은 나의 외고조부가 되신다. 평안감사로 계실 때 정묘
호란을 만나셨다. 태평한 날이 오래도록 이어져서 변방은 텅 비었는
데, 오랑캐의 기마대가 마치 무인지경에 들어가듯 말을 몰아 쫓아가
며 군사를 풀어 도륙하니, 평안도 안주 서쪽으로는 닭과 개마저 남아
나지 않았다.

　　윤공은 졸지에 거대한 세력에게 쉽사리 당하여 아무 계책도 낼 수
가 없었다. 오직 한 번 죽음으로써 나라의 은혜에 보답하려고, 가재를
모조리 불태울 생각으로 화약고에 불을 붙여 온 집안이 한꺼번에 불구
덩이 속으로 들어가게 하려고 하였다.

　　그의 막내아들 기암 윤징지 공이 창황히 체읍하며 말하기를,

　　"일이 급박한데 헛되이 죽는 것은 무익합니다. 잠시 산성으로 들어
가셔서 군사들을 거두어 후속 계책을 생각하시지요. 만약 그리할 수
없다면 조용히 죽어도 늦지 않을 것입니다."

하고는 마침내 계속 힘써 간하여 산성으로 들어갈 수 있었다.

　　오랑캐들은 평안도 중화에 이르러서 강화를 맺었다. 그 뒤, 드디어
백사공은 그 일이 죄가 되어 참화를 입고 말았다. 기암공은 부친의
화가 자신으로 말미암은 것이라며 애통해 하였다. 그 뒤, 기암공은
상소문을 올려 자신의 형편을 진술하고 벼슬을 내린다는 어명이 있어
도 벼슬길에 나아가지 않고, 종신토록 스스로 그만두었다. 자신의 호

를 기암이라고 짓고, 정묘호란 이전의 승정원 직책인 윤 주서로 생을
마쳤다. 그가 남다르게 의리를 지키는 것이 이와 같았다.

제79화
윤훤의 죽음

돌아가신 할머니께서는 어려서부터 조부모님 슬하에서 자라셨다. 백사 윤훤 공께서 평안감사로 계실 때 돌아가신 할아버지께서는 평양에서 혼례를 치르셨다. 우리나라 풍속에는 혼례를 치른 후에 비녀를 꽂는 것이 관례여서 미처 머리를 올리기 전이었다. 그런데 오랑캐의 난리를 만나 먼저 가산을 불태우고 온 집안이 불로 뛰어들어 자결하려는 창황 중에 한 늙은 기생이 할머니를 붙잡고 울며 말하기를,

"이 아씨께서 어찌 차마 비녀도 꽂지 못하고 죽는단 말인가?"

하고는 창졸간에 비녀를 만들어서 꽂아주었다.

할머니께서 일찍이 말씀하시기를,

"나는 그 늙은 기생으로 인해 비녀를 꽂게 되었다."

라고 하셨다. 늙은 기생이 할머니를 업고 나가서 죽으려고 하다가 몸을 돌려 산성으로 향하였다.

사태가 진정이 되자 조정에서는 백사 공을 더욱 다급하게 하는 의론을 주장하였다. 그 당시 오랑캐의 세력이 요란한 천둥소리나 맹렬하게 타오르는 불길처럼 몹시 급하여, 평안감사가 비록 수하의 친병들을 모을 겨를이 없었다고 할지라도 그것이 어쩔 수 없었다는 것은 온 세상이 다 아는 사실이었다. 그러나 모두들 고상한 논의를 다투어 주장하였다. 어느 한 사람이 의론을 주도하면 감히 누가 그랬냐고 물어볼 수도 없었다. 평생의 친구도 마음속으로는 안됐다는 마음을 품

으면서도 겉으로는 준엄하게 법을 집행해야 한다는 논의를 펼쳤다. 그리하여 백사 공은 끝내 원통한 화를 입게 되었다.

대체로 그 당시 윤씨 집안은 매우 왕성하여, 백사 공의 조카인 해숭위 윤신지는 인조의 고모인 정혜옹주에게 장가들었다. 정혜옹주는 밤낮으로 대궐 뜰에서 울부짖었다. 인조는 새로 대통을 계승하여 기강을 엄숙하게 바로잡고자 하였고, 또한 권력과 세력을 가진 자들의 뜻을 꺼리지 않을 수가 없었다. 그리하여 백사 공은 끝내 화를 입게 되었던 것이다.

문정공 청음 김상헌 공이 그때 마침 사신으로 연경에 갔다가 돌아와서 백사 공이 화를 입었다는 말을 듣고 슬프고 참혹하여 눈물을 흘리며 말하기를,

"내가 마침 없어서 윤차야를 원통히 죽게 하였으니 가석하다."
하였으니, 그 당시의 공론을 엿볼 수 있다.

대개 남의 신하된 자의 절의는 몸을 굽혀 마음과 몸을 다하여 애쓰다가 죽은 뒤에야 그만두는 것이다. 이찌 군사도 없고 대비도 없이 억센 오랑캐의 철기가 바람과 불길보다 빠른데, 순식간에 다함께 체포되어 죽을 곳으로 나아가는 것이 귀하겠는가? 이와 같이 하여 절의를 바칠 수 있다면, 참으로 그 충절을 불쌍하고 아름답게 여겨야 마땅하다.

국가에서 신하들을 대우함에 어찌 그들이 맨손으로 죽을 곳으로 나아가 죽을 수 없었던 것을 책망하는 것으로 본보기를 삼을 수 있겠는가? 더군다나 국가가 그런 화를 입었는데도 끝내 죽지 않았다면 참으로 죄가 있는 것이지만, 오랑캐들이 지나가자마자 바로 강화를 맺었으니 비록 죽으려 한다 한들 무엇에 근거를 두고 죽겠는가?

제80화
김수항의 죽음

　문곡 김수항 공이 화를 입게 되자, 그의 아들인 농암 김창협 공은 슬픔을 머금고 고통을 숨긴 채 종신토록 벼슬을 사양하고 초야에 묻혀 목숨을 걸고 스스로 벼슬을 그만두기로 맹세하였다.

　그 뒤, 수십 년 사이에 예조판서 벼슬을 하라는 데 이르렀으나 끝내 응하지 않았다. 성리학 서적에 흠뻑 젖어 문장의 업적을 대성하였다. 공의 취미는 욕심 없이 깨끗한 마음을 갖는 것이었고 온화하고 품위가 있었으며, 남을 포용하는 도량은 맑고 깨끗하여 시원스러웠다. 자연의 경치 속에 즐겁게 노닐면서 회포를 풀고 타고난 본성대로 스스로 즐겼다. 공은 한 시대 문장의 종장이 되어 끝내 곤궁하게 지내다가 생을 마쳤다.

　기암 윤징지는 참으로 몹시 절박한 심정을 가졌으나, 농암은 절도가 없이 의연하였고 스스로 벼슬을 그만두고 둔하였으나 번민하지 않았다. 농암의 탁월한 지조와 절개는 백이와 같은 풍모가 있어 탐욕스러운 사람을 청렴하게 하고 나약한 사람이 확고한 뜻을 세우게 할 만하다.

제81화
가법의 중요성

　나는 일찍이 다음과 같은 선친의 하교를 들었다.

　"인가의 가법이 조심스럽고 중후하며 엄중한 것은 후손들에게 덕을 드리워 경사스럽고 복된 일이 자손들에게까지 미치게 하고, 높은 벼슬이 끊임없이 이어지게 할 수 있어서다. 사랑이 넘친 나머지 법도가 없게 되면 그 후손들이 침체하게 된다.

　묵재 홍언필과 그의 아들 인재 홍섬 부자는 대를 이어 정승이 되어 벼슬의 품계와 녹봉이 서로 같았지. 묵재의 부인이 손수 관복을 만들어 아들로 하여금 먼저 입어보게 하고 기장이 긴지 짧은지를 살펴보았다더구나. 인재는 예전의 풍속이라고 하면서 스스로 입어보았다는데, 그의 해학과 우스갯소리도 또한 훌륭한 기상이라고 할 수 있으나 가법이 엄중하지 않았다는 것을 알 수 있지. 나는 아직까지 그 집안의 후손들이 번창하였다는 말을 듣지 못하였다."

제82화
이상의 집안의 법도

좌찬성 벼슬을 지낸 이상의가 살아 있을 때 나중에 판서를 지낸 그의 아들 이지완이 종2품 벼슬로 승진하였다. 우리나라 풍속에는 종2품에 승진한 뒤에라야 나이든 사람도 초헌을 탈 수 있었다. 예전의 법도에는 나이 50세가 되지 못한 사람이 초헌을 탄 일이 없었다. 부형이 계신 사람은 더구나 감히 타지 못하였다. 벼슬아치들이 집안의 법도를 조심스럽고 중후하게 여겨서 그런 것이었다.

어느 날 남녀종들이 기쁜 빛으로 서로 떠드는 소리가 들렸다.

"우리 댁 젊은 상공께서 오늘 초헌을 타고 오셨다."

그 말을 들은 이상의가 말하였다.

"내 아범의 초헌 탄 모습을 보고 싶으니 탄 채로 곧장 마당으로 오라고 해라."

이지완은 부친의 명을 어길 수가 없어 초헌에 탄 채 마당에 이르렀다. 그러자 이상의가 정색을 하며 말하였다.

"네가 초헌 타기를 좋아하는 듯하니, 종일 거기 앉아서 내려오지 말아라."

하고는 마당에 있는 나무에 초헌을 묶어 놓으라고 명하였다.

초헌의 구조가 위로 둥글게 높은데다 외바퀴여서, 앞뒤에서 종들이 한쪽을 올리고 다른 쪽을 내려주어야 타고 내릴 수가 있게 되어 있었다. 그런데 나무에 단단히 묶어둔 채 아무도 없으니 내려올 수가 없었다. 이지완은 온종일 고개를 숙인 채 초헌에 앉아 감히 내려오지 못하였다. 그 뒤로 그는 감히 초헌을 타지 못하였다.

이상의의 자손들은 지금까지도 번창하고 이름난 인물들을 배출하고 있다.

제83화
서성 집안의 법도

"네 조부님께서 일찍이 이런 말씀을 하셨단다. 그 분이 젊은 시절에 판서를 지내신 약봉 서성이라는 분을 찾아가 문안을 여쭈었다는구나. 약봉 대감께서 글을 쓰시려고 벼루를 가져오라고 명하셨다지. 약봉 대감의 맏아드님은 나중에 우의정을 지낸 서경우라는 분이었는데, 부친 곁에 정좌하고 앉아서 모시고 있었어. 이때 벌써 당상관 벼슬을 하고 있었지. 주위에 심부름 시킬 만한 사람들이 많았는데도 시키지 않고 벌떡 일어나 밖으로 나가서 손수 벼루를 찾아다가 드렸다는구나. 약봉 댁의 가법이 훌륭하고 모범이 될 만하다는 걸 보실 수 있었다는 말씀이셨지."

나는 일찍이 선친께서 이런 말씀을 하시는 것을 들었다.

제84화
조정호의 우정

    강원감사를 지낸 조정호와 평산현감을 지낸 양응락은 교분이 매우 깊어서 세상 사람들이 '양조'라고 일컬었다. 양공이 먼저 죽자, 조공은 녹봉을 받을 때마다 양공의 집에 나누어 주기를 평생토록 하였다. 조공은 나의 고조부이신 선산부군(박효성)과도 변치 않는 우정을 맺었다. 고조부께서 돌아가시자, 조공은 또한 녹봉을 나누는 일을 그만두지 않았다. 돌아가신 조부님(박장원)의 기록에서 나온 이야기다.

제85화
조석윤 부자의 믿음

낙정 조석윤은 강원도 관찰사를 지낸 남계 조정호의 아들이다. 남계는 벼슬길에서 물러난 뒤 경기도 용인의 탄천에서 살았다. 낙정이 젊은 시절에 일이 있어서 한양 도성에 들어갔었다. 그날 마침 거센 바람이 불었다. 남계의 이웃에 사는 선비가 저녁 무렵 나루터에서 돌아오다가 곧장 남계의 집으로 향하였다. 그는 슬프고 참혹한 낯빛으로 대문에 들어서자마자 남계에게 아뢰었다.

"저도 도성에 갔다가 노량진에 이르러서 댁의 아드님을 만났지요. 그때 거센 바람이 불어 물결이 하늘에 닿을 듯 했습니다. 다투어 강을 건너려는 사람들이 마치 성을 쌓아놓은 듯 했답니다. 아드님은 먼저 배에 올랐는데, 미처 반도 건너기 전에 배가 키질을 하듯 까부르며 물결 속으로 들락날락하더니 끝내 배 전체가 물속으로 가라앉고 말았습니다. 멀리서 바라보자니 가슴이 덜컥 내려앉더군요. 그래서 급히 돌아와 아뢰는 것입니다."

그때 남계는 손님과 마주앉아 바둑을 두고 있었는데, 낯빛이 변하지 않은 채 그다지 놀라지 않는 것 같았다. 남계가 느릿한 말투로,

"내 아들은 물에 빠져 죽을 사람이 아니니 걱정하지 말게나."

하는 것이었다. 그 선비는 발을 동동 구르며 말하였다.

"아드님이 배에 오르는 걸 제가 이미 보았고, 그 배가 가라앉는 것도 제 눈으로 보았는데 어찌 놀라시지도 않습니까? 공께서는 어째서

가만 계시는 겁니까?"

그러나 남계는 끝내 낯빛을 바꾸지 않고,

"비록 처음에 배에 올랐다고 하더라도 위태로웠다면 필시 내렸을 게야. 내 결단코 우리 아이가 물에 빠져 죽을 사람이 아니라는 걸 알고 있으니, 자네는 너무 놀라지 말게."

하는 것이었다. 그 선비가 쉬지 않고 되풀이 말하였으나, 남계는 여전히 바둑만 두고 있었다.

얼마 지나지 않아 낙정이 들어왔다. 남계가 묻자 낙정이 대답하였다.

"바람과 물결이 거세게 일어 정말 두려운 생각이 들어 나루터에서 발길을 돌렸습니다."

그 선비가 당황하며 놀라자, 낙정이 말하였다.

"이 사람이 걱정할 만도 했지요. 처음에 그의 말대로 배에 올라서 물결의 세력을 헤아려보니 틀림없이 순조롭게 건너기는 어려울 것 같아 즉시 배에서 내렸습니다. 그랬더니 과연 그 배는 바닷속으로 가라앉고 말았습니다. 제가 배에 오르는 것만 보고 내리는 것은 보지 못해서 그랬던 것이지요."

아아! 증자는 공자에 버금가는 성인인데도 살인이라는 포악한 행동을 하였다고 소문이 났다. 버금가는 성인과 포악한 행위는 서로 거리가 멀어도 한참 멀다. 증자가 살인하였다는 말을 믿지 않는 것이 당연하다.

배에 올라 풍랑을 만나는 것은 사람이 살아가면서 때마침 공교롭게 일어나는 일이다. 낙정의 부친이 끝내 동요하지 않은 것은 낙정이 얼마나 몸가짐을 조심하고 바른 행실을 하여 그 미덕이 이미 그의 부형을 믿도록 할 수 있어서이다. 더구나 아들인 낙정에 대해 원대한 바람을 가지고 있었으므로 단연코 의심을 하지 않았던 것이다. 그야말로 속마음을 참되게 알아주는 지기와 같은 부자간이라고 할 만하다.

제86화
임금의 청을 거절한 신하들

　연양부원군 이시백은 일찍이 품질이 좋은 흰 모란을 심었었다. 인조가 내시를 보내 흰 모란을 얻으려 하자 이시백은 내시 앞에서 눈물을 흘리며 말하였다.

　"늙은 신하가 이따위 아무 쓸모없는 것을 심어 놓아 성상으로 하여금 아무 쓸모없는 것을 찾으시는 데 이르시도록 했네. 성상의 성덕에 누를 끼침은 실로 이 늙은 신하의 죄로 말미암은 것일세."

하고는 손수 흰 모란을 망가뜨렸다.

　장례원 판결사를 지낸 홍만회는 일찍이 종려나무 화분 하나를 가지고 있었다. 숙종이 그것을 찾자, 홍만회는 거절하고 바치지 않았다.

제87화
강인함과 부드러움을 겸비한 김상용

　재상을 지낸 선원 김상용은 재상을 지낸 임당 정유길의 외손자로, 기개와 도량이 크고 화락하며 조용하였다. 임당의 손자로 지돈녕부사를 지낸 정광성은 그의 외사촌동생이었다. 정광성이 젊은 시절 부친인 수죽 정창연 공을 모시고 이야기를 하다가 후세에는 성인을 볼 수 없을 것이라는 말을 하기에 이르렀다. 그러자 정광성은,

　"저는 성인을 보았습니다."

하는 것이었다. 수죽이 웃으며 묻자 정광성이 대답하였다.

　"고종사촌인 상용이 형님이 바로 성인입니다."

　나이가 서로 엇비슷한 형제 사이에 이처럼 아끼고 사모하며 공경하고 복종한다면, 대략 선원의 어질고 도타운 기상과 온순함을 알 수가 있다.

　그가 이조판서가 되었을 때 벼슬자리를 청탁하는 편지가 빈번하게 왔으나, 그는 하나하나 자세히 응답해주지 않는 경우가 없었다.

　그의 아우 김상복이 지방 고을의 수령이 되자, 선원의 친구들이 관직 발령을 받게 해달라고 청한 것을 모두 정리해서 아우에게 보내주었다. 그의 아우가 와서 말하기를,

　"형님의 편지가 하도 빈번하게 와서 손님을 맞아 접대할 겨를이 없습니다. 어째서 줄이지를 않으시는지요?"

하고 따지자 선원이 말하였다.

"사람들이 자네에게 편지가 가게 해달라고 청하는데, 내 이제부터
는 자네를 모른다고 하고 거절할까?"

그의 어질고 후덕함이 이와 같았다. 그러나 끝내 병자호란을 만나
목숨을 바쳤으니, 대의를 위해 목숨을 바친 절개가 빼어나게 뛰어났
다. 굳세고 부드러운 성품을 겸비하였다고 이를 만하다.

제88화
정승이 될 기상을 갖춘 조익

포저 조익 공은 젊은 시절 경기도 광주의 구포에 살았는데, 가난하여 안장을 올린 말을 갖출 수가 없었다. 일찍이 과거를 보러 한양 도성에 들어갈 때에는 장작을 나르는 소달구지를 타고 갔다. 도성에 들어서서 판사의 행차를 만났는데, 길을 인도하는 하인이 쉴 새 없이,

"물렀거라!"

하고 소리를 질러대고 있었다. 그 하인에게 떠밀려 조공은 그만 다리 아래로 거꾸러지고 말았다.

대개 그 판사는 아직 당상관에 오르지 못하여서 마주친 사람들이 말에서 내리지 않은 것이었는데, 더벅머리로 어리석고 패악한 하인이 우비를 옆구리에 끼고 앞길을 인도하다가 시골사람을 만나면 곤욕스럽게 하였기 때문이었다.

조공은 흙탕물 속에 비스듬히 누워 곧장 일어나지 않고 눈을 흘기며 말하였다.

"나도 목구멍이 포도청인데 뭐가 곤욕스럽겠어?"

하고는 조금도 분해하거나 탓하는 기색을 보이지 않았다. 지나가던 아전이 그 모습을 보고 놀라 스스로 도랑물로 들어가서 조공을 부축해 일으키며 말하였다.

"도령의 기상을 보니 이담에 정승이 되시겠소."

하고는 드디어 조공의 손을 잡고 자신의 집으로 안내하였다고 한다.

제89화
성세의 국법 집행

정승을 지낸 선원 김상용이 살았던 청풍계와 태고정은 인왕산 산기슭에 있었다. 어느 날, 어떤 사람이 선원을 찾아가 인사를 드렸는데 안색이 썩 좋지 않았다. 찾아간 사람이 그 까닭을 물으니, 선원이 말하였다.

"산자락에 살다 보니 이래저래 많은 욕을 보는구먼. 오늘 사산감역관이 산을 순찰하다가 우리 집의 아랫사람이 베지 못하게 되어 있는 소나무를 벴다고 매질을 하고 갔다는군."

그 당시는 나라의 기강이 지엄하던 때라 미관말직에 있는 하급관리라도 능히 정승 댁의 하인에게 죄를 따져 다스릴 수가 있었음을 알수 있다. 이 또한 성세에 국법이 바로 서 있던 효과다.

요즘에는 정승이나 판서 등 재상은 말할 것도 없고 약간 이름이 알려진 관리의 하인들이 국법을 어겨도 형조나 한성부에서 법을 제대로 적용하지 못하고 있다. 하물며 사산감역관 같은 하급관리가 감히 정승댁 하인에게 매질을 할 수 있겠는가?

제90화
포도대장 이완

재상을 지낸 이완이 포도대장으로 있을 때였다. 시장의 생선가게가 있는 곳을 지나다가 홀연 곁눈질을 하며 지나갔다. 포도청으로 돌아온 뒤에 이공은 장교들 가운데 정찰을 잘하는 사람을 뽑으라고 명하여 그에게 말하였다.

"생선가게가 있는 시장거리에 예사롭지 않은 도적이 있는데, 20일 내로 염탐하여 잡아 오너라. 기한을 넘기면 의당 네가 죽을 것이다."

이공의 명을 받들고 나온 장교는 마치 바람을 잡아오라는 것처럼 아무 생각이 없이 멍하였다. 그는 날마다 생선가게 근처에 가서 돈과 비단으로 술과 음식을 사서 술친구들을 사귀었다. 생선가게에 앉아 온종일 바둑이나 장기를 두며 염탐하였으나 그 도적의 행방은 아득하여 찾을 수가 없었다. 그는 바둑이나 장기를 끝낼 때마다 땅이 꺼져라 큰 한숨을 내쉬곤 하였다. 때로는 바둑이나 장기에도 관심이 없는 듯 말 한 마디 하지 않았다. 10여 일이 지나자 그 도적의 자취는 더욱 아리송해졌다.

하루는 바둑을 끝낸 그가 문득 눈물을 흘리는 것이었다. 시장의 상인 가운데 그와 친하게 지내던 사람이 물었다.

"자네는 술 마시고 놀음을 하며 스스로 호방하고 의협심이 있다고 하더니, 요즘 자넬 보니 가끔 땅이 꺼져라 한숨을 내쉬고 놀음에는 관심도 없는 것 같더구먼. 벌써부터 이상하게 여겼는데 이제 또 눈물을 흘리니 필시 무슨 까닭이 있는 게야. 무슨 일인지 말해보게."

장교는 자초지종을 갖추어 말하고는,

"내가 이미 포도대장의 명을 받들었으니 도적을 잡지 못하면 내가 죽겠지. 죽는 건 하나도 아까울 게 없지만, 다만 노모가 계셔서…, 그래서 슬퍼하는 걸세."

하는 것이었다. 상인이 말하였다.

"그 자는 과연 형적이 예사롭지 않은 사람일세. 때때로 이 장거리에 왕래한 것이 벌써 두어 해가 되었지. 온종일 하는 일도 없는데, 좋은 옷에 좋은 음식을 먹곤 했다네. 그가 평소에 수진방에 드나든다고 하니, 자네가 그곳에 가면 형적을 찾을 수 있을 게야."

장교는 그의 말대로 수진방을 정탐하였다. 탐지해보니 깊숙하고 외딴 곳에 토담집을 지어 놓고 있었다. 밤에 그 도적이 집으로 들어오는 것을 기다렸다가 체포하였다. 집안에 다른 물건은 없고, 단지 조정에서 간행하는 관보가 두어 짐 가량 있을 뿐이었다.

마침내 장교가 그를 결박하여 와서 보고하였다. 그는 입을 다문 채 아무 말도 하지 않고 다만,

"빨리 나를 죽이시오."

라는 말만 하였다. 이공은 새끼줄로 그를 꽁꽁 묶은 뒤 온몸에 진흙을 발라 죽였다. 대개 그는 외국인으로 우리나라의 사정을 탐지하러 왔던 자였다.

제91화
훈련대장 이완

　현종이 온천에 거둥할 때 이완이 훈련대장으로서 행차의 앞장을 서서 군사들이 천천히 가게 하였다. 현종은 갑갑증이 나는 것을 참을 수가 없어서 어가를 빨리 달리게 하고 싶었으나 앞장을 선 훈련대장에게 막혀 나아가지 못하였다. 현종은 어가를 멈추게 하고 훈련대장을 불러오라고 명하였다. 이완이 오지 않아 다시 불렀으나 역시 오지 않았다. 현종이 노하여,

　"이완이 장차 반역을 하려는가? 어째서 오지 않는가?"

라고 하자, 곁에서 모시고 있던 신하가 임금에게 아뢰었다.

　"이는 군사들의 행군인지라 군중에서는 말로 하는 명령을 쓰지 않는 것이 규칙이옵니다. 전하께서는 훈련대장을 부르시는데 문표를 제시하지 않으시고 다만 뒤따르는 신하들을 부르시듯이 말씀으로만 명하셨습니다. 훈련대장은 병법을 아는 까닭에 오지 않은 것이옵니다."

　그러자 현종은 선전관에게 문표를 가지고 가서 훈련대장을 불러 오라고 명하였다. 그제야 이완이 들어오자 임금이 말하였다.

　"내 병 때문에 마음이 급하여 앞으로 나아가고자 하나 경이 행군을 느리게 하여 잠시도 견딜 수가 없구려."

　이완이 대답하였다.

　"병법에는 하루에 50리를 행군하는 것이 좋다고 하였는데, 오늘 한낮이 되기 전에 이미 40리를 행군하였습니다. 걸어가는 군사들 가운

데 쓰러지는 자들이 늘어나고 있습니다. 비록 전하의 하교가 이러하시나 감히 명을 받들지 못하겠사옵니다."

그는 끝내 행군 속도를 바꾸지 않았다. 그가 군사들을 행군시키는 법도는 병력과 군세가 엄숙하면서도 공손하고, 대오가 흐트러짐이 없이 질서정연하였다.

외조부께서 일찍이 이런 말씀을 하셨다.

"숙종대왕께서 능에 거둥하셨다가 환궁하실 때 살곶이벌에서 사열하시고 동대문을 거쳐 환궁하셨지. 상감께서는 말에 채찍을 가해 빨리 달려가셨단다. 이때 판서로 있던 신여철이 훈련대장이 되어 군사들을 거느리고 앞장을 섰었지. 앞장을 선 군사들이 말 앞으로 가까이 다가오자 행렬이 흐트러지며 대오에 있던 군사들이 다수 넘어지게 되었어. 뒤따르던 신하들이 탄 말이 펄쩍 뛰어 빠르게 달리자 놀랍고 두려워 그들의 얼굴에서 핏기가 사라졌지. 대궐에 이르렀을 때 내가 신공에게 말하기를, '오늘의 능행은 행동거지가 잘못되었소. 그 책임은 사실 영공에게 있소이다.'하며 이완 대장의 이야기를 해주었더니, 신공은 탄식하며, '그 양반이 어떻게 그럴 수 있었는지는 모르겠으나, 오늘 일은 어쩔 수가 없었소.'하더구나."

외조부께서는 이런 말씀도 하셨다.

"이공이 비록 전대에 태어났다고 하더라도 충분히 이름난 사람이 되었을 게다."

참으로 신공이 능히 미칠 바가 아니었다. 비록 그렇다고 하더라도 뛰어난 재주를 지닌 사람도 임금이 등용하느냐 버리느냐에 달려 있을 따름이다.

만약 이공이 숙종 때에 태어나서 이처럼 의지가 강직하여 흔들리지 않았다면 어찌 능히 용납되었겠는가?

현종이 경연하는 자리에서 이완에게 말하였다.

"병자년의 일을 과인이 잘 모르니, 경이 과인을 위해 그 당시 일을 자세히 말해주시오."

이공이 자리에서 일어나 절을 하고 그 당시 일을 말하려고 하자 자신도 모르게 마치 샘물이 솟듯 눈물을 흘리며 목이 메여 말을 잇지 못하였다. 현종은 조마조마한 마음으로 탄식만하다가 마침내 말하지 말라고 명하였다.

병자호란 뒤 이공은 군사들을 이끌고 청나라 오랑캐의 원병이 되었다. 일찍이 요동의 군사 요충지인 정원위를 포위하였다. 전투가 끝난 뒤 털벙거지를 쓰고 쪽빛 비단 도포를 차려 입은 사람 하나가 창을 들고 싸움터를 다니며 쌓여 있는 시신을 살피고 있었다. 청 태종이 좌우를 돌아보며 말하였다.

"누가 능히 저 놈을 잡겠느냐?"

청 태종 휘하의 장사 한 사람이 창을 휘두르며 말을 달려 나갔다가 미처 마주치기도 전에 그의 창에 찔려 거꾸러졌다. 그러자 청 태종 휘하의 장사 두어 사람이 분하고 원통하게 여기며 말을 달려 나갔다. 그는 또 그들을 찔러 죽였다. 네댓 명이 그 뒤를 이어 나갔으나 그들도 마찬가지로 죽었다. 청 태종은 장사 여러 사람을 잃고 나서 말하기를,

"이 사람은 혼자서 몇 사람을 당해낼 만한 용기를 지녔으니 창검으로 싸우지 않는 게 좋겠다."

하고는 더 이상 나가지 말라고 명하였다.

그 사람은 쌓여 있는 시신을 여러 차례 뒤집어 보다가 저물 때가 되어서야 말 위에서 한 시신을 찾아내고는 통곡을 하며 돌아갔다. 아마도 그와 부자나 형제 사이가 되는 사람이 전사하여 시신을 수습한 듯하였다. 그가 산모퉁이를 지나갈 때 홀연 대포 소리가 들리더니 그

는 말에서 떨어져 죽었다.

　만년에 이공은 밥을 먹다가도 이 일이 생각날 때마다 문득 수저를
던져버리고 눈물을 흘리곤 하였다. 이공의 충의로 인해 일어나는 분
한 마음과 비분강개함이 이와 같았다.

제92화
명청 교체기와 조선

청 태종은 매번 윽박지르며 자신들이 북방의 이민족 가운데 깐깐하고 자존심이 강하다고 을러댔다. 번번이 말하기를,

"우리가 마땅히 조선을 집어삼켜서 포를 쏘아 모조리 죽일 것이다."

라고 하였다. 그들이 명나라와 싸우면서 여러 고을을 소탕하였는데, 그때마다 우리 군사들과 합세하여 이르는 곳마다 승전을 하였다. 금주 위의 싸움이 끝난 뒤 어떤 사람 하나가 성 위에 올라서서 부르짖었다.

"너희 고려인들이 어찌 차마 이럴 수가 있느냐? 너희 나라가 거의 망하게 된 것을 신종황제께서 구원하여 도와준 은혜를 배신하고, 어찌 차마 오랑캐를 도와 우리를 죽인단 말이냐?"

미처 말을 마치기도 전에 대포 소리가 한 차례 들리더니 그 사람이 쓰러지고 말았다. 천년 뒤에 충신과 의로운 선비들로 하여금 눈물을 흘리게 하기에 충분하다.

제93화
살려준 은혜를 갚은 이완

재상을 역임한 이완은 계림부원군 이수일의 아들이다. 그의 부친이 평안도 병마절도사로 재직할 때 이공이 그곳에 따라가 있었다.

일찍이 활을 가지고 사냥을 하려고 깊은 산중에 들어갔다가 날이 저물자 산골짜기에 있는 인가를 찾아갔다. 고요하고 조촐한 초가였다. 그 집에는 곱게 단장한 젊은 여자가 혼자 집을 지키고 있었다. 이공이 묻기를,

"어째서 이런 깊은 산 속에 혼자 계시오?"

하자, 그녀가 대답하였다.

"제 남편이 사냥을 하러 나가서 혼자 빈 집을 지키고 있지요."

그 말을 들은 이공은 그녀와 정을 나누고 함께 잠자리에 들었다.

한밤중에 어떤 사람이 사슴 한 마리를 잡아가지고 와서는 이공을 결박하고 장차 죽이려고 하였다. 이공은 결박을 당한 채 느리게 말하였다.

"보아하니 그대도 예사로운 사람은 아닌 듯한데 고작 여자 하나 때문에 장사를 죽이려는 것이오?"

그는 이공을 뚫어져라 바라보다가 결박을 풀어주고 함께 앉더니 그녀에게 술을 데우고 고기를 구워 오라고 하여 함께 술을 마시며 말하였다.

"큰 그릇이 세상이 용납되지 않아 산골짜기에서 이 모양으로 지내

고 있소. 10여 년 뒤에 그대는 틀림없이 평안도 병마절도사가 되어 군사를 거느릴 것이오. 내가 죽을죄를 짓게 되면 모름지기 오늘 살려 준 은혜를 생각해서 나를 살리시오.”

그 뒤, 이공은 평안도 병마절도사가 되었다. 어떤 죄수 하나가 머리를 쳐들며 이공을 불렀다.

“공은 전날의 약속을 잊고 나를 죽이려오?”

이공이 자세히 살펴보니 바로 깊은 산골짜기에서 만났던 그 사람이었다. 이에 이공은 그를 용서해주었다.

제94화

이괄의 난에 억울하게 죽은 사람들

갑자년(1624)에 이괄은 평안도 병마절도사로 재임 중 군사를 동원하여 반란을 일으켰다. 그 소식이 전해지자 한양 도성에서는 충격을 받고 동요가 일어났다. 평소 이괄과 알고 지내던 사람들은 모두 수감되었는데, 그 수가 매우 많았다. 처음에는 이괄의 반란에 관련된 사람이 없었으나 단지 이렇게 마음이 편치 않고 의심스러운 즈음이라 혹시라도 그들이 상응하여 변란이 생길까 염려를 해서였다.

이괄의 반란군이 점차 도성을 향해 다가오자, 인조는 도성을 버리고 충청도 공주로 피란을 떠났다. 출발할 때 승평부원군 김류는 수감하였던 사람들을 모두 끄집어내어 목을 베었다. 지금까지도 갑자년에 마구잡이로 목을 벤 일이 지극히 원통한 일이 되고 있다.

일찍이 외조부께서는,

"승평부원군 김류의 대를 이어갈 자손이 없는 것은 틀림없이 갑자년에 마구잡이로 사람들의 목을 벤 일 때문이다."

라고 말씀하셨다.

제95화

군사 업무에 익숙지 않아 참수될 뻔한 이경직

갑자년에 이괄의 난이 일어나자, 인조의 어가는 남쪽으로 파천하였다. 수원부사로 있던 석문 이경직이 어가를 호종하였다.

이공은 서생 출신이라 군사에 관해서는 생소하였다. 군중에서는 예사로운 척후나 정탐 등과 군사의 출동에 관한 제반 업무에 하나같이 갈피를 잡을 수 없을 정도로 아득하였다. 조치할 바를 몰라 거의 모양이나 형식을 갖추지 못하였다.

인조는 크게 노하여 이공의 목을 베려고 하였다. 여러 신하들도 이공을 구할 만한 말이 떠오르지 않았다. 마침내 임금에게 아뢰기를,

"이경직은 일찍이 일본에 통신사로 가서 왜노들에게 위신을 뚜렷하게 세웠습니다. 만약 지금 반란군의 세력이 걷잡을 수 없이 퍼져서 전란의 화가 이어진다면 뒷날 섬나라 왜인들에게 구원을 요청해야 하는데, 그 일은 이경직이 아니면 아니 될 것이옵니다. 지금 갑자기 그를 참수하는 것은 불가하옵니다."

하였다. 이에 인조는 명을 거두고 삭탈관직을 하여 백의종군하게 하였다.

우리 조선에서는 재주 있는 선비들을 숭상한다. 군자는 평상시 전시에 문제를 해결하는 지혜를 익히지 않아서 급한 일이 벌어졌을 때 조치를 잘못한다. 이는 선비들 일반의 공통적인 걱정이나 폐해다. 이공의 재주로도 몇 번이나 위험한 화난을 밟았는가? 벼슬아치들은 이를 경계로 삼지 않을 수 없을 것이다.

제96화
수염이 없어 환관으로 오해를 받은 이유간

동지중추부사를 지낸 이유간은 수염이 없어서 모습이 환관과 비슷하였다. 그가 일찍이 백사 이항복 공을 찾아갔다가 자리에서 일어나 가자, 그 자리에 있던 세상 물정에 어두운 한 선비가 백사에게 여쭈었다.

"제가 공의 문하에 드나들며 우러러 뵌 지도 오래 되었사옵니다. 그런데 방금 이 자리에 앉아 있어서는 안 될 사람이 있어서 몹시 실망했사옵니다."

백사가 웃으며 말하였다.

"자네처럼 나이가 젊은 사람들은 그렇게 알고 있더구먼. 정말 그렇게 여길 법도 하지. 허나 그 환관은 참으로 예사롭지 않은 환관이야."

하고는 석문 이경직과 백헌 이경석 등 두 사람의 이름을 거명하며 말하였다.

"그 환관이 석문과 백헌, 두 아들을 낳았으니, 어찌 이상한 환관이 아니겠는가?"

이 이야기를 들은 사람들이 깔깔대고 웃었다.

제97화
성격이 달랐던 이경직·이경석 형제

　재상을 지낸 백헌 이경석 공은 타고난 자질이 충성스럽고 신의가 있었으며 화평하고 후덕하였다. 한눈에 그는 성실하고 독실한 군자임을 알 수 있었다. 성품이 지극히 효성스러워서 매번 사당에 들어갈 때마다 만년의 나이에도 눈물을 흘리곤 하였다. 사물을 접함에 정성스러운 뜻이 넘쳐났으며, 꾸미는 것을 일삼지 않았다.

　일찍이 기우제를 지내는 헌관이 되어 기우제를 마치고 돌아왔으나 끝내 비가 올 기미가 없었다. 이공은 조복을 갖추어 입고 집 뒤의 숲에 올라가 뜨겁게 내려쬐는 태양 아래서 마음을 가라앉히고 눈을 감은 채 말없이 기도를 올렸다.

　석문 이경직 공은 바로 백헌 이공의 형이었다. 마침 백헌의 집에 이르러 그가 어디에 있느냐고 물으니, 집안사람이 자초지종을 아뢰었다. 석문은 성격이 호방하고 얽매는 데가 없었다. 백헌이 후원에서 기도하고 있다는 말을 듣고는 껄껄대고 웃으며 후원으로 갔다. 발로 동생을 차서 일으킨 뒤 말하기를,

　"하늘의 귀가 너무나 높고 먼데 어떻게 조선에 이경석이 있는 것을 알랴?"

하고 빈정거렸다.

제98화
시험관의 오만을 타이른 이경석

　백헌 이경석은 후덕하여 평상시 남의 단점을 숨겨주고 장점을 드러
내주었으며, 남의 잘못을 가리고 덮어주는 데 힘썼다. 경기 감영 소속
의 도사가 각 고을을 순행하며 향교의 유생들이 경서를 잘 외우고 풀
이하는지를 시험하러 출장을 가기에 앞서 이공을 찾아와 인사를 하였
다. 이공이 말하였다.
　"시골의 가난한 유생들은 시험에 한 차례 떨어지면 곧바로 군역을
치러야 한다네. 시험관은 비록 준엄하게 평가하려고 힘써야겠지만,
그들의 형편은 실로 딱하지. 자네는 모름지기 너무 규정에만 얽매여
억울한 일이 생기지 않도록 하게나."
　그러자 도사가 말하였다.
　"사략 첫 권도 제대로 알지 못하는 자들을 어떻게 도태시키지 않을
수 있겠습니까?"
　"그렇지 않네. 사략 첫 권을 통달하는 게 어찌 어렵지 않겠는가?
자네는 능히 통달하여 모르는 것이 없다고 하네만, 나는 그 말을 믿지
않네."
　"제가 비록 배움이 짧습니다만, 사략 첫 권쯤이야 어찌 모르겠습니
까?"
　"그리 쉽게 말하지 말게."
하고는 즉시 가까이 있는 사람에게 사략 첫 권을 가져오라고 명하였

다. 이공은 손가락으로 짚어가며 물었다.

"순 임금의 아들인 상균은 아버지를 닮지 못했고, 순 임금에게는 아황과 여영이라는 두 왕비가 계셨지. 그렇다면 상균은 아황이 낳은 아들인가, 아니면 여영이 낳은 아들인가?"

"아득히 먼 상고 시대의 일을 이처럼 꼬치꼬치 파물으시니, 그걸 어찌 알겠습니까?"

"아득한 옛일은 만약 출처가 없다면 자세히 알 수 없는 것이 마땅하지. 하지만 고서에서 찾아볼 수 있는데도 알지 못한다면 이 어찌 통달하지 못한 것이 아니겠는가? 상균은 여영의 아들이라고 전기에 나와 있는데, 자네가 아직 보지 못한 게로군."

또 '주왕이 처음 무소뿔로 술통을 만들었다.[紂始爲象箸]'라는 대목을 가리키며 물었다.

"여기서 '저(箸)'라는 것은 무슨 물건인가?"

"그건 아마도 《예기》에 있는 '기장밥을 먹을 때는 젓가락을 쓰지 않는다.[飯黍無以箸]'의 젓가락을 말하는 듯하네요."

"아닐세. 여기서 '저'는 젓가락이 아니라 술통이라네. 그 까닭은 '옥배'라는 말과 대구로 쓰였기 때문이지. 그래서 쉽게 말하지 말라는 것이지."

이공이 만물을 아끼는 마음은 이처럼 깊었다.

제99화
자신의 잘못을 즉시 인정한 이경석

외조부께서 일찍이 이런 말씀을 하셨다.

"젊은 시절 내가 제사를 주관하는 관아 봉상시의 종7품 직장 벼슬을 하고 있을 때였다. 백헌 이경석 공께서 정1품 도제조로 계셨지. 내가 공무상 품의할 일이 있어서 이공을 찾아갔단다. 봉상시는 나라의 제향을 관장하는 부서였지. 이공께서 제삿술에 대해 말씀을 하시다가 물으시더군.

'제향에는 무슨 술을 쓰는가?'

나는,

'전례대로 빚은 술을 쓰고 있습니다.'

라고 대답했지.

'어째서 방문주를 쓰지 않지? 방문주는 바로 우리나라 벼슬아치들의 집안에서 두루 쓰는 술인데다 또한 별도의 처방대로 빚어서 이른바 보통 술과는 다른 것인데.'

'방문주는 바로 여염집의 별미입니다. 비록 사가에서는 두루 쓰이지만, 조정의 제향에는 마땅히 그 법도에 맞게 빚은 술을 써야 합니다. 이치로 보아 사가의 별미를 쓸 수는 없습니다. 더구나 예로부터 두루 써오던 술을 지금에 와서 경솔히 바꿀 수야 없지요.'

내가 말을 마치자마자 이공은 크게 깨달은 듯 큰 소리로 칭찬을 하고 말하셨지.

'자네 말이 맞네. 자네 말이 맞아. 내 생각이 틀렸어!'

내가 돌아간 뒤 이공은 곁에 있던 사람에게 말씀하시기를,

'그 사람 재상이 될 만한 기량과 지식을 갖추었더군.'

하셨다더구나."

대개 이공은 처음에 깊이 생각해보지 않고 우연히 말을 했다가 그 것이 잘못임을 깨닫고 사과하였던 것이다. 이공의 정성스러운 뜻이 성대하였음을 아직도 생각해볼 수가 있다.

제100화
남의 장점 드러내길 좋아한 이경석

　백헌 이경석 공이 정승으로 과거시험을 주관하였다. 시관들이 모여 시권을 심사할 때 어떤 시권 한 장이 급제자 후보로 올라와 있었는데, 그 문구 가운데 격식에 맞지 않는 구절이 있었다.

　이공은 부치던 부채를 펼쳐 그 시권 위에다 놓았다. 당시는 조정의 기강이 자못 엄하여 임금이 친히 임명한 시관 앞에 놓인 시권을 다른 시관들이 감히 바꾸거나 빼내어 볼 수가 없었다.

　그리하여 격식에 맞지 않는 구절이 다른 시관들의 눈에 띄지 않고, 그 시권을 작성한 사람이 급제하게 되었다.

　이공이 글을 사랑하고 남의 허물을 가려 그 아름다움이 드러나도록 하는 일을 즐김이 이와 같았다.

제101화
이경여와 이정여 형제의 효행

　이정여 공은 정승을 지낸 백강 이경여 공의 아우다. 그들의 부친은 사간을 역임한 이수록 공인데, 정신병에 걸려 밤낮을 구별하지 못하고 미친 듯이 뛰어다녔다. 어떤 때는 남의 집 담을 넘기도 하고, 또 어떤 때는 성문을 뛰어넘기도 하였다. 병자는 그 기운이 재빠르고 날쌘지라 그렇게 뛰어다녀도 상처를 입지는 않았다.

　이정여 공은 굴러 떨어지거나 발을 접질리는 부상도 아랑곳하지 않고 밤낮으로 부친의 뒤를 따라 있는 힘을 다해 뛰어다녔다. 그러다가 끝내는 병을 얻어 죽고 말았다.

　세상 사람들은 이정여 공의 지극한 효성을 칭송하고 슬퍼하며 말하였다.

　"백강은 그렇게 하다가는 틀림없이 죽을 것을 알고 감히 부친을 따라다니지 않아서 효행은 그 아우보다 부족한 점이 있지마는 끝내 수신하여 입신양명함으로써 부모님을 영광스럽게 했으니, 누구의 효성이 더 큰 것인지 알 수 없다는 게 옳은 말이야."

제102화
이덕형을 이산해의 사위로 골라 준 이지함

정승을 지낸 이산해는 토정 이지함 공의 조카다. 이산해에게는 딸이 하나 있었는데, 숙부인 토정이 한눈에 사람을 알아보는 감식력이 있었으므로 항상 사윗감 고르는 일을 유념해 달라고 청하였다.

어느 날, 토정이 이산해에게 말하였다.

"자네가 매번 내게 사윗감을 골라 달라고 했으나 적격자를 만나지 못했었는데, 어제 길에서 집안 살림살이를 싣고 가는 사람 하나를 만났네. 짐 위에 어린아이 하나를 앉혀놓고 가는데, 그 아이 부모는 비천한 차림새로 그 뒤를 따라가더군. 그 아이의 관상을 보니 장차 나라를 다스릴 만한 큰 그릇인 듯했어. 내 자네의 부탁이 생각나서 그들이 가는 곳을 따라가 살펴보니 아무 동네의 아무개 집으로 들어가더군. 아마도 양반인 듯한데, 가난 때문에 고향에 살 수 없어서 서울 사는 친척에게 의지하려고 온 듯하이."

"숙부님께서 그렇게 말씀하셨지만, 꼭 제 눈으로 확인하고 결정하겠습니다."

이튿날 이산해가 그 집을 찾아가 물으니, 주인이 말하였다.

"과연 시골에 있던 친척이 곤궁해서 왔습니다. 지금 행랑채에 머물고 있습니다."

이산해가 만나기를 청하자, 주인은 자신의 윗저고리를 그 친척에게 보냈다. 잠시 후에 나왔는데, 시골에서 가난하게 살던 사람이 남의 옷을 빌려 입으니 촌스럽고 어울리지 않았다.

이산해가 말하였다.

"듣자니 댁에 아들이 있다던데 한번 보게 해주오."

그제야 그의 아들이 나와 인사를 하는데 8, 9세가량 된 더벅머리 아이였다. 의복은 흐트러져 초라하였으나 행동거지는 썩 훌륭하였다.

이산해는 한눈에 기특하게 여겨 청혼을 하였다. 당시 이산해는 지위가 이미 정승급에 올라 있었으므로, 그 사람은 놀라 어쩔 줄을 모르다가 감히 할 수 없는 일이라며 사양하였다.

이산해가 돌아가 토정에게 물었다.

"그 아이를 조금 전에 찾아가 만나보았습니다. 정말 숙부님의 고견과 같더군요. 그런데 어디까지 출세를 할까요?"

"자네가 정승이 된 나이보다 더 앞서서 정승이 될 듯하네."

그 아이가 바로 한음 이덕형 공이었다. 과연 토정의 말대로 그 뒤 37세에 정승이 되었으니, 정승이 된 나이를 따져보면 50세에 정승이 된 이산해보다 젊어서였다고 한다.

제103화
오윤겸이 귀하게 될 것을 일찍이 알아본 이산해

정승을 지낸 이산해는 평소 사람을 알아보는 능력이 있는 것으로
유명하였다. 송강 정철에게 딸이 있어서 혼처를 찾고 있었다. 송강이
일찍이 이산해에게 물었다.

"공께서는 사람을 알아보는 안목이 있으니, 혹 일찍이 아이들 가운
데 높은 벼슬을 할 사람이 있던가요?"

"제가 일찍이 한 아이를 보았는데, 틀림없이 나라의 큰 그릇이 될
겁니다. 다만 공과는 기상이 매우 달라, 만약 공께서 보시게 되면 틀
림없이 사위로 삼지 않으실 겁니다. 그저 제 말만 믿으시고 찾아가
보지 않고 사위로 맞으신다면 제가 말씀을 드리지요."

하고는 그 아이가 추탄 오윤겸이라고 말하였다.

그 뒤, 송강은 아니나 다를까 그를 찾아가서 만나보고 기상과 국량
이 약하다며 사위로 맞지 않았다.

대개 추탄은 타고난 자질이 온순하고 순수하며 구슬처럼 잘생겼다.
이미 어린 시절부터 행동거지와 도량이 반듯하여 엄연히 어른과 같았
다. 그에 비해 송강은 풍채와 도량이 빼어났던 까닭에 추탄이 기상을
떨쳐 일으키지 못하지나 않을까 하여 마음에 차지 않았던 것이다. 추
탄은 40세가 되도록 과거에 급제하지 못하였다.

강원도 평강 현감으로 서울에 왔다가 병을 얻었다. 당시 월사 이정
구 공이 도승지로 있었는데, 승지 가운데 내의원의 부제조를 겸직하

는 것이 관례였다.

추탄은 월사에게 사람을 보내 약을 구하였다. 때마침 월사는 도제조를 겸직하고 있던 영의정 이산해와 함께 내의원의 일을 막 시작할 때였다. 월사는 추탄이 약을 구한다는 말을 듣고 혼잣말로 중얼거렸다.

'추탄은 내가 당연히 약을 지어줄 것으로 생각하고 사람을 보낸 것일까?'

하고는 그 말에 대한 대답도 혼잣말로 하였다.

'나는 감히 사사롭게 약재를 쓸 수가 없어. 그러니 추탄의 뜻을 따를 수가 없지.'

대개 내의원에서는 임금을 위해서만 약재를 쓰는 까닭에 내의원을 주관하는 사람이라 할지라도 감히 사적으로 약을 쓸 수는 없었던 것이다.

이산해는 이미 추탄이 보낸 사람의 말을 슬쩍 들은 터였다. 그가 가져온 약방문을 가져오라고 하여 안석에 펼쳐놓고는 의관을 불러 서둘러 약재를 내오라고 하였다. 가져온 약재를 손수 일일이 점검하고는 추탄이 보낸 사람을 불러 주어 보내며 말하였다.

"부제조 영공께서는 감히 사사로이 보내실 수 없어서 내가 보내는 것이니, 모름지기 잘 복용하여 병을 치료하고 스스로 보중하라고 전하게."

월사가 마음속으로 놀라 물었다.

"상공께서는 일찍이 오 아무개를 아셨습니까?"

"나와는 아무런 연분도 없다네. 예전에 오군이 어렸을 때 내가 한번 보고 그가 큰 그릇임을 알게 되었지. 다른 날 틀림없이 나라의 기둥이 될 것이야. 나라에서 어찌 이 약과 그를 바꿀 수 있겠는가? 내가 그에게 약을 보내주는 것은 나라를 위한 것이지 사사롭게 하는 일이 아니라네."

대개 스무 살도 안 된 어린아이를 한번 보고 벌써 그가 틀림없이
귀하게 될 것임을 점쳤고, 그가 마흔 살이 되도록 출세를 못하였는데
도 여전히 그에 대한 스스로의 감식안을 믿고 의심하지 않으니, 훌륭
한 관상가라 이를 만하다.

제104화
내의원 약을 사대부들이 쓰도록 허락한 효종

　우리나라 사대부는 중국과 다르다. 중국에서는 온 세상 사람들이 각기 자신의 재능에 따라 천자의 나라에서 벼슬길에 들어서면 천리만 리 흩어져서 벼슬살이를 한다. 벼슬을 하면 양반이나 귀족이 되며, 벼슬을 하지 못하면 일반 서민이 되는 것이다. 공경 벼슬을 하는 사람 의 아들이 서민이 되기도 하고, 서민의 아들이 공경 벼슬에 오르기도 한다.

　우리나라는 그렇지 않다. 땅덩이가 좁아서 명분이 이미 정해져 있 다. 신라나 고려 이래로 귀족이나 양반들은 대대로 그 신분을 이어받 는다. 양반이라면 비록 벼슬을 하지 않은 사람도 공경 벼슬을 하는 사람과 서로 허물없이 가까이 지낸다. 만약 벼슬의 봉함을 받으면 참 으로 귀천을 따지지 않고 나라와 고락을 함께 하게 된다.

　일찍이 효종 때에 경연에 참가한 신하가 건의하기를,

　"내의원의 약재는 본디 성상의 약으로 쓰기 위한 것이온데, 사대부 들이 필요할 때마다 구걸해서 쓰는 일이 많사옵니다. 내의원 관원들 이 그런 부탁을 들어주는 일이 많아 몹시 송구스럽사옵니다. 청하옵 건대, 이를 금하게 하소서."

하였다. 이에 효종은,

　"진귀한 약재는 내의원이 아니면 어디서 구하겠소? 나라에서 많은 약재를 쌓아 놓았는데 궁궐에서 쓰는 것이 얼마나 되겠으며, 쓰고 남

은 것은 장차 어디에 쓰겠소? 본디 사대부들과 함께 쓰려는 뜻이 아니
겠소?"
하고 반문하셨다. 참으로 성인의 말씀이다. 사대부들이 이 이야기를
듣는다면 어디서 죽어야 할지를 몰랐을 것이다.

제105화
송시열의 속마음을 미리 알아차린 정태화

　효종이 승하하자 우암 송시열이 국상을 주관하였는데, 양파 정태화가 영의정으로 나랏일을 맡고 있었다.

　국상을 치르던 첫날, 양파는 관곽의 제작을 맡고 있는 장생전에 분부하여 급히 두 겹으로 붙여 만든 널과 관을 갖추게 하였다. 누구도 그 뜻을 알지 못하였다.

　우암은 염과 하관 절차를 진행하면서 감히 시신의 두 손을 단단히 묶을 수가 없어서 평상시처럼 두 손을 모으고 있는 모습으로 염을 하다 보니 좌우로 차지하는 폭이 넓어질 수밖에 없었다.

　장생전에서 평소에 치상하는 사대부가의 관재에 비해 어느 모로나 몹시 넓고 커서 쓸 만한 관이 없었으므로, 마침내 양파가 분부하였던 두 겹으로 된 널과 관을 쓰게 되었다.

　대개 양파는 국상 첫날 이미 이러한 일이 벌어질 것이라 짐작하고 미리 대비하게 하였던 것이다. 우암의 생각을 일찍이 헤아렸던 까닭이었다. 사람들은 양파가 미리 알아차리고 민첩하게 대처한 것에 감복하였다.

　대저 재주와 학식이 있는 사람이라도 갑작스러운 일에 민첩하게 대처하고 낌새를 미리 알아차리는 지혜가 없다면 쓸모가 없는 것이다. 여러 차례 경험을 해보니 참으로 그러하였다.

제106화
부녀자들의 사치스러운 풍속

　동춘당 송준길은 일찍이 경연하는 자리에서 사치의 폐단에 대해 강경한 주장을 펼쳤다. 당시 부녀자들의 풍속은 비단으로 꾸미는 등 지나치게 분수에 넘치므로 금하도록 하자는 것이었다.

　그런 일이 있은 뒤 어느 사대부가의 혼례 자리에 부녀자들이 모이게 되었다. 비단에 수를 놓은 의복이 어지럽게 뒤섞여 환하게 빛났다.

　동춘당의 딸이 마침 뒤미처 이르자, 먼저 와 있던 부녀자들은 그녀가 왔다는 말을 듣고 모두들 두려워 하나같이 방안에 들어가서 옷을 갈아입고 나왔다.

　동춘당의 딸이 들어와 앉는데 보니 수를 놓은 비단옷에 진주와 비취로 장식하여 현란하기 그지없었다. 다른 사람들보다 갑절이나 사치스러웠다.

　이에 부녀자들이 모두 웃으며,

　"동춘댁은 화려하고 사치스럽기가 우리보다 훨씬 더한데 뭐 하러 옷을 갈아입겠어?"

하고는 도로 비단옷으로 갈아입었다.

　행실이 반듯한 선비가 먼저 집안을 올바르게 단속하지 못하고 세간의 폐단을 바로잡고자 하면 아마도 미안하여 볼 낮이 없을 것이다.

　세상의 사치로 인한 폐단은 나날이 다달이 증가하여 오늘날에 이르러서는 극도에 달하였다. 부녀자들이 모임에 가고자 할 때는 몇 달

전부터 백금의 돈을 들여 반드시 최상품의 비단옷을 만들고야 만다. 그리고 한 번 연회에 다녀온 뒤에 다시는 그 옷을 입지 않는다. 그 뒤로 다른 연회가 있으면 또 백금을 들여 최상품의 비단옷을 만드는 것이다. 만약 최상품의 옷이 아니면 처음부터 모임에 가지 않는다.

그밖에도 조정에서나 민간에서나 의복·음식·그릇으로 인한 사치의 폐단은 극도에 이르렀다.

백성들은 날마다 가난에 허덕이고 있는데, 사대부들은 날로 사치가 극에 달해 눈과 귀가 그것에 익숙해져서 스스로 깨닫지를 못하는 것이다. 이렇게 나가다가는 어느 지경에 이를지 알 수가 없다.

제107화
허참이 가장 어려웠던 안동 향안

경상도 북쪽의 여러 고을은 예로부터 명망 있는 문벌을 까다롭게 가려 하나하나 기록하여 이를 '향안'이라고 하였다. 향안에 먼저 들어간 사람들이 동그라미 점을 찍어 점이 차야만 새로 들어가는 것이 허락되고, 그런 뒤에야 비로소 향안에 기록이 되는데, 이를 '허참'이라고 하였다.

그 법도가 지극히 엄준하여 반드시 그 사람의 친가·외가·처가 세 곳의 문벌을 가려 들어가는 것을 허락하였다. 그 중에서도 특히 안동이 더욱 엄격하였다.

우리 조정에서 재상을 지낸 정탁은 안동 사람으로 벼슬이 병조판서에 이르렀는데도 향안에 들어갈 수가 없었다. 마침 안동 출신으로 병조의 낭관이 된 사람이 있었다. 또한 정탁이 향안에 들어가는 것을 처음부터 반대하였던 사람이 마침 과거시험에 낙방을 하고 군역을 치르러 서울로 올라왔다. 정탁은 그 낭관을 불러서 물었다.

"아무개라는 사람이 내가 향안에 들어가는 것을 막았는데, 이번에 듣자니 군역을 치르러 서울로 올라왔다더군. 자네가 나를 향안에 들어갈 수 있도록 해줄 수 있겠나?"

낭관은 군역을 치르러 온 사람과 친한 사이였다. 곧장 술을 가지고 그가 묵고 있는 숙소로 찾아가 술을 마시며 즐기다가 거나해질 무렵 입을 열었다.

"자네가 일찍이 우리 병판 대감이 향안에 들어가는 것을 막았는데 이제 이미 벼슬이 높아졌으니 허락하는 게 어떤가?"

그 사람이 고개를 가로저으며 말하였다.

"정탁이 어째서 양반인가? 그리고 세상에 전하기를 서애 유성룡은 벼슬이 이조판서에 이른 뒤에야 비로소 향안에 오르자 얼굴에 기쁜 빛을 띠었다고 하더군. 구러니 그 엄격함을 알 만하지."

무릇 자기 고장의 여론을 주장하며 향안에 들어가는 것을 막은 사람은 어떤 문벌인가? 그런데도 시험에 낙방하자 군역에 충원됨을 면치 못하였다. 이조판서나 병조판서가 어떤 지위인가? 그럼에도 가세나 문벌이 부족하면 향안에 들어가는 것이 막히게 된다.

역대 왕조에서 법과 기율을 남김없이 내세우고 풍속이 구차하지 않음이 이와 같았다. 그런데 오늘날을 보면 강자는 두려워하고 약자는 괴롭히며 공공 기관이나 관직을 마치 개인의 물건인 양 생각하니 어찌 된 일인가?

제108화
부친의 권주가를 제지한 김성일

　승지를 지낸 서익이 안동부사로 있을 때였다. 당시 안동은 예전부터 향안을 매우 엄격하게 여겨서 안동부의 향임은 모두 향안에 오른 인물 가운데서 까다롭게 가려 임명하였다.

　당시 학봉 김성일의 부친은 좌수로 있었다. 홍문관에서 벼슬을 하고 있던 학봉은 부친을 뵈러 가기 위해 휴가를 청하였다. 고향에 내려가자 부사로 있던 서익을 찾아보고 말하였다.

　"아무 날이 바로 아버님의 생신이라오. 술과 음식을 차려 장수를 축하하고자 하는데, 사또께서 자리를 빛내 주시면 광영이겠소."

　대개 경상도에서는 벼슬아치와 백성의 구분이 분명하였다. 서익과 학봉은 비록 친한 친구 사이였으나 찾아가 인사를 하거나 말하는 절도에 있어서 지위나 신분이 매우 달랐다. 향임에 경우는 평소의 등급이 한층 엄하였다. 그러나 서공은 학봉을 평소처럼 편하게 대하였다. 그래서 이르기를,

　"자네 아버님 생신 잔치에 내 어찌 감히 안 갈 수가 있겠는가?"

　생신날이 되자 정면으로 보이는 곳에 별도로 높다란 자리를 마련하여 서공을 앉게 하였다. 술자리가 무르익자 학봉의 부친이 서공에게 말하였다.

　"이번에 사또께서 광영스럽게 자리를 빛내주시니 제 마음이 아주 즐겁습니다. 이 늙은이가 권주가를 한 마디 불러도 될는지요? 노래를

하고 술잔을 올리겠습니다."

　서공도 기뻐하며 사례를 하기를,

　"어르신께서 하신 말씀을 감히 따르지 않겠습니까?"

하고는 잔을 들고 앉아서 학봉 부친의 권주가를 기다리고 있었다.

　학봉은 말석에 앉아 있다가 벌떡 일어나 달려가서 부친 앞에 무릎을 꿇고 말하였다.

　"오늘은 참으로 즐겁습니다. 헌데 오늘이 바로 아무개 왕비마마의 기일인지라, 노래를 부르신 뒤 나중에 아시게 되면 마음이 편치 못하실 것입니다. 그러니 권주가는 부르지 마소서."

　대개 그 날은 먼 예전 왕비의 기일이었다. 학봉의 말을 들은 서공은 눈을 부릅뜨고 학봉을 노려보다가 좌수를 불렀다.

　"김 좌수! 그대의 아들은 끔찍한 괴물이로군. 나는 이 술을 마실 수가 없네."

하고는 잔을 던지고 일어나 가버렸다.

　학봉은 성품이 맑고 곧아서 예법에 어긋나는 행동을 막는 데 엄격하였던 것이다. 비록 근엄함이 지나치다고 하더라도 어찌 이처럼 꾸짖는 자리가 되게 한단 말인가? 오만한 성격의 서공은 속된 안목을 가지고 학봉을 괴이하다고 여겼기 때문에 이러한 일이 벌어졌던 것이다.

제109화
재주 있는 종을 벼슬아치가 되게 도와준 허엽

초당 허엽의 집에 나이 어린 종이 있었는데, 글재주가 빼어났다. 초당은 그것을 아깝게 여겨 몰래 집에서 내보낸 뒤 글공부를 시켜 과거에 급제하도록 하였다. 대개 우리나라의 법에는 천인이 과거에 응시하지 못하게 되어 있었기 때문이다.

10여 년이 지난 뒤, 초당은 예조참판이 되었다. 그때 예조의 낭관 한 사람이 인사차 초당을 찾아왔다. 그는 다른 손님이 없는 것을 확인하고는 마당으로 내려가 무릎을 꿇고 엎드려 말하였다.

"소인은 바로 아무개랍니다."

초당은 급히 그를 제지하여 마루에 오르라고 한 뒤 말하였다.

"차후로 모름지기 서로 알 만한 사람들이 드나드는 문하에는 절대로 모습을 나타내지 말거라. 그리고 네 자손들을 경계하여 우리 집안의 자손들과는 혼인을 맺지 못하도록 하는 게 좋겠구나."

하고는 이어서 물었다.

"허균이는 이 사실을 모르고 있겠지?"

제110화
적서의 차별

　재상을 지낸 월사 이정구는 조선의 왕통이 잘못 알려진 것을 바로 잡는 일로 사신이 되어 중국에 들어갔다.

　이때 명나라 장수인 이여송은 요동제독이 되어 요동 땅에 머물고 있었다. 그는 조선에 구원군으로 왔을 때 월사와는 묵은 연분이 있었던 사람이었다.

　또 듣자니, 이 제독의 아우인 이여백은 바야흐로 예부시랑 벼슬을 하고 있었는데 마침 사신으로 외국에 나가고 없었다.

　드디어 요동의 군영으로 이 제독을 찾아간 월사가 제독에게 청하였다.

　"저의 나라에서 띠고 온 임무가 예부와 관계가 있으니, 바라건대 노야께서 예부의 이 시랑께 부탁을 해주셨으면 합니다. 노야께서 속히 재가를 내리게 해주십시오."

　그러자 이 제독은 시원스레 대답하였다.

　"알았소."

　마침내 월사는 며칠을 그곳에서 머물면서 재가가 나기를 기다렸다.

　예부시랑인 이여백이 돌아오자, 이 제독은 변방을 지키는 신하의 예로써 시랑을 맞이하기 위해 길가로 나갔다.

　이여백은 수레에 앉아 마중 나온 이 제독을 거들떠보지도 않고 고삐를 쥔 채 지나쳐 요동의 군영에 이르렀다.

이튿날 월사는 이 제독을 찾아가서 다시 그 청을 들어달라고 부탁
하였다. 그러자 이 제독은 이여백을 부르라고 명하였다. 월사의 생각
에 이여백이 들어올 때는 당연히 위의를 갖출 것이라고 여겼다.

　　잠시 후 이여백은 작은 벙거지를 쓰고 손에 빗자루를 든 채 들어와
군영의 문 안쪽 멀찌감치 떨어진 곳에 멈추어 서는 것이었다. 이 제독
이 앞으로 오라고 하자, 이여백은 쪼르르 달려와서는 자리 아래 무릎
을 꿇었다. 이 제독이 말하기를,

　　"조선에서 온 사신의 임무가 예부와 관련이 있으니 속히 황제께 아
뢰어 재가를 받아 보내게."

하자, 이여백은 머리를 숙인 채,

　　"예, 예."

하고 대답을 하고는 갔다.

　　대개 이여백은 바로 이 제독의 서출 아우였다. 그들의 신분의 차이
가 이처럼 달랐다. 사적으로 찾아볼 때는 감히 공복을 착용하지 못하
였다. 작은 벙거지는 천한 사람들이나 쓰는 것이었다. 빗자루를 든
것은 바로 청소하는 일을 맡았기 때문으로, 천한 사람이 귀한 사람을
만날 때의 예의였다.

　　예전에 진사 성경은 서출이었으나 문장에 능하였다. 그가 일찍이
외조부께 인사를 드리러 와서 이 이야기를 하였다. 그가 또 말하기를,

　　"명나라 조정의 어떤 친왕 한 사람이 새로 왕에 봉해져서 다스릴
나라로 가게 되었답니다. 그의 행차에 동원된 수레와 말, 깃발들이
어찌나 많은지 수십 리에 걸쳐 뻗었다더군요. 그때 어떤 선비 한 사람
이 작은 노새를 타고 산골짜기에서 나왔습니다. 그러자 그 친왕이 수
레에서 내려 길가에 섰다더군요. 그 선비가 친왕에게 다가와 절을 하
고는 조심스런 태도로 앉아서 이야기를 나누더니 한참 뒤 선비가 작별

을 고하고 떠났답니다. 그런데 친왕이 그 선비를 전송하는 예절이 한 층 공손하였다지요. 그 선비가 산굽이를 돌아서 보이지 않게 된 뒤에야 감히 수레에 올라서 갔다고 합니다. 대개 그 친왕은 황제와 가까운 사이로 벼슬이 높긴 했지만 서얼이었던 것이지요. 그 선비는 황제와 먼 친척이었으나 서출이 아닌 적파였다는군요."

하며 탄식을 한 성 진사는 말을 이었다.

"우리나라 조정에서도 사람을 쓸 때 명나라처럼 적서나 귀천에 차별을 두지 않는다면 서얼들이 비록 적파를 노예처럼 받들어 섬긴다 한들 뭐가 상심이 된다고 하겠습니까?"

제111화
어가를 호종하지 못해 논란에 휩싸인 심지원

　재상을 지낸 만사 심지원이 병자호란 때 강화도의 임시 도읍으로 들어가려다가 어가가 남한산성으로 들었다는 소식을 듣고는 길을 바꾸어 남한산성을 향하였다.

　미처 성문 10리 밖에 이르기도 전에 현주 이소한을 만났는데 그가 말하기를,

　"어가가 강도를 향해 방금 산성을 떠났습니다."

하는 것이었다. 만사는 그 말을 듣고 남한산성으로 들어가지 않고 발길을 돌렸다.

　그런데 강도로 향하던 인조의 어가는 도로 남한산성으로 들어가려다가 청나라 군대가 군사를 충원하여 이르자 남한산성과 강도 어느 곳으로도 들어갈 수가 없게 되었다.

　그 뒤, 만사가 조계원을 논박하자, 조공은 자신을 변명하는 상소를 올리면서 마침내 만사가 어가를 호종하지 않은 일을 거론하여 임금을 잊고 나라를 저버린 채 난리 통에 도망친 자라며 죄에 얽어 넣었다고 한다. 그가 분한 나머지 삼가지 않고 함부로 함이 이와 같았다.

제112화

홍서봉을 '묵상'이라고 사초에 쓴 정유성

우의정을 지낸 정유성 공은 젊은 시절 사관으로 임금의 교지를 받들어 학곡 홍서봉 공에게 전달하였다. 교지를 받든 뒤 학곡은 주안상을 차려 정공을 대접하고, 돌아가려는 정공을 만류하여 화기애애하게 이야기를 나누었다.

술이 거나해지자 학곡이 말하였다.

"나는 진정으로 시속을 따르는 재상인지라 비록 학문과 품성을 갈고 닦지는 못했지만, 본디 재물을 탐내는 사람은 아닐세. 그대의 곧은 성격으로 사초에 나를 '비위를 저지른 재상'이라고 쓴 것은 지나쳤어."

대개 정공이 한림 벼슬을 하면서 학곡에 관한 일을 기록하였는데, 당시 사람들이 학곡을 가리켜 '비위를 저지른 재상'이라고들 하였다. 학곡이 사람들에게 그 말을 들었기에 이런 농담을 한 것이었다.

제113화
허목과 조속의 성격 차이

　미수 허목은 과거시험을 거치지 않고 선비로 있다가 정승이 되어
조정에 들어갔다. 어떤 사람이 미수를 찾아가 인사를 드린 뒤 창강
조속을 찾아뵈었다. 창강이 묻기를,
　"허 정승께서는 무슨 일을 하시던가?"
하자 그가 대답하였다.
　"방금 안장 고치는 장인을 불러 안장을 깁게 하고 계셨습니다."
　그러자 창강은,
　"그의 뜻은 틀림없이 '하는 일을 어찌 남에게 숨길 것이 있겠는가?'
하는 것이겠지. 비록 그렇긴 하지만 똥이나 오줌, 콧물과 침 따위를
하필이면 남에게 보여주겠는가?"
라고 하였다.

제114화
바다에 빠져 죽을 뻔한 심지명

한성부 판윤을 지낸 심지명이 일찍이 사신이 되어 바닷길로 명나라에 갔었다. 갔다가 돌아오는 길에 별다른 일은 없었다. 황해도 장연의 선착장에 이르러 배를 대려고 하는데, 배에 탄 사람들의 수많은 권속들이 떼를 지어 물가의 망루로 영접하러 몰려왔다. 무사히 돌아온 것을 축하하기 위해서였다. 배에 타고 있던 사람들도 멀리서 응답을 하느라고 소리를 치다 보니 오고가는 말소리와 환성이 우레와 같았다.

배가 미처 해안에 닿기도 전에 갑자기 거센 바람이 뱃머리로부터 일어나자, 배는 화살처럼 뒤로 날려가서 곧장 하늘과 바닷물이 맞닿은 곳으로 향하는 것이었다. 아득하고 어릿어릿하여 어디로 가는지 알 수가 없었다.

몹시 급한 바람의 기세가 무릇 보름 동안이나 밤낮으로 그치지 않았다. 사공이 뱃머리에 앉아 멀리 하늘 끝을 바라보니 먹구름 한 점이 있었다. 그가 갑자기 큰 소리로 외치기를,

"사람들이 다 죽게 생겼소. 급히 배에서 내리시오!"

하더니 도끼로 돛 줄을 끊어 떨어뜨렸다.

잠시 후에 갑자기 거센 바람이 거꾸로 불어오자 즉시 뱃머리를 돌리고 돛을 올렸다. 급한 바람의 기세가 전처럼 밤낮으로 그치지 않은 것이 또 보름이나 계속되었다. 그런 뒤에야 비로소 장연 선착장에 이르러 물에 빠져 죽을 근심을 면하였으니, 그 일이 매우 기이하였다.

심공은 어려서 그 형제들의 이름을 따라 물 수(水) 변이 있는 글자로 지명(之溟)이라고 이름을 지었으니, 이 또한 전생에 이미 정해졌던 것인가?

제115화

김육 집안 삼대에 걸쳐 아랫사람 노릇을 한 심지명

한성판윤을 지낸 심지명과 잠곡 김육 공은 친한 친구 사이였다. 잠곡의 손자인 식암 김석주 공이 걸음마를 배울 어린 시절에 잠곡은 매번 식암을 무릎에 앉혀놓고 농담하기를,

"자네는 틀림없이 이 아이 밑에서 벼슬을 할 걸세."

하였다.

그 뒤, 잠곡의 아들인 귀계 김좌명 공이 병조판서로 있을 때 심공은 병조의 낭관이 되었다. 식암이 병조판서로 있을 때 심공은 80세에 가까운 나이로 병조참판이 되었으니 끝내 잠곡의 말과 같이 된 것이다. 세력이 보잘것없이 되어 다른 사람의 3대에 걸쳐 아랫사람이 되었으니, 그의 수명을 알 만하다. 일찍이 높은 벼슬을 하고 갑자기 귀해졌으나 장수를 누리지 못한 사람과 비교해보면 누가 더 나은 것인지 알 수가 없지만 반드시 가릴 수 있는 사람이 있을 것이다.

하물며 정권을 잡고 산을 옮기고 바다를 뒤엎듯 권력을 휘두르다가 갑자기 화를 당해 몸소 도끼를 들고 엎드려 죄를 청하게 된다면, 가난하고 천하더라도 명대로 살다가 죽는 사람과는 또한 같은 차원에서 논할 수가 없다.

또한 더군다나 궁궐을 마음대로 출입하던 조정의 벼슬아치가 세상사를 잊고 한직에 머물러 있다가, 만년에는 황금빛 비단옷을 입은 늙

은이로 아무 탈 없이 한가롭고 편안하게 지내다가 죽는다면 더욱 어떠
하겠는가!

제116화

농사짓다가 정승이 된 김육

  잠곡 김육 공은 젊은 시절에 빈곤하여 경기도 가평의 잠곡에서 농사를 지었다. 그의 호인 잠곡은 농사짓던 곳의 지명을 딴 것이었다. 시골 늙은이들과 뒤섞여 몸소 쟁기와 따비 등 농기구를 사용하여 농사를 지었다.

  동양위 낙전당 신익성 공이 말미를 얻어 동쪽으로 노닐며 금강산을 두루 다니다가 평소 잠곡과 친하였는지라 그를 찾아갔다.

  당시 잠곡은 들판에서 밭을 갈고 있었다. 부마 일행이 갑자기 들이닥치자 가난한 집에 빛이 났다.

  잠곡의 부인이 사람을 시켜 의관을 가져가게 하여 들판에서 알리자 잠곡은 웃으며,

  "그가 이미 내가 밭을 갈고 있는 걸 아는데 의관은 무엇 하게?"
하고는 농기구를 지고 소를 몰아 돌아와서는 개울가에서 흙을 씻고 들어와 앉았다.

  신공은 평소처럼 기뻐하며 하룻밤을 유숙하면서 정담을 나누었다.

  이날 잠곡의 부인이 해산을 하여 아들을 낳았는데, 가난하여 밥을 지을 쌀이 없었다. 신공이 행장에서 쌀과 미역, 생선과 고기 따위를 찾아 주었다.

  신공은 평소 운명을 점치는 데 정통하였다. 스스로 갓난아이가 태어난 때를 살펴 점을 치더니 말하였다.

"이 아이는 벼슬이 병조판서에 이를 수 있을 겁니다. 제게 어린 딸이 있으니, 혼약 맺기를 청합니다."

그 아이가 바로 귀천 김좌명이다.

잠곡은 만년에 효종을 만났는데 벼슬이 높아지자 마침내 대동법이라는 큰 사업을 벌여 도탄에 빠진 백성들을 구제하였다. 잠곡이 시행한 대동법은 백년이 지나도 폐단이 없는 것이었다.

자손들에게도 경사가 넘쳐, 둘째아들인 김우명은 현종의 왕비가 된 명성왕후를 낳아 길렀고 대대로 높은 벼슬을 하였으며, 증손과 현손이 숲처럼 번성하여 백 년 동안 바뀌지 않은 것은 백성들을 구제하였기 때문이었다.

잠곡은 젊은 시절 밭 갈 때 입었던 옷을 옷상자에 갈무리해두었다. 그가 부귀영화를 누리게 된 뒤 집안사람들의 사치한 습관을 볼 때마다 문득 그 옷을 꺼내 보여주었다고 한다.

효종의 부마인 동평위 정재륜이 일찍이 말하기를,

"나는 잠곡 집안의 3대를 친히 보았다. 어린 시절 잠곡에게 인사를 드리러 가면 그때마다 유기나 목기에 밤과 대추를 담아 먹으라고 주었다. 잠곡의 만년에는 유기나 목기가 놋그릇으로 바뀌었고, 귀천이나 청성부원군 대에 이르러서는 번쩍이는 은그릇으로 바뀌었다."

라고 하였다.

제117화
김석주의 부귀공명

근래 우리나라에는 권신이 없다. 다만 청성부원군 김석주만이 매우 밝으신 임금을 만나 이미 사직을 편안하게 하는 공을 세웠다. 10년 동안 정권을 쥐고 부귀가 하늘을 찔렀다. 수하의 부장이나 막료들이 병마절도사가 되고, 천한 신분의 청지기들이 모두 녹을 받는 벼슬자리의 혜택을 입었다.

그의 집 노비인 경선이 대궐 같은 집을 짓자, 병마절도사 이하 그의 덕을 본 자들이 뻔질나게 드나들며 인사를 차렸다. 뇌물이 줄을 잇고, 물건을 보내느라 떠들썩하였다. 권신의 기질과 습성이 있다고 이를 만하였고, 정3품 당상관에 견줄 수 있을 듯하였다. 주위 사람들이 앞다투어 문안을 하니, 이들은 푸른 수건을 머리에 동여 맨 종보다도 못하였다. 이른바 경선이라는 종은 중국 전한 때 대장군 곽광의 종이었던 풍자도나 후한의 대장군이었던 양기가 총애하던 종 진궁처럼 궁상맞은 사람과 비슷한 부류다.

나라에 크고 작은 구별이 있듯이, 권신도 어찌 크고 작은 차이가 없겠는가? 한쪽에 치우친 조그만 나라 사람이 타고난 복은 이미 범위가 작고 규모도 협소하며, 안목도 자질구레하고 또 하찮기도 하다. 그러한 복을 가지고 수십 년의 부귀와 공명을 차지하려고 한들 그 한 몸이 아침저녁으로 먹는 밥 한 그릇, 여름과 겨울에 입는 갈옷과 갖옷 한 벌에 무엇을 더 보태거나 덜 것이 있겠는가?

하지만 식암은 대단한 문장과 지략을 지녔던 인물인데도 부귀에 깊이 미혹되어 그것을 깨닫지 못하고 평생을 근심과 두려움 속에서 하룻밤에도 열 번씩 일어나야 했던 것이다. 사후에는 아들 하나도 능히 지키지 못하였으니, 그러한 부귀와 권세로 무엇을 하겠단 것인가? 적송자와 같은 신선을 따라 노닐기를 원하는 것이 어찌 그렇게 어려운가?

비록 그러하나 식암의 부귀공명은 우리나라에서 백년 이래로는 없던 것이었다. 어떤 사람이 평생 성취한 벼슬이 보잘것없는데, 그도 또한 재앙의 그물에 걸리는 신세를 면치 못하였다면 식암의 경우에 비해 어찌 더 한층 애닯지 않겠는가?

제118화
지혜로운 구인후의 첩

심기원이 역모를 꾀할 때 문신인 황익과 이원로가 밤에 능천부원군 구인후의 집으로 찾아가 뵙기를 청하였다. 구인후가 나가 만나려 하자 그의 첩이 가로막으며 말하였다.

"대감께서는 어찌 그리도 생각이 없으십니까? 깊은 밤에 무사들이 뵙자고 할 땐 무슨 일인지 모르잖습니까? 마땅히 입직하는 장교와 군졸들을 불러 모아 위의를 성대히 갖추시고 만나셔야지요."

그 말에 구인후는 깨달은 바가 있어 마침내 그녀의 말대로 장교와 군졸들을 다 부른 뒤에 나가 두 사람을 만났다. 그러자 황익과 이원로가 심기원의 역모를 고변하였다. 드디어 구인후는 그 두 사람을 결박하여 대궐로 갔다.

세간에서 달리 전하기를,

'두 사람의 역사가 어영대장 겸 훈련대장으로 있던 구인후를 제거할 생각으로 찾아갔다가 그 군사들의 위엄이 대단하여 마침내 고변을 하였다.'

라고 하였다.

그것이 사실이라면, 만약 그의 첩이 아니었다면 구인후는 죽음을 면치 못하였을 것이다. 그녀도 또한 지혜로운 여자의 한 사람이었다.

제119화
신정의 재치와 정태화의 아량

　분애 신정 공은 처음 과거에 급제하여 승정원에서 일기를 기록하는 임시 벼슬인 가주서가 되었다. 일찍이 경연에 참가하여 임금의 앞자리에 앉게 되었는데, 전부터 사관으로 입시하는 사람은 작은 책자를 손에 들고 듣는 대로 그 일을 기록하였다. 그날 신공은 붓을 나는 듯이 빠르게 놀려 잠시도 쓰는 손을 멈추지 않았다. 경연에 참가한 여러 신하들 가운데 신공이 기록을 잘한다고 칭찬하지 않은 사람이 없었다. 모두들 신공이 재주가 있고 민첩하다는 데 의견의 일치를 보였다.

　경연을 마치고 편전 밖에 모여 앉았을 때 양파 정태화 공이 신공의 재주를 사랑하여 손을 들며 말하였다.

　"자네가 처음 벼슬을 하는 신진으로 이처럼 재주가 **빼어나니**, 후일 어디까지 성취할지를 헤아릴 수 없겠어. 자네가 쓴 것을 한번 구경할 수 있겠나?"

　신공은 정공의 손이 지척에 있었으므로 거절할 수가 없어서 즉시 그 책자를 공손히 내밀었다. 정공이 책자를 펼쳐 보니 다른 말은 없었고 모두가 당시 절구 등 잡다한 시였다.

　대개 신공의 생각은 임금의 앞자리에서 창졸간에 여러 신하들이 임금께 올리는 말을 두루 기록하기가 어려워 마치 기록하는 듯이 가장하였으나 실제로는 붓으로 시를 끄적거리면서 다른 사람들의 눈을 가렸던 것이다. 그렇게 함으로써 그 순간을 칭찬으로 이끌고, 나중에 여러 신하들에게 물어서 기록할 생각이었었다.

정공은 보기를 마친 뒤에 다만 칭찬만 하였다. 그 자리에 있던 여러 신하들이 돌려가며 구경하자고 청하자, 정공이 말하였다.

"훌륭한 목수는 갓 베어낸 원목을 남에게 보이지 않는 법이오. 아직 완성된 글도 아닌데 꼭 보아야만 하겠소?"

하고는 즉시 신공에게 돌려주었다.

신공의 세상을 희롱하는 해학은 이미 젊어서부터 이와 같았다. 정공이 남의 단점을 가리고 덮어 드러나지 않게 해주는 충후함은 한층 가상하다.

제120화
정승 후보 청탁을 저지한 신정

판서를 지낸 분애 신정 공은 해학을 즐기면서 세상을 깔보고 맞서며 희롱하였다.

숙종 때였다. 의정부의 3정승 자리에 결원이 생기자 어떤 벼슬아치 한 사람이 정승이 될 것이라는 이야기가 세상에 파다하였으나, 그 사람은 세상 사람들이 우러러 따르는 덕망이 없었다.

그 당시 신공은 호조판서로 있었는데, 숙종이 다음날 조회 때 대신들을 불러 정승 후보자를 추천하라는 명을 내렸다. 신공은 호조의 관아에 앉아 재빨리 사람을 영의정 김수항 공의 집으로 보내 그곳에서 기다리다가 만약 신분이 높은 손님이 찾아오거든 즉시 알리라고 하였다. 잠시 후에 그가 와서 아뢰기를,

"아무개 벼슬아치가 왔습니다."

하는 것이었다.

신공은 즉시 올라오는 문서와 장부를 물리쳐 버리고 수레를 불러 영의정 김공을 찾아가 뵈었다. 김공이 자리에 앉자 신공이 말하였다.

"오늘 제가 남모르게 아뢸 일이 있어서 뵈러 왔습니다."

"무슨 일이오?"

김공이 물었다.

"대감께서는 저를 한번 살펴봐 주십시오. 저희 집안은 대대로 한미한 데 이른 적이 없었고, 재주와 명망이 남들만 못하지 않았습니다.

비록 문장으로 명성은 없으나 그런 대로 쓸 만은 합니다. 벼슬이 판서 반열에 있으니 말입니다. 이번에 듣자니 나라에서 정승 후보를 추천하라시는 명이 내렸다기에 추천자 명단 끝에라도 끼었으면 해서 말씀을 드립니다."

김공이 웃으며 말하였다.

"대감의 벼슬이 어떤 벼슬이며 연배가 얼마나 되시는데 지금까지도 해학을 즐기십니까? 제가 비록 부족한 사람으로 외람되게도 대신의 반열에 있습니다만, 이 자리에 높은 관원이 계시고 또 함께 조정의 일을 보고 있는데 갑자기 익살스러운 말씀으로 업신여기시니 그다지 편안치 않습니다."

신공이 두 손을 모아 쥐고 사례하기를,

"저는 진정에서 나온 말씀을 죽음을 무릅쓰고 우러러 청하였는데, 대감께서 시행하지 않으려 하시며 문득 농담으로 돌리시니 참으로 민망스럽습니다."

하자, 김공은 웃음을 띤 채 대답을 하지 않았다. 신공이 말하기를,

"대감의 뜻은, 정승 후보를 추천하는 중대한 일이 청탁으로 될 일은 아니라는 말씀이지요? 그러시다면 하직을 하고 물러가겠습니다."

하고는 일어나 예를 표한 뒤 찾아온 벼슬아치를 돌아보며 말하였다.

"자네도 상공의 말씀을 들었겠지? 정승 후보 추천은 청탁으로 될 일이 아니라는 말씀이네. 그러니 나와 함께 물러가세."

하고는 마침내 신공이 일어나서 갔다. 당시 그 벼슬아치는 그 때문에 추천이 저지되었고, 그 뒤에 재상이 되었다고 한다.

제121화
모르는 사람에게 붓 일백 자루를 통째로 준 신정

　　판서를 지낸 분애 신정이 도승지로 있을 때 정유악은 승지로 함께
승정원에 있었다.

　　정유악을 아는 사람이 찾아와 이야기를 나누던 중에 말하였다.

　　"요즘 붓이 떨어져서 없네. 만약 승정원에서 나누어 줄 게 있으면
꼭 좀 나누어 주게나."

　　그러자 정유악이 대답하였다.

　　"요새 받은 게 없는데 어쩐다?"

　　그 말을 들은 신공이 눈을 부릅뜨고 한동안 빤히 쳐다보다가 말하
였다.

　　"내 비록 손님과는 아무 연분이 없으나 어제 승정원에서 붓 일백
자루를 나누어 주었지요. 내가 모아둔 것을 드리겠소."

하고는 손수 상자를 열어 봉해놓은 붓 일백 자루를 통째로 그에게 주
었다. 그러자 정유악의 얼굴이 흙빛이 되었다.

제122화
정광성 집안의 가법

    양파 정태화 공의 선친인 지돈녕부사 정광성 공은 바로 나의 외조부이신 동산선생 충정공 윤지완 공의 외조부가 되신다. 수십 년 동안 질박하고 강직하며 근엄하게 지내시다가 연로하여 수원의 상부촌으로 은퇴하셨다.

    양파는 그의 맏아들로 영의정이 되어 국가의 안위를 책임진 지 수십 년이었는데, 그의 맏아들 참의공 정재대와 번갈아 가며 돈녕공을 좌우에서 모시고 동정을 살피면서 정성껏 봉양하였다. 양파의 성품은 검소하여 자신이 덮는 목면 이불이 햇수가 오래 되어 몹시 낡았는데 일찍이 참의공에게 말하기를,

    "내가 죽거든 소렴에는 마땅히 이 이불을 사용하도록 해라."

하였다. 그가 깔고 앉는 요가 낡아서 떨어지자 한쪽 모퉁이로 옮겨 앉으며 계집종으로 하여금 떨어진 곳을 깁도록 하였다.

    돈녕공은 자식들에 대한 교육이 몹시 엄하였다. 둘째아들인 좌의정 정치화가 일찍이 평안감사가 되어 돈녕공에게 나아가 알렸는데, 그때는 마침 가을 수확기였다. 돈녕공은 그에게 이르기를,

    "너의 형은 아들을 두어 교대하고 갔지만, 너는 아들이 없으니 마땅히 네가 가서 수확하는 것을 감독하도록 해라."

하였다. 의정공 정치화는 감히 사양하지 못하고 논둔덕에 일산을 펴고 앉아 감독을 태만히 하지 않았다. 지금도 그 일이 아름다운 일로

이야기 되곤 한다.

　돈녕공은 복록이 모두 온전하였다. 맏아들은 영의정이 되었고, 둘째아들은 경기감사가 되었다. 이때 셋째아들인 참판공 정만화가 과거에 급제하자, 양파가 자신의 아우인 신은을 거느리고 수원으로 부친을 찾아뵈었다. 영의정이 지방에 나가면 그곳의 감사가 마땅히 영의정을 배행하는 것이 관례였다. 그 일이 조보에 다음과 같이 기록되었다.

　'영의정이 근친하는 일로 수원 지방에 나가니, 경기감사 정 아무개도 영의정을 배행하는 일 때문에 나갔다.'

　이리하여 형제 세 사람이 일시에 머리에 조화를 꽂게 되었다. 우리나라 풍속에는 과거 급제의 경사로운 자리에서 연령이나 지위가 앞서는 사람이 있으면 비록 벼슬이 높은 사람이라도 문득 불러서 진퇴하게 하였다.

　이날 돈녕공이 비록 슬하에 경사를 만났지만 엄연하게 기쁜 기색이 없었으므로 다른 사람들이 감히 영의정을 불러내지 못하였다. 일가친척 중에 영리한 첩이 한사람 있었는데, 그녀가 말하였다.

　"오늘은 비록 영의정이라 할지라도 어찌 진퇴하지 않을 수가 있겠습니까? 아무도 진퇴를 부르는 사람이 없으니 제가 마땅히 부르도록 하지요."

하고는 큰소리로 외쳤다.

　"영의정은 신래를 부르시오!"

　마침내 양파는 머리를 숙이고 달음질쳐 나왔다.

　그 집안의 넘치는 영광이 이와 같았다.

　그 뒤 백년 가깝도록 재상 벼슬을 세습하였고, 자손들이 번창하였으며, 벼슬이 끊임없이 이어졌으니, 이는 모두 돈녕공의 가법이 근엄하고 근검함을 대대로 지켜 추락시키지 않은 결과였다.

제123화
대대로 부귀영화를 누린 동래정씨 가문

　세상에서 벼슬과 녹봉이 융성하여 한때 빛났던 사람이라도 총애 받는 자리를 잃으면 그만이어서 그 자신이 패망하는 것을 몸소 겪게 된다. 심지어는 형벌로 죽임을 당하여 패가망신하기까지 한다. 그런 지경에까지 이르지는 않더라도 몇 대에 걸쳐 높은 관직에 있는 경우는 대개 드물다. 그런 경우가 있다고 해도 벼슬길에서 물러나 시골에 살거나 권력을 휘두르는 자리에서 떠나야만 가능한 일이었다.

　대대로 국운을 손에 쥐고 권세를 휘두르던 사람들이 끝내 패망에 이르지 않은 적이 없었음은 왜일까? 그래서 옛말에 이르기를, '고귀함은 교만함과 기약하지 않아도 교만함이 스스로 이르고, 부유함은 사치함과 기약하지 않아도 사치함이 스스로 이른다.'라고 하였다. 사람이 심대한 식견과 위대한 역량을 지녀야만 부귀를 누리게 되었을 때 교만해지고 사치스러워지는 것을 면할 수 있는 것이다. 예사 사람들은 고귀해지면 교만해지고 부유해지면 사치스러워지게 된다. 교만하고 사치스러워지면 틀림없이 망하고야 만다는 것이 자연의 이치다.

　만약 세상의 고귀하고 부유한 사람들이 이처럼 심대한 식견과 위대한 역량으로 족히 임금을 요순이 되게 하고 당대의 백성들을 즐겁고 화평한 지경에 오르게 한다면, 이 어찌 쉽게 말할 수 있겠는가?

　후세에는 잘 다스려지는 날은 항시 적고 어지러운 날이 항상 많았는데, 어지러운 시절에 고귀하고 부유한 사람들은 모두들 교만하고 사치스러우며 방자하여 권세를 부리고 권력에 기대는 부류들이었다. 이러면서도 패가망신하지 않는 사람은 없었다.

동래 정씨는 수백 년 동안 대대로 벼슬과 녹봉을 지켜왔고 지금까지도 끊이지 않은 채 이어져 오고 있다. 문익공 정광필 공의 손자인 임당 정유길 공, 임당의 아들인 수죽 정창연 공, 수죽의 종형인 우의정 정지연 공, 수죽의 손자인 양파 정태화 공 형제 정치화 공과 정만화 공, 좌의정 정지화 공, 양파의 아들인 우의정 정재숭 공 등이 서로 이어서 7대에 걸쳐 여덟 분이 재상의 반열의 올랐다. 중국 후한 때 재상을 다수 배출한 원씨와 양씨 가문도 미칠 바가 아니었으니 참으로 성대하다고 이를 만하다.

그러면서도 끝내 한 사람도 화를 입지 않았고, 수많은 자손들이 누구 하나 부유하지 않은 사람이 없었다. 동래정씨 가문이 부귀를 잘 지켜 바꾸지 않은 것은 조선왕조가 개국한 이래로 벼슬한 집안에 없던 일이었다.

무릇 자기 자신을 지키고 가문을 지켜 후손들에게 덕행을 물려주는 도리는 노자의 도리에서 지나지 않는다. 노자의 《도덕경》에 이르기를, '금관자 옥관자를 차는 높은 벼슬아치가 집안에 가득하더라도 그것을 능히 지킬 수가 없고, 부귀하여 교만해지면 스스로 허물을 남기게 된다. 공을 이루어 명성을 얻었으면 그만 물러나는 것이 하늘의 길이다.'라고 하였고, 또 이르기를, '천하에는 세 가지 보물이 있으니, 자애로움과 검약과 천하를 위해 감히 먼저 나서지 않는 것이다.'라고 하였다. 이는 모두 노자의 핵심적인 가르침이다.

동래정씨 집안의 가법은 노자의 말씀을 깊이 터득하여 대대로 지키면서 잃지 않았던 것이다. 이것이 최선을 다해 지위를 유지하고 지켜나가면서 실패하지 않았던 까닭이다. 외조부께서 일찍이 말씀하시기를,

"일찍이 양파 정공을 뵌 적이 있었는데, 가까운 사람들에게 글을 써서 주시기를, '말은 다 말해서는 안 되고, 일은 다 해치워서는 안 되며, 복은 다 누려서는 안 된다. 말을 남겨두어 다 말하지 않음으로써 몸의 기력을 기르고, 일을 남겨두어 다 하지 않음으로써 후진들을 기다리며, 복을 남겨두어 다 누리지 않음으로써 자손들에게 남겨 주는 것이다.'라고 하셨지. 내가 여쭙기를, '이것이 누구의 말씀인지요?' 했더니, 양파께서 대답하시기를, '누구의 말씀인지는 모르나 선대로부터 가까운 사람들에게 써주신 말이라 나도 써준 것이니라.'라고 하셨단다."

노자의 가르침은 모두가 '이단'이라는 한 마디로 나타낼 수 있어 우리 유학과는 다르지만, 그 또한 옛 사람이 이른바 지극한 도리이고 오래도록 폐해가 없는 것이었다. 더구나 중국의 진한시대 이후로 노자의 가르침이 천하에 가득 차서 지금까지 수천 년 동안 노자의 세상이었음에랴. 예로부터 영웅과 지혜를 갖춘 어진 선비들이 노자의 가르침의 권역에서 아무도 벗어나지 못하였으니, 또한 그 가르침이 용납되지 않은 곳이 없다는 것을 알 수 있다.

제124화
세상에 알 수 없는 일

효종 이후로 세상을 등지고 사는 산인과 임금의 외척은 서로 갈라서서 헐뜯고 배척하며 날이 갈수록 점점 더 원수처럼 지내게 되었다.

외조부께서 일찍이 말씀하시기를,

"정관재 이단상 공이 외척의 무덤에 묘도를 만든 일에 대해 논박하셨지. 그 뒤 일찍이 외숙 양파 정태화 공을 모시고 있다가 이야기가 그 일에 미쳐 말씀드리기를,

'산인과 외척의 상대방에 대한 미움과 원망이 그 일에 이르러 극도에 달해 다시 화합하기를 기대하기가 어려워졌지요.'

하자 양파 정공께서 웃으며 말씀하셨다.

'천하의 일은 변화가 무궁하여 진실로 알 수 없는 일이 있지. 하지만 뒷날 산인과 외척이 갈라섰다가 화합을 되찾아 다시 하나가 될 때가 있을지 어찌 알겠나?'

그 뒤 과연 외숙의 말씀대로 되었지. 세상일을 알 수 없기가 이와 같단다."

라고 하셨다.

제125화

나라의 안정에 힘쓴 재상 정태화

양파 정태화 공은 오래도록 권력을 쥐고 나라를 다스렸는데, 대개 천하의 판세를 깊이 알고 있었다. 반드시 고대 중국 은나라의 재상이 었던 이윤이나 주나라의 재상이었던 주공과 같은 신하가 요나 순과 같은 임금을 만나야만 자신의 포부를 펼칠 수 있는 것이다. 후세에는 이윤이나 주공과 같은 신하가 나타나지 않았는데, 어떻게 그 임금이 요순 같기를 바랄 수 있겠는가? 비록 뛰어난 재능을 지닌 사람이 있다 고 할지라도 진실로 임금의 예지와 부합되지 않은 채로 망령되게 무슨 일인가를 한다면, 일을 이루지 못할뿐더러 그에 앞서 화를 입게 될 것이다.

양파 정공의 생각은 이러한 것을 깊이 꿰뚫고 있었기에, 인조·효 종·현종 세 왕조에 걸쳐 수십 년간 연달아 재상의 자리에 있으면서 일신에 국가의 안위를 짊어지고 겉으로 드러내기보다는 조용히 일을 처리하였고, 지키기만 할 뿐 변화를 추구하지 않았다. 큰 도량으로 욕하는 것도 받아들이고 중후함으로 만물을 안정시켰다. 재주가 있다 고 감히 쓰지 않았으며, 지혜가 있다고 감히 다하지 않았다. 다만 국 가에 관계되는 것을 가장 중하게 여겨, 일의 형세로 보아 할 수 있는 일이면 때때로 자신의 재주와 지혜를 남김없이 발휘하여 대응하면서 도 또한 자신의 공으로 돌리지 않았다.

벼슬을 하지 않는 사람들은 양파를 지위를 굳힌 사람이라고 지목하였고, 벼슬아치들은 능력도 없이 밥이나 축내는 재상이라고 의심하였다. 비록 그러나 양파의 깊은 재주와 원대한 도량에 힘입어 나라는 안정되었고, 뒤에서 돕는 숨은 공과 두터운 은혜로 백성들은 태산 같은 큰 이득을 받았다. 비록 은혜를 베푼 자취가 없으나 사람들이 은혜를 입고도 몰랐던 것이다.

예전에 일찍이 선친께서 말씀하시기를,

"일찍이 효종·현종대왕 시절에 아버님께서 퇴궐해서 오실 때마다 근심 띤 안색으로 탄식해 마지않으시며,

'나랏일이 이처럼 위태로운 데도 날마다 아무 것도 하지 못하니 먹고 쉬어도 편치가 않구나.'

하셨는데 이제 와서 보면 효종·현종대왕 시절은 태평시절이었지. 오늘날을 보면 그 근심이 더하니 어쩌면 좋을꼬?"

하시는 말씀을 들었다.

참으로 선친의 말씀처럼 다만 오늘날에 비해서 태평성세였을 뿐만이 아니라, 인조·효종·현종 세 왕조가 실로 편안한 나날이었던 것은 어찌 임금을 도와 나라를 다스린 재상의 공이 아니었겠는가!

제126화
우환을 사전에 차단한 정태화

　양파 정태화 공이 평안감사로 있을 때였다. 조정에서 독보라는 승려를 선발하여 바닷길로 명나라에 가서 난리를 당한 황제에게 문후하게 하고, 평안감영에서는 쌀 3백 섬을 독보에게 주어 보내라고 하므로, 정공은 마침내 순자호라는 배에 실어 보냈다. 다른 한편으로는 비밀리에 장계를 써서 심양으로 보내 동궁인 소현세자에게 아뢰기를,
　'모월 모일 순자호라는 배에 세로 받은 곡식 3백 섬을 실었는데 바다에서 실종되었습니다. 해적의 소행 같으니 주변의 소식을 탐문해 보소서.'
하였다. 그로부터 얼마 되지 않아 그 배는 과연 청나라 오랑캐에게 붙잡혔다. 청인들이 그 배의 모양, 자호와 곡식 섬을 살펴보니 틀림없는 조선의 물건이었다. 청 태종은 크게 노하여 소현세자와 봉림대군을 불러 질책하기를,
　"너희 나라가 필시 명나라와 몰래 내통하고 있으니, 하는 짓이 괘씸하고 엉큼하구나."
하였다. 이에 소현세자는,
　"얼마 전에 평안감사가 장계를 올렸는데 이 일에 관한 것이었소. 그 장계를 꺼내 살펴보시기 바라오."
하고는 정공이 보낸 장계를 찾아 청 태종에게 제시하였다. 그 배의 자호와 곡식 섬의 숫자가 장계에 기록된 것과 부합하므로 청 태종은

생각하기를,

　'과연 해적들이 절취해다 놓은 것이로군.'

하고 더 이상 따지지 않았다.

　정공은 이처럼 우환이 생기기 전에 없애는 일을 많이 하였다.

제127화
정태화의 민심 동향 읽기

　양파 정태화 공은 사방의 물정과 여항의 동정을 무슨 일이든 훤히 꿰뚫어 알아서 세상 사람들이 모두들 신통한 지혜라고 여겼다. 사람들이 그 지혜의 갈피를 헤아리지 못할 뿐 실제로 특별히 기이한 재주가 있는 것은 아니었다.

　백성들이 모여 사는 여염집에 슬기로운 생각을 가진 믿을 만한 사람들을 심복으로 맺어 두고, 아무 때나 빈번하게 집으로 찾아오게 하는 것이 아니라 매일 새벽종이 울린 뒤에 그들이 연달아 찾아뵙도록 하였다. 그때마다 한 사람씩 불러 방에 들게 하여 이야기를 나누었다. 각기 보고들은 것에 따라 여항의 사정을 아뢰었다. 한 사람이 나가면 또 한 사람을 부르는 방식으로 끊임없이 계속 만났다. 날이 밝기 전에 모두들 흩어져 가고 더 이상 찾아오는 사람은 없었다.

　이것이 정공이 나라 안팎의 사정을 깊이 아는 까닭이었다. 찾아오는 사람도 모두 그에 합당한 사람들인 까닭에 보고들은 것이 실속이 있고 집의 뜰이 어지럽지 않았다.

　이 이야기는 큰외삼촌인 판관공에게서 들었다.

제128화
북벌에 대한 확신이 없음에도 효종의 요구에 응한 정태화

　　우암 송시열은 효종이 예우를 다하여 부르자 우의정으로 조정에 나아갔다. 당시 양파 정태화 공은 영의정으로 있었는데, 우암이 취임하자 함께 국가의 대사를 의논하였다. 당시 효종은 청나라에 대한 복수를 하려고 단단히 벼르고 있었다.

　　우암은 군사를 훈련시키고 각종 병기와 갑주를 수선하며, 군량미와 병장기 등을 되풀이해서 구분하여 계획하는 등 북벌책을 상세히 논하였다. 마치 해낼 수 있는 일처럼 양파는 우암과 더불어 의견을 나누고 묻고 대답하며 정성을 다해 힘써 마지않았다. 우암이 간 뒤에 곁에 있던 사람이 묻기를,

　　"오늘 말씀을 나눈 복수와 설치는 도무지 공허한 말이라는 것을 상하 모두가 아는 일인데 공께서는 어찌 헤아리지 못하십니까? 아까 상공과 우상께서 하시는 말씀을 들으니, 마치 실제로 복수를 할 수 있는 형세인 듯한데도 끊임없이 서로 논란을 벌이시며 틀림없이 이룰 수 없는 일이라는 것은 어째서입니까?"

하였다. 양파가 대답하기를,

　　"바야흐로 성상께서 선비였던 우암을 정승으로 초빙하셔서, 우암이 어렵사리 조정에 발을 들여 놓았네. 우암을 출사하게 하신 것은 단지 청나라에 복수를 하시려는 대의 때문이지. 그런데 만약 내가 곧이곧대로 일의 형세로 보아 결코 이룰 수 없다며 사사건건 막으려고

만 한다면, 우암은 틀림없이 속된 부류가 나랏일을 맡아 큰일을 방해한다고 여겨 불쾌해 하며 산으로 돌아가겠지. 그리 되면 반드시 복수를 하시겠다는 성상의 뜻을 손상하게 되고, 다만 성공할 수 없다는 핑계만을 대는 꼴이 될 것이야. 이것이 내가 비록 복수를 하기가 어렵다는 것을 알면서도 어쩔 수 없이 응수하는 일을 면치 못하고 있는 까닭일세."

제129화
남달리 총명하였던 정재숭

　우의정을 지낸 양파의 둘째아들 의곡 정재숭 공은 남들보다 빼어나
게 총명하셨다. 유교 경서를 풀이하는 명경과로 문과 초시에 급제하
여 늙도록 경서를 줄줄 외웠는데 한 글자도 틀리지 않았다. 친척 동생
들이 경서를 읽어 달라고 청할 때마다 정공은 창 밖에 경서를 펼쳐
놓게 하고는 외워서 가르치기를,
　"집주 가운데 아무개의 주석은 이러하고, 소주 가운데 아무개 아무
개의 주석은 이러 저러하다."
하였는데, 조금도 틀리지 않았다. 정공은 늘 말씀하셨다.
　"내가 아는 경서 풀이를 동생들에게 물려주지 못한 게 한스럽다."
　평소에도 귀로 듣고 눈으로 본 것을 꼬박꼬박 잊지 않아서 벼슬하
는 집안의 기일이나 생일을 모르는 것이 없었다.
　정공께서 호조판서가 되어 보니 호조의 일이 명주실이나 삼실처럼
가닥가닥 수많은 일이 끊이지 않아, 절세의 총명함으로도 파악하기가
어려웠다. 그러나 정공께서는 홀로 그 많은 일을 도맡아서도 빠뜨리
는 일이 없었다.
　또한 물가 사정에 몹시 밝아 하찮은 것도 빠뜨리지 않았다. 그러면
서도 일찍이 심각하게 한 적이 없었고, 일을 온당하게 처리하는 데
힘썼으며, 사물의 이치에 통달하였고 인정에 정통하였다. 지금까지도
정공을 칭송하기를,

"근세의 호조판서 가운데 정공보다 나은 사람은 없었다."
라고 하였다.

외조부께서 일찍이 말씀하시기를,

"외사촌 형님이신 정 상국께서 호조판서로 계실 때 하급 관아에서 해마다 청하여 허락을 받는 문서가 있었지. 형님께서 아전을 불러 말씀하시기를,

'이 문서는 그전에 올라와서 이미 청한 숫자대로 발급했던 것 같은데…. 자네는 마땅히 아무 달의 문서를 초록해가지고 오게.'

하시자 그 아전은 달려 나갔지. 나는 이미 이 형님의 총명이 남다르게 빼어나다는 것을 잘 알고 있었으므로 이렇게 물었어.

'그 문서가 아무 날 올라왔고 몇 차례나 발급했는지 형님께서 이미 분명히 알고 계시면서 어찌 곧바로 말씀하시지 않고 아전더러 문서를 초록해 오라고 하셨습니까?'

그러자 형님께서는,

'무릇 나의 총명함이 어디까지 미치는지를 아전들에게 보여주면 내가 알지 못하는 곳을 아전들이 눈치로 헤아릴 수 있게 되지. 그 문서를 찾아보고 사실에 근거해서 논단하는 게 더 낫다네.'

하시는 것이었어. 나는 형님의 식견과 도량에 깊이 탄복하였다."
라고 하셨다. 정 상공은 바로 우의정을 지내신 의곡 정재숭 공으로, 외조부님께는 외사촌 형님이 되신다.

제130화
불에 탄 종각을 신속히 복구한 정재숭

　우의정을 지낸 정재숭 공이 호조판서로 있을 때 종각에 불이 났다. 그 날로 반드시 종을 달아야만 저녁에 종을 울릴 수가 있었다. 조정의 여러 대신들은 모두 답답하였으나 당황해서 어찌할 바를 몰랐다. 이때 정공이 입을 열었다.

　"이는 본디 호조에서 맡을 일이지요. 한 나라의 힘으로 어찌 저녁 종 치는 일을 폐하겠소? 이 일은 제가 스스로 감당할 테니 공들께서는 걱정하지 마시기 바라오."

　그 임무의 전담과 관련되는 사람들의 각자 주관 하에 책임지고 물품을 내주는 사람들은 특별히 마음을 써서 자재를 제공해주었고, 마침내 정공이 몸소 현장에 가서 독려를 하였다. 급히 공사 구분 없이 쌓아둔 재목을 모으고, 각종 기술자들을 불러 모은 뒤 서울 각 관아를 독촉하여 해가 지기 전에 일을 마쳤다. 저녁때가 되기 전에 이미 종은 걸려 있었다.

제131화
인현왕후 폐비 철회 상소를 올린 정재숭

　정재숭 공은 기사년(1689) 인현왕후가 폐비되기 전에 이미 벼슬길에서 물러나 경기도 광주의 의곡에 머물고 있었다. 폐비가 되었다는 변고를 듣고 급히 상소문을 작성하여 집안사람으로 하여금 곧장 승정원에 바치라고 하였다. 그러나 이미 상소를 금하는 어명이 떨어진 뒤였다. 서울에 있던 형제들이 밀쳐두고 바치지 않았던 것이었다. 정공은 항상 이 일을 평생의 지극한 한으로 여기셨다.

제132화

폐비 철회 상소를 올린 윤지완

　외조부 충정공께서는 기사환국이 일어난 해 봄에 이미 벼슬을 그만
두시고 경기도 안산에 물러나 살고 계셨다. 인현왕후께서 폐비가 되
셨다는 변고를 들으시고 급히 상소문을 작성하시어 곧장 승전원에 올
렸으나 이미 상소를 금한다는 명이 떨어진 뒤라 상소문을 들여보낼
수가 없었다.

　상소문의 기상이 엄정하고 곧으며 정성스러워, 만약에 승정원에 들
어갔다면 틀림없이 큰 화가 생겼을 것이다. 충정공께서는 크게 꾸짖
음을 들을 결심으로 뜻이 같은 사람들끼리 서로 단결하고 기다렸으나
끝내 상감의 귀에 사무치지 못한 것을 한으로 여기셨다.

제133화
종제 정지화에 대한 정태화의 평가

　좌의정을 지낸 정지화 공은 양파 정태화 공의 사촌아우로, 재상이 될 만하다는 좋은 평판이 없었음에도 삼정승 벼슬에 이르렀다.

　정지화 공의 젊은 시절에 생김새가 크고 풍만한 것을 두고 어떤 이가 양파 공에게 말하였다.

　"예경도 응당 재상이 될 것이라고 하던데, 어떻습니까?"

　양파 공께서는,

　"예경이 재상이야 되겠지마는 나랏일이 어찌 될지?"

하고 장탄식을 하셨다.

　'예경'은 정지화 공의 자다.

제134화
은둔의 뜻을 굳힌 윤지완

외조부 충정공께서는 젊은 시절부터 늘 속세를 피하여 은둔해서 독자적으로 자립하시려는 뜻이 있었다. 그 당시의 세상에서는 이미 아무 것도 하실 수가 없었다. 그런 까닭에 과거에 급제하시기 전에 이미 경기도 안산에 있는 동산의 농막으로 가셔서 그곳에서 평생을 마치실 뜻을 가지셨던 것이다. 외조부님께서는 일찍이 다음과 같은 시를 지으셨다.

구름으로 울타리 짓고 산으로 병풍 두르니,
울타리와 병풍의 면면이 희고도 푸르네.
솔숲 물결을 일렁이며 불어오는 한 줄기 바람소리,
빈 집에 목침 베고 누워 나 홀로 듣는다네.
雲作藩籬山作屛　雲山面面白和靑　好風一陣松濤起　欹枕虛堂獨自聽

외조부님 가슴속의 운치와 멋지고 아름다우신 인간미를 볼 수 있다.
1680년 경신대출척이 일어난 초기에 서인들이 우르르 벼슬길에 등용되면서 외조부님을 꼭 모셔 들이려고 많은 사람들이 떨치고 일어나 힘써 권하는 바람에 한 차례 벼슬길에 나아가시는 것을 면치 못하셨다.
만년에 이르러 외조부님께서는 늘 벼슬길에 나서셨던 것을 후회하시며,

"내가 경신년에 다시 벼슬길에 나선 한 번의 잘못으로 평생토록 일이 어그러져 불안하구나."
라고 말씀하셨다.

1694년 갑술옥사 이후에 김춘택의 무리들이 사사로운 이득을 챙겼다는 이야기들이 한 세상을 시끄럽게 한 까닭에 명예를 더럽히게 되자, 마침내 외조부님께서는 속세를 등지고 은둔하여 근심을 없앨 생각을 결단하셨다.

제135화

문사의 삶이 더 낫다고 여긴 윤지완

　　외조부 충정공께서는 총명하시고 기억력이 좋으셔서 동료들 가운데 더할 나위 없이 뛰어나셨다. 젊은 시절에《통감강목》을 한 번 읽어 보시고는 역대의 사실을 막힘없이 분명하게 아셨다. 70세 이후에는 고사를 말씀하실 때마다《통감강목》의 몇 줄, 혹은 수십 줄을 닥치는 곳마다 훤히 꿰뚫고 계셨다.

　　수십 년 전 남쪽과 북쪽의 고을을 다스리실 때 재판하셨던 일에 이야기가 미치게 되면 그때마다 그에 관련된 사람들의 이름을 외우셨고, 사리를 따지시는 것이 대를 쪼개듯 거침이 없으신지라 듣는 사람들이 몹시 놀라며 감탄하였다.

　　만년에 이르러 일찍이 평생에 대해 스스로 말씀하시기를,

　　"다만 해마다 겨울 석 달 동안은 글을 읽어 과거에 급제하였지. 젊은 시절에 글하는 선비들을 보니, 경박하고 교만하며 교활하고 얄팍한 사람들이 많더구나. 마음속으로 하찮게 여기며 생각하기를,

　　'사람이 문장에 능하면 모두 이와 같이 되는구나.'

하고는 마침내 문장 수련에는 있는 힘을 다하지 않았단다. 평생토록 문장으로는 적임자라고 자부하지 않다 보니 천만 뜻밖에도 갑자기 대장 벼슬을 더하게 되더구나. 깜짝 놀랄 위기와 풍파를 두루 겪으며 있는 힘을 다해 스스로 빠져나오려 해도 벗어날 수가 없었지. 세상이란 만만찮아서 절박하기가 그지없더구나. 이제 와서 생각해보니 이른

바 '글하는 선비'의 처세가 조금은 나은 것 같아."
라고 말씀하셨다.

제136화
통신사로 뽑힌 윤지완

　　외조부께서는 조정에 들어가셔서 임금을 섬김에 감히 일신의 편안
함을 도모하지 않으셨고, 스스로 좋고 싫은 것을 가리지 않고 쉬운
일에나 어려운 일에나 절개를 지키기로 기약을 하셨다.

　　임술년(1682)에 일본에 갈 통신사를 선발하자, 만 리 뱃길로 항해하
는 일이라 사람들이 모두들 사지에 가는 것으로 보았다. 유력시 되던
사람이 그 일을 꺼려 피하자 끝내 외조부님께 맡겨졌다. 외조부님께
서는 불안해하거나 초조해하지 않으시고 침착한 태도로 피하지 않으
셨다.

　　그 당시 재상 가운데 평소 외조부님을 미워하던 사람이 있었는데,
심지어 말썽이 생겨 이웃나라와 틈이 벌어졌다고 하며 마땅히 이를
되돌리게 해달라고 양해를 구하였다. 이에 외조부님께서는 생각하시
기를,

　　'기왕에 사지라고들 하는데, 어찌 그것이 싫다고 일신의 편안함을
꾀하겠는가?'

하시고는 끝내 사양하지 않으셨다. 검푸른 바다를 마치 탄탄대로를
밟듯이, 고래와 악어를 마치 작은 벌레를 보듯이, 기뻐하며 마음에
담아 두지 않으셨다.

　　나중에 형조판서를 지낸 이언강이 부사가 되었는데, 문득 괴로운
듯 탄식하기를,

"반백년의 세월이 후딱 지나간 나이에, 조정 백관 중에 단지 세 사람만 고르는데, 그것이 이 몸이 될 줄이야 어찌 알았으랴?"
하고는 스스로 한탄해 마지않았다. 그때마다 외조부님께서는 위로하시기를,
"너무 괴로워하지 말게나. 다녀온 뒤에는 도리어 가지 않은 것보다 나을 걸세."
하시니, 이공이 말하였다.
"공께서는 그런 말씀 마십시오. 언제 이 일을 마음속에 담아 두시기나 하셨습니까?"

제137화
어리석음과 지혜로움의 차이

외조부께서 일본에 통신사로 가시며 하직 인사를 드리니 숙종대왕께서 하교하시기를,

"사신들의 행장 가운데 미비한 것이 있으면 각각 말씀하시오."

하셨다. 다른 사신들은 번갈아 각기 청하고자 하는 것을 아뢰었는데, 충정공만 홀로 아무 말이 없었다. 숙종대왕께서 물으셨다.

"어찌 상사만 홀로 아무 것도 청하지를 않소?"

충정공께서 나아가 아뢰었다.

"조정에서 바다를 건너가는 사행은 곧 사지로 가는 것이라 하여, 보내는 데 필요한 행장은 빠뜨린 것이 없으므로 달리 청할 만한 것은 없습니다. 이 자리에서 여쭙고 의논해서 결정하려는 것은 이 일을 하는 데 꼭 있어야 할 것을 아뢰는 것이 아닙니다. 다만 우러러 아뢸 것은 섬나라 왜인들이 본디 교묘하게 남을 속인다는 것입니다. 매번 우리나라가 명나라를 배반하고 오랑캐인 청나라를 섬기면서 칼자루를 쥐고 위협하여 따르게 한다고 합니다. 전에 누군가가 말하기를,

'명나라 황족인 주씨의 한 혈통이 대만이라는 섬에 있다.'

라고 하였으나 이 또한 아직까지 틀림없다고 확인되지 않은 것이고, 다만 우리나라를 속여 얼을 빼려는 말일 뿐입니다. 이제 만약 또 다시 이 일을 거론하며,

'너희 나라가 비록 힘이 약하여 신하로 오랑캐를 섬기고 있으나 항

시 명나라를 잊지 않으려는 뜻을 가지고 있을 것이다. 지금 주씨의 한 혈통이 대만에 있는데 어째서 사신을 보내 문후를 하지 않는가?' 라고 말한다면, 사안이 중대한데 일시적인 사신의 생각으로 우물쭈물 대답할 수는 없는 일이니 의당 엄하게 물리쳐 끊어버려야 할 것입니다. 대신들에게 물어 의논하여 정하였으면 하는데 어떻습니까?"

숙종대왕께서 물으셨다.

"대신들의 생각은 어떠하오?"

대신들이 일제히 말하기를,

"이런 일을 어찌 우물쭈물 대답하겠습니까? 의당 분명한 말로 물리쳐 끊어버려야 할 듯합니다."

하였다. 숙종대왕께서도 그렇게 여기셨다.

이 일이 있기 전, 전라도 해안에 중국의 배가 표류해 왔는데 그들이 이르기를,

"명나라의 후예로 지금 섬에 살고 있습니다."

라고 하였는데, 그들의 의관이 청나라의 것으로 바뀌지 않았다는 것이었다. 붙잡아서 연경으로 보내지 말아달라고 청하였다는데, 그 말을 믿을 수가 없었다. 설령 그렇다고 하더라도 병자년 이후 우리 조정은 모든 일에 겁을 내어 몸을 움츠림이 날로 심해졌고 사나운 오랑캐는 기회 있을 때마다 틈을 벌여 무수히 업신여기고 학대하는 마당에 어찌 보내지 않을 수가 있었겠는가?

마침내 그들을 연경으로 보냈다. 그들은 연경에 이르러 다만 먼 지방에 살다 보니 미처 변발을 하지 못하였다고 말하였다. 마침내 청나라 황제는 그들을 풀어주었다. 이 또한 미처 그 말의 허실을 알지 못한 채 우리나라 선비들이 한때 이러쿵저러쿵 떠들어댔었다.

정관재 이단상 공은 다음과 같은 시를 지었다.

남쪽 나라의 배가 바다를 건너오니,
붉은 구름 한 가닥이 석양 가에 펼쳐 있네.
오랜 세월에 걸친 큰 의리 아무도 아는 이 없어,
석실산인 앞에서 통곡하며 돌아가네.
南國浮査海上來 紅雲一孕[朶]日邊開 千秋大義無人識 石室山前痛
哭回

대개 문정공 청음 김상헌 공은 한족의 명나라를 정통으로 보는 존
주대의를 내세워 세상에 명망이 두터웠던 분으로 석실에 제향되고 있
었다. 영의정인 김수항 공은 문정공의 손자로 으뜸 재상이 되어 나랏
일을 맡고 있으면서 명나라 사람들을 붙잡아 연경으로 보낸 까닭에
이처럼 시를 지어 놀렸던 것이다.

외조부 충정공께서는 미리 조정에 품의하여 결정하지 않았다가 혹
시라도 왜인들이 자신을 떠보려고 하였을 때 자신의 생각만으로 배척
한다면 틀림없이 공연하게 어지러운 논란이 빚어질 것이므로 이렇게
한 것이었다.

외조부님께서 상감과의 문답을 마치고 나오자 부사인 이언강이 탄
식하며 말하기를,

"저희들은 다만 일신의 행장에 대해서만 각기 아뢰었는데, 공께서
는 한 말씀도 않고 계시다가 그런 우려를 하시다니 저희들로서는 생각
지도 못한 일이었습니다."

하였다. 어리석은 사람과 지혜로운 사람의 서로 다름이 이와 같도다!

제138화
대마도 왜인들을 길들인 윤지완

외조부님께서 일본에 통신사로 가실 때 조정에서는 근년에 동래 왜관의 왜인들이 더러는 함부로 경계 지역을 벗어나고, 더러는 약조를 위반하여 온갖 폐단이 발생하고 있다며 사신들로 하여금 일본이 확실하게 약조를 정하도록 주선하라고 하였다.

대개 섬나라의 왜인들은 교활하고 변덕스러워 이치로는 설득하기가 어려웠다. 우리나라에서 요구하는 것을 그들은 필시 순순히 따르지 않을 것이어서 경솔하게 격식에 맞추려 하다가는 도리어 임금의 명을 욕되게 하는 것이 될 터였다.

게다가 대마도는 막부가 있는 에도와는 멀리 떨어져 있어 막부의 명이 잘 먹히지 않는 경우도 있는데, 두 나라 사이의 교류는 대마도주가 중간에서 주관하고 있었다. 대개 약조를 어기거나 작폐를 하는 일은 모두가 대마도에서 발생하는 것으로, 에도에서는 모르는 일이었다.

만약 대마도와 주선을 하려고 하면 그때마다 본국에 핑계를 대고, 에도에 직접 주선을 하자니 또 대마도가 중간에서 부추기거나 저지할까봐 우려되어 이 또한 충분히 신중하고 면밀하게 해야 마땅하다.

그러므로 한때 사신으로 파견된 사람들이 어림짐작으로 헤아려 결정할 수 있는 일이 아니었다. 그러나 이미 조정에서 명이 내렸으니 감히 사신들이 자신의 마음을 다하지 않을 수 없는 것이어서 이렇게 생각해보고 저렇게 궁리해보았으나 끝내 깨달은 사실은 대처하기가 어렵다는 것이었다.

배에 오른 뒤 마침내 외조부께서는 역관들 가운데 눈치가 빠르고 지혜로우며 기밀을 다루는 데 익숙한 박재흥이라는 사람을 불러 일을 처리할 방법과 계략을 지시해 주셨다. 그로 하여금 일본에서 영접 차 나온 사신 및 통역들과 이야기를 주고받을 때 이렇게 말하라고 일러주었다.

"'그대들이 두 나라 사이에 있으면서 근래 인습에 젖어 방자하게 행동하고 약조한 사항이 점점 해이해져서 앞뒤로 법을 위반하고 금지 사항을 범하여 우리나라에 폐를 끼치는 일이 몹시 많아졌다. 이번에 사신들이 에도에 이르면 그대 나라의 정권을 잡고 있는 분들과 조약을 분명하게 닦고 예전의 관습을 통렬히 뜯어 고칠 것이다. 그리 되면 그대들이 그 동안 저지른 불법적인 일들이 필시 다수 드러나게 될 것이다. 우리는 그대들과 정의가 친밀한 까닭에 이런 말을 해주지 않을 수가 없다.'
라고 하면 저들은 필시 놀라거나 두려워하지도 않을 걸세. 이러한 것은 대개 사신들이 일본의 정권을 잡고 있는 사람들과 말을 주고받을 때 두 나라의 통역이 중간에 끼어 있기 때문이지. 만약 그리 되면 통역의 말을 말다툼의 실마리로 드러내서 또 말하기를,
'우리 사신들께서 이렇듯 큰일을 하시는데 어찌 통역을 중간에 내세우겠소? 장차 일본의 정권을 잡고 있는 분들과 머리를 맞대고 마주 앉아 각기 손수 글을 써서 주고받는다면, 우리 같은 통역들이 어찌 감히 그 사이에 끼어들겠소?'
라고 말하고 그들의 기색을 살펴 보고하게."

과연 박재흥이 다녀와서 아뢰기를,
"하나같이 상공께서 말씀해주신 대로 말했으나 왜인들은 도무지 놀

라거나 근심하는 기색이 없고, 다만 이르기를,

'사신 어르신들께서 비록 그리 하시려 해도 모든 일이 다 우리들 손에 있는데 어찌 우리들에게 해를 끼치실 수 있겠소? 마땅히 우리들과 일을 도모해야 이룰 수가 있을 것이오.'

하는 것이었습니다. 소인이 또 말씀해주신 대로 대답을 했지요. 그랬더니 그제야 깜짝 놀라 근심하는 빛이 얼굴에 가득하더군요."

하는 것이었다.

마침내 외조부님께서는 박재홍에게 명하여 그들의 잘못을 하나하나 들어 그들을 겁박하게 하시니, 드디어 왜인들은 놀랍고 두려워 밤낮으로 박재홍에게 간청하기를,

"차후로는 모든 일을 에도에 저희들 멋대로 바꾸어 알리지 않고 마땅히 명하시는 대로만 받들어 행하겠습니다. 이 뜻을 사신 어르신들께 꼭 말씀드려 주십시오."

하므로 박재홍은,

"이러지 말고 그대들은 모름지기 우리들을 위해 중간에서 능력을 펼쳐 죄책이 없도록 하시오."

라고 하였다. 박재홍은 다녀올 때마다 그런 이야기를 계속 이어서 아뢰었다.

외조부님께서는 또,

"처음에는 단호한 말로 물리치다가 연일 이야기를 주고받으며 그들의 기색을 살펴본 뒤,

'마땅히 형편을 보아 주선하겠지만 내가 무슨 힘을 쓸 수 있겠는가?'

하고 대충 허락하는 듯이 말하게나."

라고 말씀하셨다.

박재홍은 외조부님의 말씀대로 그들에게 말하였다.

"그대들은 사신 어르신의 기상을 보았을 게야. 우리들이 어찌 한 마디인들 거들 수 있겠는가?"

며칠 동안을 이처럼 으르대자, 왜인들이 아침저녁으로 사신들을 뵙고 인사를 할 때 근심하는 빛이 두드러졌다. 박재흥은 비로소 왜인들에게 주선을 허락하라고 한 외조부님의 말씀을 이해하였다.

그리고는 매번 왜인들에게,

"어르신께서 한번 정하신 뒤에는 확고하여 흔들리지 않으실 것이오."

라고 일컬으며 그 정해진 것을 되돌리기 어렵다는 뜻을 극단적으로 말하였다.

또 그렇게 며칠이 지나자 왜인들은 절로 더욱 다급해졌다. 대개 이 사태를 아는 사람들이 많아 새나가기라도 한다면 그도 또한 틀림없이 낭패가 될 것이므로, 부사와 서장관에게는 처음부터 말을 내비치지 않았었다.

박재흥은 어두운 밤에 몰래 보고하고, 왜인들은 아침저녁으로 근심하며 어쩔 줄 모르는 가운데 낌새가 다수 드러나자, 문득 부사가 물었다.

"상사께서는 역관과 무슨 일을 모의하고 계십니까? 약삭빠르고 꾀가 많은 왜인들에게 속지나 않을까 걱정입니다."

라고 하면서 자신과 더불어 상의하지 않은 것에 대해 자못 불평한 기색이 있었으므로, 외조부님께서는 어쩔 수 없어 조용히 말해준 뒤 낌새를 드러내지 말고 일이 돌아가는 기미를 살펴보라고 하셨다.

왜인들은 날마다 박재흥에게 애절하게 간청하였다. 그제야 박재흥은,

"에도는 아주 멀고 대마도는 가장 가까우니, 조선과 일본의 교린에 관계된 모든 일은 모두 대마도와 우리 역관들에게 있소. 결코 그대들 마음속의 생각을 잃을 수가 없어 누누이 간절하게 말씀드리고 있소만

사신 어르신들께서 엄격하고 확고하셔서 그 마음을 움직이기가 어렵소."
라는 뜻을 연일 말해주었다.

며칠이 지난 뒤, 또 그들에게 아마도 만회할 희망이 있을 것이라고
말해주고, 그러면서 며칠이 지나자 거의 에도에 이르게 되었다. 그런
뒤에야 비로소 에도의 권력자에게 발설하지 말라는 그들의 뜻을 흔쾌
히 허락하였다. 그러고 나자 왜인들의 얼굴에 두드러지게 기쁜 빛이
돌았다.

에도에서 일을 마치고 돌아오다가 대마도에 이른 뒤 비로소 대마도
주와 여러 왜인들을 불러 성난 목소리로 따지기를,

"그대들의 잘못을 그대들은 과연 스스로 알고 있는가?"
하고는 그 동안 동래 왜관의 왜인들이 제멋대로 군 일들을 낱낱이 말하
고, 급기야는 금지하는 일과 약조한 일을 어긴 것까지 모두 말하였다.

"이 때문에 조정의 의논이 대부분 좋은 관계를 가질 것이라 생각하
는데 온전하게 되돌릴 수가 없게 되었소. 전하의 뜻은 굳게 정하셨소.
어찌 사소한 일로 기쁨을 잃고 이제까지 발목을 잡을 수 있겠소? 이는
모두 에도에서는 알지 못하는 것이니 그대들의 죄가 아닌 것이 없소.
만약 우리가 에도의 권력자들에게 변통을 했더라면 그대들은 살아남
지 못했을 것이오. 다만 에도는 멀고 대마도는 가까우므로 환심을 잃
을 수가 없어 그냥 참고 돌아가는 것이오. 그대들은 이제 우리가 하는
말에 따라 할 수 있겠소?"

왜인들은 모두들 머리를 조아리며 말하였다.

"죽을죄를 지었습니다!"

왜인들은 귀찮을 만큼 번거롭게 사례를 하였다.

"삼가 명하신 대로 공의 뜻을 따르겠습니다."

이에 여러 가지 폐단을 조목조목 나열하여 한꺼번에 뜯어고쳤다.

이로부터 두 나라 사이에 약조한 것을 다짐하여 밝히고, 나무판에 새겨 왜관 밖에 걸어 놓도록 하였다. 왜인들은 모두들 감복하여 외조부님께서 말씀하신 대로 따르겠다며 우레와 같은 환성을 질렀다.

그 뒤로 이전까지의 근심은 완전히 사라졌고, 지금까지도 그 약속을 따르며 폐지하지 않고 있다.

외조부님께서는 매번 이 일을 말씀하시고는,

"공부자께서 이르시기를, '말이 성실하여 신의가 있고 행실이 돈독하여 공경스러우면 비록 오랑캐의 나라에서도 행할 수 있다.'라고 하셨다. 또한 내 평생에 일찍이 털끝만큼도 남을 속인 일이 없었는데, 하물며 미개한 나라에 사신으로 가서 그들을 속였으랴. 더욱 성실함과 신의 한 가지로써 다른 부류들을 믿고 따르게 한 것이다. 처음부터 이미 에도의 권력자들에게 발설할 수 없음을 알고 역관으로 하여금 그렇게 윽박지르며 을러대게 했던 것이지. 비록 내 스스로 그들을 속인 것은 아니나 남으로 하여금 권모술수로써 겁을 주었으니, 아무래도 믿음이 돼지와 물고기에게까지 미친다는 뜻에서는 아니었고, 그것이 평생의 부끄러움이 되고 말았다."

라고 말씀하셨다.

제139화
윤지완의 지칭 예절

외조부께서 일본에 가실 때 배에 탄 우리나라 사람들은 말끝마다 '왜인'이라고 하는 것이었다. 외조부님께서 그들을 나무라셨다.

"일본 사람들은 자네들을 매번 '조선사람'이라고 말하니, 자네들도 마땅히 '일본사람'이라고 해야 옳지. 어째서 매번 '왜인'이라고 하는가?"

그 말씀에 왜인들이 감복하였다. 뱃머리에서 그 말씀을 들은 사람이 탄식을 하며 말하였다.

"어찌 다만 '왜인'이라고만 하겠소? 말끝마다 '왜놈'이라고 하니 어찌 한스럽지 않을 수 있겠소?"

그 말도 감격하고 기뻐서 하는 말이었다.

제140화
윤지완이 일본에서 가져온 희귀 동식물

　외조부님께서 일본에 사신으로 가셨을 때, 청빈하셨던 지조에 대해
왜인들은 지금도 이야기를 전하고 있다. 그러나 유독 우리나라에 없
는 물건은 그 씨앗을 가져다가 나라 안에 퍼뜨리셨다.

　크기가 두어 치 되는 일본산 곡식과 백한이라는 꿩과의 새 한 쌍을
어떤 태수가 외조부님께 드렸다. 그 곡식은 우리나라에 가져와 심으
셔서 지금까지도 재배되고 있다. 몇 해가 지나자 그 곡식의 크기가
점점 작아졌으나 우리나라의 곡식에 비해서는 아직도 컸다.

　백한에 대해서 외조부님께서는,

　"다만 가져다가 새끼를 얻으려고 가지고 왔다."

하셨다. 대개 그 말씀을 생각해보니, 만약 혹시 서울에 가져가서 대궐
에 소문이 퍼져 성덕에 누를 끼치기라도 한다면 대단히 난처해지는
까닭에 상주에 이르러 상주목사에게 보호를 부탁하여 길이 전하게 하
시려 한 것이었다.

　당시 상주목사는 이한이었는데 그가 대답하기를,

　"공께서 안산으로 퇴직하시기를 기다렸다가 제가 마땅히 백한을 가
지고 가겠습니다."

하였다.

　그 뒤, 백한은 고양이란 놈에게 물려 죽었다고 한다.

　외조부님께서 일찍이 말씀하시기를,

"일찍이 이백의 시를 보니, '백한은 희기가 비단과 같다.'라고 했는데, 우리나라 사람들이 이를 인용하여, '백한은 희기가 눈과 같다.'라고 했더구나. 이제 백한을 보면 꿩과 같이 생겼는데 희디흰 가운데 붉은 문양이 미세하게 있어서 멀리서 보면 그저 흰 꿩으로 보이고, 가까이서 보아야 붉은 실 같은 문양이 보이지. 그러니 '비단 같다'는 말은 실제의 모양을 말한 것이란다. 우리나라 사람들이 그걸 '눈처럼 희다'라고 한 것은 백한의 생김새를 보지 못했기 때문이지. 당나라 사람이 칼을 읊은 시에, '푸른 사다새, 담금질한 꽃 같은 백한의 꼬리'라고 했는데, 백한의 꼬리가 단단하고 긴 모양이 마치 환도 같단다."라고 하셨다.

외조부님께서는 또 비파나무 묘목을 구하셔서 화분에 심어다가 우리나라의 동평위 정재륜 공에게 전하고자 하셨다. 정공은 외조부님의 외사촌 아우가 되신다.

정공은,

'만약 그 비파나무가 우리나라에 널리 퍼지면 참으로 대단한 행운일 게야. 그리 되기 위해서는 모름지기 꽃이나 나무를 잘 재배하는 사람이 제대로 키워야 하겠지. 청평위 심익현 공은 꽃과 나무를 가꾸는 취미가 깊었고, 또한 여러 가지 기구가 있으니 잘 가꿀 것이야.'라고 생각하고는,

"모두 제게 주십시오. 제가 마땅히 청평위에게 드렸다가 비파나무가 자라기를 기다려 나누어 가지면 좋을 것입니다."
하였다.

그 뒤, 장마로 담장이 무너지는 바람에 비파나무가 모조리 부러지고 말았다.

일찍이 들으니, 동래의 민가에 비파나무가 있었는데 그 고을태수가

열매의 숫자를 세어 놓고 억지로 가져가곤 하는 바람에 백성이 그것을 견딜 수가 없어 몰래 그 뿌리를 캐내 껍질을 벗겨서 말려 죽였다고 한다. 이제 또 다시 다섯 그루의 비파나무가 청평위의 집에 심겨져 있다가 부러지고 말았으니, 끝내 우리나라에서는 비파나무가 살 수 없다는 것인가! 이상한 일이다.

　비파 열매는 살구처럼 생겼는데 크기가 크고, 맛은 시고 달며 과즙이 많다고 한다.

제141화
맹종죽과 금죽

외조부님께서 또 이르시기를,

"일본에는 이른바 '맹종죽'이라는 대나무가 있는데, 속이 차서 비지 않았고 쇠처럼 단단하여 병기를 만드는 데 딱 맞겠더구나. 또 금죽이 라는 대나무도 있는데, 몸통과 잎이 온통 황금빛이란다. 두 가지 모두 우리나라에서는 나지 않는 것들이지. 금죽은 그저 보고 즐기는 것이 지만, 맹종죽은 병기를 만드는 재료로 쓸 수 있을 것 같아 그 모종을 구했으나 왜인들이 주지 않아 가지고 올 수가 없었다."

라고 하셨다.

제142화

윤지완의 〈기러기〉 시

외조부께서 일본에서 귀국하실 때 선상에서 기러기를 보시고 다음과 같은 시를 지으셨다.

기러기 한 마리 가고 싶은 대로 훨훨 날아가고,
드넓은 바다 위 하늘엔 흰 구름이 둥실둥실.
내 이제 일 마치고 돌아오는 길 평온하니,
한나라 때 소무처럼 기러기 편에 편지 부칠 필요 없네.
一鴈飛飛任所如 海天遼濶白雲舒 吾今幹事歸程穩 不用憑渠進帛書

외조부님께서 마음속 깊이 품으셨던 생각과 원대한 기상을 엿볼 수 있다.

제143화
밝은 식견을 지녔던 윤지완

외조부님 충정공께서 사신으로 일본에 다녀오셔서 말씀하시기를,

"일본의 도쿠가와 이에야스가 도요토미 히데요시를 제거한 뒤 영구히 세습할 생각을 해서 그 나라의 동쪽 끝에 있는 이른바 에도에 도읍을 정했다. 60개 고을 태수들의 처자와 권속을 모조리 에도에 인질로 잡아두고, 태수들로 하여금 1년 동안 각기 그들이 다스리는 고을에 나가 살도록 했다. 그 이듬해에는 다시 돌아와 처자들과 살다가 또 그 다음해에는 다시 그 고을로 나가 살게 했다. 태수들이 감히 처자를 버려두고 반역을 하지 못하게 한 것이지."

하셨다. 외조부님께서는 매번,

"일본의 법이 매우 완고하여 나라에 틈이 벌어지지 않는다면 반드시 다른 나라를 침범하지는 않을 것이다. 왜인들의 변란은 걱정하지 않아도 좋을 것이야."

라고 하셨다. 그 말을 들은 사람들이 간혹 묻기를,

"권세나 세력을 제멋대로 부리며 함부로 날뛰는 자들이 출현하면 처자들은 어떻게 돌보겠습니까?"

하니 외조부님께서는 이렇게 대답하셨다.

"처자를 돌보지 못하는 자가 설사 출현한다고 해도 한 사람일 뿐인데 어찌 그것이 많은 것인가? 일의 기미가 바뀌어 달라진 뒤에 비록 알 수가 없었다고 하더라도 그들의 법이 변하기 전에는 내가 말했듯이

틀림없이 이웃나라에 근심이 되지는 않을 걸세."

대체로 볼 때, 요즘 사람들은 더러 예언서를 믿고 남쪽의 근심을 의심하지 않는 이가 없으므로, 외조부님께서 임술년(1682) 일본에 통신사로 가셨던 것이다.

일본에서 돌아오신 뒤인 갑자년(1684) 한가롭게 지내고 계실 때 일본어 역관인 박재흥이 찾아와 뵙고 말하기를,

"소인이 방금 왜역으로 대마도에 들어가려는데, 병판 대감께서 우상 대감의 분부라시며 은자 일천 냥을 내주시고 그것을 가지고 가서 청나라에 대항하여 싸우는 명나라 사람 정금의 소식을 정탐하라고 하셨습니다."

라고 하는 것이었다. 외조부님께서는 누워서 그 말을 듣고 계시다가 깜짝 놀라셔서 벌떡 일어나시며 말씀하시기를,

"그게 무슨 말인가? 왜인들은 교묘하게 남을 잘 속여 비록 탐문하지 않더라도 문득 헛된 말을 지어내어 우리나라를 속여 왔는데. 자네와 내가 일본에 갔을 때 그 왜 정금의 소식을 듣지 않았었나? 그때 우리나라 사람들이 물으면 왜인들은, '정금이 바다 섬에 있으면서 유구국과 싸워서 그들의 보화를 탈취하매 일본에서 군사를 일으켜 구했다.' 라고 하지 않았던가? 그들이 한 말은 모두가 이치에 닿지 않는 게 명백한데 황당한 거짓말로 우리를 속였었지. 다만 그뿐으로 막연히 더이상 들은 게 없었잖나? 이제 자네더러 은자를 가지고 가서 탐문하란다고 하니, 저들은 틀림없이 터무니없는 거짓말로 속일 테지. 그들의 말이 한번 나돌게 되면 틀림없이 온 나라가 물 끓듯 떠들썩하게 될텐데, 이는 천금을 들여 헛소리를 사다가 세상 사람들의 마음을 두렵고 무서워 떨게 만드는 셈이지. 인심이 한번 동요되면 실로 진정시키기가 어려운데, 이 무슨 짓이란 말인가?"

하시자, 박재흥이 깜짝 놀라 바닥에 엎드리며 말하였다.

"소인은 장차 죽게 생겼습니다."

"자네가 어째서 죽는단 말인가? 대감들께서 은자를 내서 정탐을 하시는데, 자네에게 무슨 죄가 있겠나? 나랏일을 이처럼 처리하니 지붕만 쳐다볼밖에."

박재흥은 하직을 고하고 부산으로 떠났다.

그 뒤, 과연 일본으로부터 외교문서가 이르렀는데 이르기를, '정금이 장차 군사를 일으켜 올 것이다.' 하였다. 조정이 뒤흔들리고 상하가 놀라 어쩔 줄을 몰랐다. 마침내 외조부님께서는 박재흥과 주고받으신 말을 임금께 아뢰었다. 대신들은 생각하기를,

'이는 절대로 그렇지 않다. 박재흥이 아직 부산에 머물면서 대마도에 들어가지도 않았는데 어떻게 왜국의 외교문서가 나왔단 말인가?' 하고 그런 뜻을 임금에게 아뢰었다. 이에 외조부님께서 나아가 아뢰기를,

"이 일에 관해서는 신이 사실 자세히 알고 있습니다. 박재흥이 친하게 지내는 일본 역관으로 후지 나리토시(藤成時)라는 사람이 있는데, 자못 눈치가 빠르고 재치가 있습니다. 박재흥은 매번 그와 더불어 일을 의논하였는데, 신은 그 당시 예조의 일을 맡아보고 있을 때였습니다. 왜인들이 왕래하는 날짜를 모두 예조에 알리는 까닭에, 신은 그들의 동태를 바로바로 알 수 있었습니다. 박재흥이 내려가고 보름이 지난 뒤에 후지 나리토시가 나왔고, 후지 나리토시가 돌아간 뒤 보름만에 일본에서 외교문서가 나왔습니다. 이는 박재흥이 신의 말을 듣고 놀랍고 두려워 혹시나 그 죄가 자신에게 미치지나 않을까 하여 부산에 내려간 뒤 후지 나리토시를 불러 일본의 외교문서가 반드시 이르러야 한다고 했기 때문입니다. 그가 미처 일본에 들어가기도 전에 외

교문서를 내보냄으로써 스스로 죄에서 벗어날 계책을 삼았던 것입니다. 이는 실로 불을 보듯 명백한 일이오니, 결단코 이로 인해 놀라서 동요할 일은 아닙니다. 신이 그 책임을 지겠습니다."
라고 힘써 말하여 만류하였다.

그러나 대신들을 비롯하여 신하들은 여전히 믿지 못하였고, 심지어는 일본에서 온 외교문서를 청나라에 아뢰어서 지침을 받자고 청하기까지 하였다.

외조부님께서는 이미 보내온 문서의 내용이 거짓임을 명백히 알고 계셨었다. 장차 또 다시 이렇듯 큰일이 벌어질까 놀랍고 괴이함을 이길 수 없으셔서 있는 힘을 다해 간하셨다. 전날처럼 또 다시 있지도 않았던 일을 경솔하게 청나라에 아뢰었다가는 여전히 감시의 눈길을 놓지 않고 있는 청나라 오랑캐들의 힐책이 그치지 않으리라고 생각하셨던 것이다.

"지금 만약 이 일을 청나라에 아뢰시면 틀림없이 그들이 우리의 속마음을 떠보는 일이 크게 발생할 것이고, 장차 틈이 벌어지게 될 것입니다. 이 일이 소소한 것이라면 신이 하필 이토록 있는 힘을 다해 아뢰겠습니까? 실로 나라의 안위가 걸린 일이라 어쩔 수 없이 거듭거듭 아뢰는 것입니다."
하셨으나 조정 신하들은 자신의 의견을 굳게 고집할 뿐이었다. 이에 외조부님께서는 다시 나아가 아뢰셨다.

"이번에 이 한 가지 일을 결단코 청나라에 아뢸 수 없는 것은 중국인들이 사태를 정밀하고 상세하게 살펴서 일찍이 한 번도 대충 보아 넘긴 적이 없기 때문입니다. 이번에 대마도주 소우 요시자네(平義眞)가 보낸 외교문서 가운데 찍힌 직인은 몇 년 전에 그들이 우리나라에 청하여 우리나라에서 만들어 보내준 것입니다. 우리나라에서 만들어 왜국에 보내준 직인의 모양을 청나라 사람들이 분명히 잘 알고 있습니다. 만약 이를 의심하여 물어온다면 장차 무슨 말로 대답하겠습니까?"

그러자 대신들을 비롯한 여러 조신들이 다 같이 말하기를,

"이 건에 대해서는 결단코 청나라에 아뢰어서는 안 될 것입니다."

하고 드디어 논란을 그쳤다.

그런데 하루도 지나지 않아서 도성 안이 물 끓듯 하였다. 며칠이 지나지 않아서 도성은 텅 비다시피 되고, 손에 손을 잡고 산으로 피신하는 사람들이 구름처럼 이어졌다.

당시 청성부원군 김석주가 우의정으로 있었고, 재상 남구만이 병조 판서로 있었다. 그 뒤로 그들은 한결같이 외조부님의 말씀을 따랐고, 조야의 사람들이 그제야 외조부님의 밝은 식견에 탄복하였다.

제144화
변방 무관의 증설을 반대한 윤지완

　　갑자년(1684) 경연 중에 청성부원군 김석주가 경상도와 전라도에 변방을 지키는 장수를 증설 배치하여 해변에 빽빽하게 둘러 세우자고 청하였다.

　　당시 외조부님 충정공께서는 어영대장으로 계셨는데, 그 의견에 대해 힘을 다해 논쟁을 벌이시며 말씀하시기를,

　　"우리나라는 3면에 바다를 끼고 있어 바닷가에서 바라보면 어딘들 허술하지 않으며 어딘들 긴요하고 조심스럽지 않겠습니까? 이제 만약 해안의 방비가 소홀하다고 하여 그것을 근심하며 가는 곳마다 보루를 설치한다면 장차 틀림없이 나라 안이 어수선해질 것이고, 백성들은 그 압박을 견디지 못할 것입니다. 현재 이미 배치해 놓은 변방의 장수들도 법망에 걸려드는 숫자가 매우 많아 백성들이 가렴주구에 시달리고 나라에서는 비용의 소모로 폐해를 입고 있는데, 어찌 또 다시 그 숫자를 늘려 국력을 소모하고 백상들을 해친단 말입니까?"

하자, 숙종이 하교하였다.

　　"경은 어영대장으로서 어찌 그렇게 말하는가?"

　　"요체는 일의 이치가 편하고 좋은가 아닌가 하는 것일 따름입니다. 어찌 어영대장이라고 해서 반드시 도움이 되지도 않을 방비책을 베풀어서 한정된 재물을 소모하며 백성들을 어지럽게 하겠습니까? 신이 이미 그 일의 이로움과 해로움, 나라의 안위를 잘 알고 있으면서도

힘써 간쟁하지 않는다면 그것이 바로 불충일 것입니다. 변방에 장수를 증설 배치해서는 안 된다는 것을 명백히 알 수 있습니다."

청성부원군이 반박을 할 수가 없어 마침내 그 논쟁은 그쳤다.

갑자년으로부터 지금까지 50년 사이에 해안 방어에 경보가 울린 일이 없었다. 만약 외조부님의 말씀이 아니었다면, 그 당시 변방의 장수를 증설한 숫자가 거의 50명은 되었을 것이다. 50년 사이에 50명의 변방 장수를 필요로 한 것이 얼마나 되었겠는가? 그 일이 나라를 좀먹고 백성들을 해친 것이 어떠하였으랴! 외조부님께서 당신의 지혜로 보이지 않는 곳에서 나랏일을 도우셨고, 당신의 은혜로 알지 못하는 곳에서 백성들의 힘을 펴게 해주셨는데, 그것을 아는 사람이 없다는 것은 탄식할 일이다.

제145화
윤지완과 뜻이 통한 민정중

좌의정을 지낸 노봉 민정중 공은 재주와 꾀가 민첩하고 모든 일에
통달하여 일을 처리하는 데 능통하였다. 외조부님 충정공께서는 의
정부의 담당관으로 민공과 함께 조정에 계셨다. 논란을 벌일 일이 있
을 때 외조부님께서 사리의 옳고 그름과 득실을 열거하시면 다른 재
상들은 미처 깨닫지 못하는 경우가 많았는데 유독 민공만은 그때마
다 흔연히 알아차렸다. 마음이 서로 통할 때마다 민공은 큰소리로 감
탄하기를,

"옳지, 옳아!"

하였다. 민공은 일이 있을 때마다 반드시 외조부님께 자문을 구하였
고, 의견을 말하면 반드시 따랐다.

만년에 외조부님께서는 일찍이 민공을 칭찬하지 않은 적이 없었고,
한번 칭찬을 시작하시면 그칠 줄을 모르셨다. 아마도 당신을 진정으
로 알아주는 지기로 여기신 듯하다.

그 뒤 기사년(1689)에 민공은 군소배들의 모함에 얽혀 평안도의 변
방인 벽동에 유배되어 참혹하게 돌아가셨다.

민공은 바로 숙종의 장인인 여양부원군 민유중 공의 형님이다. 그
당시 인현왕후께서 사저로 물러나 거처하고 있었는데, 왕후의 중부를
이처럼 참혹하게 해쳤으니, 차마 이런 일을 할 수 있다면 차마 무슨
일이든 못하겠는가?

비록 그러하나 숙종의 뜻을 받들어, 인현왕후를 해친 자들을 폐출하였으니 또한 어찌 나무랄 수가 있겠는가!

제146화
백성들이 모르게 은혜를 베푼 윤지완

　　외조부님 충정공께서 일찍이 일본에 통신사로 가실 때 노봉 민정중 공이 묻기를,

　　"예물로 가져가는 은을 공께서는 장차 어찌 처리하시려오?"

하자, 외조부님께서 대답하셨다.

　　"이 일이야말로 실로 난처합니다. 옛 사람 중에는 바다에 던져버린 사람도 있었고, 혹은 다른 데로 옮겨 충당하고 무명으로 환급한 사람도 있었습니다. 이른바 물에 던졌다는 것은 증거를 찾을 수도 없으니 지극히 의심스럽습니다. 왜인들에게 공급하는 물품으로 충당하면 제 자신은 좋은 명성을 얻겠지만 그 수치스러움을 나라가 받을 것이니 차라리 가지고 돌아와 호조에 주어서 공적인 비용으로 사용하게 하는 것이 실상 매우 편리하고 좋은 일일 것입니다. 비록 그러하나 호조에서 혹시라도 상감께 아뢰어 만약 그것을 받아들이라고 명하신다면 그 낭패됨이 어떠하겠습니까? 이것이 난처한 까닭입니다."

　　민공이 말하였다.

　　"공의 말씀이 참으로 옳소. 그런데 어째서 그리 행하지 않으시오?"

　　"만약 상감께서 받아들이라는 명을 내리셨을 때 공께서 어명을 거두어 호조로 돌리도록 아뢰어 주신다면 말씀대로 행하겠습니다."

　　대개 민공이 당시 정승으로 있었기 때문이었다. 민공이 웃으며 말하였다.

"그건 어려울 것 같소."

"그러시다면 비록 나라의 체면이 서지 않더라도 왜인들에게 공급하는 물품으로 충당하는 밖에는 다른 도리가 없을 듯합니다."

일본에서 돌아올 때 외조부님을 비롯하여 부사, 서장관 등 사신들은 예물 모두를 동래부에 남겨두어 왜인들에게 공급하는 물품으로 충당하게 하였다. 수백 수천 명의 경상도 백성들이 떼를 지어 길가에서 손을 쳐들고 고마움을 표현하였는데, 환호성이 우레와 같았다. 외조부님께서는 수레를 멈추게 하시고 백성들을 불러 물으셨다.

"자네들이 고맙다고 하는 것이 무슨 일인가?"

그러자 백성들이 대답하였다.

"들자오니 어르신께서 왜국에 예물로 가져가셨던 은을 왜인들에게 공급하는 물품으로 충당하심으로써 경상도 백성들이 부담하던 구실을 없애주셨다고 하기에 이렇게 모여 사례를 드리는 것입니다."

"그렇지 않다. 왜국에 가져갔던 예물은 동래부에 남겨두어 공용으로 충당할 것이지, 중앙에 바치는 세곡이든 지방 관아에 바치는 세곡이든 그것을 감면할지는 아직 알 수 없다. 나라의 처분을 기다려 볼 따름이지. 어찌 내가 사사로이 백성들의 세를 감면할 수 있겠는가? 자네들이 잘못 알았으니 마땅히 물러가게."

백성들은 낙심하여 허탈한 표정으로 물러갔다.

대개 일본과 강화를 한 뒤로 경상도에서 바치는 세를 둘로 나누어 왜인들에게 공급하였는데, 나라에 바치는 것을 '상납'이라고 하고 왜인들에게 바로 공급하는 것을 '하납'이라고 하였다. 대개 이로써 왜인들에게 공급하는 물품에 충당하였다. 백성들이 부담하는 구실을 없애지 않으면 하납은 작고 상납이 많아지는 까닭에 사사로운 은혜를 베풀고자 하지 않으시고 그 덕택이 나라에 돌아가게 하고자 그처럼 말씀하셨던 것이다.

사신으로 다녀온 결과를 복명하는 날, 외조부님께서 상감께 아뢰기를,

"사신단이 가져갔던 예물을 왜인들에게 공급하는 물품으로 충당하게 했더니 경상도 백성들이 길가에 와서 사례를 했습니다. 신은 이러저러하게 대답을 했습니다. 비록 그러나 올해 통신사가 오가는 바람에 경상도에 수고를 끼친 일들이 많았습니다. 만약 조정에서 이를 이유로 백성들이 부담할 구실을 없애주신다면 아마도 그 수고에 보상이 되지 않을까 합니다."

하셨다. 상감께서는 그 액수에 따라 특별히 경상도에서 바칠 세를 줄여주셨다.

기실 그 모든 것이 외조부님께서 베푸신 은혜였는데, 경상도 백성들은 끝내 알지 못하였다. 이는 참으로 옛 사람의 일인데, 세상의 방백이나 수령 노릇을 하는 자들은 모두들 선웃음을 쳤다. 하지만 사사로이 은혜를 넘치도록 베푸는 자들은 모두가 이렇다. 간혹 지극한 은혜는 자신에게 돌아오고 원망은 나라에 돌아가는 경우가 많다. 그들이 외조부님의 이러한 모습을 본다면 어떻다고 할까?

제147화
충효를 실천한 민진장

    우의정을 지낸 민진장은 노봉 민정중 공의 아들이다. 성품이 매우 효성스러워 부친이 귀양 갈 때 모시고 갔다. 한시도 떨어지지 않고 좌우에서 맛있는 음식으로 봉양하면서 스스로 정성을 다하지 않음이 없었다. 부친상을 당하여 유배지에서 운구하여 올 때 슬픔으로 몸이 여위고 슬피 곡을 하는 모습에 지나가던 길에서 보던 사람들이 모두들 감탄하여 탄식하며 그들도 눈물을 흘렸다. 평안도 백성들은 지금까지도 그를 '민 효자'라며 칭송하고 있다.

    그의 어머니는 평생 병을 달고 살며 간혹 정신을 잃어서 사람의 일을 알아차리지 못하므로, 민공은 마치 빗과 머리칼처럼 밤낮으로 항시 곁에서 모셨다. 끼니를 챙겨 드릴 때는 손수 음식을 떠서 먹여 드리며 감히 조금도 게을리 하지 않았다.

    을해년(1695)과 병자년(1696)의 대기근을 만났을 때, 민공은 백성들을 구제해주는 일의 주관 당상관으로서 마음과 힘을 다하여 죽을 끓여 먹이고 식량을 나누어 주어 목숨을 건져 살려준 사람이 매우 많았다.

    연이어 병조와 호조의 판서로서 국가의 기무를 전담하면서 밤낮으로 몸이 여위도록 마음과 힘을 다해 애쓰다가 천수를 누리지 못하고 끝내 모부인 슬하에서 유명을 달리 하고 말았다. 충효의 대절을 지녔던 인물이라고 할 수 있을 것이다.

그 뒤, 경연에 참가했던 신하들이 아뢰어 그의 집에 정문을 세워주
라는 어명이 내렸다.

제148화
백성 구제에 앞장 선 민정중 부자

노봉 민정중 공은 신해년(1671) 대기근을 당하여 빈민 구제를 주관하는 당상관으로서 자신을 돌보지 않고 힘을 다해 굶주린 백성들을 구제하여 살려주었다.

그 당시 국내에 큰 기근이 들어 팔도의 유민들이 아이를 강보에 싸서 업고 모두 서울로 모여들었는데, 교외에 마치 구름이나 바다처럼 몰려들어 머물렀다.

민공은 날마다 몸소 그들을 만나서 죽을 먹이고 식량을 나누어주며 각각의 상황에 맞게 구제하였다. 굶주린 백성들은 밥과 죽을 먹고 온전히 살아날 수 있었다.

그 당시 전염병이 창궐하여 전염된 사람들이 헤아릴 수 없었다. 민공은 연일 감염된 사람들과 있다 보니 전염병에 걸리고 말았다. 그러나 끝내 누워서 조리를 하지 않고 병을 무릅쓴 채 자력으로 버티었다. 5월의 더운 날씨에 담비 털로 된 갖옷을 입고 따뜻한 모자를 쓰고는 교외로 나가 앉아서 열을 물리쳤다. 그의 부지런하고 독실한 정성과 굳센 기품은 오늘날까지도 칭송되고 있다.

갑술년(1694)과 을해년(1695)에 또 다시 큰 흉년을 만나 3년간이나 흉년이 이어져서 신해년보다 더욱 심하였다. 이때는 노봉의 아들로 우의정을 지낸 민진장 공이 또 진휼을 담당하였다. 부친의 자취를 계승하여 지성으로 백성들을 구제하여 살려내자 도성의 백성들이 칭송하였다.

옛 사람이 이르기를, '3대에 걸쳐 장수가 되는 것은 근본이 있는 집안에서는 꺼린다.'라고 하였다. 대개 장수가 되면 많은 사람을 죽이게 되므로, 그 겉으로 드러나지 않은 재앙이 두렵다는 것이다.

옛날 중국 한나라 때의 우공이 말하기를,

"천 명의 사람을 살리면 자손이 제후에 봉해지고 고대광실에 살게 될 것이다."

라고 하였다. 그러므로 남을 죽이면 화를 당하고 남을 살려주면 복을 입게 되는 것은 당연한 이치다.

지금 나라가 불행하여 국운이 도중에 막혔다. 수십 년 간 예전에는 없던 흉년을 거듭 만나서 민공 부자가 차례로 나랏일을 맡아 온갖 정성을 다해 백성들을 구제하고 살렸으니, 당연한 이치로 논하자면 마땅히 베푼 데 대한 보답으로 그 자손이 번창해야 할 것이다. 그러나 노봉 민공은 다만 민진장 공 한 아들만 두었다. 민진장 공은 아들 다섯을 두었는데, 다섯 아들 중 두 아들만 겨우 3~40세에 이르렀고, 나머지는 스무 살도 못 되어 전염병으로 요절하고 후손을 남기지 못하였다. 저주로 인한 재앙을 만나, 저주하는 흉한 물건을 땅에서 파낸 것만도 헤아릴 수가 없었다. 그리하여 지금은 그 후손이 두어 사람에 불과하다고 한다. 이치를 알 수 없는 것이 이와 같다.

제149화
도량이 남달랐던 윤지완

　　오시수의 옥사가 갑인년(1674) 현종의 국상 때 청나라의 치제 칙사가 다시 온 데 기인한다는 것은 그 당시 역관들이 전한 말이다. 다시 치제를 하는 이유를 청나라 역관에게 물어보니 대답하기를,

　　"그대의 나라에서는 신하들의 힘이 강하고 임금의 힘이 약한 까닭에 황상께서 특히 슬퍼하셨소. 국왕이 억센 신하들에게 통제를 받고 있어서 국왕을 위해 다시 치제를 하는 것이오."

라고 하였다. 오시수가 접빈사로 그 말을 듣고 돌아와 아뢰었다. 경신년(1680)에 이르러 다시 그 일에 관해 실상을 조사하게 되었다. 연경에 간 사신을 통해 그 당시의 청나라 역관에게 물으니 대답하기를,

　　"그 당시에 다만 '조선의 양반들은 콧대가 세다.'라고만 말했지, 일찍이 국왕이 억센 신하들에게 통제를 받고 있다는 말은 한 적이 없소."

라고 하였다.

　　끝내는 오시수가 말을 만들어 임금을 속인 것으로 돌렸고, 오시수를 심문하던 국청의 대신들은 그가 우의정을 지낸 점을 참작하여 사약을 내리자고 청하였다. 사헌부의 고위 관원들은 엄격히 조사를 하여 극형에 처하라고 임금의 잘못을 따져 아뢰었다.

　　충정공 외조부님께서는 대사간으로 공동의 책임이 있다며,

　　"오시수의 죄는 사람이면 누구나 다 같이 미워하는 죄를 범하였고 국법에도 명시되어 있으니 극형을 내림이 마땅할 것입니다. 다만 그

런 말이 나온 근거가 외국 사람의 증언이었고, 또한 역관들을 엄히 조사하라는 청도 이에 나왔습니다. 오시수는 일찍이 상감을 가까이 모시는 반열에 있었으니 고문을 가하는 것도 어려울 것입니다. 극형에 처하는 대신 위리안치하시기를 청합니다."

하고 사직의 뜻을 밝히셨다. 이는 외조부님의 본뜻이었다.

오시수가 분노하여 조정의 신하들을 미워하고, 이리저리 꾸며대며 상감을 속였으니 그 죄는 죽어도 아까울 것이 없으나 실제의 사실은 끝내 밝히기가 어렵게 되었다. 형벌의 모양새로 보아서는 마땅히 역관들을 엄형에 처해야 하는데, 그들은 한사코 불복하였다. 역관들을 엄형에 처한 뒤에라야 오시수도 엄형에 처할 수가 있는 것이다.

그 당시 역관들은 번갈아가며 유언비어를 만들어 나랏일을 맡은 사람들에게 아첨을 떨었다. 시간이 흘러 오시수의 권력이 사라진 뒤에는 핑계를 오시수에게 댔다. 역관들은 하나같이 변명을 하며 신문에 불복하여 엄형이나 국문을 하지 못하고, 곧장 대신을 죽게 하였으니 형벌의 모양새에 근거가 없었다.

또한 나이 어린 임금에게 올바른 말로 간하지 못함으로써 대신을 죽게 한 것은 바로 사헌부의 논계였다. 대개 그 당시의 의논들이 세찬 물결이 되어 하나로 모아졌던 것이고, 사헌부에서 주장한 논계를 모두들 일시에 따랐던 것이다. 주장하여 논한 뜻이 감히 한 사람의 견해로 어긋남을 따른 것은 아니었다.

하지만 외조부님께서 평생 지켜 오신 지조와 절개는 본디 분별없이 남의 말에 영합하지 않으셨다. 조정에서 벼슬을 하여 관작과 봉록을 받으실 생각은 구름 낀 하늘처럼 높고 아득하여 누가 맞설 수 있었겠는가? 이 때문에 외조부님은 당시 사람들의 의논을 크게 거스르셨다.

이듬해 끝내 일본에 통신사로 가시는 것을 면치 못하셨다. 당시 나랏일을 맡은 영의정으로 있던 문곡 김수항은 마음속에 쌓아 두었던 노여움을 어전의 앞자리에 나아가 헐뜯고 욕하며 배척하는 심한 말로 늘어놓음으로써 두 분 사이에 불화가 생기게 되었다.

이웃나라에서 한 말이 오시수의 사형을 사면하자는 논의를 조정에서 번복시키자마자 서로 창과 칼을 겨누게 되었다. 중국 송나라 때 문정공 범중엄이 '황제를 가까이 모시는 신하를 손쉽게 죽이자고 권하는데, 비록 일시적으로 마음이 상쾌할지는 모르나 폐하로 하여금 이런 일에 숙달되게 해서 훗날 우리도 면치 못할 것이오.'라고 하였던 우려가 기실 옳았던 것이다.

당시 나랏일을 맡은 대신들이 김 정승의 궁색함을 발명하느라고 이런 뜻을 알지 못하고, 도리어 외조부님이 모가 나서 남다르다며 노여워하고 끝내 오시수를 죽음으로 몰아넣었으며, 자신들도 마침내 소인배의 수단이라는 평을 면치 못하였으니 딱한 일이었다.

외조부님께서는 끝내 털끝만큼도 그들의 처사를 개의치 않으셨다. 평생토록 문곡 김공을 거론하실 때마다 반드시 '문곡'이라 칭하시고 말씀에도 존경의 뜻을 담으시며 돌아가실 때까지 한결 같으셨다.

대개 문곡 김공은 외조부님보다 여섯 살이 연장이시고, 노봉 민공은 일곱 살이 연장이시다. 김공과 민공은 모두 조정에서 나랏일을 맡아하시던 대신들이셨다. 당시 외조부님의 직책은 정2품의 판서급이시면서도 사리와 체면을 들어 그 두 분을 매우 공경하여 대접하셨다. 비록 집안에서 말씀을 하실 때에도 반드시 존경하는 뜻을 바꾸지 않으셨고 돌아가실 때까지도 그대로 하셨다. 외조부님 기량의 크기와 풍류의 두터움을 여기서 볼 수 있다.

제150화
윤지완의 뜻을 존중한 김수항

외조부님께서 일본에 통신사로 가시게 되었을 때다. 영의정인 김수항 공이 이미 임금이 계신 자리에서 외조부님을 헐뜯었고, 심지어는 이웃나라와 틈이 벌어졌다는 말까지 하였다. 그리하여 당시에는 벌써 일본에 가는 것을 사지에 가는 것으로 여겨 많은 사람들이 기피하는 상황이었다. 이런 이유로 못 가겠다고 하면 또한 고의로 회피한다는 혐의를 받을 것이므로, 외조부님께서는 다만 몇 차례 상소문을 올리셨을 뿐이었다. 처음부터 일본에 가시는 일을 개의치 않으시고 즐거운 마음으로 사행길에 오르셨다.

통신사로 다녀오신 뒤에는 연달아 비변사의 전담 당상관을 맡아 영의정 김수항 공과 조정에서 몇 년이나 함께 지내셨다. 비변사의 내규에 따르면, 조정에서 세우는 국가대사와 관련된 모든 일은 대신과 유사당상이 함께 논의하여 임금에게 올릴 보고서의 초안을 결재하게 되어 있다. 대신이 부르면 유사당상이 대신 앞에 나아가 대신이 하는 말을 손수 받아 적어 초안을 만드는 것이 일반적인 사례다.

외조부님께서는 일찍이 외사촌 형님이신 의곡 정재숭 공에게 조용히 말씀하시기를,

"영상 대감과 조정에서 일을 주선한 지 오래되었는데, 매번 대감 앞에 나아가 붓을 잡을 때마다 마음이 항상 조심스러워 감히 편한 마음을 가지지 못했습니다. 기왕에 대감께서 저를 알아주지 않으셨으

니, 대감의 심중에 저를 좋지 못한 사람으로 여기시는 듯합니다. 그런데도 억지로 대감과 일을 함께 한다면, 대감께서 저를 장차 어떤 사람으로 보시겠습니까?"

하시자 정공께서 말씀하셨다.

"자네는 영상 대감의 기색을 보지 못했는가? 근래 그 분의 뜻을 살펴보니 자네에게 부끄럽게 여기시고 뉘우치시는 기색이 현저하시더군. 일 때문에 여쭤보면 반드시 극진하게 경복하는 태도로 말씀하신다네. 사람의 얼굴에 나타나는 낌새를 어찌 모르겠는가?"

그 뒤, 무진년(1688) 겨울에 김 대감은 임금의 엄중한 명으로 벼슬에서 물러나 교외에 거처하고 있었다. 이때 마침 태조의 영정을 전주의 경기전으로 봉환하는 일이 있었는데, 임금은 김 대감더러 배행하라는 특명을 내렸다.

당시 외조부님께서는 병조판서로 계셨고, 김 대감의 생질로 나중에 정승이 된 이유 공은 외조부님과 인척 관계였다. 김 대감께서 이공에게 편지를 써서 보내기를,

'나의 딱한 처지가 이토록 위태롭고 긴박하게 되었네. 뜻밖에 이런 어명을 갑작스럽게 받고 보니 조정에 복귀할 희망은 전혀 없어 보이는데 가지 않는 것도 거만해 보일 것이고 나아갈 수도 물러설 수도 없어 어찌 처신해야 할지를 모르겠으니 병조판서 대감께 여쭈워보고 알려주기 바라네.'

라고 하였다는 것이었다. 이공이 외조부님께 김 대감의 뜻을 전하고 처신할 방도를 묻자, 외조부님께서 말씀하시기를,

"나는 김 대감께서 그 어명을 받으시자마자 이미 생각해둔 바가 있었지. 어명을 받들고 나아가 복무하는 의리를 감히 사양할 수는 없을 듯하네. 마땅히 면책을 바라는 상소는 올리지 마시고 곧장 들어가서

서 어명을 받드셔야겠지. 오고갈 때마다 복명 또한 하지 마시고 도성 밖에서 곧장 물러나 돌아가시면 거취의 의리에 온당할 듯하네."

하시자, 이공이 대답하기를,

"마땅히 그 말씀대로 알리겠습니다."

하였다. 그 뒤로 김 대감은 하나같이 외조부님의 말씀대로 하셨으니, 김 대감께서 부끄럽게 여기시고 뉘우치시며 외조부님을 존중한 뜻을 살펴볼 수 있다.

제151화
기사환국의 발단

숙종 임금 무진년(1688, 숙종14)에 경종이 탄생하셨다. 실로 세자의 자리가 오래도록 비어 있던 터라 조정의 신하들이나 백성들이 우러러 바라던 결과였다.

그런데 이듬해인 기사년 봄에 갑자기 상감께서 2품 이상의 조신들을 불러들여 회의를 하라는 명을 내리셨다. 태어난 왕자를 원자로 세우는 일에 떳떳한 도리로 의논하라는 것이었다. 조신들은 당연히 다른 말이 없었다.

그런데 이때 상감께서는 인현왕후를 폐할 뜻을 가지고 계셨으나 조신들이 따르지 않을까봐 염려하셨다. 그러다 보니 흉한 무리들이 몰래 왕후를 모함하기 위해 없는 죄를 꾸며 내서는 장희재를 끼고 흉계를 도모하였다. 여론이 들끓어 흉흉해지자 아침저녁으로 폐비를 하지 않을까 하는 우려가 일었다.

이럴 즈음에 갑자기 소집령이 내리자 조신들은 불안하고 두려워 어찌 대처해야 할지를 알 수가 없었다. 상감께서는 만약 불가하다고 생각하는 조신들은 누구든 마땅히 물러가라는 말씀을 하신 터였다. 그 때문에 이조판서로 있던 호곡 남용익이,

"물러가라시면 물러가겠사옵니다."

라고 말하자, 상감께서는 진노하시어 남용익을 귀양 보내셨다.

외조부 충정공께서는 당시 병조판서로서 입궐하여 상감을 알현하

셨다. 만년에 그 일에 관해 이렇게 말씀하신 적이 있었다.

"여러 조신들이 앞자리의 뒤에 입시하자, 상감께서 원자의 명호를 정하는 일에 대해 내게 물으셨다. 입궐하기 전에 이런 일이 있으리라고 미리 짐작하고 마음속으로 대답할 말을 미리 생각해 두었었지. 중국 후한 명제 때 명덕황후의 일을 인용하여,

'지금 만약 중전께서 자신의 왕자로 삼으신다면 따로 원자로 명호를 정할 일이 없을 것이옵니다.'

라고 아뢰려던 것이었다.

상감이 계신 어탑 앞에 들어가 엎드린 뒤에 남몰래 생각하기를,

'지금 나라 안팎이 흉흉하고 아침저녁으로 중전의 자리를 지키기도 어려워 걱정인 마당에 내가 만약 이렇게 아뢰었다가 이 때문에 상감을 격동시켜 중전께 영향을 미치기라도 한다면 이처럼 위태롭고 두려운 즈음에 나로 인해 격발되는 것이니, 나는 장차 죄인의 우두머리가 될 것이다.'

하고는 생각을 거듭한 끝에 감히 그 말씀을 다 아뢰지 못하고,

'후한의 명덕황후께서 장제를 자신의 아들로 삼으셨으니 어찌 아름다운 일이 아니겠사옵니까? 지금 왕자께서는 춘추가 어리시니 일이 너무 갑작스러운 듯하옵니다.'

라고 아뢰었다.

퇴우당 김수흥 공이 원임대신으로 입시해 있다가 내 말을 듣고 흔연히 앞으로 나아가 아뢰었다.

'우리나라에도 의인왕후가 계셨사옵니다.'

김공이 미처 말을 마치기도 전에 나는 마음속으로 생각하기를,

'나도 그 사실을 모르는 바 아니나 그 일을 거론하는 것이 좋지 않을 듯하여 다만 명덕태후의 일만 말한 것인데, 이 노인께서 잘못 거론하

여 반드시 낭패가 될 것이다.'

하였다. '의인왕후'라는 말을 하자마자 상감께서는 몹시 진노하시어 역정을 내셨다.

　'이것이 어찌 끌어다 붙일 말이오?'

　대개 의인왕후께서 광해군을 아들로 삼으셨던 까닭이었지."

　외조부께서 또 말씀하시기를,

　"어떤 조신 한 사람이 내 뒤에 엎드려 있다가 갑자기 말하기를,

　'이는 전하 일가의 일이옵니다.'

하는 것이었다. 나는 속으로 깜짝 놀라 생각하기를,

　'어떤 간사한 사람인지 모르겠으나 글도 읽지 않았는지 일의 출처도 알지 못하고 이따위 말을 하는가.'

하고 나도 모르게 고개를 돌려 보니 바로 목임일이더구나."

제152화
청백리 윤지완

　외조부 충정공께는 얼음처럼 맑은 지조가 그저 사소한 일에 지나지 않았으나 남들이 청렴결백한 것으로 알까봐 염려하셨는데, 청렴결백만을 평생의 가장 중요한 일로 여기셨다.

　벼슬을 하시는 동안 내직에서는 일정한 녹봉 이외에 손쓸 만한 아무 것도 없었고, 외직에서는 끼니를 잇는 이외에 공적인 물건을 감히 사적으로 쓰려는 마음을 가지지 못하셨다. 그래서 여러 차례 규모가 큰 고을의 수령을 지내셨으면서도 감히 선산에 비석 한 조각 세울 생각도 하지 못하셨다. 항상 말씀하시기를,

　"강화유수로 있을 적엔 녹봉이 매우 많아서 매달 초하룻날 받는 액수가 서울의 관리들과 같았지. 그 가운데 일정액을 비축해두었다가 선산에 비석 세우는 일을 할 심산이었다. 그래서 매달 초에 녹봉 가운데 두어 섬의 곡식을 따로 창고에 떼어놓았단다. 그런데 서울에 있는 두 아우가 가난해서 생계를 꾸릴 수가 없었어. 어쩔 수 없이 떼어놓았던 곡식을 초하룻날마다 말에 실어 보내고 나니 끝내 남을 게 없더구나." 하셨다.

　1689(숙종15)년 기사환국으로 벼슬을 내놓고 물러나 쉬게 된 뒤에 집안 살림이 어려워져서 자활하실 수가 없게 되셨다. 그래서 담비 털로 만든 모자, 금띠, 조복 따위를 모두 헐값에 팔아 지내셨다.

제153화
화려한 것을 좋아하지 않은 윤지완

외조부 충정공께서는 어려서부터 화려한 것을 좋아하지 않으셨다. 입는 옷도 그저 집안사람들이 가져다 드리는 대로 입으셨는데, 스스로 그 옷이 새것인지 헌것인지 좋은 것인지 나쁜 것인지를 분별하지 않으셨기 때문이다.

일찍이 경상감사가 되셨을 때의 일이다. 그 당시 경상감사는 가족을 데리고 부임할 수가 없었다. 가족이 함께 갈 수가 없었으므로 철이 바뀔 때마다 옷을 본가에서 마련하여 보냈다. 날이 추워져서 겨울옷을 만들어 보내는데 가는 길에 습기가 찰까봐 옷의 겉과 속을 뒤집어 싸서 보냈다.

겨울이 지나고 봄의 문턱에 들어선 뒤에야 비로소 그 옷을 벗어 본가로 돌려보냈다. 집안사람들이 보니, 처음에 보냈던 그대로 겉과 속이 뒤집힌 채로 입어서 때가 묻고 해져 있었다.

외조부님의 형님 되시는 좌의정 윤지선 공께서는 함경감사로 부임하실 때 서모님을 모시고 가셨었다. 마침 그 서모님께서 매우 가는 삼실로 곱게 짠 누런 삼베를 외가로 보내셨다. 외가에서 도포를 지어 외조부님께 드렸는데, 충정공께서는 그 옷이 어디서 난 것인지도 모르신 채 입으셨다.

영의정을 지내신 서문중 공은 평생 화려하고 사치스러운 것을 좋아하셨다. 그래서 대대로 외조부님 댁과 친하게 지내온 집안사람을 통해 몰래 그 도포가 어디서 난 것인가를 알아보고 그 삼베를 구해다가 옷을 지어 입었다.

사람 사이의 습성의 차이가 이와 같다.

.

제154화
어려서부터 검약이 몸에 밴 윤지완

외조부께서 네댓 살 되셨던 어느 날이었다. 외조부의 고모님은 호주 채유후의 부인이셨는데, 문득 사람을 보내 외조부를 부르셨다. 상아로 장식한 부채 한 자루를 꺼내 보여주셨는데, 만든 모양이 아주 기이하고 교묘하였다. 고모님이 말씀하시기를,

"어떤 사람이 이걸 팔려고 하는데, 승두선 열 자루와 바꾸자고 하는구나. 내가 이것을 사서 네게 주려고 부른 것이다."

하셨다. 네댓 살 된 아이였던 외조부님은 부채를 던져 버리고는 돌아보지도 않으며 사지 말라고 청하셨다. 고모님은 기뻐하시며,

"어린아이인데도 좋아하지 않으니 이는 참으로 기이한 일이로구나."

하시고는 그 주인에게 돌려보내셨다. 외조부님은 어려서부터 천성이 대개 이와 같았다.

외조부님은 만년에도 손에 흰 승두선을 가지고 계셨는데, 이미 다 때가 묻고 해진 것이었다. 나의 아들인 지수가 어렸을 때 마침 앞으로 다가오자 부채를 들어 주시며,

"이 부채는 내가 3년 동안 쓰던 것이다. 네 증손에게 주거라."

라고 말씀하셨다. 그것은 희귀한 일인지라 지금까지도 잘 간수해 두며 후손들에게 보여준다고 한다.

외조부님은 항상 자손들에게 이르시기를,

"중국 춘추시대 제나라의 안자께서는 갖옷 한 벌을 30년이나 입으

셨는데, 이는 비단 검소함뿐만이 아니라 의복을 착용하는 정신에서
나온 것이기도 하다. 어린아이들은 옷을 입을 때 마음을 놓아 어지럽
게 흐트러뜨려서는 아니 될 것이다."
라고 하셨다.

梅翁閒錄 卷上

天理大本 校勘 原文

001 仁宗[1]大王 東方之堯舜[2]也. 況其時諸臣 有花潭[3]退溪[4]晦齋[5]諸賢.
吾東方人物之盛 無過於明[6]宣[7]之際. 仁宗若享國長久 則明宣間人才
皆可以有明良之 遇三代之治[8]何難? 天旣挺生聖人 人才之蔚興又如此
其意若可以有爲. 而仁宗旣登極 而旋陟[9]諸賢 或遭時不造 竄死於遐

---

1) 인종(仁宗, 1515~1545) : 조선조 제12대 임금. 재위 1544~1545. 이름은 호(岵), 자는
천윤(天胤), 중종의 맏아들. 어머니는 장경왕후(章敬王后) 윤씨(尹氏), 비는 인성왕후
(仁聖王后) 박씨(朴氏). 시호는 영정(榮靖), 능은 고양(高陽)의 효릉(孝陵).

2) 요순(堯舜) : 중국 고대의 성군(聖君)인 요 임금과 순 임금.

3) 화담(花潭) : 조선조 중종 때의 학자인 서경덕(徐敬德, 1489~1546)의 호. 자는 가구(可
久), 본관은 당성(唐城), 서호번(徐好蕃)의 아들. 시호는 문강(文康).

4) 퇴계(退溪) : 조선조 선조 때의 문신이자 학자인 이황(李滉, 1501~1570)의 호. 처음
이름은 서홍(瑞鴻). 자는 경호(景浩), 본관은 진보(眞寶), 이식(李埴)의 아들. 시호는
문순(文純).

5) 회재(晦齋) : 조선조 명종 때의 문신이자 학자인 이언적(李彦迪, 1491~1553)의 호. 본
명은 적(迪)이었으나 중종의 명으로 언(彦)자를 덧붙였음. 자는 복고(復古), 또 다른
호는 자계옹(紫溪翁), 본관은 여주(驪州), 이번(李蕃)의 아들. 시호는 문원(文元).

6) 명(明) : 조선조 제13대 임금인 명종(明宗, 1534~1567). 재위 1545~1567. 이름은 환
(峘), 자는 대양(對陽), 중종의 둘째 아들. 인종의 아우. 어머니는 윤지임(尹之任)의
딸 문정왕후(文定王后), 비는 심강(沈鋼)의 딸 인순왕후(仁順王后). 시호는 공헌(恭憲).
능은 양주(楊州)의 강릉(康陵).

7) 선(宣) : 조선조 제14대 임금인 선조(宣祖). 재위 1567~1608. 처음 이름은 이균(李鈞),
뒤에 이연(李昖, 1552~1608)으로 고침. 덕흥대원군(德興大院君) 이초(李岹)의 셋째 아
들, 어머니는 하동부대부인(河東府大夫人) 정씨(鄭氏), 비는 반성부원군(潘城府院君)
박응순(朴應順)의 딸 의인왕후(懿仁王后), 계비는 연흥부원군(延興府院君) 김제남(金
悌男)의 딸 인목왕후(仁穆王后). 하성군(河城君)에 봉해졌다가 명종이 후사가 없이 승
하하자 즉위함. 능은 양주(楊州)의 목릉(穆陵), 시호는 소경(昭敬).

8) 삼대지치(三代之治) : 고대 중국에 왕도정치가 행하여졌던 하(夏), 은(殷), 주(周) 세
왕조의 치세를 말함.

荒 或抹殺未遇 終枯於巖穴[10]. 天時[11]若啓而未啓 至道[12]似凝而不凝.
此千古志士之至恨也.

002 仁宗新卽祚[13] 備禮致花潭. 花潭造朝[14] 引對[15]而出曰, "堯舜之君.
東方無祿 可恨." 因泫然流涕. 仁宗嗣服[16]之初 群賢彙征[17] 請復己卯
諸賢[18]官爵[19] 上終不允兪[20]. 及疾革[21]下敎曰, "云云. 當考國朝寶鑑[22]
謄書[23] 今予疾 已不可爲其復光祖[24]爵." 病中歎曰, "吾必欲以徐敬德
爲左議政 今焉已矣." 以此兩語 可知其爲堯舜之君 而登一世於唐虞[25]

---

9) 선척(旋陟) : 신속히 승진시킴.

10) 암혈(巖穴) : 석굴(石窟). 속세를 떠난 선비가 숨어 사는 깊은 산속.

11) 천시(天時) : 하늘의 도움이 있는 시기.

12) 지도(至道) : 지극한 도리. 또는 올바르고 참된 길.

13) 즉조(卽祚) : 즉위(卽位). 왕위에 오름.

14) 조조(造朝) : 조회(朝會)에 나아감. 대궐에 나아감.

15) 인대(引對) : 아랫사람이 윗사람의 부름에 응하여 만남.

16) 사복(嗣服) : 예전에 선대의 위업을 계승하거나 왕위를 물려받던 일.

17) 휘정(彙征) : 무리를 지어 감.

18) 기묘제현(己卯諸賢) : 1519년(중종14) 기묘사화(己卯士禍) 때 남곤(南袞)·홍경주(洪景
舟) 등의 훈구파(勳舊派)에 의해 숙청된 조광조(趙光祖) 등 신진사류(新進士類)를 말함.

19) 관작(官爵) : 관직(官職)과 작위(爵位). 벼슬과 품계(品階).

20) 윤유(允兪) : 윤허(允許). 임금이 신하의 청을 허락함.

21) 질혁(疾革) : 병이 위중해짐.

22) 국조보감(國朝寶鑑) : 조선 역대 임금의 치적(治績)에서 모범이 될 만한 일을 실록에
의하여 엮은 편년체의 역사책. 세조 3년(1457)에 수찬청(修撰廳)을 설치하여 이듬해에
신숙주·권남 등이 태조·태종·세종·문종 4대의 보감(寶鑑)을 완성하였고, 편찬을 계
속하여 순종 때에 완성하였음. 90권 28책.

23) 등서(謄書) : 등초(謄抄). 원본에서 베껴 옮긴 책.

24) 광조(光祖) : 조선조 중종 때의 문신이자 학자인 조광조(趙光祖, 1482~1519). 자는
효직(孝直), 호는 정암(靜庵), 본관은 한양(漢陽), 조원강(趙元綱)의 아들. 중종14년
(1519년) 기묘사화(己卯士禍)로 능주(綾州)에 귀양 갔다가 훈구파의 끈질긴 공격으로
사사(賜死)됨. 시호는 문정(文正).

25) 당우(唐虞) : 중국 고대의 임금인 도당씨(陶唐氏) 요(堯)와 유우씨(有虞氏) 순(舜)을 아
울러 이르는 말.

之上 千載之下 可使人流涕.

003 河西金公麟厚[26] 少有盛名. 孝陵[27]在東宮[28] 艶[29]聞其名 令春坊官[30]邀入. 闕中河西親友 有直春坊[31]者 移書[32]力邀. 河西入見其友 留與語苦挽[33]. 至日暮 宮門閉 其友曰, "事已至此 宿我直廬而去何妨?" 河西誚其友 無可奈何. 是夜月白 東宮綸巾[34]儒服 使人持酒壺而至. 直把河西手曰, "吾亦願交章甫[35]友耳." 因坐語 至夜分[36]. 自此 河西托交於春宮[37]. 其後釋褐[38] 出入胄筵[39] 受知[40]益深. 孝陵昇遐[41]後 河西自玉果[42]縣監棄官歸 遂不出. 每遇孝陵忌辰[43] 入深山中 痛哭終日而歸.

---

26) 김인후(金麟厚, 1510~1560) : 조선조 명종 때의 문신이자 학자. 자는 후지(厚之), 호는 하서(河西) · 담재(湛齋), 본관은 울산(蔚山), 김영(金齡)의 아들. 김안국(金安國)의 제자. 명종이 즉위하던 해인 1545년에 을사사화(乙巳士禍)가 일어나자 장성(長城)으로 낙향하여 학문 연구에만 전심하였음. 시호는 문정(文正).

27) 효릉(孝陵) : 조선조 제12대 임금인 인종(仁宗)의 능호(陵號). 여기서는 인종을 가리킴.

28) 동궁(東宮) : 태자나 세자가 거처하던 궁. 태자나 세자를 가리킴.

29) 염(艶) : 선망(羨望)함. 부러워 함.

30) 춘방관(春坊官) : 조선시대 세자시강원(世子侍講院)에 속한 벼슬아치.

31) 춘방(春坊) : 조선시대 왕세자의 교육을 맡아보던 관아인 세자시강원(世子侍講院)을 달리 이르던 말.

32) 이서(移書) : 이문(移文). 조선시대 관아 사이에 주고받던 공문서.

33) 고만(苦挽) : 굳이 만류(挽留)함.

34) 윤건(綸巾) : 비단실로 짠 두건(頭巾).

35) 장보(章甫) : 유생(儒生)이 쓰는 관(冠)으로, 선비를 달리 이르는 말.

36) 야분(夜分) : 야반(夜半). 한밤중.

37) 춘궁(春宮) : 동궁(東宮). 여기서는 세자를 가리킴.

38) 석갈(釋褐) : 천민(賤民)이 입는 갈의(褐衣)를 벗는다는 뜻으로, 문과(文科)에 급제하여 처음으로 벼슬하던 일을 말함.

39) 주연(胄筵) : 서연(書筵). 조선시대 왕세자에게 경서를 강론하던 자리.

40) 수지(受知) : 지우(知遇)를 받음. '지우'는 남이 자신의 인격이나 재능을 알고 잘 대우하는 일.

41) 승하(昇遐) : 임금이나 존귀한 사람이 세상을 떠남을 높여 이르던 말.

42) 옥과(玉果) : 전라남도 곡성군(谷城郡)에 있는 고을.

004 趙按廉[44]猂[45] 初名胤文. 高麗門下侍中 德裕[46]之子. 我朝開國元勳
文忠公浚[47]之弟也. 自以世受麗朝厚恩. 見我太祖威權日盛 慨然[48]有
與國俱亡之意 而伯氏文忠公 乃有順天歸德之意. 公常據義切諫 不少
顧籍[49]. 革命之時 文忠公黜公爲嶺南按廉使 數年不召. 太祖登極 公卽
棄官歸家 改名以猂字. 盖以國亡不死 有類於犬 取犬邊爲名. 且寓犬
馬戀舊主之意. 對人言詬罵[50]開國功臣 使之聞之. 文忠公懼其不免於
禍 白太祖 勒載公名於勳籍 拜戶曹典書[51] 亦不應命. 太祖親臨其第 欲
喩起之. 公以衾韜面 臥而不起 厲聲答曰, "尙記與我同事麗朝時否?"
太祖知其不可屈 悵然而還. 命築室以給 亦不入處. 隱于白雲山中以
終. 遺命子孫 限三代廢科宦 銘旌[52]勿書我朝官爵. 及卒 太[世]宗[53]震
悼[54] 率百僚擧哀[55] 停朝市[56]三日 贈諡平簡. 公諸子 以分義[57]爲懼 不

---

43) 기신(忌辰) : 해마다 돌아오는 제삿날인 기일(忌日)을 높여 이르는 말.

44) 안렴(按廉) : 안렴사(按廉使). 고려·조선시대에 두었던 지방 각 도의 으뜸벼슬.

45) 조견(趙猂, 1351~1425) : 고려말 조선초의 문신. 초명은 윤(胤), 자는 종견(從犬), 호는
송산(松山), 본관은 평양(平壤), 조덕유(趙德裕)의 아들, 조준(趙浚)의 아우. 시호는 평
간(平簡).

46) 조덕유(趙德裕, ?~?) 고려말의 문신. 본관은 평양(平壤), 조련(趙璉)의 아들.

47) 조준(趙浚, 1346~1405) : 조선조 태종 때의 문신. 자는 명중(明仲), 호는 우재(吁齋)·
송당(松堂), 본관은 평양, 조인규(趙仁規)의 증손, 조덕유(趙德裕)의 아들. 시호는 문충
(文忠).

48) 개연(慨然) : 억울하고 원통하여 몹시 분함.

49) 고자(顧藉) : 애지중지(愛之重之)함. 자중(自重)함. 소중하게 여김.

50) 후매(詬罵) : 후욕(詬辱). 꾸짖어서 욕함.

51) 호조전서(戶曹典書) : 조선조 초 호조의 정3품 벼슬.

52) 명정(銘旌) : 죽은 사람의 관직과 성씨 따위를 적은 기. 일정한 크기의 긴 천에 보통
다홍 바탕에 흰 글씨로 쓰며, 장사 지낼 때 상여 앞에서 들고 간 뒤에 널 위에 펴서
묻음.

53) 세종(世宗, 1397~1450) : 조선조 제4대 임금. 재위 1418~1450. 태종의 셋째아들. 이
름은 도(祹), 자는 원정(元正), 어머니는 원경왕후 민씨, 비(妃)는 심온(沈溫)의 딸 소헌
왕후(昭憲王后). 시호는 장헌(莊憲), 능은 영릉(英陵). 원문에는 태종(太宗)으로 되어
있으나, 조견의 사망 당시 임금은 세종이었음.

遵治命[58]. 墓前表石[59] 刻以我朝官啣. 竪旣訖 碑忽自折落 只餘趙公之
墓四字. 見者以爲精忠[60]所感. 公常[嘗]過殷山[61]地 有詩曰, '首陽[62]亦
周地 薇蕨[63]累淸風 知有此山在 應先箕子[64]東' 亦有感而發也.

005 孟公希度[道][65]及其子思誠[66] 仕於麗朝 麗亡退居溫陽[67]. 我太祖
卽位下敎曰, "卿之父子 不欲事我家 則當以鈇鉞[68]從事." 希度[道]不
得已 父子相與痛哭 送其子思誠 臣事我朝 而自全其節. 思誠拜相 名

---

54) 진도(震悼) : 매우 슬퍼함.
55) 거애(擧哀) : 발상(發喪). 초상 때 죽은 사람의 혼을 부르고 나서 상제가 머리를 풀고
    슬피 울어 초상난 것을 알리는 일.
56) 정조시(停朝市) : 국상(國喪)이 있거나 나라에 큰 재변이 일어났을 때에, 각 관아는
    일을 보지 않고 상인은 장사를 하지 않던 일.
57) 분의(分義) : 자기의 분수에 알맞은 정당한 도리.
58) 치명(治命) : 운명할 무렵에 맑은 정신으로 하는 유언.
59) 표석(表石) : 묘표(墓表). 무덤 앞에 세우는 푯돌.
60) 정충(精忠) : 사사로운 감정이 없는 순수하고 한결같은 충성.
61) 은산(殷山) : 황해도에 있는 고을.
62) 수양(首陽) : 수양산. 중국 고대 은나라 말기에 백이(伯夷)와 숙제(叔齊)가 은거하였다
    는 산. 하남성(河南省) 언사현(偃師縣)의 수양산이라는 설과 감숙성(甘肅省) 위원현(渭
    源縣)의 수양산이라는 설 이외에도 몇 가지 설이 있음. 우리나라 황해도 해주(海州)에
    도 수양산이 있으므로, 작자가 황해도에서 백이·숙제의 고사를 떠올리고 이 시를 지
    은 것임.
63) 미궐(薇蕨) : 고사리. 수양산에 은거한 백이와 숙제가 고사리를 캐어 먹다가 죽었다
    고 함.
64) 기자(箕子) : 중국 은나라의 왕족으로 이름은 서여(胥餘)·수유(須臾). 주 무왕이 은나
    라를 멸망시키자 기자는 동쪽으로 도망하여 조선왕이 되어 조선족들에게 예의·전잠·
    방직·8조법금을 가르쳤다고 전함.
65) 맹희도(孟希道) : 고려말의 절신. 호는 동포(東浦), 본관은 신창(新昌), 맹유(孟裕)의
    아들. 두문동(杜門洞) 72현의 한 사람이라고 전함. 원문에는 이름이 맹희도(孟希度)로
    기록되어 있으나 오기(誤記)임.
66) 맹사성(孟思誠, 1360-1438) : 조선조 세종 때의 문신. 자는 자명(自明), 호는 고불(古
    佛), 본관은 신창(新昌), 맹희도(孟希道)의 아들. 시호는 문정(文貞).
67) 온양(溫陽) : 충청남도 아산시(牙山市)에 있던 고을.
68) 부월(鈇鉞) : 부월(斧鉞). 형구(刑具)로 쓰던 작은 도끼와 큰 도끼.

重當世. 世稱 '希度[道]爲忠臣 思誠爲孝子.' 溫陽人立祠 祀希度[道]
而思誠不得入. 若律之以義理 則父子痛哭同死宜矣. 而父旣不能死
而送其子以活其命 以全其節 則爲其子者 不忍同死 亦係愛父之至情
自失其身[69]. 而活父命全父節 亦不至全無意義. 若權其輕重 未知其果
如何也.

006 鄭虛菴希良[70] 精於追步[71] 先識甲子之禍[72]. 持母服[73] 居豊德江[74]
上. 夜至江邊 解巾屨[75] 置諸水濱 遂不知所往. 此事詳於牛溪[76]所記.
當時以爲溺死. 挹翠軒[77] 作輓詩[78]曰, '云云.' 又有詩曰, '云云.' 而自
註曰, '是年 鄭淳夫[79] 自沈江而死. 擧世悲之.' 其後 南秋江孝溫[80] 見

---

69) 자실기신(自失其身) : 스스로 실신(失身)함. 스스로 실절(失節)함. 스스로 절개를 잃음.

70) 정희량(鄭希良, 1469~1502) : 조선조 연산군 때의 문신. 자는 순부(淳夫), 호는 허암
    (虛庵), 본관은 해주(海州). 정연경(鄭延慶)의 아들.

71) 추보(推步) : 천체의 운행을 관측하는 일.

72) 갑자지화(甲子之禍) : 갑자사화(甲子士禍). 조선조 연산군 10년(1504)에 폐비 윤씨와
    관련하여 많은 선비들이 죽임을 당한 사건.

73) 복(服) : 복거(服居). 복상(服喪). 거상(居喪). 상중(喪中)에 있음.

74) 풍덕강(豊德江) : 경기도 용인시 수지구에 있는 풍덕천(豊德川)을 가리킴.

75) 건구(巾屨) : 상복에 갖추어 쓰는 두건과 신발.

76) 우계(牛溪) : 조선조 선조 때의 문신이자 학자인 성혼(成渾, 1535~1598)의 호. 자는
    호원(浩原), 다른 호는 묵암(默庵), 성수침(成守琛)의 아들. 시호는 문간(文簡).《우계
    집(牛溪集)》제6권 잡기(雜記)에 정희량 관련 기록이 있음.

77) 읍취헌(挹翠軒) : 조선조 연산군 때의 시인이자 학자인 박은(朴誾, 1479~1504)의 호.
    자는 중열(仲說), 본관은 고령(高靈), 박담손(朴聃孫)의 아들. 갑자사화 때 동래로 유배
    되었다가 의금부에서 사형 당하였음. 해동 강서파(海東江西派)의 대표적 시인임.

78) 만시(輓詩) : 만시(挽詩). 죽은 이를 애도하는 시. 원문에는 생략되어 있음.

79) 정순부(鄭淳夫) : 정희량을 가리킴. '순부'는 그의 자(字).

80) 남효온(南孝溫, 1454~1492) : 조선조 성종 때의 문신이자 생육신(生六臣)의 한 사람.
    자는 백공(伯恭), 호는 추강(秋江)·행우(杏雨)·최락당(最樂堂)·벽사(碧沙), 본관은
    의령(宜寧), 남전(南恮)의 아들. 시호는 문정(文貞). 김안로(金安老)의《용천담적기(龍
    泉談寂記)》와 이긍익(李肯翊)의《연려실기술(燃藜室記述)》에는 이행(李荇)이 본 것으
    로 되어 있음.

驛樓所題. '風雨驚前日 文明負此時 孤節遊宇宙 嫌鬧並休詩.'之語. 知其爲虛菴 而廣搜無踪. 退溪少時 讀易於山寺. 深夜僧徒皆宿 獨有 一老僧 每擧頭潛聽退溪讀書聲. 公潛認爲異僧 呼起與之語 因論易理. 其僧談論如破竹[81] 公大異之 疑其爲虛菴. 仍語及虛菴事 僧曰, "彼旣 避世沈江 必其死矣. 世亦以爲已死乎?" 公答曰, "擧世皆疑其不死." 僧憮然[82]有不豫[83]色. 俄然 稱便旋出戶 久不返 尋之 宵[84]無蹤迹. 其所 著準元數[85] 論人命如神 後人亂之 今則只中過去事 不契[86]方來云.

007 牛溪與栗谷[87] 往復論學. 嘗累日沈思 論辨[88]理氣之說[89] 使其門人 往拜栗谷 因戒之曰, "君往見叔獻[90] 勝讀十年書." 門人往栗谷 使閽 者[91]通之. 是時 朝已晏 而良久栗谷不着網巾 加絲笠[92]於頭上 垂錦貝

---

81) 파죽(破竹) : 파죽지세(破竹之勢). 대를 쪼개는 기세라는 뜻으로, 적을 거침없이 물리 치고 쳐들어가는 기세를 이르는 말.

82) 무연(憮然) : 크게 낙심하여 허탈해하거나 멍함.

83) 불예(不豫) : 불열(不悅). 기쁘지 않음.

84) 요(宵) : 아득함. 깊고 먼 모양.

85) 준원수(準元數) : 정희량이 저술하였다는 책으로, 사람의 운명을 점치는 책인 듯하나 자세한 내용은 미상.

86) 불계(不契) : 부합하지 않음. 맞지 않음.

87) 조선조 선조 때의 문신이자 학자인 이이(李珥, 1536~1584)의 호. 처음 이름은 현룡(見 龍), 자는 숙헌(叔獻), 다른 호는 석담(石潭), 본관은 덕수(德水), 이원수(李元秀)의 아 들. 시호는 문성(文成).

88) 논변(論辨) : 사리의 옳고 그름을 밝히어 말함.

89) 이기지설(理氣之說) : 중국 송나라의 정이천(程伊川)에서 비롯하여 주자에 의해서 계 승 발전된 이기이원(理氣二元)의 형이상학설. 우주는 형이상의 것인 이(理)와 형이하 의 것인 기(氣)로 구성되어 있으며, 이기(理氣)의 결합에 의하여 만물이 생성된다고 설명하는 학설.

90) 숙헌(叔獻) : 율곡 이이의 자(字).

91) 혼자(閽者) : 문지기.

92) 사립(絲笠) : 명주실로 싸개를 해서 만든 갓.

纓子[93] 而不結着襪 而不繫袴 自內曳大鞋出來. 其人進拜 但點頭[94]曰, "君是浩源[95]門人耶?" 云云. 其人常見 牛溪昧爽[96]起盥洗[97] 正冠帶[98] 着行纏[99]. 客至則拜揖[100]敬待. 及見栗谷 其疎散簡忽[101] 與牛溪相反 心以爲駭 納其書. 栗谷披着 卽伸紙修復[102]. 略不沈思 操紙筆 立草數千言. 曾不起草 又不加點. 其人曾見 作牛溪是書 數日呻哦[103] 累次易稿. 其精勤[104]如此. 而所以答之者 全不經意 俄頃之間[105] 一筆揮灑[106] 亦心駭之. 還拜牛溪 進其復札[107]. 牛溪嘖嘖[嘖嘖][108]歎服 自以爲不可及. 門人具道拜栗谷之狀 因陳其可疑 牛溪笑曰, "叔獻天資 明睿卓絶[109] 此等細節 何可責之於叔獻耶?"

008 李璠[110] 栗谷之兄也. 居坡州[111] 適入城 見栗谷. 時上賜送[112]豹皮

---

93) 금패영자(錦貝纓子) : 호박(琥珀)으로 만든 갓끈. 사치품으로 쓰임.
94) 점두(點頭) : 머리를 끄덕임.
95) 호원(浩源) : 우계 성혼의 자(字).
96) 매상(昧爽) : 먼동이 틀 무렵.
97) 관세(盥洗) : 손발을 씻거나 세수를 함.
98) 관대(冠帶) : 갓과 허리띠. 옛날 벼슬아치들의 공복(公服).
99) 행전(行纏) : 바지나 고의(袴衣)를 입을 때 정강이에 감아 무릎 아래 매는 물건.
100) 배읍(拜揖) : 공손히 읍함.
101) 소산간홀(疎散簡忽) : 성품이 소탈(疎脫)하고 한가(閑暇)로움.
102) 수복(修復) : 편지에 답장을 함. * 고쳐서 본모습과 같게 함.
103) 신아(呻哦) : 신음(呻吟). 끙끙거림.
104) 정근(精勤) : 일이나 공부 따위에 부지런히 힘씀.
105) 아경지간(俄頃之間) : 잠깐 사이.
106) 일필휘쇄(一筆揮灑) : 일필휘지(一筆揮之). 글씨를 단숨에 죽 내리 씀.
107) 복찰(復札) : 답장(答狀).
108) 분분(嘖嘖) : 책책(嘖嘖)의 잘못. '책책'은 떠들썩하게 큰소리로 칭찬하는 모양.
109) 명예탁절(明睿卓絶) : 슬기롭고 더할 나위 없이 빼어남.
110) 이번(李璠, 1531~1590) : 조선조 선조 때의 문신. 자는 중헌(仲獻), 호는 정재(定齋), 본관은 덕수(德水), 이원수(李元秀)의 아들, 이이(李珥)의 형.
111) 파주(坡州) : 경기도에 있는 고을.

長褥[113]. 卽外方進獻之物 俗名阿多介[114] 長廣華美. 卽殿上[115]進御[116]之物. 上眷注[117]栗谷而賜之者也. 璠翌日辭還坡州 旣去復來. 栗谷問曰, "何更還耶?" 答曰, "行幾里 復思見君 更往耳." 栗谷因曰, "昨日恩敕豹皮褥 當奉于兄. 而君賜不敢不服而送之. 欲待數日後輸送耳. 今已鋪而經夜 玆敢相餉[118]耳." 璠因持而去.

009 宋應漑[119]朴謹元[120]諸人 謀陷栗谷 齊會[121]金參判宇顒[122]家 論議方張[123] 從者呼曰, "兵曹判書老爺來!" 是時 栗谷方爲大司馬[124]. 諸人皆竄入室中. 金接見於廳事[125]. 栗谷至從容敍話 仍曰, "令公近有所著詩否?" 金遂誦其近作一篇 有簾外落花撩亂[126]飛之句. 栗谷諷誦良久曰,

---

112) 사송(賜送) : 임금이 신하에게 물건을 내려 보내던 일.

113) 표피장욕(豹皮長褥) : 표범 가죽으로 만든 긴 요.

114) 아다개(阿多介) : 아닷개(*阿多吡介). 모피로 만든 요. 털요.

115) 전상(殿上) : 궁궐. 대궐.

116) 진어(進御) : 임금이 먹고 입는 일을 높여 이르던 말. 임금의 거둥.

117) 권주(眷注) : 주로 윗사람이 아랫사람에게 관심을 가지고 보살피거나 배려하는 일.

118) 상향(相餉) : 상대방에게 줌.

119) 송응개(宋應漑, 1536~1588) : 조선조 선조 때의 문신. 자는 공부(公溥), 본관은 은진(恩津), 송기수(宋麒壽)의 아들. 동인(東人)의 중진(重鎭)으로 박근원(朴謹元)·허봉(許篈) 등과 함께 병조판서 이이(李珥)를 탄핵하다가 회령(會寧)으로 유배되었음.

120) 박근원(朴謹元, 1525~1584) : 조선조 선조 때의 문신. 자는 일초(一初), 호는 낙봉(駱峰)·망일재(望日齋), 본관은 밀양(密陽), 박빈(朴蘋)의 아들. 동인의 중진으로 송응개(宋應漑)·허봉(許篈) 등과 함께 병조판서 이이(李珥)를 탄핵하다가 강계(江界)로 유배되었음.

121) 제회(齊會) : 다 같이 모임.

122) 김우옹(金宇顒, 1540~1603) : 조선조 선조 때의 문신이자 학자. 자는 숙부(肅夫), 호는 동강(東岡), 본관은 의성(義城), 김희삼(金希參)의 아들. 조식과 이황의 문인. 시호는 문정(文貞).

123) 방장(方張) : 한창 세력을 뻗어 감.

124) 대사마(大司馬) : 병조판서(兵曹判書)를 달리 이르던 말.

125) 청사(廳事) : 마루. 또는 관아(官衙)를 뜻하기도 함.

126) 요란(撩亂) : 어지럽게 뒤엉킴.

"此詩無乃或有風波乎?" 金曰, "然. 今方論劾公 風波作矣." 栗谷曰,
"啓草[127]已出乎?" 金曰, "然." 栗谷曰, "可出示否?" 金從窓隙 呼索其
啓草以示. 栗谷展讀一通 隨其條列 以手指之曰, "此事事實如此 不知
者之如是爲言 亦不足怪. 此事全無苗脈[128] 傳者之過也. 此事實狀如
此 諸君誤認矣." 覽訖 卷入窓襱[裡] 辭氣泰然 了無幾微現於色. 談論
如故. 坐語良久 起曰, "臺啓[129]將發 則吾當自此出城 將作濶別 惟望保
重." 出門命前導落後. 既去 諸人爲之色沮 無不嗟歎. 宣廟朝黨論 雖
曰深錮 觀此等氣像 亦可見昭代[130]之遺風餘韻. 其時運國勢[131]之猶有
餘地可知. 其後雖値龍蛇之變[132] 宜乎其能造中興之業也.

010 象村申公欽[133] 宋應漑之甥姪[134]. 象村育于外家 應漑愛之如子. 及
其論劾栗谷 公退袖出啓草 使象村讀之. 象村覽之而驚曰, "曷爲此
哉?" 申公家本西人 而應漑初謂 既養其家 當隨作南論[135]. 及聞此言怒
卽以所着靴尖 踢其胸. 象村之平生胸腹痛 由此云.

---

127) 계초(啓草) : 장계(狀啓). 왕명을 받고 지방에 나가 있는 신하가 자기 관하(管下)의
　　 중요한 일을 왕에게 보고하던 일. 또는 그런 문서.
128) 묘맥(苗脈) : 일의 실마리. 또는 일이 나타날 단서(端緖).
129) 대계(臺啓) : 조선시대 사헌부와 사간원의 대간(臺諫)들이 벼슬아치의 잘못을 임금에
　　 게 보고하던 글.
130) 소대(昭代) : 나라가 잘 다스려져 태평하고 밝은 세상.
131) 국세(國勢) : 나라의 형편.
132) 용사지변(龍蛇之變) : 간지(干支)상으로 용(龍)은 진(辰)에 해당되고 사(蛇)는 사(巳)에
　　 해당되므로 임진년과 계사년의 변란, 곧 임진왜란을 우회적으로 표현한 것임.
133) 신흠(申欽, 1566~1628) : 조선조 선조 때의 문신. 자는 경숙(敬叔), 호는 상촌(象村),
　　 본관은 평산(平山), 신승서(申承緖)의 아들. 조선 중기 한문사대가(漢文四大家)의 한
　　 사람. 시호는 문정(文貞).
134) 생질(甥姪) : 누이의 아들.
135) 남론(南論) : 조선시대 사색당파(四色黨派) 가운데 남인(南人)의 당론(黨論).

011 李相國鐸[136] 成廟[137]名臣. 始生覆以衾 久無聲. 其母夫人 開視之
一小龍頭角[138]嶄然[139] 軀體[140]蜿蜒[141] 昏昏[142]深睡. 遂掩衾褙 寂而俟
之. 俄而覺而有啼聲 開視之卽兒也. 盖方其爲龍也 若驟加驚怪 播傳
衆口 喧撓而變動之 則幾乎不免於死矣. 長而登第 以成均學諭[143] 告暇
歸鄉. 渡漢江 行十餘里 秣馬[144]於川邊沙際. 月山大君[145] 沐浴[146]呈
辭[147] 南遊而歸. 亦下馬 同坐於川邊 午飯以銀器. 李公手持銀器 周看
而還置盤中. 大君曰, "君欲取其器乎? 當以奉贈." 李公笑曰, "我平生
未嘗見所謂銀器者 故取視之爾." 乃遽曰, "取何? 其待士大夫薄也."
因別去. 大君卽成廟之兄. 是日 上行幸[148]濟川亭[149]而迎之. 上握手迎
謂曰, "原隰之役[150] 得無勞乎? 久違顔範[151] 鬱陶[152]甚矣." 因曰, "人才

---

136) 이탁(李鐸) : 조선조 성종 때의 문신. 생몰연대 및 자세한 행적 미상.
137) 성묘(成廟) : 조선조 제9대 임금인 성종(成宗)의 묘호(廟號). 성종의 이름은 혈(娎,
    1457~1494), 재위1469~1494. 세조의 손자, 추존왕 덕종의 아들. 어머니는 소혜왕후
    (昭惠王后) 한씨. 비는 공혜왕후(恭惠王后) 한씨, 계비는 정현왕후(貞顯王后) 윤씨. 시
    호는 강정(康靖), 능은 광주(廣州)의 선릉(宣陵).
138) 두각(頭角) : 짐승의 머리에 있는 뿔. 뛰어난 학식이나 재능을 비유적으로 이르는 말.
139) 참연(嶄然) : 한층 높이 뛰어나 우뚝함.
140) 구체(軀體) : 몸이나 몸통.
141) 완연(蜿蜒) : 벌레 따위가 꿈틀거리듯이 길게 뻗어 있는 모양이 구불구불함.
142) 혼혼(昏昏) : 혼혼(昏昏). 정신이 가물가물하고 희미한 모양.
143) 학유(學諭) : 조선시대 성균관의 종9품 벼슬.
144) 말마(秣馬) : 말을 먹임.
145) 월산대군(月山大君) : 조선조의 왕족. 이름은 이정(李婷, 1454~1488), 자는 자미(子
    美), 호는 풍월정(風月亭), 덕종(德宗)의 맏아들, 성종의 형.
146) 목욕(沐浴) : 머리를 감고 몸을 씻는 일. 공자의 제자 증점(曾點)이 "늦은 봄에 봄옷이
    만들어지면 관을 쓴 벗 대여섯 명과 아이들 예닐곱 명을 데리고 기수에 가서 목욕을
    하고 기우제 드리는 곳에서 바람을 쏘인 뒤에 노래하며 돌아오겠다.[暮春者 春服旣成
    冠者五六人 童子六七人 浴乎沂 風乎舞雩 詠而歸]"라고 자신의 뜻을 밝히자, 공자가 감
    탄하였다는 고사가 《논어》선진(先進)편에 나옴. 여기서는 봄나들이의 뜻으로 쓰였음.
147) 정사(呈辭) : 벼슬아치가 벼슬을 그만두거나 말미를 받기 위하여 청원서를 내던 일.
148) 행행(行幸) : 임금이 거둥하는 일.
149) 제천정(濟川亭) : 오늘날의 서울시 용산구 한남동 한강변에 있던 정자.

國之元氣[153]. 吾兄旣廣遊 岐路閭井[154] 請留意訪求[155] 頗記別時之言
乎?"大君曰, "旣奉聖敎 何敢歇後[156]? 隨處留心 搜訪久矣. 周遊[157]遐
裔[158] 未有所遇. 俄者路傍 遇一朝紳 其人自奇士." 因以問答仰告. 上
樂聞之. 卽命內廐馬[159]追之. 與之語大悅卽除弘文修撰[160] 不次超
遷[161] 卒至拜相. 可見聖人所作爲 度越常規 出尋常萬萬也.

012 姜承旨緖[162] 宣廟朝名臣 以異人名 深於易理[163]. 嘗居八角亭 夜則
登山頂 觀天象[164]. 壬辰前 前知倭亂常爲國憂嘆. 又曰, "家族當因冕
[勉]卿得免." 冕[勉]卿卽其從弟紳[165]表德[166]. 壬辰之亂 關東伯[167] 難

---

150) 원습지역(原隰之役) : 높고 낮은 들판을 걷는 노역(勞役)이라는 뜻으로, 먼 길의 여행
    을 이르는 말.
151) 안범(顔範) : 얼굴. 얼굴 모습.
152) 울도(鬱陶) : 마음이 근심스러워 답답하고 울적(鬱寂)함.
153) 원기(元氣) : 만물이 자라는 데 근본이 되는 정기(精氣).
154) 여정(閭井) : 여항(閭巷). 시정(市井).
155) 방구(訪求) : 어떤 일에 쓸 사람을 널리 찾아 구함.
156) 헐후(歇后) : 대수롭지 않게 여김.
157) 주유(周遊) : 두루 돌아다니면서 구경하며 노닒.
158) 하예(遐裔) : 하방(遐方). 서울에서 멀리 떨어진 지방.
159) 내구마(內廐馬) : 조선시대 내사복시(內司僕寺)에서 기르던 말. 임금이 거둥할 때에
    썼음.
160) 홍문수찬(弘文修撰) : 홍문관(弘文館)의 수찬 벼슬. 홍문관은 조선시대 삼사(三司) 가
    운데 궁중의 경서, 문서 따위를 관리하고 임금의 자문에 응하는 일을 맡아보던 관아.
    수찬은 조선시대 홍문관의 정6품 벼슬.
161) 불차초천(不次超遷) : 단계를 밟지 않고 등급을 뛰어 넘어서 승진함.
162) 강서(姜緖, 1538~1589) : 조선조 선조 때의 문신. 자는 원경(遠卿), 호는 난곡(蘭谷)·
    매취(每醉), 본관은 진주(晉州). 강사상(姜士尙)의 아들. 강신(姜紳)의 형.
163) 역리(易理) : 《주역》의 이치.
164) 천상(天象) : 천문(天文). 별자리나 기후 등 천체의 현상.
165) 강신(姜紳, 1543~1629) : 조선조 선조 때의 문신. 자는 면경(勉卿), 호는 동고(東皐),
    본관은 진주(晉州). 강사상(姜士尙)의 아들. 강사안(姜士安)에 입양. 시호는 의간(毅簡).
166) 표덕(表德) : 아호(雅號)나 별호(別號)를 이르는 말. 여기서는 강신의 자(字)를 말함.

其人. 姜紳適以名官 居憂[168]原州[169]. 遂起復[170]爲江原監司. 姜氏一門
皆避亂關東 得免云. 壬辰以前 諸姜布列滿朝. 嘗畫講[171]退 其從孫
[姪]姜弘立[172]言, "今日畫講 吾一門亦足以爲之." 公歎曰, "我家因這
漢滅亡."云. 嘗出 有人抱小兒 立道傍. 公命抱來 問誰家兒 答云, "申
都事[173]兒耳." 置膝歎曰, "大器! 宜善護之." 兒卽象村申文貞公. 申公
後登第 爲校書正字[174]. 因公事往見姜公 姜公無他言 但以家族爲託
曰, "願君全活我家 毋忘老夫之言." 申公驚駭辭謝[175]. 姜公又申申不
已曰, "後當知之. 毋負老夫意." 其後 姜弘立降虜. 癸亥後 諸姜將有湛
宗之禍[176]. 申公以冢宰[177]當國 始思其言 無策可救. 是時 梧里李公[178]
爲首相[179] 申公欲與相議 亟往見之. 梧里面有憂色閉戶 若有所思. 申

---

167) 관동백(關東伯) : 조선시대 강원 감사(江原監司), 강원도 관찰사(江原道觀察使)를 달
    리 이르던 말.
168) 거우(居憂) : 상중(喪中)에 있음.
169) 원주(原州) : 강원도에 있는 고을.
170) 기복(起復) : 기복출사(起復出仕). 어버이의 상중에 벼슬자리에 나아감.
171) 주강(晝講) : 조선시대 경연특진관 이하가 오시(午時)에 임금을 모시고 법강(法講)을
    행하던 일.
172) 강홍립(姜弘立, 1560~1627) : 조선조 인조 때의 문신. 자는 군신(君信), 호는 내촌(耐
    村), 본관은 진주, 강신(姜紳)의 아들. 원문에 강서의 종손(從孫)으로 되어 있으나 종
    질(從姪)의 잘못임.
173) 도사(都事) : 조선시대 충훈부·중추부·의금부 따위에 속하여 벼슬아치의 감찰 및
    규탄을 맡아보던 종5품 벼슬. 여기서는 개성부(開城府) 도사를 지낸 신승서(申承緖)를
    가리킴.
174) 교서 정자(校書正字) : 교서관(校書館)의 정자 벼슬. 교서관은 조선시대 경서(經書)의
    인쇄나 교정, 향축(香祝), 인전(印篆) 따위를 맡아보던 관아이며, 정자는 조선시대 홍
    문관·승문원·교서관에 속한 정9품 벼슬. 또는 그 벼슬에 있던 사람.
175) 사사(辭謝) : 사절(謝絶)하여 물리침.
176) 담종지화(湛宗之禍) : 멸문지화(滅門之禍). 한 집안이 다 죽임을 당하는 끔찍한 재앙.
177) 총재(冢宰) : 이조판서(吏曹判書).
178) 오리 이공(梧里李公) : 조선조 인조 때의 문신인 이원익(李元翼, 1547~1634)을 가리
    킴. 자는 공려(公勵), 호는 오리(梧里), 본관은 전주(全州), 이억재(李億載)의 아들.
    완평부원군(完平府院君)에 봉해짐. 시호는 문충(文忠).

公曰, "公曾知姜承旨乎?" 梧里驚問曰, "何問也?" 申公俱[具]言 受知
受託之狀. 梧里嘖嘖嘆曰, "姜公神人也. 我於舊時 亦受此託. 公俱
[具]言, '日後 吾宗將被戮 君須思吾言. 但君力綿 須與其時當國一宰
臣 同力濟活.'云云. 今諸姜之禍至此 公之言若目見. 今日吾無術可救
方 夙夜憂念. 聞公言 姜公所謂 其時宰臣 卽指公也. 於是 兩公竭力.
梧里周旋於東人 象村緩頰[180]於西人. 姜氏之禍稍緩 姜公之後得免云.

013 姜承旨 嘗在他人家座上 完平李公 忽自外入來. 姜公不覺下階 揖
陞坐定 熟視不言 但稱曰, "怪物!" 累言不已. 畢竟曰, "名相. 我國患難
難處之境 無不備經."云云. 仍不交一言而起云.

014 姜公以俳諧[181]自晦[182]. 嘗爲代言[183] 與諸僚 飲於銀臺[184] 酒盡曰,
"酒盡 我自有覓處." 仍起着朝服 入差備門[185]外 呼司謁[186] 啓曰, '承旨
姜緖 與諸僚飲酒 酒盡乞得內醞[187].' 仍還出曰, "酒今至矣." 宣廟命供
具宣醞[188]. 諸人更飮盡歡而罷. 是日 公當入直[189] 而忽然命駕將出. 諸

---

179) 수상(首相): 조선시대 의정부의 으뜸벼슬인 영의정(領議政).
180) 완협(緩頰): 부드러운 얼굴로 온건하게 천천히 말함.
181) 배해(俳諧): 우스개로 하는 말이나 문구.
182) 자회(自晦): 재능 따위를 스스로 감추어 드러내지 아니함.
183) 대언(代言): 조선시대 승정원(承政院)에 딸려 왕명(王命)의 출납(出納)을 맡아보던 정
   3품의 당상관 벼슬인 승지(承旨)를 달리 이르던 말.
184) 은대(銀臺): 조선시대 왕명의 출납을 맡아보던 승정원을 달리 이르던 말.
185) 차비문(差備門): 궁궐 정전(正殿)의 앞문과 종묘의 상문·하문·앞전·뒷전을 통틀어 이르
   는 말.
186) 사알(司謁): 조선시대 액정서(掖庭署)에 속하여 임금의 명령을 전달하는 일을 맡아보
   던 정6품 잡직.
187) 내온(內醞): 임금이 신하에게 내려 주던 술.
188) 선온(宣醞): 임금이 신하에게 궁중의 사온서에서 빚은 술을 내리던 일. 또는 그 술.
189) 입직(入直): 관아에 들어가 차례로 숙직함. 또는 차례로 당직함.

僚問, "令公[190]爲直次 曷爲將出?" 公曰, "我則彈章[191]至矣. 臺官[192]論
罷 上一啓卽允 銓曹[193]稟政[194]使之." 明日 開政[195]傳曰, "承旨姜緖罰
已行矣. 敍用[196]仍更除姜公[承旨]."云. 盛代氣象 可以想見[197].

015 姜公嘗被酒 以朝衣 臥於路上. 市童群聚嘲之曰, "令公玉圈[198]將
破." 公答云, "當以金[199]代之." 其頡頑[200]玩世[201]如此.

016 宣廟朝 東皐李公[202]當國 進用諸宰. 欲試李公陽元[203]李公睟光[204]
兩人優劣. 嘗赴人慶筵[205] 先與娼約 酒瀾[爛][206]執一娼手曰, "汝可爲

---

190) 영공(令公) : 영감(令監). 조선시대 정3품과 종2품의 벼슬아치를 이르던 말.
191) 탄장(彈章) : 탄핵(彈劾)하는 상소(上疏).
192) 대관(臺官) : 조선시대 사헌부(司憲府)의 대사헌(大司憲) 이하 종5품 지평(持平)까지
　　의 벼슬.
193) 전조(銓曹) : 조선시대 문무관의 인사를 담당하던 이조(吏曹)와 병조(兵曹)를 아울러
　　이르던 말.
194) 품정(稟政) : 조정 관리의 직무에 관해 인사 담당자가 임금에게 여쭈는 일.
195) 개정(開政) : 벼슬아치들의 인사에 관한 정사를 시작함.
196) 서용(敍用) : 죄를 지어 면관(免官)되었던 사람을 다시 벼슬자리에 등용함.
197) 상견(想見) : 지나간 일이나 앞으로 닥칠 일을 생각하여 봄.
198) 옥권(玉圈) : 옥관자(玉貫子). 조선시대 정3품 당상관과 정1품, 종1품 벼슬아치가 썼음.
199) 금(金) : 금관자(金貫子). 금권(金圈). 조선시대 정2품, 종2품 벼슬아치가 썼음.
200) 힐완(頡頑) : 힐항(頡頏). 길항(拮抗). 서로 버티어 맞섬.
201) 완세(玩世) : 세상을 희롱함.
202) 동고 이공(東皐李公) : 조선조 선조 때의 문신인 이준경(李浚慶, 1499~1572). 이준경
　　의 자는 원길(原吉), 호는 동고(東皐)·남당(南堂), 본관은 광주(廣州), 이수정(李守貞)
　　의 아들. 시호는 충정(忠正).
203) 이양원(李陽元, 1533~1592) : 조선조 선조 때의 문신. 자는 백춘(伯春), 호는 노저(鷺
　　渚)·남파(南坡), 본관은 전주(全州), 정종(定宗)의 아들인 선성군(宣城君)의 후손, 학
　　정(鶴丁)의 아들. 한산부원군(漢山府院君)에 봉해짐. 시호는 문헌(文憲).
204) 이수광(李睟光, 1563~1628) : 조선조 인조 때의 문신, 학자. 자는 윤경(潤卿), 호는
　　지봉(芝峯), 본관은 전주, 병조판서 이희검(李希儉)의 아들. 시호는 문간(文簡).
205) 경연(慶筵) : 경사스러운 잔치.

我薦枕²⁰⁷⁾乎?" 娼如公所教 指座上兩公曰, "賤妾若蒙老爺眷顧²⁰⁸⁾ 則 生子當如此兩老爺 豈不榮甚?" 盖兩公皆宗室賤妾子孫故也. 李公陽 元 顔色泰然若不聞 芝峯不覺勃然變色. 東臯以此 定其量之大小. 其 後 李公陽元終入相云.

017 仁祖²⁰⁹⁾初 完平李公當國 清陰金文正公²¹⁰⁾ 方秩亞卿²¹¹⁾ 適候完平. 是時 公將卜相²¹²⁾ 從容問曰, "興望²¹³⁾屬誰?" 清陰對曰, "老爺曷爲問 此? 賤生之卑微 何敢與論此事?" 李公曰, "君所答之如此. 初豈不知吾 所以問之者? 括去²¹⁴⁾皮毛 誠心相與耳." 清陰曰, "相望²¹⁵⁾不敢與論 但 以賤生所曾經歷者言之 曾以小价²¹⁶⁾赴燕²¹⁷⁾ 芝峯²¹⁸⁾李尙書爲上价²¹⁹⁾

---

206) 주란(酒爛) : 술이 거나해짐. 술에 취함.
207) 천침(薦枕) : 첩이나 시녀 등이 잠자리에서 모심.
208) 권고(眷顧) : 관심을 가지고 보살핌.
209) 인조(仁祖) : 조선조 제16대 임금. 이름은 종(倧, 1595~1649). 재위 1623~1649. 자는 화백(和伯), 호는 송창(松窓). 선조의 손자로, 정원군(定遠君;元宗으로 추존)의 아들. 어머니는 구사맹(具思孟)의 딸 인원왕후(仁元王后), 비는 한준겸(韓浚謙)의 딸 인렬왕 후(仁烈王后), 계비는 조창원(趙昌遠)의 딸 장렬왕후(莊烈王后).
210) 청음 김 문정공(淸陰金文正公) : 조선조 효종 때의 문신인 김상헌(金尙憲, 1570~ 1652). 자는 숙도(叔度), 호는 청음(淸陰), 본관은 안동(安東). 김극효(金克孝)의 아들. 시호는 문정(文正).
211) 아경(亞卿) : 조선시대 정2품 벼슬을 이르는 경(卿)에 버금간다는 뜻으로, 종2품 벼슬 을 높여 이르던 말.
212) 복상(卜相) : 새로 정승을 가려 뽑기 위해 후보자를 천거하던 일. 3정승 가운데 결원이 생기면 현직 정승 중 한 사람이 3명의 후보를 추천하였음.
213) 여망(興望) : 어떤 개인이나 사회에 대한 많은 사람의 기대를 받음. 또는 그 기대.
214) 괄거(括去) : 한꺼번에 걷어버림.
215) 상망(相望) : 재상이 되어도 좋을 만큼 뛰어나다는 좋은 평판.
216) 소개(小价) : 서장관(書狀官). 조선시대 외국에 보내는 사신 가운데 기록을 맡아보던 임시 벼슬.
217) 부연(赴燕) : 연경(燕京)에 감. '연경'은 중국의 북경(北京)을 달리 이르던 말.
218) 지봉(芝峯) : 이수광(李睟光)의 호.
219) 상개(上价) : 상사(上使). 정사(正使).

海昌君²²⁰⁾尹公爲副价²²¹⁾. 賤生欲自砥礪 言於上价曰, '自古赴燕者 歸
橐多不能淸淨. 今行 上下宜約不持一燕物.' 李公慨然許之. 又以此言
於副价尹公 公別無開納²²²⁾之色 但曰, '君言如此 則我豈不從?' 及入
燕館 副使公 雜引書冊 錦段[緞]珍玩²²³⁾. 每一往見 書冊服玩²²⁴⁾ 雜然
羅列於前桃上²²⁵⁾. 又掛一貂裘²²⁶⁾ 問曰, '此誰物?' 尹公答曰, '我平生
無裘 一寒如此故買此 欲作歸日寒具耳.' 其後 出燕時 從人以 '上价及
書狀 裝橐甚重 馬疲不堪.'云. 仍採問, '與副价輜重何如?' 皆言, '副价
寢具外元無一物.' 盖上使及賤生 買書冊以來. 尹公竝與書冊而不取.
燕館時 書畫服玩 皆備留館 時覽閱而已 發行時 盡還其本主. 到義
州²²⁷⁾聞之 所着貂裘 亦給褊裨云. 伊時見於兩公者如此."云云.
其後 稚川尹公 果首膺²²⁸⁾金甌之卜²²⁹⁾.

018 壬辰之亂 李公廷馣²³⁰⁾ 以馳入延安²³¹⁾城. 是時 淸江李公²³²⁾之胤

---

220) 해창군(海昌君) : 윤방(尹昉)의 봉호. 윤방(尹昉, 1563~1640)은 조선조 인조 때의 문
신. 자는 가회(可晦), 호는 치천(稚川), 본관은 해평, 윤두수(尹斗壽)의 아들. 해창군
(海昌君), 해평부원군(海平府院君)에 봉해짐. 시호는 문익(文翼).

221) 부개(副价) : 부사(副使).

222) 개납(開納) : 마음을 열고 받아들임.

223) 진완(珍玩) : 진귀하여 보기 좋은 물건. 또는 진귀한 노리개.

224) 복완(服玩) : 의복과 몸속에 지니고 다니는 물건, 즉 가락지나 노리개 따위를 가리킴.

225) 이상(桃上) : 횃대 위.

226) 초구(貂裘) : 담비 털로 만든 갖옷.

227) 의주(義州) : 평안북도에 있는 고을.

228) 수응(首膺) : 먼저 발탁됨.

229) 금구지복(金甌之卜) : 구복(甌卜). 금구명상(金甌命相). 금구복명(金甌覆名). 새로 재
상을 뽑는 것을 말함. 당(唐)나라 현종(玄宗)이 재상을 뽑을 때 책상 위에 이름을 써서
금사발[金甌]로 덮고 사람들에게 이를 맞추어 보게 하였다는 고사(故事)에서 비롯되
었음.

230) 이정암(李廷馣, 1541~1600) : 조선조 선조 때의 문신. 자는 중훈(仲薰), 호는 사류재
(四留齋)·퇴우당(退憂堂)·월당(月塘), 본관은 경주(慶州), 이탕(李宕)의 아들, 이정형

子²³³⁾ 爲延安府使. 新遭母喪而歸 官府空虛. 李公入城 留屯²³⁴⁾爲倭所
圍. 李公倚枕乍睡 清江忽至急呼曰, "茂卿²³⁵⁾, 賊登南城矣!" 公驚覺
急發軍防之. 賊果從南山而上矣. 仍又矢盡 忽有一老嫗 以柳筍貯矢來
獻. 遂力戰大捷. 老嫗亦不知何人也. 清江之歿 已數十年 能有精魄如
此. 古之偉人 其神凝有不隨死而亡者矣.

019 金慕齋安國²³⁶⁾ 文鑑²³⁷⁾如神. 其弟思齋正國²³⁸⁾ 欲試之. 赴燕時 刪
定²³⁹⁾唐詩一帙 間入己作付之剞劂²⁴⁰⁾. 北京刊書之規 用土板. 其功甚
易故 卽刊印來. 及歸送示 慕齋覽畢 歷指思齋所作諸篇曰, "此則非唐
人作 如令公輩 亦足以作之." 慕齋之舊友能文者 久屈場屋²⁴¹⁾. 金公兄
弟 共愍之. 其人雖能文 策問²⁴²⁾中間 承接²⁴³⁾措辭²⁴⁴⁾ 非其所長. 慕齋以

(李廷馨)의 형. 월천부원군(月川府院君)에 추봉(追封)됨. 시호는 충목(忠穆).

231) 연안(延安) : 황해도에 있는 고을.

232) 청강 이공(淸江李公) : 조선조 선조 때의 문신인 이제신(李濟臣, 1536~1583)을 가리
    킴. 자는 몽응(夢應), 호는 청강(淸江), 본관은 전의(全義), 이문성(李文誠)의 아들.
    시호는 평간(平簡).

233) 윤자(胤子) : 대를 이을 아들. 맏아들.

234) 유둔(留屯) : 주둔(駐屯). 군대가 임무 수행을 위하여 일정한 곳에 집단적으로 얼마
    동안 머무르는 일.

235) 무경(茂卿) : 무재(茂宰). 지방 수령의 존칭.

236) 김안국(金安國, 1478~1543) : 조선조 중종 때의 문신이자 학자. 자는 국경(國卿), 호
    는 모재(慕齋), 본관은 의성(義城), 김연(金璉)의 아들, 김정국(金正國)의 형. 시호는
    문경(文敬).

237) 문감(文鑑) : 문장을 감식하여 좋고 나쁨을 알아내는 능력.

238) 김정국(金正國, 1485~1541) : 조선조 중종 때의 문신이자 학자. 자는 국필(國弼), 호
    는 사재(思齋)·은휴(恩休), 본관은 의성(義城), 김연(金璉)의 아들, 김안국(金安國)의
    아우. 시호는 문목(文穆).

239) 산정(刪定) : 산수(刪修). 쓸데없는 글자나 구절을 깎고 다듬어서 글을 잘 정리함.

240) 기궐(剞劂) : 인쇄하려고 목판에 글자를 새김. 인쇄에 붙임.

241) 장옥(場屋) : 과거시험장에서 햇볕이나 비를 피하여 들어앉을 수 있게 만든 곳. 또는
    과거시험을 가리키기도 함.

文衡[245] 當主試. 思齋靜夜聯枕時 從容問, "今科策問 當出何樣題目?"
慕齋略言之. 思齋爲之 自草其承接措辭數行 以給其人. 其人製策時
以思齋措辭 間入之. 試券已入 慕齋擊節稱善[246] 將置高選 讀至思齋所
著措辭 忽然瞪目[247] 熟視良久曰, "此文不可選!" 以朱筆畫數行 折置
席下. 及發榜歸嫁 思齋迎謂曰, "某友今又見屈 可恨." 慕齋從寢具中
手抽其券擲之 正色大責曰, "君以國之名官 曷爲作事如是? 我亦不能
愼密[248] 殊可懼然[249]. 所可恨者 終使老友 緣君而見屈. 皆君之過也."
視其券 只是思齋所草者數行 畫而抹之而已. 人莫不服其神.

020 朴參判民獻[250] 爲北伯[251]. 林白湖悌[252] 送于東門[253]外. 坐間 盧蘇
齋[254]以領相 枉駕[255]爲別 林公出避. 朴告于蘇齋曰, "林子順[256] 持贐

242) 책문(策問) : 정치에 관한 계책을 물어서 답하게 하던 과거(科擧) 과목.
243) 승접(承接) : 앞에서 받아 뒤로 이어 줌. * 얼굴을 대함.
244) 조사(措辭) : 시가나 산문에서 문자를 선택하거나 배열하는 일. 또는 그런 용법.
245) 문형(文衡) : 조선시대 대제학(大提學)을 달리 이르던 말. 저울로 물건을 다는 것과
　　　같이 글을 평가하는 자리라는 뜻임.
246) 격절칭선(擊節稱善) : 격절칭찬(擊節稱讚). 무릎을 손으로 치면서 매우 칭찬함.
247) 징목(瞪目) : 똑바로 바라봄. 눈을 부릅뜸.
248) 신밀(愼密) : 신중(愼重)하고 면밀(綿密)함.
249) 구연(懼然) : 구연(懼然). 두려움.
250) 박민헌(朴民獻, 1516~1586) : 조선조 선조 때의 문신. 자는 희정(希正), 초자는 이정
　　　(頤正), 호는 정암(正菴)·슬한재(瑟僩齋)·의속헌(醫俗軒)·저헌(樗軒), 본관은 함양
　　　(咸陽), 박유(朴瑜)의 아들. 서경덕(徐敬德)의 문인. 형조참판을 거쳐 함경도 관찰사가
　　　되었음.
251) 북백(北伯) : 관북백(關北伯). 조선시대 함경도 관찰사를 달리 이르던 말.
252) 임제(林悌, 1549~1587) : 조선조 선조 때의 문인. 자는 자순(子順), 호는 백호(白
　　　湖)·풍강(楓江)·소치(嘯癡)·벽산(碧山)·겸재(謙齋), 본관은 나주(羅州), 임진(林晉)
　　　의 아들.
253) 동문(東門) : 속칭 동대문(東大門)인 흥인문(興仁門).
254) 노 소재(盧蘇齋) : 조선조 선조 때의 문신인 노수신(盧守愼, 1515~1590). 자는 과회(寡
　　　悔), 호는 소재(蘇齋), 본관은 광주(廣州), 노홍(盧鴻)의 아들. 시호는 문간(文簡).

章²⁵⁷⁾來別 遇公避匿矣." 蘇齋曰, "聞其名久 欲相見耳." 遂要之. 林入
坐 蘇齋素詩見之 默無一言 以便面²⁵⁸⁾吹送之. 俄而朴曰, "朴君實²⁵⁹⁾ 亦
送別章." 蘇齋索之. 其詩有曰, '郵館²⁶⁰⁾夢回淸獻²⁶¹⁾鶴 塞垣²⁶²⁾風落晏
嬰²⁶³⁾裘²⁶⁴⁾' 槩其時朴有簠簋之誚²⁶⁵⁾ 出補²⁶⁶⁾北伯 用事²⁶⁷⁾精切²⁶⁸⁾ 句
法²⁶⁹⁾恬雅²⁷⁰⁾. 蘇齋諷詠²⁷¹⁾良久 極加嗟賞 累稱曰, "君實, 君實!" 林本
以習氣²⁷²⁾名於世. 思以一毫²⁷³⁾挫於人 若撻于市 而是日大有愧色. 君

---

255) 왕가(枉駕) : 왕림(枉臨). 남이 자기 있는 곳으로 찾아옴을 높여 이르는 말.

256) 임자순(林子順) : 임제를 가리킴. '자순'은 그의 자(字).

257) 신장(贐章) : 송별(送別)의 뜻을 표현한 시.

258) 편면(便面) : 옛사람들이 얼굴을 가리던, 부채처럼 생긴 물건.

259) 박군실(朴君實) : 조선조 선조 때의 학자인 박지화(朴枝華, 1513~1592)를 가리킴. '군
실'은 그의 자. 호는 수암(守庵), 본관은 정선(旌善), 박형원(朴亨元)의 서자. 서경덕
(徐敬德)의 문인.

260) 우관(郵館) : 예전 역참(驛站)에 두었던 객사(客舍).

261) 청헌(淸獻) : 관직 생활을 수단으로 살림을 늘리는 일을 하지 않고 청빈하게 살아가는
것을 말함. '청헌'은 송나라 조변(趙抃)의 시호임. 조변이 두 번에 걸쳐 촉(蜀)의 수령
으로 있으면서 행검을 청렴하게 하여 모범을 보이자 풍속이 바뀌었다고 함. 여기서는
박민헌의 청렴함을 조변에 빗대어 말한 것임.

262) 새원(塞垣) : 변방(邊方).

263) 안영(晏嬰) : 중국 춘추시대 제(齊)나라의 정치가. 자는 평중(平仲). 영공(靈公)·장공
(莊公)·경공(景公)의 3대를 섬기면서 재상을 지냈음.

264) 안영의 갖옷[안영구(晏嬰裘)] : 안영은 갖옷 한 벌을 30년이나 입을 정도로 검소하였
다고 함. 여기서는 박민헌의 검소함을 안영에 빗대어 말한 것임.

265) 보궤지초(簠簋之誚) : 제기(祭器)로 인한 문책(問責). '보궤'는 제향(祭享) 때 기장과
피를 담는 그릇. 네모난 보와 둥근 궤가 한 벌을 이룸.

266) 출보(出補) : 출배(出拜). 중앙의 관직에 있던 관리가 지방관으로 임명되어 나아가
는 일.

267) 용사(用事) : 한시를 지을 때 옛날의 뛰어난 글들에서 표현을 이끌어 쓰는 일.

268) 정절(精切) : 정밀(精密)하고 적절(適切)함.

269) 구법(句法) : 시문(詩文) 따위의 구절을 만들거나 배열하는 방법.

270) 염아(恬雅) : 욕심이 없어 늘 마음이 바르고 편안함. 조용하고 고상함.

271) 풍영(諷詠) : 시가(詩歌) 따위를 읊조림.

272) 습기(習氣) : 습관으로 형성된 기운이나 습성.

273) 일호(一毫) : 추호(秋毫). 한 가닥의 털이라는 뜻으로, 극히 작은 정도를 이르는 말.

實卽朴枝華字 恬靜寡慾[274] 精於詩律. 居永平[275]白鷺洲 遭壬辰之亂
歎曰, "吾年老 何以避亂? 寧自裁而不死賊手 削水邊木 自書杜詩 '白
鷗元水宿 何事有餘哀'一律 遂自投白鷺洲而死. 朴平日喜丹學[276] 人疑
其爲水仙[277]云.

021 金領[左]相貴榮[278] 判書某之孫. 判書之子 自少蒙騃[279]不省 只有
知覺而已. 判書退居鄕里 (里)中平民有女. 判書一日招其民語之曰,
"我子昏迷 不可與縉紳家[280]爲婚. 聞汝有女 與我結親則何如?" 民曰,
"謹當歸與妻相議而告之." 其民歸語其妻 妻曰, "是何言也? 某相公宅
郎君有知覺土偶人 何可爲也?" 其女在傍 從容言於其母曰, "我家鄕曲
村氓[281]. 相公家何如 而乃以平常之子 與民結婚耶? 棄一女而家世因
爲簪纓族[282]則何如?" 其民以其妻及其女之言告之. 遂與成禮 而判書
之子 不知人道. 其姆教而生子 卽貴榮. 能文早貴 歷颺華貫[283]. 其母
之兄弟族黨 尙在軍籍 有以上番軍至京者 主於金公家. 金公朝退 見軍
裝器械[284] 置於座上 召從者曰, "此物曷爲置此? 藏之隱處 毋令賓客見

---

274) 염정과욕(恬靜寡慾) : 사람의 성격이 조용하고 욕심이 적음.
275) 영평(永平) : 경기도 포천(抱川) 지역의 옛 지명.
276) 단학(丹學) : 인체 내의 기운의 흐름을 자연의 순환 법칙에 맞춤으로써 건강을 도모하
　　고 생명의 참모습을 깨닫게 한다는 학문.
277) 수선(水仙) : 물속에 산다는 신선.
278) 김귀영(金貴榮, 1519~1593) : 조선조 선조 때의 문신. 자는 현경(顯卿), 호는 동원(東
　　園), 본관은 상주(尙州), 김사원(金士元)의 손자, 김응무(金應武)의 아들.
279) 몽애(蒙騃) : 사리에 어둡고 철이 없음.
280) 진신가(縉紳家) : 양반(兩班) 집안. 진신(縉紳·搢紳)은 홀을 큰 띠에 꽂는다는 뜻으로,
　　모든 벼슬아치를 통틀어 이르는 말임.
281) 향곡촌맹(鄕曲村氓) : 시골에 사는 백성.
282) 잠영족(簪纓族) : 양반이나 높은 벼슬아치의 가문. '잠영'은 관원이 쓰던 비녀와 갓끈.
283) 화관(華貫) : 이름이 높고 녹(祿)이 많은 벼슬.
284) 기계(器械) : 연장, 연모, 그릇, 기구 따위를 통틀어 이르는 말. 여기서는 병기(兵器)를

也." 母夫人聞之 命拿入金公 數之曰, "汝家固是公卿家 我家卑賤. 群
從弟侄[姪] 皆在軍役. 以其至親故 入京來主於吾家. 宜盡心善遇 使無
間然 何可示以厭色 不安其心?" 金公悚然自沮.

022 壬辰後 唐將[285]無時請見宣廟. 適晝寢起而出見 唐將大不豫[286]曰,
"國王當此臥薪嘗膽[287]之日 面有晝寢之痕 何以能克復?" 宣廟曰, "此
事不可只憑舌人[288]解之 侍從臣僚中有能漢語[289]者乎?" 是時 月沙[290]
李公 入直春坊[291]. 諸臣告, "司書[292]李廷龜在直 頗能漢語." 宣廟召使
辨解. 月沙漢語 亦不能周達[293] 而特以文章辭令[294] 足以華國故 反覆
論釋盛言, '主上正以酬應[295]兵機[296] 達宵不交睫[297] 以致倚枕假寐[298].'

말함.

285) 당장(唐將) : '중국의 장수'라는 뜻으로, 여기서는 임진왜란 때 원병으로 온 명나라
　　장수를 가리킴.
286) 불예(不豫) : 불열(不悅). 기뻐하지 않음. 못마땅해 함.
287) 와신상담(臥薪嘗膽) : 불편한 섶에 몸을 눕히고 쓸개를 맛본다는 뜻으로, 원수를 갚거
　　나 마음먹은 일을 이루기 위하여 온갖 어려움과 괴로움을 참고 견딤을 비유적으로
　　이르는 말.
288) 설인(舌人) : 역관(譯官). 조선시대 사역원(司譯院)의 벼슬아치를 통틀어 이르던 말.
289) 한어(漢語) : 중국어(中國語).
290) 월사(月沙) : 조선조 인조 때의 문신인 이정구(李廷龜, 1564~1635)의 호. 자는 성징
　　(聖徵), 본관은 연안(延安), 이석형(李石亨)의 현손. 조선 중기 한문사대가(漢文四大
　　家)의 한 사람. 시호는 문충(文忠).
291) 춘방(春坊) : 조선시대 왕세자의 교육을 맡아보던 관아인 세자시강원(世子侍講院)을
　　달리 이르던 말.
292) 사서(司書) : 조선시대 세자시강원의 정6품 벼슬.
293) 주달(周達) : 두루 통달함.
294) 문장사령(文章辭令) : 글을 써서 응대하는 말.
295) 수응(酬應) : 요구에 응함.
296) 병기(兵機) : 군사적인 전략(戰略).
297) 교첩(交睫) : 눈을 붙임. 잠을 잠.
298) 가매(假寐) : 잠자리를 제대로 보지 않고 잠을 잠.

之意 唐將終至喜悅. 月沙自此受知於宣廟 超遷²⁹⁹⁾至崇品³⁰⁰⁾. 遭時致
位 亦係於天數云.

023 梧里李公 自少善漢語. 李公少沈滯下僚. 嘗爲書狀官 朝京途間 越
大川. 時三使臣之轎行 中人皆擔而渡. 譯舌輩³⁰¹⁾ 亦皆脫足擔昇 而侮
完平之位卑 渠輩自以漢語問答云, "如此輩 吾屬亦自親擔可苦." 云云.
完平若不聞. 及至燕京 與禮官問答 不用譯舌 以華語酬酢[酌] 曉達³⁰²⁾
無滯礙. 譯胥輩³⁰³⁾ 始大驚跋踖³⁰⁴⁾ 而李公終不問. 公善華語 每遇識華
語者 則輒以華語問答. 昔聞諸外王考³⁰⁵⁾如此 而今見東平都尉³⁰⁶⁾遺閑
錄³⁰⁷⁾ 與此少異.

024 梧里李公 退老黔川³⁰⁸⁾. 一日 與鄕老 共登山麓. 有行人 騎馬而過
者. 他人下馬 一人獨不下. 從者禁之而不聽. 鄕人請拿治之 公曰, "愼

---

299) 초천(超遷) : 직위 따위의 등급을 뛰어넘어서 승진함.
300) 숭품(崇品) : 조선시대의 18품계 가운데 둘째 등급인 종1품.
301) 역설배(譯舌輩) : 역관의 무리.
302) 효달(曉達) : 통효(通曉). 통달하여 환하게 앎.
303) 역서배(譯胥輩) : 역관과 아전의 무리.
304) 축적(跋踖) : 공경하여 언행을 조심함.
305) 외왕고(外王考) : 외조고(外祖考). 돌아가신 외할아버지. 이 책의 편찬자인 박양한의
　　외조부는 조선조 숙종 때의 문신인 윤지완(尹趾完, 1635~1718)임. 윤지완의 자는 숙린
　　(叔麟), 호는 동산(東山), 본관은 파평(坡平). 윤강(尹絳)의 아들. 시호는 충정(忠正).
306) 동평 도위(東平都尉) : 조선조 제17대 임금 효종의 사위인 정재륜(鄭載崙,
　　1648~1723)을 가리킴. 정재륜은 숙정공주(淑靜公主)의 남편으로 동평위(東平尉)가
　　됨. 자는 수원(秀遠), 호는 죽헌(竹軒), 본관은 동래(東萊). 정태화(鄭太和)의 아들.
　　시호는 익효(翼孝).
307) 견한록(遣閑錄) : 동평위 정재륜이 저술한 책으로, 정식 명칭은 《공사견문록(公私見聞
　　錄)》임.
308) 검천(黔川) : 탄천(炭川). 경기도 용인시에서 성남시를 거쳐, 서울시 강남구·송파구
　　를 거쳐 한강으로 흐르는 내.

勿犯也. 下賤遇士大夫數人 輒畏而下馬 今此 累人齊會禁而不下. 此人必將遇事 而未得其機括³⁰⁹⁾者切勿相犯也." 俄而其人 跨馬越壑 墜落折項. 同行者驚遑 終致斃. 先輩之善料事忍小忿如此.

025 完平性勤 旣閑居 老不能親書卷無以自遣³¹⁰⁾. 適有村人過者 公曰, "汝有蒲席可造者乎? 宜幷機與繩 送置我前 我當織之." 其人 "唯唯." 如戒置於前. 數日 公親織訖 召其人 給之曰, "取汝席去." 其人惶懼謝曰, "相公織席 小人安敢取乎?" 公笑曰, "我爲遣閑爲此 豈取汝席乎?" 終給之. 其老不自逸如此 可爲後生怠惰者戒.

026 月沙李相廷龜 爲卞[辨](丁)應泰³¹¹⁾誣 奉使朝京. 是時 我國受誣罔極. 中朝人 操切³¹²⁾東使甚急. 晝以糾察³¹³⁾ 夜不給燈火. 月沙旣受便宜之命³¹⁴⁾ 將採取物論³¹⁵⁾ 隨宜繕寫³¹⁶⁾奏文 而無所措其手足抑塞 不知所出. 有一寫字官³¹⁷⁾ 夜入舍館白公曰, "公若呼之 則第當試寫." 公答曰,

---

309) 기괄(機括) : 기괄(機栝). 쇠뇌의 시위를 걸어 화살을 쏘는 장치인 노아(弩牙)와 전괄(箭栝). 원래 기(機)는 활 양 끝의 활시위를 거는 곳이고, 괄(栝)은 화살 끝으로 활시위를 받는 곳을 말함. 사물의 중요한 작동 혹은 민첩하게 기선을 잡는 것, 또는 시비를 재빠르게 판단하는 것을 의미하는 말로 쓰임.

310) 자견(自遣) : 스스로 소일(消日)함.

311) 정응태(丁應泰) : 임진왜란 때 명나라의 병부주사(兵部主事)로, 1598년 사신으로 와서 조선이 왜병을 끌어들여 명나라를 침범하려 한다고 무고하는 글을 신종(神宗)에게 올렸음.

312) 조절(操切) : 조속(操束). 단단히 잡아서 단속함.

313) 규찰(糾察) : 어떠한 사실을 자세히 조사하여 살핌. 질서를 바로잡고 통제함.

314) 편의지명(便宜之命) : 편의종사(便宜從事). 임금이 사신을 보낼 때 어떤 결정적인 지시를 내리지 않고, 현지의 형편에 따라 좋을 대로 하도록 허락하는 일.

315) 물론(物論) : 물의(物議). 여러 사람들의 평판.

316) 선사(繕寫) : 부족한 점을 보충하여 정서(淨書)함. 문서를 수집하여 기록함.

317) 사자관(寫字官) : 조선시대 승문원(承文院)과 규장각(奎章閣)에서 문서를 정서(正書)

“漆夜無燈 汝何以寫之?”其人曰, “第呼之.”公始呼 寫一通. 寫畢 公
曰, “汝之眼力 誠奇矣. 奈我不得見何?”其人遂俛首 着眼於紙上曰,
“公試從吾顧後看之.”公俯其背 自其顧視之 字皆瞭然. 盖其人目光 能
照物生明云. 盖宣廟(朝)人才 東方極盛之會. 此人亦可謂應時而出也.

027 月沙李公 奉使燕京. 嘗夜坐 忽聞廚間有誦書聲. 問爲誰 從者曰,
“執燃竈之役[318]者也.”公召問之 卽遠方擧人 會試到京 見落而無以歸
執是役 受其傭以自給者. 公曰, “汝若擧人 則可製程文[319]否?”因手草
策題以給. 其人卽草數千言以進. 公覽曰, “汝之文 誠大肆[320]矣. 但科
場文字 必緊切 可售於主司之目. 汝文雖汗漫宏肆[321] 稍欠切實 吾當教
之.”遂一依我國科製規矩 卽草一通 以示其人 笑曰, “此文 以文章典
則論之 雖無足觀 決摘科第 實爲妙法.”其後 鎖院出榜[322] 其人果占魁
選 卽入翰苑[323]. 來見公謝曰, “吾一遵公文程式致此 皆公之賜也.”公
遂往謝. 中朝策士[324] 卽賜第宅蒼頭故 已是儼然官府樣子. 時日之間
以廝役 致卿宰. 其貴賤之相懸如此. 使事由禮部 其人多有力云.

028 鄭順朋[325]釀成[326]乙巳士禍[327]. 柳相仁淑[328]家婢 有籍沒[329]爲順朋

하는 일을 맡아보던 벼슬.
318) 연조지역(燃竈之役) : 아궁이에 불을 때는 일. 부엌일.
319) 정문(程文) : 과거 볼 때에 쓰던 일정한 법식이 있는 문장.
320) 대사(大肆) : 거리낌 없이 자유분방함.
321) 한만굉사(汗漫玄肆) : 대단히 넓고 큼. 광대무변(廣大無邊)함.
322) 쇄원출방(鎖院出榜) : 과거 시험의 성적 발표가 있기 전까지 시험관이 시험장을 떠나
    지 못하다가 합격자 명단을 내거는 일.
323) 한원(翰苑) : 한림원(翰林苑). 중국 당나라 중기 이후에 주로 조서(詔書)를 기초하는
    일을 맡아보던 관아.
324) 책사(策士) : 과거에서 책문(策問)으로 관리를 선발하는 일.

婢者. 常時務盡忠款[330]. 及順朋死後 以詛說發覺 死人之脚 納于順朋
枕中. 其女自服曰, "順朋殺我相公 不共戴天[331]之讎. 吾恨不手刃[332]
故 乃爲此計耳. 自初欲爲此事 而靑坡書房主在時 洞曉[333]如神明[334]故
不敢生意 今已沒得 售吾計耳." 靑坡卽指北窓[335]也. 北窓能爲他心
通[336]之術. 每於其父順朋 凶謀密議時 輒入深山中痛哭. 其女之言 所
以如此.

029 北窓鄭公礦 順朋之子也. 世稱東方異人 天資純粹 風骨秀朗 宛若
天人 神淸無慾. 能達六通[337]之術. 少時 讀書山寺 山下百里內事 盡知
之. 隨使臣 赴燕京 遇諸國使 輒爲其國之語 酬酢[酌][338]無礙. 琉球

---

325) 정순붕(鄭順朋, 1484~1548) : 조선조 명종 때의 문신. 자는 이령(耳齡), 호는 성재(省
齋), 본관은 온양(溫陽), 정탁(鄭鐸)의 아들.
326) 양성(釀成) : 어떤 분위기나 감정 따위를 빚어냄. * 술이나 간장 따위를 빚어 만듦.
327) 을사사화(乙巳士禍) : 조선조 명종 즉위년(1545)에 일어난 사화. 인종이 죽자 새로
즉위한 명종의 외숙인 소윤(小尹)의 거두 윤원형이 인종의 외숙인 대윤(大尹)의 거두
윤임 일파를 몰아내는 과정에서 대윤파에 가담했던 사림(士林)이 크게 화를 입은 사건.
328) 유인숙(柳仁淑, 1485~1545) : 조선조 중종 때의 문신. 자는 원명(原明), 호는 정수
(靜叟), 본관은 진주(晉州), 유문통(柳文通)의 아들. 을사사화 때 사사됨. 시호는 문
정(文貞).
329) 적몰(籍沒) : 중죄인(重罪人)의 재산을 몰수하고 가족까지도 처벌하던 일.
330) 충관(忠款) : 충관(衷款). 충심(衷心). 마음속에서 우러나는 참된 마음.
331) 불공대천(不共戴天) : 하늘을 함께 이지 못한다는 뜻으로, 이 세상에서 같이 살 수
없을 만큼 큰 원한을 가짐을 비유적으로 이르는 말.
332) 수인(手刃) : 손수 칼로 찌름.
333) 통효(洞曉) : 훤히 꿰뚫어 앎.
334) 신명(神明) : 천지(天地)의 신령. 신령스럽고 이치에 밝음.
335) 북창(北窓) : 조선조 명종 때의 문신인 정렴(鄭礦, 1505~1549)의 호. 자는 사결(士潔),
본관은 온양(溫陽), 정순붕(鄭順朋)의 아들. 시호는 장혜(章惠).
336) 타심통(他心通) : 불교에서 말하는 오심통(五心通)의 하나로, 남의 마음속을 꿰뚫어
볼 수 있는 신통한 능력.
337) 6통(六通) : 여섯 가지 신통력(神通力). 곧 천안통(天眼通)·천이통(天耳通)·타심통
(他心通)·숙명통(宿命通)·신족통(神足通)·누진통(漏盡通).

國[339]使臣 見公下拜曰, "公神人也. 我在本國時筮命[340] 某月某日入中
國 當遇異人." 仍出諸囊中而示之 果是日也. 順朋每與凶人謀議. 公輒
入深山中痛哭. 年至四十餘卒. 旣屬纊[341]家人發喪[342]而哭. 忽然起坐
曰, "吾有忘事." 命取筆硯書自輓詩[343]曰, '一生讀破萬卷書 一日飮盡
千鍾酒 高談伏羲[344]以上事 俗說從來不掛口 顔回[345]三十稱亞聖[346] 先
生之壽何其久' 寫畢 投筆而逝.

030 宣廟末年 命仁廟御諱[347] 從人從宗[348] 已有深意. 多聚諸宮王孫 或
畵或書. 仁廟兒時畵馬. 宣廟以其畵 給白沙[349]李公. 白沙北遷[350]時 門
生[351]部曲[352] 追送[353]於道傍者甚多. 獨携金昇平瓾[354] 宿於逆旅[355]. 以

---

338) 수작(酬酌) : 본디 술잔을 서로 주고받는다는 말로, 서로 말을 주고받는 것 또는 그
   말을 뜻함.
339) 유구국(琉球國) : 중세시대 일본 오키나와 현(沖縄縣)에 있던 나라.
340) 서명(筮命) : 운명을 점침.
341) 속광(屬纊) : 임종(臨終). 옛날 중국에서 사람이 죽어 갈 무렵에 고운 솜을 코나 입에
   대어 호흡의 기운을 검사하였다는 데서 유래함.
342) 발상(發喪) : 상례(喪禮)에서 죽은 사람의 혼을 부르고 나서 상제가 머리를 풀고 슬피
   울어 초상난 것을 알림. 또는 그런 절차.
343) 만시(輓詩) : 만시(挽詩). 죽은 사람을 애도하는 시.
344) 복희(伏羲) : 복희씨(伏羲氏). 중국 고대의 전설적인 제왕. 팔괘(八卦)를 처음 만들고,
   그물을 만들어 고기잡이를 가르쳤다고 전함.
345) 안회(顔回) : 중국 춘추시대 노(魯)나라 사람으로, 공자(孔子)의 으뜸제자. 자는 자연
   (子淵). 안빈낙도(安貧樂道)를 실천하였으나 요절하였음.
346) 아성(亞聖) : 버금가는 성인(聖人). 맹자(孟子)나 안회를 가리킴.
347) 어휘(御諱) : 어명(御名). 임금의 이름.
348) 종인종종(從人從宗) : 사람 인(人) 변에 마루 종(宗)을 한 글자, 곧 종(倧). 인조의 어휘임.
349) 조선조 광해군 때의 문신인 이항복(李恒福, 1556~1618)의 호. 자는 자상(子常), 다른
   호는 필운(弼雲)·청화진인(淸化眞人)·동강(東岡)·소운(素雲), 본관은 경주(慶州), 이
   몽량(李夢亮)의 아들. 오성부원군(鰲城府院君)에 봉해짐. 시호는 문충(文忠).
350) 북천(北遷) : 북쪽으로 귀양 감. 백사는 함경남도 북청(北靑)으로 귀양 갔음.
351) 문생(門生) : 문하생(門下生). 제자(弟子).
352) 부곡(部曲) : 부대(部隊). 사병(私兵).

其畵付之曰, "此是先王所賜 而莫知其意. 君第審此畵所寫之人." 昇
平亦茫然[356] 莫知其所以. 歸而帖諸壁上. 仁廟潛邸[357]時一日 適出遇
驟雨 入道傍一舍門外以避之. 俄而丫鬟[358] 自內來告曰, "雖不知何客
雨旣甚 不可久立 願暫坐外舍[359]." 仁廟辭以無主 丫鬟累以內意爲請.
仁廟不得已卸馬[360]入外舍. 壁上有畵馬 諦視之卽兒時所寫 心怪之.
俄而主人至卽昇平 而初不相識. 仁廟具道其避雨之故 仍問曰, "彼畵
何爲帖壁?" 昇平答曰, "白沙曾付我此畵 不知其何人作故帖壁 或冀其
求之耳." 仁廟曰, "此吾兒時所寫耳." 俄而 自內大供具以進 昇平心怪
之. 送後問於夫人曰, "過去宗臣[361] 偶然避雨 設盛饌以待之 何也?" 夫
人曰, "夜夢 大駕[362]入吾門 威儀甚盛 覺而異之. 午有婢傳言, '有一官
人 避雨入門立馬.' 吾於門隙窺之 顔貌宛如夢中所見故 驚而盛待之
耳." 昇平自此往來親密 終擧興王之事[363]. 白沙公間氣[364]事 或有如神
者. 靖社勳臣[365] 延平[366]延陽[367]平城[368]昇平完城[369]諸人 皆出門下 其

353) 추송(追送) : 떠나는 뒤를 배웅함.
354) 김류(金瑬, 1571~1648) : 조선조 인조 때의 문신. 자는 관옥(冠玉), 호는 북저(北渚),
    본관은 순천(順天), 김여물(金汝岉)의 아들. 인조반정 후 승평부원군(昇平府院君)에
    봉해짐. 시호는 문충(文忠).
355) 역려(逆旅) : 여관(旅館). 숙소(宿所).
356) 망연(茫然) : 아무 생각이 없이 멍함.
357) 잠저(潛邸) : 나라를 세우거나 임금의 친족에 들어와 임금이 된 사람의, 임금이 되기
    전의 시기. 또는 그 시기에 살던 집.
358) 아환(丫鬟) : 차환(叉鬟). 주인을 가까이에서 모시는 젊은 계집종.
359) 외사(外舍) : 예전 양반 집에서 바깥주인이 거처하던 사랑채.
360) 사마(卸馬) : 잡고 있던 말고삐를 풀어 놓음. 말에서 내림.
361) 종신(宗臣) : 왕족으로 벼슬자리에 있는 사람. 나라에 큰 공을 세운 신하.
362) 대가(大駕) : 어가(御駕). 임금이 타던 수레.
363) 흥왕지사(興王之事) : 새로 왕을 옹립하는 일. 여기서는 인조반정(仁祖反正)을 가리킴.
364) 간기(間氣) : 여러 세대에 걸쳐 드물게 있는 뛰어난 기품.
365) 정사훈신(靖社勳臣) : 정사공신(靖社功臣). 조선조 광해군 15년(1623)에 일어난 인조반
    정의 공신에게 내린 훈호(勳號). 인조 1년(1623)에 김유, 이괄 등 53명에게 내렸음.

亦異哉!

031 天生創業[370]中興[371]之主 又必生聖后 以贊陰化[372]. 仁祖大王 誕膺
駿命[373] 丕闡[374]中興之業. 仁烈王后[375] 亦有聖德 以輔內治. 反正後 光
海朝宮人 有念舊而垂泣者. 有一宮人訐訴[376] 后下敎曰, "此人思舊君
而垂泣 可謂忠矣." 仍召而語之曰, "汝能不忘舊君 必將移其所事而事
我. 今以汝爲保母尙宮[377] 汝其保我子女." 因撻其言者 其人感泣[378].
自此舊宮人 皆釋然[379]自安[380]. 此事詳於東平尉遺閑錄. 仁穆大妃[381]

---

366) 연평(延平) : 조선조 인조 때의 문신인 이귀(李貴, 1557~1633)를 가리킴. 이귀의 자는
    옥여(玉汝), 호는 묵재(默齋), 본관은 연안, 이정화(李廷華)의 아들. 인조반정을 일으
    켜 정사공신 1등으로 연평부원군(延平府院君)에 봉해짐. 시호는 충정(忠定).
367) 연양(延陽) : 조선조 효종 때의 문신인 이시백(李時白, 1592~1660)을 가리킴. 이시백
    의 자는 돈시(敦詩), 호는 조암(釣巖), 본관은 연안(延安), 이귀(李貴)의 아들. 연양부
    원군(延陽府院君)에 봉해짐. 시호는 충익(忠翼).
368) 평성(平城) : 조선조 인조 때의 문신인 신경진(申景禛, 1575~1643)을 가리킴. 신경진
    의 자는 군수(君受), 본관은 평산(平山), 신립(申砬)의 아들. 평성부원군(平城府院君)
    에 봉해짐. 1642년(인조20)에 영의정이 됨. 시호는 충익(忠翼).
369) 완성(完城) : 조선조 인조 때의 문신인 최명길(崔鳴吉, 1586~1647)을 가리킴. 최명길
    의 자는 자겸(子謙), 호는 지천(遲川), 본관은 전주(全州), 최기남(崔起南)의 아들. 이
    항복(李恒福)·신흠(申欽)의 문인. 인조반정에 가담. 정사공신(靖社功臣) 1등이 되어
    완성부원군(完城府院君)에 봉해짐. 시호는 문충(文忠).
370) 창업(創業) : 나라나 왕조 따위를 처음으로 세움.
371) 중흥(中興) : 쇠퇴하던 것이 중간에 다시 일어남. 또는 다시 일어나게 함.
372) 음화(陰化) : 부인(婦人)의 덕. 예로부터 성군(聖君)에게는 아름다운 배필이 있어 군왕
    이 천하를 도모하는 것을 내조(內助)하였다고 함.
373) 준명(駿命) : 준명(峻命). 대명(大命). 위대한 천명(天命).
374) 비천(丕闡) : 크게 밝힘.
375) 인렬왕후(仁烈王后, 1594~1635) : 조선조 제16대 임금인 인조의 비. 본관은 청주(淸
    州), 한준겸(韓浚謙)의 딸.
376) 알소(訐訴) : 남을 헐뜯기 위하여 사실을 날조하여 윗사람에게 고자질함.
377) 보모상궁(保姆尙宮) : 조선시대 왕자나 왕녀의 양육을 맡아보던 나인들의 우두머리
    상궁.
378) 감읍(感泣) : 감격하여 목메어 욺.

昇退後 內藏[382]中有大妃手寫天朝奏文一通 中有驚怕[383]之語. 仁廟覽
之 而驚不知所處. 后仰問曰, "此事 殿下將何以區處[384]?" 仁廟曰, "后
意何如?" 后曰, "願勿煩耳目而賜我 我當善處." 仁廟擧而授諸后. 后
命取火焚之. 此等擧措 非聖德能之乎? 猗歟盛哉!

032 癸亥反正前日夕 昇平與諸人 齊會於壽進坊[385]完南李公厚源[386]第.
將出城 約會於弘濟院[387] 以是夜擧義. 完南之侄[姪]李廻[逈][388] 將出
宮村[389] 收拾其家奴僕以來. 宮村卽完南郊庄[390]也. 昇平語之曰, "李而
放[391]居宮村 汝須携來." 而放卽故副提學惟弘[392]子. 以非罪被逮於昏

---

379) 석연(釋然) : 의혹이나 꺼림칙한 마음이 없이 환함.

380) 자안(自安) : 절로 편안해짐.

381) 인목대비(仁穆大妃, 1584~1632) : 조선조 제14대 임금인 선조의 계비(繼妃). 연흥부
    원군(延興府院君) 김제남(金悌男)의 딸. 영창대군(永昌大君)의 어머니.

382) 내장(內藏) : 밖으로 드러나지 않게 안에 간직함.

383) 경파(驚怕) : 놀랍고 두려움.

384) 구처(區處) : 변통하여 처리함. 또는 그런 방법.

385) 수진방(壽進坊) : 조선시대 초기부터 있던 한성부 중부 8방 중의 하나. 현재의 행정구
    역으로는 서울시 종로구 수송동·청진동 각 일부에 해당함.

386) 이후원(李厚源, 1598~1660) : 조선조 효종 때의 문신. 자는 사심(士深), 호는 우재(迂
    齋)·남항거사(南港居士), 본관은 전주(全州), 광평대군(廣平大君) 이여(李璵)의 7대손,
    이욱(李郁)의 아들. 인조반정 후 완남군(完南君)에 봉해짐. 시호는 충정(忠貞).

387) 홍제원(弘濟院) : 서울시 서대문구 홍제동 지역에 있었던 역원(驛院).군

388) 이형(李逈, 1603~1655) : 조선조 효종 때의 문신. 자는 여근(汝近), 호는 성재(省齋),
    본관은 전주(全州), 이후재(李厚載)의 아들, 이후원(李厚源)의 조카. 원문의 이회(李
    廻)는 이형(李逈)의 잘못임.

389) 궁촌(宮村) : 궁말. 서울시 강남구 수서동 일대의 옛 지명.

390) 교장(郊庄) : 서울 근교의 농장.

391) 이이반(李而放, ?~1623) : 조선조 광해군 때의 종실. 본관은 전주(全州), 이유홍(李惟
    弘)의 아들. 아버지가 소북파로 몰려 대북파의 탄압으로 강계에 유배되자, 이후원(李
    厚源)이 인조반정에 가담할 것을 권하였으나 궁중에 고변하였음. 반정이 성공한 뒤
    고변한 죄로 처형되었음.

392) 이유홍(李惟弘, 1567~1619) : 조선조 광해군 때의 문신. 자는 대중(大仲), 호는 간정

朝[393] 竄死遐荒[394]. 而放少受學於昇平故 昇平欲携與同事也. 李廻[逈]
去路 遇而放於箭橋[395] 携上山阿無人處 具以告 仍曰, "金同知 方在壽
眞[進]第 君須直往." 而放謝曰, "先生愛我 與共大事. 我旣有至痛 安
敢不入?" 因馳入壽眞[進]第 入中門 遇滄江趙公涑[396]. 而放又稱謝曰,
"君輩謀擧大事 不以我爲庸碌[397] 亦預其謀感謝. 雖然 吾有叔父 欲往
告何如?" 趙公(曰), "迂儒[398]宜峻辭嚴升[斥]." 携入牢繫[399]而但答曰,
"此重事 何可輕易往告? 須深量爲之." 仍別去. 而放入見昇平稱謝 暫
往來其家 而直往其叔父惟誠[400]家告之. 惟誠卽文科承旨 聞之大驚 拉
而放直走金藎國[401]家 著變書上變[402]. 如是之際 日已曛黑. 金吾郞[403]

(艮庭), 본관은 전주(全州), 광평대군(廣平大君)의 6대손, 이정필(李廷弼)의 아들. 영
창대군(永昌大君)을 적극 지지하며 정권을 잡은 소북파의 일당이라는 탄핵을 받아 관
작을 삭탈당하고 강계로 유배되어 죽었음. 때

393) 혼조(昏朝) : 임금이 혼미(昏迷)하여 국사를 잘 다스리지 못하는 조정. 여기서는 광해
군(光海君) 때의 조정을 말함.

394) 하황(遐荒) : 멀리 떨어진 변방.

395) 전교(箭橋) : 전곶교(箭串橋). 제반교(濟盤橋). 성동구 사근동 102번지 남쪽 현재 성동
교 동쪽에 위치해 있는 돌다리로 중랑천에 놓여 있음. 살곶이 앞에 있다 하여 살곶이
다리, 또는 살꽂이다리라고 하였음.

396) 조속(趙涑, 1595~1668) : 조선조 현종 때의 서화가. 자는 희온(希溫)·경온(景溫), 호
는 창강(滄江)·창추(滄醜)·취추(醉醜)·취옹(醉翁)·취병(醉病), 본관은 풍양(豊壤),
수륜(守倫)의 아들. 인조반정에 가담하였으나 공신 책록을 사퇴하고 그림에 몰두하였
음. 까치나 물새 등을 소재로 한 수묵 화조화에서 한국적 화풍을 이룩하였음.

397) 용록(庸碌) : 용렬(庸劣)하고 녹록(碌碌)함. 평범하고 호락호락함.

398) 우유(迂儒) : 세상물정에 어두운 선비.

399) 뇌집(牢繫) : 단단히 묶어 둠.

400) 이유성(李惟聖, 1581~1627) : 조선조 인조 때의 문신. 자는 시중(時中), 호는 사천(沙
川). 광평대군(廣平大君)의 6대손, 이정필(李廷弼)의 아들. 원문의 이유성(李惟誠)은
잘못임.

401) 김신국(金藎國, 1572~1657) : 조선조 인조 때의 문신. 자는 경진(景進), 호는 후추(後
瘳), 본관은 청풍(淸風), 김급(金汲)의 아들.

402) 상변(上變) : 고변(告變). 변고 따위를 알림. 반역 행위를 고발함.

403) 금오랑(金吾郞) : 조선시대 의금부(義禁府)의 종5품 벼슬인 금부도사(禁府都事)를 달

直到壽眞[進]第 諸人盡往弘濟院 只有李厚培[404]李廻[逈] 拿入鞫
廳[405]. 金自點[406]沈器遠[407] 先是自別謀合[別自合謀](而)附於仁廟者
也. 遂大供具齎賄賂[408] 厚遺光海[409]後宮金姓人. 撤[徹]夜大宴於後苑
但稱, "成之爲逆乎? 遂之爲逆乎?" 成之遂之卽沈金兩人之字. 平日締
結宮禁[410] 習知其字故也. 光海沈醉 不下鞫廳密匣[411]故 逮捕不及出.
是夜義兵[412] 從彰義門[413]入 反正[414]於昌德宮[415] 厚培廻[逈]得不死. 仁
祖登極 下敎曰, "李惟誠 忠於其君者 勿問. 李而攽忘其父之死於非罪
又背其師而納之罟獲[416]罪 不可赦." 命誅之.

리 이르던 말.

404) 이후배(李厚培, 1594~1651) : 조선조 효종 때의 문신. 자는 중고(仲固, 본관은 전주
(全州), 광평대군(廣平大君) 이여(李璵)의 7대손, 이욱(李郁)의 아들.

405) 국청(鞫廳) : 추국청(推鞫廳). 조선시대 역적 등의 중죄인을 신문하기 위하여 설치하
던 임시 관아.

406) 김자점(金自點, 1588~1651) : 조선조 인조 때의 문신. 자는 성지(成之), 호는 낙서(洛
西), 본관은 안동(安東), 김극(金玏)의 아들, 김질(金礩)의 5대손.

407) 심기원(沈器遠, ?~1644) : 조선조 인조 때의 문신. 자는 수지(遂之), 본관은 청송(靑
松), 심간(沈諫)의 아들. 인조반정에 공을 세워 청원부원군(靑原府院君)에 봉해짐.
1644년(인조22) 좌의정으로 남한산성 수어사(守禦使)를 겸임하면서 회은군(懷恩君)
이덕인(李德仁)을 추대하여 반란을 일으키려다 발각되어 주살됨.

408) 회뢰(賄賂) : 뇌물(賂物).

409) 광해군(光海君, 1575~1641) : 조선조 제15대 임금. 재위 1608~1623. 이름은 혼(琿),
선조의 둘째 아들. 어머니는 공빈(恭嬪) 김씨, 왕비는 유자신(柳自新)의 딸.

410) 궁금(宮禁) : 궁궐(宮闕).

411) 밀갑(蜜匣) : 조선시대 병란(兵亂)이 일어나면 즉시 군사를 동원할 수 있도록 내리던
병부(兵符)인 밀부(密符)를 넣어두는 상자.

412) 의병(義兵) : 외적의 침입을 물리치기 위하여 백성들이 자발적으로 조직한 군대. 또는
그 군대의 병사. 여기서는 반정군(反正軍)을 말함.

413) 창의문(彰義門) : 서울시 종로구 청운동에 있는 사소문(四小門)의 하나. 서북문(西北
門) 또는 자하문(紫霞門)으로도 불림.

414) 반정(反正) : 옳지 못한 임금을 폐위하고 새 임금을 세워 나라를 바로잡음. 또는
그런 일.

415) 창덕궁(昌德宮) : 서울시 종로구 와룡동에 있는 조선시대의 궁궐.

416) 고획(罟獲) : 그물과 덫.

033 凡符讖[417]兆朕[418] 或有自古流傳[419] 而符於後世者 如帝王受命[420] 固是天命[421]之前定[422] 此豈人力所可容哉? 國都之西 有所謂仁王山者. 山之北城門曰彰義門. 門之外有弘濟院. 院之西十餘里 有延曙驛[423]. 山門院驛設名 不知其創於何代 而門則太祖定鼎[424]時所命. 皆自古謄傳於人口者. 光海朝 仁王山下 有王氣[425]之說故 光海爲搆離宮[426] 卽今之慶德宮[427] 而守不知仁祖大王已誕於其下. 彰義弘濟 亦符於癸亥之義擧 至於延曙驛 尤有奇者. 癸亥 李完豊曙[428] 爲長湍府使 參擧義謀. 仁廟所倚仗[429] 只是長湍軍. 仁廟與諸勳臣 夜會弘濟院 完豊將兵約會 夜深不至. 仁廟憂之 與諸臣前進 至延曙驛 遇李曙將兵來. 仍與同至弘濟院 由彰義門入. 驛之命名 不知何代何人所名 而豈知千百代[430]後 有所謂李曙者 亦豈知聖祖延李曙於此地 而名之哉? 此

---

417) 부참(符讖) : 점술에서 뒷날에 일어날 일을 미리 알아서 해석하기 어렵게 적어 놓은 글.
418) 조짐(兆朕) : 좋거나 나쁜 일이 생길 기미가 보이는 현상.
419) 유전(流傳) : 세상에 널리 퍼짐. 또는 세상에 널리 퍼뜨림.
420) 수명(受命) : 수명어천(受命於天). 천명을 받아 왕위에 오름.
421) 천명(天命) : 하늘의 명령. 타고난 운명. 타고난 수명.
422) 전정(前定) : 전생에 이미 정해짐. 또는 그런 것.
423) 연서역(延曙驛) : 서울시 은평구 역촌동에 있던 역참(驛站).
424) 정정(定鼎) : 새로 나라를 세워 도읍을 정함을 이르는 말.
425) 왕기(王氣) : 임금이 날 조짐. 또는 임금이 될 조짐.
426) 이궁(離宮) : 행궁(行宮). 임금이 나들이 때에 머물던 별궁.
427) 경덕궁(慶德宮) : 경희궁(慶熙宮). 서울시 종로구 신문로에 있던 궁궐. 조선 광해군 8년(1616)에 건립하여 경덕궁이라 하던 것을 조선 영조 36년(1760)에 경희궁으로 고쳤음. 건물은 없어지고, 1910년에 경성중학교가 세워졌다가 경희궁 복원 사업의 일환으로 숭정전을 비롯하여 일부가 복원되었음.
428) 이서(李曙, 1580~1637) : 조선조 인조 때의 무신. 자는 인숙(寅叔), 호는 월봉(月峰), 본관은 전주(全州), 효령대군(孝寧大君)의 10대손, 이경록(李慶祿)의 아들. 인조반정으로 완풍부원군(完豊府院君)에 봉해짐. 시호는 충정(忠正).
429) 의장(倚仗) : 의지하고 믿음.
430) 천백 대(千百代) : 수많은 세대(世代).

誠天人相合⁴³¹⁾ 不期然而然者 抑吾聞之古語曰, '至人上知千歲 下知千
歲.' 或者 古有至人先知而設名耶. 皆不可知也.

034 仁廟義旅 不過長湍軍若干. 雖是應天順人⁴³²⁾ 豈能當輦下⁴³³⁾親
兵⁴³⁴⁾? 是時 李興立⁴³⁵⁾爲訓練大將⁴³⁶⁾ 勳臣⁴³⁷⁾因緣 通於興立 請爲內應
興立曰, "吾當整軍⁴³⁸⁾赴難⁴³⁹⁾. 觀其成敗 義兵若敗 則當從而攻之." 是
夜 興立聚軍至闕下 見義兵已入 打錚退軍 陣於把子橋⁴⁴⁰⁾故 義兵如入
無人之境⁴⁴¹⁾. 其後 興立仍帶⁴⁴²⁾訓將. 甲子适變⁴⁴³⁾ 又用此術 平亂後伏
誅⁴⁴⁴⁾. 爲人臣而不忠於所事 坐觀成敗 固是天理之所當誅者. 況歷觀
前史與近事 凡人之用意謀計 左右反覆 必擇利害 巧占⁴⁴⁵⁾便利者 無不

---

431) 천인상합(天人相合) : 하늘과 사람이 서로 잘 맞음.

432) 응천순인(應天順人) : 하늘의 뜻에 순응하고 백성의 뜻을 따름. 위

433) 연하(輦下) : 임금이 타는 수레인 연(輦)의 아래라는 뜻으로, 임금이 있는 곳을 이르
는 말.

434) 친병(親兵) : 임금이 몸소 거느리고 지휘하는 군사.

435) 이흥립(李興立, ?~1624) : 조선조 인조 때의 무신. 본관은 광주(廣州). 인조반정 때
훈련대장으로 창덕궁에서 내응하여 광주군(廣州君)에 봉해졌으나 이괄의 난 때 반란
군에 투항했다가 옥에서 자결하였음.

436) 훈련대장(訓練大將) : 조선시대 훈련도감(訓練都監)의 종2품 으뜸 벼슬.

437) 훈신(勳臣) : 공을 세운 신하. 여기서는 장유(張維)를 가리킴. 장유가 이흥립의 사위인
자신의 동생 장신(張紳)을 통해 설득하였음.

438) 정군(整軍) : 군대를 정비하고 재편성함. 흐트러진 군대의 기강을 바로잡음.

439) 부난(赴難) : 어떤 일의 어려움이나 위험 따위를 달려가 구원함.

440) 파자교(把子橋) : 서울시 종로구 묘동의 단성사 앞쪽에 있던 다리. 조선조 초기에 대나
무를 얽어서 다리를 놓고 그 위에 흙을 덮어서 가설했기 때문에 파자다리라고 불렀고
한자명으로 파자교라고 하였음.

441) 무인지경(無人之境) : 사람이 살고 있지 않은 외진 곳. 아무것도 거칠 것이 없는 판.

442) 잉대(仍帶) : 종전(從前)의 벼슬 이름을 그대로 가지던 일.

443) 갑자괄변(甲子适變) : 1624(인조2)년에 이괄(李适)이 일으킨 반란. 이괄(李适,
1587~1624)은 조선조 인조 때의 무신이자 반란자. 자는 백규(白圭), 본관은 고성(固
城), 이육(李陸)의 후손. 인조반정 후 공훈 책록에 불만을 품고 반란을 일으켰음.

444) 복주(伏誅) : 형벌을 순순히 받아 죽음. 또는 형벌을 순순히 받아 죽게 함.

受禍. 此殆造物之所甚憎者歟!

035 尹參判知敬[446] 光海時 以司書[447]入直春坊[448] 遇癸亥之變[449]. 急訪
世子[450] 不知在處. 被執於義兵 尹公曰, "易姓[451]而宗社[452]亡 則吾當
死." 有人曰, "綾陽君[453]已卽位 宜急肅拜[454]." 尹公曰, "雖然 吾不親見
則不可拜." 仁廟聞之 爲啓帳殿[455] 露天顏[456]而示之 尹公遂拜. 蒼黃[457]
之際 如此亦難矣. 尹公以此 名重當世.

036 滄江趙公涑之父[458] 被禍於光海朝 滄江之兄浚[459] 碎首[460]而死. 滄

---

445) 교점(巧占) : 교묘히 차지함.

446) 윤지경(尹知敬, 1584~1634) : 조선조 인조 때의 문신. 자는 유일(幼一), 호는 창주(滄洲), 본관은 파평(坡平), 윤담무(尹覃茂)의 아들.

447) 사서(司書) : 조선시대 세자시강원(世子侍講院)에 속한 정6품 벼슬.

448) 춘방(春坊) : 조선시대 세자시강원을 달리 이르던 말.

449) 계해지변(癸亥之變) : 1623년의 인조반정을 가리킴.

450) 세자(世子) : 광해군의 아들로 인조반정 후 폐세자(廢世子)가 된 이지(李祬, 1598~1623)를 가리킴. 어

451) 역성(易姓) : 혁세(革世). 나라의 왕조가 바뀜.

452) 종사(宗社) : 종묘(宗廟)와 사직(社稷)이라는 뜻으로, '나라'를 이르는 말.

453) 능양군(綾陽君) : 조선조 제16대 임금인 인조가 즉위하기 전의 군호(君號).

454) 숙배(肅拜) : 백성들이 왕이나 왕족에게 절을 하던 일. 또는 그 절.

455) 장전(帳殿) : 임금이 앉도록 임시로 꾸민 자리. 구름차일을 치고 사방을 휘장으로 둘러막고 바닥을 높인 다음, 자리를 펴고 그 가운데에 좌석을 마련하였음.

456) 천안(天顏) : 용안(龍顏). 임금의 얼굴.

457) 창황(蒼黃) : 창졸(倉卒). 미처 어찌할 사이 없이 매우 급작스러움.

458) 조속지부(趙涑之父) : 조선조 광해군 때의 문신인 조수륜(趙守倫, 1555~1612)을 가리킴. 조수륜의 자는 경지(景至), 호는 풍옥헌(風玉軒)·만귀(晚歸), 본관은 풍양(豊壤), 조정기(趙廷機)의 아들. 성혼(成渾)의 문인.

459) 조직(趙溭, 1592~1645) : 조선조 인조 때의 문신. 자는 지원(止源), 호는 지재(止齋), 본관은 풍양(豊壤), 조수이(趙守彝)의 아들. 조속(趙涑)의 재종형.

460) 쇄수(碎首) : 스스로 머리를 부숴 죽음. 실제로 조직은 인조 때 병사하였음.

江則是日 卽喫飯後 參擧義謀. 及至反正後 將錄勳 滄江力辭 以"爲若
錄勳 則非臣入參之本意." 終不受 以此有重名. 人比之於伍尙[461]伍
員[462]兄弟.

037 鶴谷洪公瑞鳳[463] 與白沙[464]尹公石交[465]也. 白沙季子 棄庵尹注
書[466]澄之[467] 柳希奮[468]之女婿也. 一日 鶴谷就白沙坐定 棄庵公來白
曰, "婦翁送馬召之 請往見." 公許之. 俄而 棄庵反面[469] 白沙曰, "汝之
聘君 召汝語何事?" 對曰, "當從容仰白." 白沙起出戶外問之 棄庵曰,
"婦翁云, '洪某謀逆之說大播 汝翁何爲晝夜親密?'云云." 鶴谷踵其後
問曰, "汝父子相說之言 吾豈不聞 所談者何事?" 白沙曰, "擧君言如此

---

461) 오상(伍尙) : 중국 춘추시대 초(楚)나라 사람. 오자서(伍子胥)의 형. 당읍대부(棠邑大
夫)에 올라 당시 당군(棠君)으로 불렸음. 초 평왕(楚平王) 7년 비무기(費無忌)가 아버
지 오사(伍奢)와 태자가 반란을 꾸민다고 무고하고 오사의 두 아들을 불러들였다. 동
생 오자서는 달아났지만 그는 나가 아버지와 함께 피살당하였음.

462) 오원(伍員) : 중국 춘추시대의 정치가로 초나라 사람. 자는 자서(子胥). 아버지 오사
(伍奢)와 형 오상(伍尙)이 살해당한 뒤 오나라를 섬겨 복수하였음. 오나라 왕 합려(闔
閭)를 보좌하여 강대국으로 키웠으나, 합려의 아들 부차(夫差)에게 중용되지 못하고
모함을 받아 자결하였음.

463) 홍서봉(洪瑞鳳, 1572~1645) : 조선조 인조 때의 문신. 자는 휘세(輝世), 호는 학곡(鶴
谷), 본관은 남양(南陽), 홍천민(洪天民)의 아들. 시호는 문정(文靖).

464) 백사(白沙) : 조선조 인조 때의 문신인 윤훤(尹暄, 1573~1627)의 호. 윤훤의 자는 차
야(次野), 본관은 해평(海平), 윤두수(尹斗壽)의 아들.

465) 석교(石交) : 돌처럼 변하지 아니하는 굳은 사귐.

466) 주서(注書) : 조선시대 승정원(承政院)에 속한 정7품 벼슬. 승정원의 기록, 특히 《승정
원일기(承政院日記)》의 기록을 맡아보았음.

467) 윤징지(尹澄之, 1601~1663) : 조선조 인조 때의 문신. 자는 거원(巨源), 호는 기암(棄
庵), 본관은 해평(海平), 윤훤(尹暄)의 아들, 당숙 윤환(尹晥)에게 입양.

468) 유희분(柳希奮, 1564~1623) : 조선조 광해군 때의 외척. 자는 형백(亨佰), 호는 화남
(華南), 본관은 문화(文化), 유자신(柳自新)의 아들, 광해군의 처남. 영창대군 등을 죽
인 공으로 문창부원군(文昌府院君)에 봉해짐. 인조반정으로 참형됨.

469) 반면(反面) : 어디를 갔다가 돌아와서 부모님을 뵙는 일.

云云." 鶴谷還入戶 頹然[470]偃臥[471]曰, "這奴渠 何能殺我乎?" 略不爲動. 盖其規模 不如夫子[472]所謂 '亂邦不居[473]'‘危行言遜[474]’ 底氣像也.

038 洪海峯命元[475] 癸亥後 與鶴谷洪公 同宿於安山[476]村舍. 鶴谷曰, "反正前 吾嘗言於公 公自不省." 海峯曰, "曷嘗言之?" 答曰, "吾於某年 與公宿於安山時 豈不誦吾所作曰 '少日風波畏 風波亦已多 今宵睡足處 夢唱定風波'乎?" 海峯曰, "以此 何以知之?"

039 洪鶴谷母夫人 柳夢寅[477]妹也. 能文有識鑑[478] 性悍妬[479]. 鶴谷大人[480] 嘗對其親友 說其悍妬難堪之意. 友人曰, "如此者 何可以爲妻 而自苦乎? 何不出之?" 答曰, "吾豈不知其可出? 方有娠 或冀其生子隱忍[481]耳." 友人曰, "如此之人 雖生子何用?" 夫人從牖間[482]窃聽之 使

---

470) 퇴연(頹然) : 기력이 없어 느른함. 취하여 쓰러질 듯함.
471) 언와(偃臥) : 편안히 누움.
472) 부자(夫子) : 공부자(孔夫子). 공자(孔子)를 높여서 이르는 말.
473) 난방불거(亂邦不居) : 《논어(論語)》태백편(泰伯篇)에 나오는 말로, '제대로 다스려지지 않는 나라에서는 살지 않는다.'는 뜻임.
474) 위행언손(危行言遜) : 《논어》헌문편(憲問篇)에 나오는 말로, '나라에 도가 행해지지 않을 때는 행동은 준엄하게 하되 말은 낮춰서 해야 한다.[邦無道 危行言孫]"는 뜻임.
475) 홍명원(洪命元, 1573~1623) : 조선조 인조 때의 문신. 자는 낙부(樂夫), 호는 해봉(海峯), 본관은 남양(南陽), 홍영필(洪永弼)의 아들. 조경남(趙慶男)의 《속잡록(續雜錄)》에는 홍명원이 아니라 신흠(申欽)으로 되어 있음.
476) 안산(安山) : 경기도에 있는 고을.
477) 유몽인(柳夢寅, 1559~1623) : 조선조 광해군 때의 문신. 자는 응문(應文), 호는 어우당(於于堂)·간재(艮齋)·묵호자(默好子), 본관은 흥양(興陽), 유충관(柳忠寬)의 손자, 유당(柳樘)의 아들. 시호는 의정(義貞).력
478) 식감(識鑑) : 감식(鑑識). 어떤 사람이나 사물의 가치나 진위 따위를 알아냄.
479) 한투(悍妬) : 사납고 샘이 많음.
480) 대인(大人) : 남의 아버지를 높여 이르는 말. 조선조 선조 때의 문신인 홍천민(洪天民, 1526~1574)을 가리킴. 홍천민의 자는 달가(達可), 호는 율정(栗亭), 본관은 남양(南陽), 춘경(春卿)의 아들.

人以杖汚糞 從客所坐 牖邊穴紙 以批其頰. 生子卽鶴谷 自少親自課
讀[483] 以成文章. 李完南厚源 少時往拜鶴谷 以科表[484]三篇 科詩[485]三
首 請考之. 鶴谷曰, "留之. 當考送." 數日後 皆書卑等[486]以送. 其後
完南往見 其詩表一句 書諸壁間. 問曰, "何爲寫此句?" 鶴谷答曰, "非
爲其文之佳. 慈親覽之曰, '此兩句氣像 似當遠到.' 故 書之耳."

040 柳夫人有神鑑[487]. 鶴谷之胤 監司命一[488] 少赴監試[489]會闈[490]而出.
鶴相見其作 以爲必不中. 夫人曰, "是當作壯元." 趣家人釀酒 爲應
榜[491]具. 榜出果魁進士. 此外 一見後生[492]文字 輒斷其窮達[493]夭壽[494]
如蓍龜[495] 不可悉記云. 一夕 鶴相侍坐 遙聽馬嘶聲. 夫人曰, "此名馬
也." 命牽來. 乃款段[496]瘦欲死者 命養飼之. 果成絶足[497]云. 柳夫人 不

---

481) 은인(隱忍) : 밖으로 드러내지 아니하고 마음속에 감추어 참고 견딤.

482) 유간(牖間) : 들창문 사이.

483) 과독(課讀) : 글 읽는 과제(課題), 또는 그러한 과제를 부과(賦課)함.

484) 과표(科表) : 과거시험의 답안으로 쓴 표문(表文).

485) 과시(科詩) : 과거시험의 답안으로 쓴 시.

486) 비등(卑等) : 하등(下等). 정도나 수준이 낮거나 뒤떨어지는 것.

487) 신감(神鑑) : 신령스럽고 기묘하게 사람이나 사물을 알아보는 능력.

488) 홍명일(洪命一, 1603~1651) : 조선조 인조 때의 문신. 자는 만초(萬初), 호는 보옹(葆
翁), 본관은 남양(南陽), 홍서봉(洪瑞鳳)의 아들. 영안군(寧安君)에 습봉(襲封)되고,
영의정에 추증(追贈)되었음.

489) 감시(監試) : 초시(初試). 사마시(司馬試). 소과(小科). 생원(生員)과 진사(進士)를 뽑
던 과거.

490) 회위(會闈) : 회시(會試). 복시(覆試). 조선시대 과거에서 초시(初試)에 합격한 사람이
2차로 시험을 보던 일.

491) 응방(應榜) : 과거에 급제함. 또는 합격자 발표 행사인 방방식(放榜式)에 참여함.

492) 후생(後生) : 후손(後孫). 뒤에 태어난 사람.

493) 궁달(窮達) : 빈궁(貧窮)과 영달(榮達).

494) 요수(夭壽) : 요절(夭折)과 장수(長壽).

495) 시구(蓍龜) : 점(占)칠 때 쓰는 가새풀과 거북. 여기서는 점쟁이처럼 알아맞힌다는
뜻임.

但如此 更多閫範⁴⁹⁸⁾ 至今以淑德稱. 不當以悍妬論者 以杖汚糞 乃監司
後夫人具氏⁴⁹⁹⁾事也. 具夫人性烈有英氣⁵⁰⁰⁾. 監司於醮夕⁵⁰¹⁾ 以所服着
夸毗⁵⁰²⁾曰, "驄笠⁵⁰³⁾何如也? 紅帶⁵⁰⁴⁾何如也?"夫人應聲曰, "笠則黃草
笠⁵⁰⁵⁾也. 圈⁵⁰⁶⁾則玳瑁⁵⁰⁷⁾圈也.""帶則細條帶⁵⁰⁸⁾也."監司語塞云. 監司
一日 新着藍段圓領⁵⁰⁹⁾ 趁朝歸路 歷見妾家而還. 夫人知之 及其脫袍
直取袍沈之油盆云.

041 水竹鄭公諱昌衍⁵¹⁰⁾ 卽光海廢中宮⁵¹¹⁾之內舅⁵¹²⁾. 光海初年 爲左議
政當國. 以姻戚⁵¹³⁾之臣 國家凡事 光海皆以御札⁵¹⁴⁾密問 專用其言. 光
海初年 政理之淸明以此也. 家奴有往南方者 歸告曰, "南方人多傳,

---

496) 관단(款段) : 관단마(款段馬). 작고 노둔(老鈍)하여 걸음이 느린 말.
497) 절족(絶足) : 준족(駿足). 준마(駿馬). 걸음이 빠른 말. * 발길을 끊음.
498) 곤범(閫範) : 곤범(壼範). 부녀자의 법도. 부덕(婦德).
499) 구씨(具氏) : 조선조 인조 때의 문신인 구인중(具仁重)의 딸.
500) 영기(英氣) : 뛰어난 기상과 재기(才氣).
501) 초석(醮夕) : 혼례를 치른 날 저녁.
502) 과비(夸毗) : 비굴하게 굽실거리는 것. 남에게 아첨하는 일.
503) 총립(驄笠) : 말총갓. 말의 갈기나 꼬리의 털로 만든 갓.
504) 홍대(紅帶) : 한복의 도포에 두르는 붉은 띠.
505) 황초립(黃草笠) : 누런 빛깔의 가는 대를 엮어서 만든 초립.
506) 권(圈) : 관자(貫子). 망건(網巾)에 달아 당줄을 꿰는 작은 단추 모양의 고리.
507) 대모(玳瑁) : 바다거북의 등딱지. 하급 관원이나 일반백성들의 관자로 썼음.
508) 세조대(細條帶) : 실띠. 한복의 도포 등에 사용하는 가느다란 띠.
509) 원령(圓領) : 단령(團領). 깃을 둥글게 만든 관복(官服).
510) 정창연(鄭昌衍, 1552~1636) : 조선조 인조 때의 문신. 자는 경진(景眞), 호는 수죽(水
    竹), 본관은 동래(東萊). 정유길(鄭惟吉)의 아들. 벼슬이 좌의정에 이름.
511) 광해 폐중궁(光海廢中宮) : 조선조 광해군 때의 문양부원군(文陽府院君) 유자신(柳自
    新)의 셋째 딸 유씨(柳氏). 광해군의 왕비가 되었다가 폐위되었음.
512) 내구(內舅) : 주로 편지글에서 외숙(外叔)이라는 뜻으로 이르는 말.
513) 인척(姻戚) : 혼인에 의하여 맺어진 친척.
514) 어찰(御札) : 임금의 편지.

‘國政鄭承[丞]相爲之’云." 水竹驚曰, "如是而吾豈生全? 雖然 吾之上
答御札之書 雖落於鐘樓街上 吾無所愧." 其後 廢母之議起 光海又以
御札下問. 水竹縷縷力諫. 自此御札論政遂絶 免相投閑已久. 癸亥 反
正之夜聞變 將往赴闕下[515] 其長子[516]判書公侍坐. 水竹曰, "汝試量之.
是誰所爲?" 判書公對曰, "不知何人. 金瑬似必參入." 公曰, "何以知
之?" 對曰, "曾見其言語 有向國悖慢[517]者(故) 疑之耳." 鄭公家 以昏
朝[518]外戚 實難免禍 而仁廟久在潛邸[519] 習知鄭公之賢故 命勿罪 官爵
如舊. 水竹情迹 難於在京 退居水原庄舍[520]. 勳臣尙多疑者 頻送機
察[521]. 一日 有一僧人來到鄭公家 與奴僕語 或稱追思[522]舊君 多發危
言[523]. 公聞之 使奴縛送于官. 是時 李完豊曙 爲水原府使 笑而釋之.
似是其所送也. 公畏約[524] 還住京城. 盖非仁廟聖德 難乎免矣. 是以
陽坡[525]於仁廟忌辰[526] 雖家間小兒輩皆令食素[527]曰, "若非仁廟聖德

---

515) 궐하(闕下) : 대궐 아래라는 뜻으로, 임금의 앞을 이르는 말.
516) 장자(長子) : 조선조 효종 때의 문신인 정광성(鄭廣成, 1576~1654)을 가리킴. 정광성
의 자는 수백(壽伯), 호는 제곡(濟谷), 본관은 동래(東萊), 정창연(鄭昌衍)의 아들.
517) 패만(悖慢) : 사람됨이 온화하지 못하고 거칠며 거만함.
518) 혼조(昏朝) : 임금이 혼미(昏迷)하여 국사를 잘 다스리지 못하는 조정. 여기서는 광해
군 때의 조정을 이름.
519) 잠저(潛邸) : 나라를 세우거나 임금의 친족에 들어와 임금이 된 사람의, 임금이 되기
전의 시기. 또는 그 시기에 살던 집.
520) 장사(庄舍) : 농장(農莊). 또는 농장 안에 지은 집.
521) 기찰(機察) : 기찰(譏察). 행동 따위를 넌지시 살핌. 예전에 범인을 체포하려고 수소문
하고 염탐하며 행인을 검문하던 일.
522) 추사(追思) : 추념(追念). 죽은 사람을 생각함.
523) 위언(危言) : 위어(危語). 사람을 놀라게 하는 과격하고 무서운 말.
524) 외약(畏約) : 두려워 움추림.
525) 양파(陽坡) : 조선조 현종 때의 문신인 정태화(鄭太和, 1602~1673)의 호. 정태화의 자
는 유춘(囿春), 본관은 동래(東萊), 정광성(鄭廣成)의 아들. 벼슬이 영의정에 이름. 시
호는 충익(忠翼).
526) 기신(忌辰) : 기일(忌日). 해마다 돌아오는 제삿날.

汝輩初何以生乎?"

042 仁祖朝 貞明公主[528] 婚後 永安都尉[529] 卽月沙外孫. 公主將往現 而
月沙第在東村. 爲其路捷 公主從集春門[530] 歷夫子廟[531] 穿過泮宮[532].
泮儒[533]驚駭[534] 多出齋傔[535] 盡捉公主從人[536]宮女 繫之責曰, "集春門
只爲主上謁聖廟而設故 常侍閉而不開. 且無挾[夾]門[537] 公主雖貴不
可出. 且公主之行 穿過泮宮 古無其例 豈可爲也?" 公主以新婦往覲[538]
故 多設禁臠[539] 掖隷[540]擔挈酒饌[541] 連亘[542]而出. 儒生輩 又發泮隷 盡

---

527) 식소(食素) : 소식(素食)을 함. 소밥을 먹음. 고기반찬이 없는 밥을 먹음.

528) 정명공주(貞明公主, 1603~1685) : 조선조 제14대 임금인 선조의 첫째 딸. 어머니는
인목왕후(仁穆王后) 김씨. 인목대비가 서궁에 유폐될 때 함께 폐서인되어 서궁에 유
폐되었다가 인조반정으로 복권되어 영안위(永安尉) 홍주원(洪柱元)과 혼인하였음.

529) 영안도위(永安都尉) : 조선조 제14대 임금인 선조의 사위인 홍주원(洪柱元, 1606~
1672)을 가리킴. 홍주원의 자는 건중(建中), 호는 무하당(無何堂), 본관은 풍산(豊山),
홍영(洪霙)의 아들. 외조부인 이정구(李廷龜)와 김류(金瑬)의 문인. 1623년(인조1) 선
조의 맏딸인 정명공주와 혼인하여 영안위(永安尉)에 봉해졌음. 시호는 문의(文懿).

530) 집춘문(集春門) : 창경궁(昌慶宮)의 북문(北門). 이 문을 통하여 성균관(成均館)으로
드나들 수 있음.

531) 부자묘(夫子廟) : 문묘(文廟). 공자(孔子)의 위패를 모신 사당.

532) 반궁(泮宮) : 성균관(成均館)과 문묘를 통틀어 이르는 말.

533) 반유(泮儒) : 성균관에서 글공부하는 유생(儒生).

534) 경해(驚駭) : 뜻밖의 일로 몹시 놀라 괴이하게 여김.

535) 재겸(齋傔) : 성균관에서 일을 하는 겸종(傔從).

536) 종인(從人) : 종자(從者). 남에게 종속되어 따라다니는 사람.

537) 협문(夾門) : 대문이나 정문 옆에 있는 작은 문.

538) 왕근(往覲) : 근친(覲親)을 감. '근친'은 시집간 딸이 친정에 가서 부모를 뵙는 일. 또는
집안 어른을 찾아뵙는 일.

539) 금련(禁臠) : 궁중에서 잘게 저민 고기. 임금이 먹는 고기를 높여 이르던 말. 혹은
비유하여 신하가 임금의 총애를 받아 귀하게 되는 것을 말함.

540) 액예(掖隷) : 조선시대 궁중의 일을 맡아보던 액정서(掖庭署)에 속한 하인.

541) 주찬(酒饌) : 주효(酒肴). 주식(酒食). 술과 안주. 술과 음식.

542) 연긍(連亘) : 연긍(延亘). 연긍(聯亘). 길게 뻗침.

爲捉致 縛其掖隷 奪其酒食. 諸儒會坐明倫堂[543] 共喫之. 公主大怒 將
以粉板[544]書啓[545] 月沙聞之 請於公主曰, "公主初出集春門 果爲未
安[546]. 儒生所執 不爲無據. 今若怒而相較[547] 則儒生輩 必將侵攻老夫
將不敢晏然家居. 願爲老夫而止之." 公主遂止 歸拜仁廟 泣訴[548]之 仁
廟下教曰, "姑氏[549]止之是矣. 雖書啓 彼多士輩 將何以處之?" 猗歟盛
哉! 其繫治宮屬 責其不敢穿過儒宮 容或可也. 至於攘奪饌饌[550] 齊會
哺啜 自是兒輩佻達[551]者事 夫豈有識君子 所可爲者? 而雖以王者之威
只容假借[552] 無可如何. 祖宗朝[553] 闡興[554]儒化 扶植[555]士氣[556]如此 而
其流之弊 恃其衆多 作爲聲勢[557] 干預[558]朝論[559] 隨時俯仰[560]朝廷 傾
奪[561]之際 輒奮起[562]跳踉[563] 突入[564]驅出[565] 互相效嚬[566] 不知羞恥故

---

543) 명륜당(明倫堂) : 조선시대 성균관 안에서 유학을 가르치던 곳.
544) 분판(粉板) : 예전에 아이들이 붓글씨를 익히는 데 쓰기 위해 기름에 갠 분을 발라
결은 널조각.
545) 계(啓) : 관청이나 벼슬아치가 임금에게 올리는 말.
546) 미안(未安) : 남에게 대하여 마음이 편치 못하고 부끄러움.
547) 상교(相較) : 서로 잘잘못을 따지며 다툼.
548) 읍소(泣訴) : 울며 하소연함.
549) 고씨(姑氏) : 고모(姑母). 인조의 아버지인 정원군(定遠君)과 정명공주는 이복 남매간임.
550) 난찬(饌饌) : 장반(長盤). 상수(床需). 신부가 혼례를 치른 뒤에 시집에 차려 보내는
음식.
551) 조달(佻達) : 경박(輕薄)함.
552) 가차(假借) : 사정을 보아줌. 용서(容恕)함.
553) 조종조(祖宗朝) : 역대의 왕조.
554) 천흥(闡興) : 분명하게 드러내어 일으킴.
555) 부식(扶植) : 도와서 서게 함. 힘이나 영향을 미치어 사상이나 세력 따위를 뿌리박
게 함.
556) 사기(士氣) : 선비의 꿋꿋한 기개.
557) 성세(聲勢) : 명성(名聲)과 위세(威勢).
558) 간예(干預) : 간여(干與). 관계하여 참견함.
559) 조론(朝論) : 조정(朝廷)의 의론(議論).
560) 부앙(俯仰) : 아래를 굽어보고 위를 우러러봄.

亦無以見重於君上[567]. 近來累被嚴教[568] 因復靦面[569]. 此其士子不足
責 亦係造士[570]之化 不及祖宗[571]而然也. 頃年[572] 親臨春塘臺[573]試士
時 有一轎子 突過儒生如海之中. 宮女輩隨其後. 問之卽幼少翁主[574]
入來觀光云. 士子輩 莫敢誰何. 其視當時泮儒何如也? 此固士氣之消
沮[575]. 使士氣至此 職由於敎化之漸弛 世道[576]之日下[577]也. 士大夫風
習之無復餘地 全由於肅廟朝五十年之間 屢換朝廷局面. 惟以爵祿[578]
拑制[579]臣隣[580] 必欲摠攬[581]權綱[582] 愛憎[583]黜陟[584] 只循聖意所發故.

---

561) 경탈(傾奪) : 앞 다투어 빼앗아 가짐.
562) 분기(奮起) : 분발(奮發)하여 일어남.
563) 도량(跳踉) : 도량방자(跳踉放恣). 행동이나 생각하는 것이 제멋대로임.
564) 돌입(突入) : 세찬 기세로 갑자기 뛰어듦.
565) 구출(驅出) : 쫓아서 몰아냄.
566) 효빈(效嚬) : 효빈(效顰). 눈살 찌푸리는 것을 본뜬다는 뜻으로, 함부로 남의 흉내를
    냄을 이르는 말.
567) 군상(君上) : 임금.
568) 엄교(嚴敎) : 엄한 교지(敎旨)나 분부(分付).
569) 전면(靦面) : 무안한 얼굴. 부끄러워하는 얼굴. * 뻔뻔한 얼굴.
570) 조사(造士) : 학문을 이룬 선비.
571) 조종(祖宗) : 가장 근본적이며 주요한 것을 비유적으로 이르는 말. * 시조가 되는 조
    상. 임금의 조상.
572) 경년(頃年) : 근년(近年). 몇 해 전.
573) 춘당대(春塘臺) : 서울 창경궁 안에 있는 누대. 옛날에 과거를 실시하던 곳임.
574) 옹주(翁主) : 조선시대 임금과 후궁 사이에 태어난 딸을 이르던 말.
575) 소저(消沮) : 기가 꺾여 위축(萎縮)됨.
576) 세도(世道) : 세상을 올바르게 다스리는 도리. 세상을 살아가는 데에 지켜야 할 도의.
577) 일하(日下) : 날로 쇠퇴함. * 천하(天下).
578) 작록(爵祿) : 작위(爵位)와 녹봉(祿俸). 벼슬과 봉급.
579) 겸제(拑制) : 겸제(箝制). 겸제(鉗制). 말에 재갈을 물린다는 뜻으로, 자유를 구속하여
    억누름을 이르는 말.
580) 신린(臣隣) : 한 임금을 모시는 신하끼리의 처지.
581) 총람(摠攬) : 총람(總攬). 모든 일을 한데 묶어 관할함.
582) 권강(權綱) : 정권(政權)의 대강령(大綱領).
583) 애증(愛憎) : 사랑과 미움.

勿論朝臣士子 惟利是趨 恬不知恥 至於此極 惜哉!

043 柳於于夢寅 光海朝官至亞卿[585] 與爾瞻[586]角立[587] 不預廢母之論者
也. 癸亥反正後 不至被罪. 其後 辭連於柳孝立[588]之獄[589]被逮. 而未尋
其在處 久而後就拿. 獄官問曰, "往何處?" 柳曰, "往西山." 是時 梧里
象村清陰諸公按獄 遂與相謂曰, "彼罪人誠高自標致[590]. 雖然 武王[591]
伐紂[592] 若立微子[593] 則伯夷叔齊 亦當往西山耶?" 遂按問[594]獄情[595].

---

584) 출척(黜陟) : 못된 사람을 내쫓고 착한 사람을 올리어 씀.
585) 아경(亞卿) : 조선시대에 정2품 벼슬을 이르는 경(卿)에 버금간다는 뜻으로 종2품 벼
슬을 높여 이르던 말.
586) 이이첨(李爾瞻, 1560~1623) : 조선조 광해군 때의 권신. 자는 득여(得輿), 호는 관송
(觀松)·쌍리(雙里), 본관은 광주(廣州), 이극돈(李克墩)의 후손, 이우선(李友善)의 아
들. 대북(大北)의 영수.
587) 각립(角立) : 둘 이상의 무리가 서로 맞버티어 굴복하지 아니함. * 여럿 가운데 어떤
하나가 특히 뛰어나 보임.
588) 유효립(柳孝立, 1579~1628) : 조선조 인조 때의 모반자. 자는 행원(行源), 본관은 문
화(文化), 유자신(柳自新)의 손자, 유희견(柳希鏗)의 아들, 유희분(柳希奮)의 조카.
1628년 몰락한 대북의 잔당을 규합, 인조를 내몰고 광해군을 상왕(上王), 인성군을
왕으로 추대하려다가 탄로가 나 사형됨.
589) 유효립지옥(柳孝立之獄) : 1628년(인조6) 인조반정에 불만을 품은 충청북도 충주 출
신 유효립 등이 광해군을 상왕으로 삼고 인성군 이공(李珙)을 국왕으로 옹립하려다
실패한 역모 사건. 실제로 유몽인은 이 사건과 관련이 없고, 1623년 7월 광해군을
복위하려 한다는 유응경(柳應泂)의 무고로 죽게 됨.
590) 표치(標致) : 취지(趣旨)를 드러내 보임. * 얼굴이 매우 아름다움.
591) 무왕(武王) : 중국 주(周) 왕조의 첫 임금. 성은 희(姬), 이름은 발(發). 은(殷) 왕조
를 무너뜨리고 주 왕조를 창건하여, 호경(鎬京)에 도읍하고 중국 봉건 제도를 창설
하였음.
592) 주(紂) : 중국 고대 은(殷) 왕조의 마지막 임금. 지혜와 체력이 뛰어났으나, 주색을
일삼고 포학한 정치를 하여 인심을 잃어 주나라 무왕에게 살해되었음.
593) 미자(微子) : 중국 은나라 임금 제을(帝乙)의 큰 아들. 주왕(紂王)의 서형(庶兄). 이름
은 계(啓). 어머니가 천출(賤出)이었으므로 나라를 물려받지 못하였음.
594) 안문(按問) : 법에 따라 조사하여 증거를 내세워 신문함.
595) 옥정(獄情) : 옥사(獄事)의 진상(眞相).

柳之爰辭[596] 不答訊問之語 但自稱曾著老寡婦詞[597]一篇 只書其詩以進云. 七十老寡婦 端居守閨閫[598] 傍人勸之嫁 善男顏如槿 慣誦女史[599]詩 粗知任姒[600]訓 白首作春容 寧不愧脂粉. 遂以此爲就服 按法誅之. 曾見其文稿中 送其子從仕于朝與書 曰, '舊君失德 自絶于天. 新王聖明 汝無不仕之義. 我則官高 年至今 何可改頭換面?'云云. 其詩之意 似不過如此 則其死豈不寃哉? 雖然本以文人疎闊[601] 未知其自脫於柳獄之計 反泛言[602]其本志 而不知其至於死耶? 抑知其不可免 而欲高其自處[603]耶? 未可知也. 其甥侄[姪]鶴谷洪公瑞鳳 以靖社元勳[604] 力足以周旋 而不能救. 世以此短鶴谷. 柳平日輕視鶴谷之文 或以此疑之 而在人情 必無此理. 且鶴谷忠厚[605] 寧有是哉?

044 柳孝立之獄 孝立援其從弟[606]斗立[607]. 及面質[608] 斗立曰, "兄乎, 我

596) 원사(爰辭) : 죄인이 진술한 범죄 사실을 적어 놓은 문서.
597) 노과부사(老寡婦詞) : 《어우집(於于集)》권2에는 〈제보개산사벽(題寶蓋山寺壁)〉이라는 제목으로 천리대본의 함련(頷聯)과 경련(頸聯)이 바뀌어 있음.
598) 규곤(閨閫) : 규곤(閨壼). 규문(閨門). 규중(閨中). 부녀자가 거처하는 곳. 규범(閨範). 부녀자의 도리.
599) 여사(女史) : 결혼한 여자를 높여 이르는 말. 사회적으로 이름 있는 여자를 높여 이르는 말. 고대 중국에서 후궁을 섬기어 기록과 문서를 맡아보던 여관(女官).
600) 임사(任姒) : 임사(姙姒). 중국 고대 주 문왕(周文王)의 어머니인 태임(太任)과 주 무왕(周武王)의 어머니인 태사(太姒). 모두 현모(賢母)였음.
601) 소활(疎闊) : 성기고 어설픔.
602) 범언(泛言) : 거창한 말. 거창하게 말함.
603) 자처(自處) : 자기를 어떤 사람으로 여겨 그렇게 처신함.
604) 성사원훈(靖社元勳) : 인조반정에 큰 공을 세운 사람.
605) 충후(忠厚) : 충직하고 온순하며 인정이 두터움.
606) 종제(從弟) : 4촌 동생.
607) 유두립(柳斗立, 1601~1628) : 조선조 인조 때의 모반자. 자는 군수(君壽), 본관은 문화(文化), 유자신(柳自新)의 손자, 유희량(柳希亮)의 아들, 유희분(柳希奮)의 조카.
608) 면질(面質) : 대질(對質). 법관이 소송사건의 관계자 양쪽을 대면시켜 심문하는 일.

何嘗知此哉?"孝立罵曰, "汝獨生何爲耶?"斗立遂自服而死. 孝立之
意 隱然自比於六臣之死 而援其弟而同死 儘可笑也. 其父子兄弟 戚
連[609]宮禁[610] 濁亂[611]朝廷. 又不能救其主滅絶[612]人倫之罪 反有射天之
計[613] 而冀其或伸於百歲之後. 多見其不知量. 況攬其無罪之弟而殺之
尤可惡也. 斗立有子名光[鑛]善[614] 有詩才 嘗賦詩曰, '恨不藏身萬
衲[615]中 百年江海暮途窮 無端[616]徙倚[617]東樓柱 月落泉鳴曉洞空.'

045 平城府院君申公諱景禛 於余爲外祖考 少登武科. 以前宣傳官 適行
渡碧瀾渡[618] 遇大風浪湧如山. 舡欺[歆][619]如箕 舟中人 震盪[620]莫措.
適有盲人在其中 高聲曰, "吾輩將盡死. 或有貴人同舟 則可賴以活. 未
知舟中或有士大夫乎?"傍人曰, "有一士夫同登." 盲人請觀生年月日.
平城語之 盲人推之 大驚高聲呼曰, "舟中有貴人 吾輩當賴此盡活 勿

---

609) 척련(戚連) : 척련(戚聯). 척속(戚屬). 성(姓)이 다른 일가.

610) 궁금(宮禁) : 궁궐(宮闕). 왕실(王室).

611) 탁란(濁亂) : 사회나 정치의 분위기가 흐리고 어지러움.

612) 멸절(滅絶) : 멸망시켜 아주 없애 버림. 또는 멸망하여 아주 없어짐.

613) 석천지계(射天之計) : 하늘을 쏘는 계책이라는 뜻으로, 무례(無禮)·무도(無道)한 계
책을 말함. 은(殷)나라의 임금 무을(武乙)이 무도(無道)하여 허수아비를 만들어 천신
(天神)이라 하고, 사람을 시켜 내기바둑을 두게 하였는데. 천신이 지면 욕을 한 후
가죽 주머니에 피를 담아 매달고 올려다보며 활을 쏘면서 하늘을 맞힌다고 하였던
고사.

614) 유광선(柳鑛善, 1616~1684) : 조선조 숙종 때의 유생. 자는 여거(汝居), 호는 매돈(梅
墩), 본관은 문화(文化), 유두립(柳斗立)의 아들. 원문의 유광선(柳光善)은 유광선(柳
鑛善)의 잘못임.

615) 만납(萬衲) : 수많은 승려.

616) 무단(無端) : 무단(無斷). 까닭 없이.

617) 사의(徙倚) : 이리저리 왔다 갔다 함. 배회(徘徊)함.

618) 벽란도(碧瀾渡) : 경기도 개풍군 서면의 예성강 하류에 있었던 항구.

619) 분(歆) : 들썩임. 뱉어 냄. 쏟아 냄. 토해 냄.

620) 진탕(震盪) : 몹시 울려서 뒤흔들림.

慮也!"因曰, "此命當爲大提學府院君領議政." 平城聞之 大笑曰, "我乃前宣傳官 何能爲大提學? 汝之推數可知." 盲人曰, "相公武人 則大提學之說 誠過矣. 吾聞 上相竝兼文職. 此命必爲領相大提學 何足道哉! 果能善涉." 公令盲人編年[621] 其後多中. 公智慮[622]器量[623] 得之天稟. 雖不解文字. 入相之後 凡事大交隣[624]文字 雖谿谷澤堂[625]所著述 備局郎持來示之 則輒令解釋其文字 以言語告之 則其語意未安處 隨其句語 "某語未安改之如此. 某句恐或生梗 以某樣語意改之." 雖谿澤 輒隨其所評而點竄[626]不敢違. 及其末年 終拜領相. 海西[627]多盲人 能善推命 亦其地理似然也.

046 谿谷張公嘗言. 少時學於白沙李公. 每侍坐若遇事 則白沙輒呼從者曰, "迎申同知來." 平城至則 擧其事而議之. 吾輩門下諸人 在坐者雖多 不問也. 及聞 平城言辭拙訥[628] 所論平常 無甚神奇 白沙輒稱善不已 一如其言而處之. 吾心常不服 及其年老 識進之後思之 其時 申公所言無不中竅[629] 誠非吾輩所及.

621) 편년(編年) : 연대순으로 역사를 편찬함. 여기서는 전개될 운명을 연대별로 풀이하는 것을 말함.
622) 지려(智慮) : 슬기로운 생각.
623) 기량(器量) : 사람의 재능과 도량(度量)을 아울러 이르는 말.
624) 사대교린(事大交隣) : 조선 전기의 기본적인 외교정책으로, 명나라를 받들어 섬기고 일본과는 화평하게 지내는 것을 지향하였음.
625) 조선조 인조 때의 문신인 이식(李植, 1584~1647)의 호. 이식의 자는 여고(汝固), 본관은 덕수(德水), 이안성(李安性)의 아들. 조선 중기 한문사대가의 한 사람. 시호는 문정(文靖).
626) 점찬(點竄) : 시문의 글자나 어구를 고쳐 다듬음.
627) 해서(海西) : 황해도를 달리 이르던 말.
628) 졸눌(拙訥) : 재주가 없고 말을 떠듬거림.
629) 중관(中竅) : 사리(事理)에 맞음. 정곡(正鵠)을 찌름.

047 李大燁[630]妻 平城申公之妹也. 癸亥反正時 申公主其謀 大夫人愛
其女泄之. 大燁妻聞而大驚 將往告其夫家. 事將不測 平城縷縷[631]論
釋[632]事理曰, "事成則吾之力庶活汝夫. 汝若告於夫家 吾母子以逆死
則汝夫必不以逆家女爲妻. 汝旣殺吾母子 汝亦見黜則何如?" 大燁妻
曰, "然則 當與成約而止." 申公不得已白仁廟 仁廟下敎曰, "若然則吾
當活之." 反正後 仁廟特命勿誅 而大燁以爾瞻之子 其罪滔天[633] 衆論
朋興[634] 恐終不免 其家以毒藥 置果中而殺之云.

048 癸亥反正後 人心撓動[635] 未易安定. 梧里李相國 光海朝竄謫 放還
鄕居. 仁廟禮聘以首相入朝 人心始乃安帖[636]. 光海之失德 已是得罪
倫紀[637] 而仁廟以宣廟王孫 入承大統 國人宜無異辭 而猶且難定如此
革代[638]之際 豈不危哉? 完平爲中興元老 德望之隆洽[639]于民心. 雖平
日去就 亦足以關係於社稷之安危 況當危疑[640]之際 必待碩德[641]耆
耇[642]. 賓服[643]於上下[644]者 造朝然後 擧國臣民 始知宗社[645]之重 位

---

630) 이대엽(李大燁, 1587~1623) : 조선조 광해군 때의 문신. 자는 문보(文甫), 본관은 광
   주(廣州), 이이첨(李爾瞻)의 아들.
631) 누누(縷縷) : 말을 아주 소상히 함. 실 따위가 길고 가늘게 이어지고 끊이지 않음.
632) 논석(論釋) : 따져서 의미를 밝힘.
633) 도천(滔天) : 세력이 커 하늘을 두려워하지 않고 업신여김. 큰물이 하늘에까지 차서
   넘침.
634) 붕흥(朋興) : 많은 사람이 작당(作黨)하여 일어남.
635) 요동(撓動) : 어지럽게 뒤흔듦.
636) 안첩(安帖) : 안온(安穩)함. 안심이 됨. 편안함.
637) 윤기(倫紀) : 윤리와 기강(紀綱).
638) 혁대(革代) : 혁세(革世). 나라의 왕조가 바뀜.
639) 융흡(隆洽) : 대단히 흡족(洽足)함.
640) 위의(危疑) : 마음이 편하지 아니하고 의심스러움.
641) 석덕(碩德) : 높은 덕. 또는 덕이 높은 사람. * 덕이 높은 승려.
642) 기구(耆耇) : 기로(耆老). 기영(耆英). 기(耆)는 60세, 구(耇)는 90세라는 뜻으로 늙은

號⁶⁴⁶⁾之正 翕然⁶⁴⁷⁾以定. 昔 明宗賓天⁶⁴⁸⁾ 適會華使入境 聞國哀 大驚以
爲, '國王新喪 未有儲嗣⁶⁴⁹⁾ 恐有內亂.' 欲直從疆場⁶⁵⁰⁾還歸 問於譯
胥⁶⁵¹⁾曰, "汝國大臣爲誰?" 對曰, "李浚慶. 素有德望." 華使曰, "然則
可保無憂." 遂入來. 大臣之關國家輕重 爲如何哉?

049 朝家⁶⁵²⁾擧措⁶⁵³⁾ 必得當⁶⁵⁴⁾得體⁶⁵⁵⁾ 可以壓服⁶⁵⁶⁾人心. 光海朝 群奸秉
國⁶⁵⁷⁾ 私意⁶⁵⁸⁾橫流⁶⁵⁹⁾ 凡大小科 皆出私情 賄賂公行 價之多少 至有定
規 國言⁶⁶⁰⁾喧藉⁶⁶¹⁾. 許筠⁶⁶²⁾至賣題 '唐朝群臣謝賜楡柳火⁶⁶³⁾' 預出題彰

이를 가리킴.

643) 빈복(賓服) : 외국인이 복종하여 조공(朝貢)함.

644) 상하(上下) : 위와 아래. 여기서는 대국(大國)과 소국(小國)을 말함.

645) 종사(宗社) : 종묘(宗廟)와 사직(社稷).

646) 위호(位號) : 벼슬의 등급 및 그 이름.

647) 흡연(翕然) : 대중의 뜻이 하나로 쏠리는 정도가 대단함.

648) 빈천(賓天) : 예전에 천자가 세상을 떠난 것을 이르던 말.

649) 저사(儲嗣) : 왕세자(王世子)를 달리 이르던 말.

650) 강장(疆場) : 강역(疆域). 국경(國境). 변방(邊方).

651) 역서(譯胥) : 역관(譯官).

652) 조가(朝家) : 조정(朝廷).

653) 거조(擧措) : 말이나 행동 따위를 하는 태도. 어떤 일을 꾸미거나 처리하기 위한 조치.

654) 당(當) : 당위성(當爲性). 마땅히 그렇게 하거나 되어야 할 성질.

655) 체(體) : 체통(體統) : 지체나 신분에 알맞은 체면.

656) 압복(壓服) : 압복(壓伏). 힘으로 눌러서 복종시킴.

657) 병국(秉國) : 정권을 잡음. 권력을 장악함.

658) 사의(私意) : 사심(私心). 사사로운 마음.

659) 횡류(橫流) : 횡행(橫行). 아무 거리낌 없이 제멋대로 흐름.

660) 국언(國言) : 국론(國論). 국민 또는 사회 일반의 공통된 의견.

661) 훤자(喧藉) : 여러 사람의 입으로 퍼져서 왁자하게 됨.

662) 허균(許筠, 1569~1618) : 조선조 광해군 때의 문신. 자는 단보(端甫), 호는 교산(蛟
山), 본관은 양천(陽川), 허엽(許曄)의 아들.

663) 유류화(楡柳火) : 느릅나무와 버드나무에 붙인 불. 옛날 중국에서는 한식날 찬 음식을
먹고, 청명절에 임금이 느릅나무와 버드나무에 붙인 불씨를 다시 나누어 주는 풍속이

露⁶⁶⁴⁾ 入場士子 皆知其當出此題. 多士入場時 皆呼, "火出, 火出." 明
經科⁶⁶⁵⁾ 預出七書⁶⁶⁶⁾ 所講章句⁶⁶⁷⁾ 故 權石洲⁶⁶⁸⁾ 詩曰, '七大文通⁶⁶⁹⁾ 從自
願 暗行事鬼神知.' 其淆雜⁶⁷⁰⁾ 可知. 雖然 光海末年累年 諸科皆不唱
名⁶⁷¹⁾. 反正後 時議崢嶸⁶⁷²⁾ 宜盡數罷科⁶⁷³⁾. 而只以勢家子弟 有入參其
中者 遂竝累年諸榜 更爲課試 謂之覆試. 事極苟且. 壞損國體無復餘
地. 嘗聞諸外王父 廢朝昏亂⁶⁷⁴⁾ 仁廟改玉⁶⁷⁵⁾ 中外⁶⁷⁶⁾ 拭目⁶⁷⁷⁾ 想望⁶⁷⁸⁾ 太
平 覆試一事出而人心大失望 自此莫可收拾. 蔡湖洲⁶⁷⁹⁾ 卽覆試壯元.

있었다고 함.

664) 창로(彰露) : 백일하에 드러남. 공공연히 드러남.

665) 명경과(明經科) : 조선시대 식년(式年) 문과 초시에서 사경(四經)을 중심으로 시험을 보던 분과.

666) 칠서(七書) : 유교의 일곱 가지 경서. 사서삼경(四書三經). 《논어》·《맹자》·《대학》· 《중용》·《시경》·《서경》·《역경》 등을 말함.

667) 장구(章句) : 문장의 단락.

668) 석주(石洲) : 조선조 광해군 때의 문인인 권필(權韠, 1569~1612)의 호. 권필의 자는 여장(汝章), 본관은 안동(安東), 권벽(權擘)의 아들. 정철(鄭澈)의 문인으로 시와 문장 이 뛰어나 많은 유생들의 추앙을 받음. 벼슬길에는 나아가지 않았으나 광해군4년 (1612) 김직재(金直哉)의 무고 사건에 연루되어 죽음.

669) 칠대문통(七大文通) : 명경과의 시험을 볼 때, 칠서(七書)에서 한 대문씩 뽑아 도합 7대문을 외워야 하는데 그 중에 제1등급을 받음. 이 시험에는 통(通)·조(粗)·약(略) 의 3등급이 있었음.

670) 효잡(淆雜) : 여럿이 한데 뒤섞이어 어수선함.

671) 창명(唱名) : 이름을 부름. 여기서는 과거 급제자를 발표하는 일을 말함.

672) 쟁영(崢嶸) : 산처럼 높고 가파름. 꼿꼿이 맞섬.

673) 파과(罷科) : 파방(罷榜). 과거에 합격한 사람의 발표를 취소하던 일.

674) 혼란(昏亂) : 마음이나 정신 따위가 어둡고 어지러움.

675) 개옥(改玉) : 반정(反正), 또는 반정한 임금이 즉위하는 일.

676) 중외(中外) : 조정(朝廷)과 민간(民間)을 아울러 이르는 말. 나라 안팎을 아울러 이르 는 말.

677) 식목(拭目) : 눈을 씻고 자세히 봄.

678) 상망(想望) : 일이 이루어지기를 기대함.

679) 호주(湖洲) : 조선조 효종 때의 문신인 채유후(蔡裕後, 1599~1660)의 호. 채유후의 자는 백창(伯昌), 본관은 평강(平康), 채충연(蔡忠衍)의 아들. 시호는 문혜(文惠).

外王父嘗問湖洲曰, "是時或有能不赴者乎?" 湖洲答曰, "我亦赴 孰能 有不赴者乎?"

050 丙子 淸虜渡鴨綠 三日直至京城. 都元帥金自點 屯兵於兎山[680]客 舍 虜欲絶後顧之憂爲捕元帥 分兵而來. 自點 斥候[681]搪報[682] 疎迂[683] 未備. 虜兵直至門前而不能覺. 坐間忽有人 傳言, "虜至墻外矣!" 自點 急起 走上衙後山. 陽坡鄭公 以都元帥從事官 急麾兵放砲不止. 虜遂 住兵 門外接戰. 陽坡急擇善放者 列立連放 砲手三人作隊 一人藏[裝] 藥以進 善放者一人 受而放之 又一人受其砲藏[裝]藥 續進爲發 發相 繼之法 砲聲大震 虜不敢逼. 矢至如雨 而我兵皆依窓柱軒楹而立故 矢 皆虛落. 陽坡坐室中督戰 有一善放卒 頻頻露身於柱邊. 陽坡厲聲云, "彼卒何不隱身頻出柱外?" 言未已 其卒中箭而倒. 卒若中則 又易以他 卒 半餉[晌][684]相持 虜兵死者甚多. 虜遂退軍 列營圍之. 陽坡始收兵 尋元帥去處 上山未半 有一裘 中矢在地. 審之卽李公浣[685]之裘. 公驚 悗[686]不已曰, "李浣其死矣." 令卒持而上去. 至自點所 李公方據地而 痛. 自點曰, "計將安出?" 陽坡曰, "進向三角山之外 有甚他道乎?" 李 公曰, "公試觀之. 他人之論 亦如此矣." 盖李公方主勤王[687]之論 而自 點難之故 爲是言也. 自點答曰, "此則豈不堂堂正論 而强弱懸絶[688].

---

680) 토산(兎山) : 황해도에 있는 고을.
681) 척후(斥候) : 척후병. 적의 형편이나 지형 따위를 정찰하고 탐색하는 임무를 맡은 병사.
682) 당보(搪報) : 당보(塘報). 척후병의 보고.
683) 소우(疎迂) : 엉성하여 사실과 거리가 멂.
684) 반향(半晌) : 반나절.
685) 이완(李浣, 1602~1674) : 조선조 현종 때의 무신. 자는 징지(澄之), 호는 매죽헌(梅竹 軒), 본관은 경주(慶州), 이수일(李守一)의 아들. 시호는 정익(貞翼).
686) 경완(驚悗) : 놀라고 탄식함.
687) 근왕(勤王) : 임금이나 왕실을 위하여 충성을 다함.

若兵出平地相遇 則徒糜滅[688]耳. 不如寅[夤]緣[690]山谷而進前也. 然急爲解圍脫出之計可進 將奈何?"李公浣請召別將某議之. 俄而別將某自外至. 自點問計 別將亦不知所出. 李公浣曰, "意或令公[691]之覺悟[692]又何不悟?"因誦兵書中數句語曰, "兵法豈不曰, '如此如此.'乎?"別將悟曰, "然我則當死矣. 主將[693]豈不脫出乎?"李公又曰, "令公又不悟矣. 若眞爲之 則令公誠死矣. 若佯爲之 則令公曷爲死哉?"別將又悟曰, "然. 君言是矣."緊機事[694]不密[695] 則易露於敵人故 問答如此也. 遂定潰圍下山之計 遲至日黑. 下視虜兵 隊隊[696]環聚 炊飯而食. 遂從一面 振旗鳴鼓 若將引兵向下者然. 虜兵繞山分營者 皆會於我兵向下之處 以爲迎戰之計. 我軍遂爲疑兵[697] 益張旗幟[698]及燈籠[699]佯若赴戰. 元帥諸軍 一邊從他方逃去. 赴戰之卒 亦立幟懸燈 漸退潰散. 是時天色向夜 我軍從山谷遁去 虜遂無奈何不追. 元帥諸軍 從山峽 轉至楊州[700]薇原[701]. 下城講和後始還. 其後 自點按律[702]之啓 稱'不用直向京

---

688) 현절(懸絶) : 두드러지게 다름.

689) 미멸(糜滅) : 미멸(靡滅). 멸망함. 쓰러져 없어짐.

690) 인연(夤緣) : 나무뿌리나 바위 등을 의지하고 산등성이를 이리저리 올라감. 덩굴이 벋어 올라감.

691) 영공(令公) : 영감(令監). 정3품과 종2품의 벼슬아치를 이르던 말.

692) 각오(覺悟) : 앞으로 해야 할 일이나 겪을 일에 대한 마음의 준비.

693) 주장(主將) : 우두머리가 되는 장수.

694) 기사(機事) : 밖으로 드러나서는 안 될 비밀스러운 일.

695) 불밀(不密) : 면밀(綿密)하지 못함. 찬찬하거나 세밀하지 못함.

696) 대대(隊隊) : 무리 지음. 떼로 모임.

697) 의병(疑兵) : 적의 눈을 속이기 위하여 거짓으로 군사를 꾸밈. 또는 그런 군대 시설.

698) 기치(旗幟) : 깃발. 군기(軍旗).

699) 등롱(燈籠) : 등의 하나. 대오리나 쇠로 살을 만들고 겉에 종이나 헝겊을 씌워 안에 촛불을 넣어서 달아 두기도 하고 들고 다니기도 함.

700) 양주(楊州) : 경기도에 있는 고을.

701) 미원(薇原) : 경기도 양주에 있는 고을.

702) 안률(按律) : 안치(按治). 죄를 조사하여 다스림.

城之議'. 陽坡常曰,"我無泄此言之理 李浣必不出口外 不知此言從何
發也." 外王父聞當時之事於陽坡而傳之. 兵書句語 初未傳 別將李姓
外王父傳之 而年久忘其名.

051 丙子虜變[703] 南漢被圍時. 一日夜深後 虜作蒭人[704] 緣燈於南城女
墻[705]. 盖欲試守卒之睡覺 將進兵陷城也. 是時 守城旣久 兵疲守弛.
分[粉]堞[706]之卒皆睡 獨有一卒不眠 巡城急呼曰,"內摘奸[707], 內摘
奸!"於是 守堞卒皆覺下視之 虜以蒭人 先之踵而攀堞者如雲. 我軍急
下矢石而退之. 盖於蒭人登城之時 若一呼,"賊至!"衆必驚擾 事將不
測矣. 其人能於倉卒急遽之際[708] 慮及於此 爲此方便 其應變之智 足以
爲將 而麋於卒伍[709]. 且終不自言其功故 姓名亦不傳 無乃智士之韜晦
藏身[710]者歟! 外王父常言此事曰,"我國終不知其卒之爲何人 不敢擧
而用之 安能防慮患[711]乎?"

052 丙子虜變 仁廟始入南漢 慮廟社[712]之分張[713] 將出城 轉向江都[714].

---

703) 노변(虜變) : 오랑캐가 일으킨 변란(變亂). 병자호란(丙子胡亂)을 가리킴.

704) 추인(蒭人) : 짚으로 만든 허수아비.

705) 여장(女墻) : 여장(女牆). 성가퀴. 성 위에 낮게 쌓은 담.

706) 분첩(粉堞) : 성가퀴. 성 위에 낮게 쌓아 석회를 바른 담.

707) 적간(摘奸) : 척간(擲奸). 난잡한 행동이나 부정한 사실의 유무를 조사하여 적발함.

708) 창졸급거지제(倉卒急遽之際) : 미처 어찌할 사이 없이 매우 급작스러운 즈음.

709) 졸오(卒伍) : 군졸들의 대오(隊伍).

710) 도회장신(韜晦藏身) : 재능이나 학식 따위를 숨겨 감추고 은둔함.

711) 여환(慮患) : 뒤에 닥쳐올 우환(憂患)을 염려함.

712) 묘사(廟社) : 종묘(宗廟)와 사직(社稷).

713) 분장(分張) : 분리(分離). 분산(分散).

714) 강도(江都) : 인천시 강화(江華)의 고려와 조선시대의 이름. 고려 고종 19년(1232)에
몽고의 침입으로 도읍을 이곳으로 옮긴 후, 원종 11년(1270)에 환도(還都)할 때까지

朝議旣定 大駕遂發 從南門出行. 未數里 上所騎馬 忽立而不前. 驚戰
汗出如漿[715]. 上大異之 遂驚悟還入城. 虜果進軍圍城. 若非此馬 禍將
不測. 王者必有神祐 豈非天哉? 仁廟遂養其馬於內廐[716] 終其身.

053 丙子講和後 淸汗[717]慮我國之背約 欲擧一國剃髮[718]. 其將僥退[要
魋][719] 力諫曰, "朝鮮素重禮義 今若剃髮 則必生變亂 如或負約 借我數
千兵 卽當剿之." 遂得免. 若非僥退[要魋] 我國以文物禮義之邦 一朝
將爲削髮左衽[720]之俗其有功於我國之民者大矣.

054 浦渚趙相國翼[721] 丙子以禮曹判書 奉廟社主[722] 先入江都. 公之父
方在龍山[723]. 旣發行 公性至孝 先送廟社主 從間道至龍山 訪父所在.
因値虜騎充斥[724] 不得入江都. 乘舟至南陽[725] 自稱舟師大將[726] 指揮

39년 동안 임시 수도로 삼았다 하여 생긴 이름임.
715) 한출여장(汗出如漿) : 땀을 묽은 죽처럼 흘림. 땀을 뻘뻘 흘림.
716) 내구(內廐) : 내사복시(內司僕寺). 조선시대 임금의 말과 수레를 관리하던 관아.
717) 청간(*淸汗) : 병자호란 당시 청나라의 제2대 황제인 태종을 가리킴. 이름은 홍타이지
    (皇太極, 1592~1643). 재위 1626~1643. 만주족(滿洲族) 누르하치(努爾哈赤)의 여덟
    번째 아들로, 국호를 청(淸)으로 정하였음.
718) 체발(剃髮) : 머리를 바싹 깎는 일. 여기서는 변발(辮髮)을 말함. '변발'은 몽골족이나
    만주족의 풍습으로, 남자의 머리를 뒷부분만 남기고 나머지 부분을 깎아 뒤로 길게
    땋아 늘이는 일. 또는 그런 머리.
719) 요퇴(要魋) : 청 태종의 조카로, 병자호란 당시 청나라의 장수. 자세한 행적은 미상.
    원문의 '僥退'는 잘못임.
720) 좌임(左衽) : 미개한 상태를 이르는 말. 중국 변방 이민족들의 옷 입는 방식이 오른쪽
    섶을 왼쪽 섶 위로 여몄다는 데서 유래함.
721) 조익(趙翼, 1579~1655) : 조선조 효종 때의 문신. 자는 비경(飛卿), 호는 포저(浦渚),
    본관은 풍양(豊壤), 조영중(趙瑩中)의 아들. 시호는 문효(文孝).
722) 신주(神主) : 죽은 사람의 위패(位牌).
723) 용산(龍山) : 오늘날의 서울시 용산구 일대.
724) 충척(充斥) : 많은 사람이 그득함. 그득하게 찬 것이 퍼져서 넓음.

海邊諸邑 聚軍住海島. 尹公棨[727]方爲南陽府使 公令爲運糧差員 輸致軍餉[728]. 尹公不敢違 出往遇賊 不屈而死之[死]. 趙公素性 忠厚眞實 且有學問. 雖其臨亂誤事 人不以小眚[729]掩大德. 而孝廟[730]在江都 以此爲憤. 故其後 章甫[731]有俎豆[732]之請 孝廟入內 語諸駙馬[733]曰, "汝輩死後 亦當爲書院 趙某之所得 汝輩豈不能得乎?" 盖輕侮[734]之也. 嗚呼! 人之所貴乎學問者 貴在擇善而固執之也. 君父一體 隨所在而盡分而已. 臨亂奉廟社 此人臣之何等大節 而其可以尋父之故 而棄而之他哉! 趙公盖篤於純孝 欲其兩全 而倉卒之間[735] 未免誤着[736]. 雖其遭時不幸 事不從心 而亦坐於擇理不精[737] 執之不固也 惜哉!

055 士君子[738] 晩節最難. 稚川尹公昉 梧陰[739]尹文靖公之長子. 宣廟朝

---

725) 남양(南陽) : 오늘날의 경기도 화성시 일대.

726) 주사대장(舟師大將) : 수군(水軍)을 통솔하는 으뜸장수.

727) 윤계(尹棨, 1583~1636) : 조선조 인조 때의 문신. 자는 신백(信伯), 호는 신곡(薪谷)·임호(林湖), 본관은 남원(南原). 윤형갑(尹衡甲)의 아들, 윤집(尹集)의 형. 병자호란 때 남양 부사(南陽府使)로 있다가 포로가 되어 참살 당함. 시호는 충간(忠簡).

728) 군향(軍餉) : 군량(軍糧). 군사들이 먹을 양식(糧食).

729) 소생(小眚) : 작은 허물. 조그만 잘못.

730) 효묘(孝廟) : 조선조 제17대 임금인 효종(孝宗, 1619~1659)의 묘호. 효종의 재위 1649~1659년. 이름은 호(淏), 자는 정연(靜淵), 호는 죽오(竹梧), 인조의 둘째 아들. 어머니는 인렬왕후(仁烈王后) 한씨(韓氏), 비는 장유(張維)의 딸 인선왕후(仁宣王后). 능호는 영릉(寧陵)으로 경기도 여주시 능서면 영릉로에 있음.

731) 장보(章甫) : 유생(儒生)이 쓰는 관(冠)으로, 유생을 달리 이르는 말.

732) 조두(俎豆) : 제기(祭器)로, 조(俎)에는 고기를 담고 두(豆)에는 채소를 담았음. 여기서는 제례(祭禮)나 제향(祭享)을 가리킴.

733) 부마(駙馬) : 임금의 사위.

734) 경모(輕侮) : 남을 하찮게 보아 업신여기거나 모욕함.

735) 창졸지간(倉卒之間) : 미처 어찌할 사이 없이 매우 급작스러운 사이.

736) 오저(誤着) : 잘못 생각함.

737) 부정(不精) : 조촐하거나 깨끗하지 못하고 거칠거나 지저분함.

738) 사군자(士君子) : 덕행이 높고 학문이 뛰어난 사람.

梧陰爲平安監司 稚川新登第 爲承文正字[740]. 上令掖隷[741] 送金帶[742]
于稚川 下敎曰, "傳于爾父." 稚川遂以金帶 納于政院 上疏曰, '恩賜[743]
不由政院 臣不敢私受.' 相傳 其正直不苟如此. 光海朝 稚川與李判書
光庭[744] 同受暇 往浴溫泉. 忽聞 朝廷有廢母之議. 李驚憤躁動[745] 咄咄
不已曰, "豈料生而見此倫常[746]之變? 生丁不辰[747] 奈何奈何?" 達夜不
寐. 稚川但答曰, "誠然." 更無一辭. 夜寢如常 李蹴之曰, "旣聞此擧 睡
何能着?" 稚川又答曰, "我性迷頑[748] 故如此." 及還京 廢母廷請[749]已
始 百官[750]滿庭. 尹李入來肅拜 下吏[751]請入班行[752]. 李則躊躇疑違[753]
終不免入參. 稚川則衆中厲聲[754]曰, "我則以病不進錄之." 睨視朝班
穩步而出. 兇徒側目[755]坐此遠謫. 盖大北[756]輩 以鈇鉞[757]鼎鑊[758]怖之

739) 오음(梧陰) : 조선조 선조 때의 문신인 윤두수(尹斗壽, 1533~1601)의 호. 윤두수의
　　자는 자앙(子仰), 본관은 해평(海平), 윤변(尹忭)의 아들. 시호는 문정(文靖).
740) 승문정자(承文正字) : 조선시대 외교에 대한 문서를 맡아보던 관아인 승문원(承文院)
　　의 정9품 정자(正字) 벼슬.
741) 액예(掖隷) : 제42화 주 참조.
742) 금대(金帶) : 조선시대 정2품의 벼슬아치가 조복(朝服)에 띠던 금빛 나는 띠.
743) 은사(恩賜) : 임금이 은혜로써 신하에게 물건을 내려 주던 일. 또는 그 물건.
744) 이광정(李光庭, 1552~1627) : 조선조 선조 때의 문신. 자는 덕휘(德輝), 호는 해고(海
　　皐)·눌옹(訥翁), 본관은 연안(延安), 이주(李澍)의 아들. 선조 때 연원부원군(延原府
　　院君)에 봉해짐.
745) 조동(躁動) : 조급하고 망령되게 움직임.
746) 윤상(倫常) : 인륜의 떳떳하고 변하지 아니하는 도리.
747) 정불신(丁不辰) : 불운(不運)한 때를 만남.
748) 미완(迷頑) : 미욱함. 하는 짓이나 됨됨이가 매우 어리석고 미련함.
749) 정청(廷請) : 정립(廷立). 백관들이 함께 궁정에 나아가 벌여 서서 간쟁할 일을 임금에
　　게 아뢰고, 하교를 기다리는 일.
750) 백관(百官) : 모든 벼슬아치.
751) 하리(下吏) : 서리(胥吏). 관아에 속하여 말단 행정 실무에 종사하던 구실아치.
752) 반항(班行) : 품계나 신분 등급에 맞는 위치.
753) 의위(疑違) : 의위(依違). 가부를 결정하지 못하고 우물쭈물함.
754) 여성(厲聲) : 성이 나서 큰 소리를 지름. 또는 그 소리.

故 如李之稍欲自好⁷⁵⁹⁾者 亦不免失身⁷⁶⁰⁾. 而稚川獨毅然(有)樹立 其剛
嚴⁷⁶¹⁾牢確⁷⁶²⁾如此. 而末年以大臣 奉廟社主 入江都 自以旣奉廟社主
義不宜棄而殉身⁷⁶³⁾ 遂不能死 而被執於虜陣 身名⁷⁶⁴⁾俱衊⁷⁶⁵⁾. 外王父
嘗言, "人年老則氣衰. 尹海昌少時 氣節⁷⁶⁶⁾卓然⁷⁶⁷⁾ 而特以篤老⁷⁶⁸⁾志衰
誤慮以奉廟社不敢死. 伊時 若抱廟社主 同入仙源⁷⁶⁹⁾之火 則當作何如
人? 國家不亡 則更立廟社主何難?"云云. 淸陰金文正公 丁丑大節 凜
如日星 而晚年不免入參姜獄⁷⁷⁰⁾. 雖其小眚 不足以累大德 而亦其志氣
衰邁⁷⁷¹⁾而然也. 晚節之難 信哉!

056 醫人金萬直⁷⁷²⁾ 嘗隨使臣赴燕. 淸國閣老⁷⁷³⁾有病 邀我國醫診之. 萬

---

755) 측목(側目) : 무섭고 두려워서 바로 보지 못함. 곁눈질함.
756) 대북(大北) : 조선시대 사색붕당(四色朋黨)의 하나인 북인(北人) 가운데 광해군을 지
　　지하던 세력.
757) 부월(鈇鉞) : 부월(斧鉞). 형구(刑具)로 쓰던 작은 도끼와 큰 도끼.
758) 정확(鼎鑊) : 중국 전국시대에 죄인을 삶아 죽이던 큰 솥으로, 극형(極刑)을 가리킴.
759) 자호(自好) : 자애(自愛)함. 자신을 아낌.
760) 실신(失身) : 실절(失節). 절개를 지키지 못함.
761) 강엄(剛嚴) : 강직(剛直)하고 엄격(嚴格)함.
762) 뇌확(牢確) : 견고(堅固)하고 확실함.
763) 순신(殉身) : 몸을 바침. 목숨을 바침.
764) 신명(身名) : 자신(自身)과 명예(名譽). 자기의 몸과 명성(名聲).
765) 멸(衊) : 욕되게 함. 모독함.
766) 기절(氣節) : 굽힐 줄 모르는 기개(氣槪)와 절조(節操).
767) 탁연(卓然) : 탁월(卓越)함. 여럿 가운데 빼어나게 뛰어나 의젓함.
768) 독로(篤老) : 몹시 늙음.
769) 선원(仙源) : 조선조 인조 때의 문신인 김상용(金尙容, 1561~1637)의 호. 김상용의
　　자는 경택(景擇), 다른 호는 풍계(楓溪), 본관은 안동(安東), 김극효(金克孝)의 아들.
　　시호는 문충(文忠).
770) 강옥(姜獄) : 명나라 구원군으로 출병하였다가 청군에 투항하여 정묘호란 때 청군에
　　앞장 서 온 강홍립(姜弘立)이 역신으로 처형된 사건.
771) 쇠매(衰邁) : 노쇠(老衰)해짐.

直累往從容 所謂閣老 卽丙子入江都之虜將. 談間每說江都事曰, "其
時 有一老人 年八十餘 稱汝國相臣. 被執而來 終不屈. 置於將校之下
輒曰, '我乃大臣 汝輩何敢慢我?' 老不能行步 必匍匐往坐於諸將之上.
我輩無不笑之. 欲觀其狀 輒引置座末 又必匍匐 坐上座. 其時 每以爲
嬉笑故 至今不忘." 萬直歸語於許積[774] 許曰, "此是稚川尹相國昉."云.

057 林義州慶業[775] 常懷效節天朝[776]之志. 募僧獨步[777] 奔問[778]皇朝.
獨步被執 淸人事覺 虜使繫送. 林公遂脫身逃去 潛募死士[779] 賃舡入
海. 始則佯若適他所者 至洋中 拔劍登艫[艫] 令曰, "我將放舡 直入中
原 不從令者斬." 舟人讋服[780] 遂越海入南朝. 南朝敗爲淸虜所獲 還送
我國曰, "此汝國之罪人 宜自處之." 及至 仁廟親鞫. 盖當世壓於淸虜
外若重其事 而聖意[781]則哀其志而實欲原之. 禁隸[782]不識聖意 下杖另

---

772) 김만직(金萬直) : 조선조 숙종 때의 의원이자 문신. 생몰년 미상. 본관은 영광(靈光).
    본디 의원이었으나 1677(숙종3)년 양천 현령(陽川縣令)이 되었음.
773) 각로(閣老) : 중국 명·청시대에 재상을 이르던 말.
774) 허적(許積, 1610~1680) : 조선조 숙종 때의 문신. 자는 여차(汝車), 호는 묵재(默齋)·
    휴옹(休翁), 본관은 양천(陽川), 허한(許僩)의 아들. 남인(南人) 가운데 탁남(濁南)의
    영수. 서자 허견(許堅)의 역모 사건에 연좌되어 사사(賜死)되었으나, 1689년 기사환국
    (己巳換局)으로 신원(伸寃)됨.
775) 임경업(林慶業, 1594~1646) : 조선조 인조 때의 명장. 자는 영백(英伯), 호는 고송(孤
    松), 본관은 평택(平澤), 판서를 지낸 임정(林整)의 후손, 임황(林篁)의 아들. 충주(忠
    州) 출신. 병자호란 때 활약이 컸음. 모반 사건에 연루되어 투옥 중 김자점(金自點)의
    지시로 장살(杖殺)됨. 시호는 충민(忠愍).
776) 천조(天朝) : 천자의 조정. 조선시대 명나라를 높여 이르던 말.
777) 독보(獨步) : 조선조 인조 때의 승려. 생몰년 미상. 호는 여충(麗忠), 속명은 중헐(中
    歇). 명나라 도독(都督) 심세괴(沈世魁)의 휘하에서 청나라의 동태를 염탐하다가 조선
    군에 붙잡혀 임경업의 휘하에서 명나라와의 연락을 담당하였음. 임경업과 함께 청나
    라에 붙잡혔다가 조선으로 압송되어 울산으로 유배되었음.
778) 분문(奔問) : 난리를 당한 임금에게 달려가 문안을 여쭙는 일.
779) 사사(死士) : 죽기를 각오하고 나선 군사.
780) 섭복(讋服) : 섭복(慴服). 두려워서 복종함.

重 一次遂死. 仁廟心懷矜惻[783] 特下備忘[784] 使讀於屍前. 使知予欲活
之意. 後日 筵中[785]中朝[786]而歎曰, "國家可用之人 自爾漸盡. 亦係於
國運." 爲敎.

058 明末 淫風日滋 男女交合之狀 或刻或畫. 畫者謂之春畫 刻者謂之
春意. 搢紳[787]大夫 翫戱[788]而不知恥 閭巷[789]之淫佚[790] 無可論. 仁廟朝
毛文龍[791]在椵島[792] 與我國通信[793] 來致禮幣 其中有象牙春意一事.
仁廟下政院. 以象牙刻男女面目 機發作相交之形. 東方人 曾所未見.
皆以爲文龍以此辱之. 殊不知唐人翫好[794]之常也. 仁廟遂命粉碎之.
是時 朝臣有手執而翫之者. 朝議以此枳塞[795]淸路[796]. 我國風俗之貞潔

---

781) 성의(聖意) : 성지(聖旨). 임금의 뜻.
782) 금례(禁隷) : 조선시대 형조(刑曹)에 소속된 특별단속반.
783) 긍측(矜惻) : 긍련(矜憐). 불쌍하고 가엾음.
784) 비망(備忘) : 비망기(備忘記). 임금이 명령을 적어서 승지(承旨)에게 전하던 문서.
785) 연중(筵中) : 연석(筵席). 임금과 신하가 모여 자문(諮問)·주달(奏達)하던 자리.
786) 중조(中朝) : 조정(朝廷). * 중국 조정.
787) 진신(搢紳) : 홀을 큰 띠에 꽂는다는 뜻으로, 모든 벼슬아치를 통틀어 이르는 말.
788) 완희(翫戱) : 가지고 놂.
789) 여항(閭巷) : 여염(閭閻). 백성의 살림집이 많이 모여 있는 곳.
790) 음일(淫佚) : 마음껏 음란하고 방탕하게 놂.
791) 모문룡(毛文龍, 1576~1629) : 명나라 말기의 장수. 절강(浙江) 인화(仁和) 사람. 호
는 진남(振南). 도사(都司)로 조선(朝鮮)을 구원하러 갔다가 요동(遼東)에 머무르게
되었음. 요동을 잃어버리자 해로(海路)로 달아나 빈틈을 보아 청나라 진강수장(鎭江
守將)을 습격해 죽여 총병(總兵)에 임명되었음. 만력(萬曆) 33년(1605) 무과에 급제,
처음에는 요동총병관 이성량(李成梁) 밑에서 유격 활동을 하였음. 천계(天啓) 원년
(1621) 누르하치가 요동을 공략하자 광녕 순무(廣寧巡撫) 왕화정(王化貞)의 휘하로
들어갔음. 그 뒤 전횡을 일삼다가 산해관 군문 원숭환(袁崇煥)에게 참살되었음.
792) 가도(椵島) : 평안북도 철산군 백량면 가도리에 있는 섬. 피도(皮島)라고도 함.
793) 통신(通信) : 소식을 전하거나 정보를 교환하는 일.
794) 완호(翫好) : 완호(玩好). 진귀한 장난감.
795) 기색(枳塞) : 벼슬길이 막힘.

敎化之淸明 從可知矣. 昔申三槐從濩[797] 行過妓上林春[798]之門 有詩
曰, '第五橋頭楊柳斜 晚來風物[799]轉淸和 緗簾[800]十二人如玉 靑瑣[801]
詞臣[802]信馬過.' 此則可謂風流[803]雅謔[804] 而猶以此見枳名途[805] 其嚴
可知. 仁孝顯三朝以來 儒賢[806]輩出 激濁揚淸[807]一世 頗有昭明[808]之
效矣. 四五十年之間 儒風雅俗[809] 掃蕩[810]無餘 春畵之屬 自燕流布 士
大夫或多傳看 而不知其爲可愧. 視當時一看而見塞 當如何哉.

059 毛文龍 當明末皇綱之漸衰 搶掠[811]士女[812] 入據海島. 雖稱羽翼[813]

796) 청로(淸路) : 지위가 낮고 녹(祿)이 많지 않으나 뒷날에 높이 될 좋은 벼슬. 간관(諫官)·
　　세자시강원(世子侍講院)·홍문관(弘文館)·승문원(承文院) 등에 속한 벼슬을 말함.
797) 신종호(申從濩, 1456~1497) : 조선조 연산군 때의 문신. 자는 차소(次韶), 호는 삼괴
　　당(三魁堂), 본관은 고령(高靈), 신숙주(申叔舟)의 손자, 신주(申澍)의 아들.
798) 상림춘(上林春) : 조선조 연산군·중종 때의 명기. 거문고의 명인이었음.
799) 풍물(風物) : 경치(景致). 산이나 들, 강, 바다 따위의 자연이나 지역의 모습. 어숙권
　　(魚叔權)의 《패관잡기(稗官雜記)》권4에는 풍일(風日)로 되어 있음.
800) 상렴(緗簾) : 담황색(淡黃色)의 발.
801) 청쇄(靑瑣) : 청쇄문(靑瑣門). 중국 한(漢)나라 때 단청(丹靑)을 한 궁궐의 문. 여기서
　　는 궁중(宮中)의 뜻으로 쓰였음.
802) 사신(詞臣) : 조선시대 홍문관(弘文館)·예문관(藝文館) 등에서 문한(文翰)을 담당하
　　는 신하.
803) 풍류(風流) : 멋스럽고 풍치가 있는 일. 또는 그렇게 노는 일.
804) 아학(雅謔) : 고상한 익살.
805) 명도(名途) : 좋은 벼슬자리. 명예로운 벼슬길.
806) 유현(儒賢) : 유학에 정통하고 언행이 바른 선비.
807) 격탁양청(激濁揚淸) : 탁류(濁流)를 몰아내고 淸波(청파)를 끌어들인다는 뜻으로, 악
　　을 제거하고 선을 떨침을 비유해 이르는 말.
808) 소명(昭明) : 사리를 분간함이 밝고 똑똑함.
809) 유풍아속(儒風雅俗) : 유아(儒雅 : 풍치가 있고 고상함)한 풍속.
810) 소탕(掃蕩) : 휩쓸어 죄다 없애 버림.
811) 창략(搶掠) : 노략(擄掠). 떼를 지어 돌아다니며 사람을 해치거나 재물을 강제로 빼앗음.
812) 사녀(士女) : 남녀(男女).
813) 우익(羽翼) : 보좌하는 일. 또는 그 일을 하는 사람. * 새의 날개.

天朝 其實逋逃之雄⁸¹⁴⁾. 袁軍門⁸¹⁵⁾崇煥⁸¹⁶⁾ 欲剪除⁸¹⁷⁾之 遣使 卑辭⁸¹⁸⁾厚禮而邀之 請與面商軍國⁸¹⁹⁾事. 文龍乘單舸⁸²⁰⁾ 盛其騶從⁸²¹⁾而來. 及到轅門⁸²²⁾ 只納文龍 拒塞騶從 令壯士縛致階下. 數其罪而斬之. 椵島遂平. 袁公此擧 只出於爲國除患 而其後袁軍門之被禍 以此爲罪案⁸²³⁾ 豈不寃哉?

060 仁祖大王 以聖德受命 凡所制立法度 皆可以爲萬世法承. 宣廟末年 及昏朝以來 黨論瓜分⁸²⁴⁾ 戈戟相尋⁸²⁵⁾之後 必欲蕩平調劑⁸²⁶⁾ 惟才是用故 六曹⁸²⁷⁾及百司 皆參用南西. 盖靖社勳臣 皆是西人故 西人秉權 而必以南人一員 置於各司 相與忌憚⁸²⁸⁾敕勵⁸²⁹⁾ 不敢容私. 任賢使能 明習國事 遵守舊章⁸³⁰⁾ 不喜變更故 雖累經變亂 民生賴以寧謐⁸³¹⁾.

---

814) 포도지웅(逋逃之雄) : 죄를 짓고 달아난 영웅.
815) 군문(軍門) : 중국 명나라 때 총독(總督)이나 순무(巡撫)를 달리 이르던 말.
816) 원숭환(袁崇煥, 1584~1630) : 명나라 말기의 명장. 자는 원소(元素), 호는 자여(自如). 후금(後金)의 침략에 맞서 요동(遼東) 방어에 공을 세웠지만 모반(謀反)의 누명을 쓰고 처형되었음.
817) 전제(剪除) : 전제(翦除). 불필요한 것을 잘라서 없애버림.
818) 비사(卑辭) : 자신을 낮추는 말.
819) 군국(軍國) : 군무(軍務)와 국정(國政)을 아울러 이르는 말.
820) 단가(單舸) : 한 척의 큰 배.
821) 추종(騶從) : 윗사람을 따라다니는 종.
822) 원문(轅門) : 영문(營門).
823) 죄안(罪案) : 범죄 사실을 적은 기록.
824) 과분(瓜分) : 오이를 쪼개듯 분할함. 분열됨.
825) 과극상심(戈戟相尋) : 창을 들고 서로 찾아다닌다는 뜻으로, 다툼이나 전쟁을 가리킴.
826) 탕평조제(蕩平調劑) : 탕평책(蕩平策)으로 조정(調停)하거나 중재(仲裁)함.
827) 육조(六曹) : 조선시대 나랏일을 나누어 맡아보던 여섯 관부(官府). 이조(吏曹)·호조(戶曹)·예조(禮曹)·병조(兵曹)·형조(刑曹)·공조(工曹)를 이름.
828) 기탄(忌憚) : 어렵게 여겨 꺼림.
829) 칙려(敕勵) : 칙려(勅勵). 단단히 타일러 경계하고 권면(勸勉)함.
830) 구장(舊章) : 예전의 제도와 문물, 법령과 규칙을 통틀어 이르는 말.

且每任用老成⁸³²⁾ 愛惜名器⁸³³⁾ 擢進⁸³⁴⁾官秩⁸³⁵⁾絶罕⁸³⁶⁾. 亞卿⁸³⁷⁾命德之器⁸³⁸⁾ 超遷⁸³⁹⁾尤稀. 喉舌之臣⁸⁴⁰⁾ 皆用老人故 六承旨 無非鬚眉皓白. 必擇其累年積勞於夙夜者 昇授亞卿. 仁廟朝 治體⁸⁴¹⁾如此. 及至孝宗朝 漸用年少氣銳⁸⁴²⁾之臣 夸毗⁸⁴³⁾成風 分裂益甚. 盖緣孝廟治法與先朝少異而然也. 如漢之文帝⁸⁴⁴⁾用老 武帝⁸⁴⁵⁾喜少. 帝王規模質文⁸⁴⁶⁾之相乘⁸⁴⁷⁾如此.

061 仁祖末年 不幸有宮掖之變⁸⁴⁸⁾. 姜嬪⁸⁴⁹⁾雖或未盡於處變⁸⁵⁰⁾之際 至

---

831) 영밀(寧謐) : 편안하고 조용함.

832) 노성(老成) : 많은 경험을 쌓아 세상일에 익숙함.

833) 명기(名器) : 어떤 직위와 그에 따르는 수레나 옷이라는 뜻으로, 벼슬자리를 비유적으로 이르는 말.

834) 탁진(擢進) : 발탁하여 승진시킴.

835) 관질(官秩) : 관계(官階). 관리나 벼슬의 등급.

836) 절한(絶罕) : 매우 드묾.

837) 아경(亞卿) : 제43화 주 참조.

838) 명덕지기(命德之器) : 덕망을 갖추어야 할 수 있는 벼슬.

839) 초천(超遷) : 직위 따위의 등급을 뛰어넘어서 승진함.

840) 후설지신(喉舌之臣) : 승지(承旨)를 달리 이르던 말. 임금의 명령을 비롯하여 나라의 중대한 언론을 맡은 신하라는 뜻임.

841) 치체(治體) : 치체(治體). 나라를 다스리는 법도.

842) 기예(氣銳) : 기개가 예리함.

843) 과비(夸毗) : 남에게 굽실거리며 아첨함.

844) 문제(文帝) : 중국 전한(前漢)의 제5대 황제(B.C.202~B.C.157). 성은 유(劉), 이름은 항(恒). 묘호는 태종(太宗).

845) 무제(武帝) : 중국 전한(前漢)의 제7대 황제(B.C.156~B.C.87). 성은 유(劉). 이름은 철(徹). 묘호는 세종(世宗).

846) 질문(質文) : 문질(文質). 겉으로 나타난 문체(文體)의 아름다움과 실상(實相)의 바탕.

847) 상승(相乘) : 상승작용 (相乘作用). 여러 요인이 함께 겹쳐 작용하여 하나씩 작용할 때보다 더 크게 효과를 나타내는 현상.

848) 궁액지변(宮掖之變) : 궁궐에서 일어난 변란.

849) 강빈(姜嬪) : 조선조 소현세자(昭顯世子)의 부인인 민회빈(愍懷嬪) 강씨(1611~1645). 본관은 금천(衿川), 강석기(姜碩期)의 딸. 1627년(인조5) 가례(嘉禮)를 올려 소현세자

於以逆賜死⁸⁵¹⁾ 一世人哀其冤故 命下之後 臺閣⁸⁵²⁾爭之許久⁸⁵³⁾. 國家
重諫官⁸⁵⁴⁾ 雖有成命⁸⁵⁵⁾ 臺諫爭之 則例不奉傳旨⁸⁵⁶⁾. 必待停啓⁸⁵⁷⁾然後
奉行君命. 盖古法然也. 姜嬪還收⁸⁵⁸⁾之啓若停 則當死故 人不忍停之.
李相行遠⁸⁵⁹⁾以臺諫 挺身⁸⁶⁰⁾停啓 擧世莫不慘然⁸⁶¹⁾. 外曾祖⁸⁶²⁾冢宰⁸⁶³⁾
府君⁸⁶⁴⁾ 與李止庵行進⁸⁶⁵⁾ 李副學行遇⁸⁶⁶⁾ 同里閈相善 晨夕⁸⁶⁷⁾往還⁸⁶⁸⁾故

빈이 되었음. 병자호란 뒤인 1637년 세자와 함께 심양(瀋陽)에 볼모로 갔다가 1644년
에 귀국하였으나 왕의 수라상에 독을 넣었다는 혐의를 받고 1646년 3월에 사사(賜死)
되었음.
850) 처변(處變) : 어떠한 변을 당하여 그것을 잘 처리함. 실정에 따라 융통성 있게 잘 처리
하여 감.
851) 사사(賜死) : 죽일 죄인을 대우하여 임금이 독약을 내려 스스로 죽게 하던 일.
852) 대각(臺閣) : 조선시대에 사헌부와 사간원을 통틀어 이르던 말. 여기에 홍문관 또는
규장각을 더하기도 함.
853) 허구(許久) : 날이나 세월 따위가 매우 오램.
854) 간관(諫官) : 대간(臺諫). 조선시대 사간원과 사헌부에 속하여 임금의 잘못을 간(諫)하
고 백관(百官)의 비행(非行)을 규탄하던 벼슬아치.
855) 성명(成命) : 임금이 신하의 신상(身上)에 관하여 결정적으로 내리는 명령. 이미 내려
진 천명(天命).
856) 전지(傳旨) : 유지(有旨). 승정원의 담당 승지를 통하여 전달되는 왕명을 적은 글.
857) 정계(停啓) : 계(啓) 올리는 것을 정지함. 임금에게 보고하는 죄인 문건인 전계(傳啓)
에서 죄인의 이름을 빼 버리던 일.
858) 환수(還收) : 도로 거두어들임.
859) 이행원(李行遠, 1592~1648) : 조선조 인조 때의 문신. 자는 사치(士致), 호는 서화(西
華), 본관은 전의(全義), 이중기(李重基)의 아들. 시호는 효정(孝貞).
860) 정신(挺身) : 무슨 일에 앞장서서 나아감.
861) 참연(慘然) : 슬프고 참혹한 모양.
862) 외증조(外曾祖) : 조선조 현종 때의 문신인 윤강(尹絳, 1597~1667)을 가리킴. 윤강의
자는 자준(子駿), 호는 무곡(無谷), 본관은 파평(坡平), 윤민헌(尹民獻)의 아들. 이조
판서를 역임하였음.
863) 총재(冢宰) : 조선시대 이조판서를 달리 이르던 말.
864) 부군(府君) : 죽은 아버지나 남자 조상을 높여 이르는 말.
865) 이행진(李行進, 1597~1665) : 조선조 현종 때의 문신. 자는 사겸(士謙), 호는 지암(止
菴), 본관은 전의(全義), 이후기(李厚基)의 아들.
866) 이행우(李行遇, 1606~1651) : 조선조 인조 때의 문신. 자는 사회(士會), 호는 수남(水
南), 본관은 전의, 이후기(李厚基)의 아들, 이행진(李行進)의 아우.

外王父兒時 以父執往拜兩公 如切近親屬. 十餘歲時 一日 往止庵家
副學李公 當窓迎謂曰, "吾兄入相矣." 盖副學卽李相之從弟[869]故也.
外王父徐入座曰, "此何異哉? 知之久矣." 副學曰, "汝何以知之?" 答
曰, "某年某月日後 豈不知其入相乎?" 盖指姜嬪停啓之日而爲言也.
止庵李公作色[870]曰, "汝以小兒 何敢譏長者?" 副學愀然[871]不樂[872]曰,
"雖小兒之言 誠無以爲解."云.

062 仁祖大王 入承大統[873]之後 以禰位[874]空虛. 勳臣等進元宗[875]追
崇[876]之說. 擧世持淸議[877]者 皆爭之 聖意久不決. 延平李忠定公 亦以
元勳[878] 深主追崇之論 白上曰, "臣之親友 金長生[879]朴知誡[880] 卽知禮

---

867) 흔석(昕夕) : 조석(朝夕). 아침저녁.

868) 왕환(往還) : 왕반(往返). 왕복(往復). 왕래(往來).

869) 종제(從弟) : 4촌 아우.

870) 작색(作色) : 불쾌한 느낌을 얼굴빛에 드러냄.

871) 초연(愀然) : 정색을 하여 얼굴에 엄정(嚴正)한 빛이 있음. 얼굴에 근심스러운 빛이
있음.

872) 불락(不樂) : 즐거워하지 아니함.

873) 대통(大統) : 왕통(王統). 임금의 계통.

874) 예위(禰位) : 돌아간 아버지의 신위(神位)나 그에 상당한 칭호. 또는 그 사당과 동등한
지위에 해당하는 신위나 그에 상당한 칭호.

875) 원종(元宗) : 조선조 제16대 왕인 인조의 부친. 이름은 이부(李琈, 1580~1619). 본관
은 전주(全州), 선조(宣祖)의 아들로 어머니는 인빈 김씨(仁嬪金氏), 좌찬성 구사맹
(具思孟)의 딸을 맞아 인조 및 능원대군(綾原大君)·능창대군(綾昌大君)을 낳았음.
1587년 정원군(定遠君)에 봉해지고, 1604년 임진왜란 중 왕을 호종(扈從)하였던 공으
로 호성공신(扈聖功臣) 2등에 봉하여졌음. 인조반정을 계기로 대원군(大院君)에 추존
되었다가, 다시 많은 논란 끝에 1627년(인조5) 왕으로 추존되었고, 그의 부인은 인헌
왕후(仁獻王后)로 추존되었음. 시호는 공량(恭良), 능묘는 김포의 장릉(章陵).

876) 추숭(追崇) : 추존(追尊). 왕위에 오르지 못하고 죽은 이에게 임금의 칭호를 주던 일.

877) 청의(淸議) : 고결하고 공정한 언론.

878) 원훈(元勳) : 나라를 위한, 가장 으뜸이 되는 공. 나라를 위하여 훌륭한 일을 하여
임금이 아끼고 믿어 가까이하는 늙은 신하.

879) 김장생(金長生, 1548~1631) : 조선조 인조 때의 학자. 자는 희원(希元), 호는 사계(沙

之儒臣 亦必以追崇爲合禮意. 願禮召[881)造朝[882) 問而決之."金沙溪朴
潛冶兩公造朝. 沙溪力言其不可 朴公深贊[883)其合禮. 仁廟遂行追崇之
禮. 其後擢朴公爲承旨而已 更不召用. 朴公之爲承旨 政院[884)喝道[885)
回過閭巷屋隅時 顧見之曰, "呀然開口 其喜可知."盖國俗以山野[886)聘
召[887)之人 不出爲賢故 其出者雖興儓[888) 嘲侮[889)如此. 習俗之膠固[890)
難解也.

063 梧里李相國元翼 嘗與人論栗谷. 其人稱栗谷喜黨論. 梧里正色曰,
"栗谷曷嘗爲黨論? 其秉心之公平 無所偏倚[891). 比如人跨據屋脊[892) 呼
兩邊人曰, '善者皆來 與我共坐.'"其言如此 而梧里少時 亦參斥栗谷
之論. 時論朋興[893)之際 作頹波[894)砥柱[895) 信乎難矣. 雖以梧里之百鍊

溪), 본관은 광산(光山), 김계휘(金繼輝)의 아들. 시호는 문원(文元).

溪), 본관은 광산(光山), 김계휘(金繼輝)의 아들. 시호는 문원(文元).
880) 박지계(朴知誡, 1573~1635) : 조선조 인조 때의 학자. 자는 인지(仁之), 호는 잠야(潛
       冶), 본관은 함양(咸陽), 박응립(朴應立)의 아들. 시호는 문목(文穆).
881) 예소(禮召) : 임금이 예우를 다하여 부르는 일.
882) 조조(造朝) : 입조(入朝). 벼슬아치들이 조정의 조회에 나아가던 일.
883) 심찬(深贊) : 깊이 기림. 적극적으로 찬성함.
884) 정원(政院) : 승정원(承政院). 조선시대 왕명의 출납을 맡아보던 관아.
885) 갈도(喝道) : 가도(呵導). 가금(呵禁). 창도(唱導). 조선시대 높은 벼슬아치가 다닐 때
       길을 인도하는 하인이 앞에서 소리를 질러 행인들을 비키게 하던 일. 또는 그 일을
       맡은 하인.
886) 산야(山野) : 초야(草野). 산골. 궁벽한 시골.
887) 빙소(聘召) : 초빙(招聘). 예를 갖추어 부름.
888) 여대(興儓) : 종. 남의 집에서 대대로 천한 일을 하던 사람.
889) 조모(嘲侮) : 비웃으며 업신여김.
890) 교고(膠固) : 아교로 붙인 것처럼 굳음. 너무 굳어서 융통성이 없음.
891) 편의(偏倚) : 한쪽으로 기울어져 있음.
892) 옥척(屋脊) : 용마루. 지붕 가운데 부분에 있는 가장 높은 수평 마루.
893) 붕흥(朋興) : 많은 사람이 작당(作黨)하여 일어남.
894) 퇴파(頹波) : 무너지는 물결. '세상의 풍조나 사물의 기운이 쇠퇴하는 추세'의 비유로
       쓰임.

精金⁸⁹⁶⁾ 尙不能免. 後世黨論瓜分之際 如梧里此等言 不可以傳聞⁸⁹⁷⁾準
其虛實. 而此則外王父親聞陽坡所傳而言之 可知其信然.

064 外王父嘗言, "吳判書挺一⁸⁹⁸⁾嘗言, '栗谷之從祀⁸⁹⁹⁾文廟⁹⁰⁰⁾ 正合⁹⁰¹⁾
士論⁹⁰²⁾. 西人若只請栗谷從祀 則吾輩南人 亦豈不從之? 牛溪⁹⁰³⁾則誠
不足矣.' 余答曰, '公之所見如此 則何不直以此立論而隨參⁹⁰⁴⁾於斥栗
谷之論耶?' 吳公曰, '衆論相驅⁹⁰⁵⁾之際 雖有已[己]見 何能立幟⁹⁰⁶⁾分
析⁹⁰⁷⁾? 實無奈何.'云."

065 賊适以平安兵使擧兵叛 長驅⁹⁰⁸⁾至京師⁹⁰⁹⁾. 都元帥張玉城晩⁹¹⁰⁾ 自

---

895) 지주(砥柱) : 황하(黃河)의 중류에 있는 기둥 모양의 돌로, '난세(亂世)에 처하여 의연
히 절개를 지키는 선비'의 비유로 쓰임.

896) 백련정금(百鍊精金) : 수없이 정밀하게 담금질한 금속.

897) 전문(傳聞) : 다른 사람을 통하여 전하여 들음. 또는 그런 말.

898) 오정일(吳挺一, 1610~1670) : 조선조 현종 때의 문신. 자는 두원(斗元), 호는 귀사(龜
沙), 본관은 동복(同福), 오단(吳端)의 아들, 인평대군의 처남.

899) 종사(從祀) : 배향(配享). 학덕이 있는 사람의 신주를 문묘나 사당, 서원 등에 모시
는 일.

900) 문묘(文廟) : 공자(孔子)를 비롯하여 중국 역대의 대유(大儒)와 신라 이후 조선의 큰
선비들의 신위(神位)를 함께 모신 사당.

901) 정합(正合) : 딱 들어맞음.

902) 사론(士論) : 선비들의 공론(公論).

903) 우계(牛溪) : 성혼(成渾)의 호. 제5화의 주 참조.

904) 수참(隨參) : 따라서 동참함.

905) 상구(相驅) : 상척(相斥). 서로 배척함.

906) 입치(立幟) : 깃발을 세움. 깃발을 꽂음.

907) 분석(分析) : 모양이나 성질에 따라 나누어 쪼갬.

908) 장구(長驅) : 말을 몰아서 쫓아감.

909) 경사(京師) : 경조(京兆). 서울.

910) 장만(張晩, 1566~1629) : 조선조 인조 때의 문신. 자는 호고(好古), 호는 낙서(洛西),
본관은 인동(仁同), 장기정(張麒禎)의 아들. 1624년(인조2) 이괄(李适)의 난 평정에

平壤將兵躡其後 而不能當其鋒⁹¹¹⁾ 但坐觀而已. 來陣於弘濟院 鄭錦南
忠信⁹¹²⁾ 請直據鞍嶺⁹¹³⁾. 行軍半途 玉城慮其孤軍⁹¹⁴⁾住在山頂. 适堅壁
不戰 則進退維谷⁹¹⁵⁾ 急令退軍. 傳令旣至 錦南圻見於馬上 攝書入袖
中. 將校來請曰, "元帥傳令何事?" 錦南曰, "督諸軍急上山耳. 急進急
進!" 遂麾旗鳴鼓 直上鞍嶺 益張旗幟 鼓角⁹¹⁶⁾喧闐⁹¹⁷⁾ 若裝向下. 适果
悉兵拒之 直抵山下. 仰高臨下之勢 旣相懸絶. 是時 西風迅急⁹¹⁸⁾ 官軍
矢石 順風交下. 适軍上山未半 人皆不能開眼. 官軍鼓譟⁹¹⁹⁾麾之 适軍
一時大潰. 錦南乘勢長驅⁹²⁰⁾ 遂入都城. 适敗走至利川⁹²¹⁾ 其麾下⁹²²⁾斬
适來獻. 賊遂平捷報⁹²³⁾至 大駕⁹²⁴⁾將還都 而錦南初以安州牧使 隨都元
帥勤王故 賊平之後 欲卽還任所. 人皆勸令迎拜車駕⁹²⁵⁾ 錦南曰, "使賊
兵至犯京師 大駕播遷 我罪當死 今何可晏然 若有功者而迎於路左⁹²⁶⁾

공을 세워 옥성부원군(玉城府院君)에 봉해졌음. 시호는 충정(忠定).

911) 봉(鋒) : 예봉(銳鋒). 창이나 칼 따위의 날카로운 끝. 날카롭게 공격하는 기세.

912) 정충신(鄭忠信, 1576~1636) : 조선조 인조 때의 무신. 자는 가행(可行), 호는 만운(晩
雲), 본관은 광주(光州), 고려의 명장 정지(鄭地)의 후손. 이괄(李适)의 난 때 진무공신
(振武功臣) 1등으로 금남군(錦南君)에 봉해졌음. 시호는 충무(忠武).

913) 안령(鞍嶺) : 안현(鞍峴). 길마재. 서울시 서대문구 현저동에서 홍제동으로 넘어가는
고개.

914) 고군(孤軍) : 따로 떨어져 도움을 받지 못하게 된 군대. 또는 그런 군인.

915) 진퇴유곡(進退維谷) : 진퇴양난(進退兩難). 나아가지도 물러서지도 못하고 꼼짝할 수
없는 궁지.

916) 고각(鼓角) : 군중(軍中)에서 호령할 때 쓰던 북과 나발.

917) 훤전(喧闐) : 온통 시끄러움.

918) 신급(迅急) : 몹시 급함.

919) 고조(鼓譟) : 북을 치고 고함을 지름.

920) 승세장구(乘勢長驅) : 승승장구(乘勝長驅). 싸움에 이긴 형세를 타고 계속 몰아침.

921) 이천(利川) : 경기도에 있는 고을.

922) 휘하(麾下) : 예하(隷下). 부하(部下).

923) 첩보(捷報) : 싸움에 이겼다는 소식이나 보고.

924) 대가(大駕) : 어가(御駕). 임금이 탄 수레.

925) 거가(車駕) : 어가(御駕).

乎? 還歸信地[927] 以待朝家處分 職分當然." 遂歸. 仁廟還都 下詔召之
始入待罪. 盖賊軍新至疲勞 利在堅壁而已. 知适之無深謀遠慮[928] 其
意以爲, '我若進逼 彼必來拒. 我以據高之勢 乘其弊而急擊[929]之 可得
必勝. 不幸而彼出於長算[930] 深居堅壁 不出兵拒我 我亦當不計利鈍[931]
而決死. 其敵愾[932]之忠 料敵之智 皆人所難及. 而畢竟社稷之再安 皆
其功也. 玉城則旣以賊遺君 又猶豫[933]遲回[934] 幾敗兵機[935] 其罪難赦
而反以上將受功 甚可笑也.

066 甲子适變 仁廟播遷[936] 大駕已發. 仁穆大妃 住於江上[937] 不卽前進.
上憂悶[938] 莫知所措. 東陽尉申翊聖[939] 請於上曰, "小臣當進奉大妃以
來." 遂馳往 拔劍招洪參判霙[940] 語之曰, "方今賊勢迅急 大駕已發 而
大妃殿 遲回不發. 事急矣 公須極力周旋. 大妃若未卽就道 則當斬公首

---

926) 노좌(路左) : 길가.

927) 신지(信地) : 임지(任地). 목적지. 정해진 순찰 구역.

928) 심모원려(深謀遠慮) : 깊은 꾀와 먼 장래를 내다보는 생각.

929) 급격(急擊) : 급습(急襲). 급히 세차게 공격함.

930) 장산(長算) : 장기적인 계책.

931) 이둔(利鈍) : 이로움과 불리함. 날카로움과 무딤.

932) 적개(敵愾) : 적에 대한 분노와 증오.

933) 유예(猶豫) : 망설여 일을 결행하지 아니함.

934) 지회(遲徊) : 결단을 내리지 못하고 주저하며 머뭇거림.

935) 병기(兵機) : 전기(戰機). 전투에서 이길 수 있는 기회.

936) 파천(播遷) : 임금이 도성을 떠나 다른 곳으로 피란하던 일.

937) 강상(江上) : 강의 위. 여기서는 한강 북쪽[강북(江北)]을 말함.

938) 우민(憂悶) : 근심하고 번민함.

939) 신익성(申翊聖, 1588~1644) : 조선조 선조의 사위. 자는 군석(君奭), 호는 낙전당(樂
全堂)・동회거사(東淮居士), 본관은 평산(平山), 신흠(申欽)의 아들. 정숙옹주(貞淑翁
主)와 혼인하여 동양위(東陽尉)에 봉해짐. 시호는 문충(文忠).

940) 홍영(洪霙, 1584~1645) : 조선조 인조 때의 문신. 자는 택방(澤芳), 호는 추만(楸巒),
본관은 풍산(豊山), 홍이상(洪履祥)의 아들.

而歸." 大妃遂卽發. 盖東陽尉之於永安尉 年輩[941]相懸[942] 而王家嫡庶
之分[943]甚嚴. 東陽曾拜貞明公主 必以翁主之名直稱, "某之夫某 敢現
拜[944]於楹外[945]." 永安尉 常與公主竝坐而受之 謂東陽啣之 故有此報
此殆不然. 此如上下官體例[946]誠不足 怒至於進奉大妃 不如此則誠無
以動得. 此乃申公將略[947] 曷謂報小忿哉?

067 朴應犀[948]被鞫[949]時 應犀之母 方被拷掠[950]. 應犀縛於鞫廳[951] 默聽
而自語曰, "爾旣害吾母 吾亦當害爾母." 明日 遂上延興府院君[952]變[953]

---

941) 연배(年輩) : 일정한 정도에 도달한 나이.
942) 상현(相懸) : 서로 현격(懸隔)한 차이가 있음. 동떨어짐.
943) 적서지분(嫡庶之分) : 적파(嫡派)와 서파(庶派)의 구분.
944) 현배(現拜) : 현신(現身)하여 절함. '현신'은 아랫사람이 윗사람에게 예를 갖추어 자신
    을 보이는 일을 이름.
945) 영외(楹外) : 현관의 바깥.
946) 체례(體例) : 관리들 사이에 지키는 예절. 이괄의 난 때 신익성은 정2품직인 오위도총
    관(五衛都摠管)이었고, 홍영은 난이 평정된 직후 정5품인 공조정랑이 되었다고 하니,
    홍영이 나이는 많았으나 관직이 낮았음을 알 수 있음.
947) 장략(將略) : 장수로서의 지략(智略)과 기량(器量).
948) 박응서(朴應犀, ?~1623) : 조선조 광해군 때의 서얼. 본관은 충주(忠州), 박순(朴淳)
    의 서자. 서얼차별에 불만을 품고 같은 명문가 서자들인 김평손(金平孫)·심우영(沈友
    英)·서양갑(徐羊甲)·박치의(朴致毅)·박치인(朴致仁)·이경준(李耕俊) 등과 강변칠
    우(江邊七友) 또는 죽림칠우(竹林七友)라 자처하며, 여주의 북한강 근처 무륜당(無倫
    堂)에서 시와 술로 세월을 보냈으며, 이재영(李再榮)·허균(許筠) 등과도 사귀었음.
    계축옥사의 빌미를 제공하여 영창대군(永昌大君), 그 외조부 김제남(金悌男) 및 여섯
    벗들을 죽게 하고 인목대비가 서궁에 유폐 되도록 만들었음.
949) 국(鞫) : 국문(鞫問). 임금의 명으로 국청(鞫廳)에서 형장(刑杖)을 가하여 중죄인(重罪
    人)을 신문하던 일.
950) 고략(拷掠) : 고타(拷打). 고문(拷問)하여 때림.
951) 국청(鞫廳) : 조선시대 역적 등의 중죄인을 신문하기 위하여 설치하던 임시 관아.
952) 연흥부원군(延興府院君) : 조선조 제14대 선조의 장인인 김제남(金悌男, 1562~1613)
    의 봉호. 김제남의 자는 공언(恭彦), 본관은 연안(延安), 김전(金詮)의 증손. 딸이 선조
    의 계비(繼妃)인 인목왕후(仁穆王后)가 되자 부원군에 봉해짐. 시호는 의민(懿愍).
953) 변(變) : 고변(告變). 반역(叛逆) 행위를 고발하는 일.

書 終至於殺大君⁹⁵⁴⁾ 廢大妃 國隨而亡. 凶徒情狀⁹⁵⁵⁾之叵測⁹⁵⁶⁾ 有如是者 爲人君⁹⁵⁷⁾亦宜知所戒矣.

068 永安尉洪公 嘗於仁廟動駕時 以雲劒⁹⁵⁸⁾入侍. 所懸貝纓⁹⁵⁹⁾ 光動朝班⁹⁶⁰⁾. 仁廟呼之 使前命進 其纓子審之曰, "此是先王所懸纓子 而不知去處 乃往於卿矣." 槩仁穆大妃 愛而賜之也. 洪公不覺失色⁹⁶¹⁾ 便液⁹⁶²⁾俱下.

069 沈相國悅⁹⁶³⁾病甚 邀古玉鄭公碏⁹⁶⁴⁾診之. 古玉精於醫術 入座便曰, "吾以爲沈悅乃犯熱⁹⁶⁵⁾也." 沈相曰, "吾以爲鄭碏乃扁鵲⁹⁶⁶⁾也." 聞者齒冷⁹⁶⁷⁾.

---

954) 대군(大君) : 선조의 적자인 영창대군(永昌大君, 1606~1614)을 가리킴. 영창대군의 어머니는 인목왕후(仁穆王后) 김씨. 계축옥사로 서인이 되어 강화도에 위리안치(圍籬安置) 되었다가 살해되었음.

955) 정상(情狀) : 있는 그대로의 사정과 형편.

956) 파측(叵測) : 헤아리기가 어려움.

957) 인군(人君) : 임금.

958) 운검(雲劒) : 별운검(別雲劒). 조선시대 임금이 거동할 때 운검(雲劍)을 차고 임금의 좌우에 서서 호위하던 2품 이상의 임시 벼슬. 또는 그런 벼슬아치.

959) 패영(貝纓) : 산호(珊瑚), 호박(琥珀), 밀화(蜜花), 대모(玳瑁), 수정(水晶) 따위를 꿰어 만든 갓끈.

960) 조반(朝班) : 조열(朝列). 조정에서 벼슬아치들이 조회 때에 벌여 서던 차례.

961) 실색(失色) : 놀라서 얼굴빛이 달라짐.

962) 변액(便液) : 대변(大便)과 소변(小便). 똥과 오줌.

963) 심열(沈悅, 1569~1646) : 조선조 인조 때의 문신. 자는 학이(學而), 호는 남파(南坡), 본관은 청송(靑松), 심충겸(沈忠謙)의 아들. 시호는 충정(忠靖).

964) 정작(鄭碏, 1533~1603) : 조선조 선조 때의 학자. 자는 군경(君敬), 호는 고옥(古玉), 본관은 온양, 정순붕(鄭順朋)의 아들, 정렴(鄭礦)의 동생.

965) 범열(犯熱) : 열이 침범함. 곧 열병(熱病)에 걸렸다는 뜻임.

966) 편작(扁鵲) : 중국 전국시대의 명의. 본명은 진월인(秦越人).

967) 치랭(齒冷) : 냉소(冷笑)함. 비웃음.

070 李相國浣遞⁹⁶⁸⁾統制 來拜陽坡曰, "平生守簡拙⁹⁶⁹⁾ 輒遭愧忸之境⁹⁷⁰⁾ 有一. 相公節扇⁹⁷¹⁾答簡稱曰, "統營⁹⁷²⁾節扇 例帶鰒魚⁹⁷³⁾ 今無可歎 豈 不愧忸乎?"其意雖稱自愧 似以其書爲愧之意也.

071 光海朝朝紳⁹⁷⁴⁾ 多以私逕⁹⁷⁵⁾私致進獻⁹⁷⁶⁾者. 有一相臣 鑄鍮器⁹⁷⁷⁾私 獻 刻其名於其上以進者. 盖欲人主 朝夕進御⁹⁷⁸⁾ 常常見之而不忘其名 也. 癸亥反正後 其器有出閭閻者 人多見之. 當初刻名入送之時 那知 納闕之器復出 而人得而見之耶? 令人有足代羞.

072 洪判書茂績⁹⁷⁹⁾ 以南行⁹⁸⁰⁾ 薦爲持平⁹⁸¹⁾. 聞綾原大君⁹⁸²⁾騎龍頭雕

---

968) 체(遞) : 체직(遞職). 체임(遞任). 벼슬을 갈아 냄.
969) 간졸(簡拙) : 질박(質朴)함. 꾸민 데가 없이 수수함.
970) 괴뉴지경(愧忸之境) : 부끄러운 경우.
971) 절선(節扇) : 단오(端午) 때 선물로 보내는 부채.
972) 통영(統營) : 통제영(統制營). 1593(선조26)년에 이순신이 삼도 수군통제사가 되어 한 산도에 설치한 군영.
973) 복어(鰒魚) : 전복(全鰒).
974) 조신(朝紳) : 조정의 신하가 두르는 넓은 허리띠라는 뜻으로, 벼슬이 높은 관리를 이 르는 말.
975) 사경(私逕) : 사로(私路). 비밀스러운 길. 사사로이 청탁하는 연줄을 비유하는 말.
976) 진헌(進獻) : 임금에게 예물을 바치던 일.
977) 주유기(鑄鍮器) : 녹인 쇠붙이를 거푸집에 부어 만든 놋그릇.
978) 진어(進御) : 임금이 먹고 입는 일을 높여 이르던 말. 임금의 거둥.
979) 홍무적(洪茂績, 1577~1656) : 조선조 효종 때의 문신. 자는 면숙(勉叔), 호는 백석(白 石), 본관은 남양(南陽), 홍의필(洪義弼)의 아들, 홍인필(洪仁弼)에게 입양. 시호는 충 정(忠貞).
980) 남행(南行) : 음관(蔭官). 과거를 거치지 아니하고 조상의 공덕에 의하여 맡은 벼슬.
981) 지평(持平) : 조선시대 사헌부(司憲府)의 정5품 벼슬.
982) 능원대군(綾原大君, 1598~1656) : 조선조 선조(宣祖)의 제5남인 정원군(定遠君 : 원 종으로 추존됨)과 인헌왕후 구씨(仁獻王后 具氏)의 차남, 인조(仁祖)의 동생. 이름은 이보(李俌), 호는 담은당(湛恩堂), 본관은 전주(全州). 시호는 정효(貞孝).

鐙[983]. 一日 詣霜臺[984] 擇書吏[985]所由[986]之幹能[987]者五六人 皆囚其正妻[988] 令曰, "十五日內 得其鐙子 捉其宮屬[989]以來. 過限不得則當死." 洪鍼[公]甚嚴. 吏輩會與相約曰, "此言泄則鐙不可得 宜抵死勿泄." 是時亂後 大君或乘馬故 吏輩潛自締結[990]宮屬密探 大君赴闕時 候其入丹鳳門[991] 鞍馬[992]驕從[993] 待於門外 憲吏輩大辦酒食 會於丹鳳門外閭舍[994] 盡引其驕從 與共會飲 只有御者[995] 執鞭而立. 潛伏勇悍[996]者數人 截其兩鐙 執其御 憲吏四五人 各戴其腰肢 奔馳[997]來告. 洪公詣府中[998] 粉粹[碎][999]金鐙 搏殺[1000]其御. 其不畏强禦[1001]如此. 洪公以此著名 後官至大冢宰[1002].

---

983) 용두조등(龍頭雕鐙) : 용머리를 새긴 등자(鐙子). '등자'는 말을 타고 앉아 두 발로 디디게 되어 있는 물건. 안장에 달아 말의 양쪽 옆구리로 늘어뜨림.

984) 상대(霜臺) : 조선시대 사헌부를 달리 이르던 말.

985) 서리(書吏) : 조선시대 중앙 관아에 속하여 문서의 기록과 관리를 맡아보던 하급의 구실아치.

986) 소유(所由) : 조선시대 사헌부에 딸린 구실아치.

987) 간능(幹能) : 일을 잘하는 재간과 능력. 재간 있게 능청스러움.

988) 정처(正妻) : 본처(本妻). 아내를 첩에 상대하여 이르는 말.

989) 궁속(宮屬) : 각 궁의 아전(衙前) 밑에 딸린 종.

990) 체결(締結) : 얽어서 맺음. 계약이나 조약 따위를 공식적으로 맺음.

991) 단봉문(丹鳳門) : 서울 창덕궁의 돈화문 왼쪽에 있는 문.

992) 안마(鞍馬) : 안구마 (鞍具馬). 안장을 얹은 말.

993) 추종(騶從) : 윗사람을 따라다니는 종.

994) 여사(閭舍) : 여염(閭閻)집. 백성들의 살림집.

995) 어자(御者) : 어자(馭者). 마부(馬夫). 말이나 마차를 부리는 사람.

996) 용한(勇悍) : 날래고 사나움.

997) 분치(奔馳) : 빨리 달림.

998) 부중(府中) : 높은 벼슬아치의 집안.

999) 분쇄(粉碎) : 단단한 물체를 가루처럼 잘게 부스러뜨림.

1000) 박살(搏殺) : 손으로 쳐서 죽임.

1001) 강어(强禦) : 세력이 있는 사람. * 억세어 남의 충고를 듣지 않음. 또는 그런 사람.

1002) 대총재(大冢宰) : 조선시대 이조판서(吏曹判書)를 달리 이르던 말.

073 李相浣判刑曹 咸鏡道嚴姓人 有與掌令[1003]李曾[1004]訟田民者 嚴直
而李屈. 李相旣決之 嚴哥當受決訟之案[1005] 而累日杳無聲息. 李公已
料, '其遐方殘民[1006] 與朝貴[1007]卞[辨]大訟 孤立無援[1008] 必有匿殺[1009]
掩跡之患.' 乃募得機警[1010]者 窺覘[1011]李曾家 誘捕[1012]其兒奴 反覆窮
詰[1013] 兒遂略吐[1014]端緒[1015] 而猶不詳告. 公遂少加刑杖 兒云, "初以酒
食誘之 終乃殺之. 而使人擔其屍 踰南城[1016]沉於漢江."云. 公入白於
上曰, "國之所以爲國者 刑政[1017]綱紀也. 今者 朝紳[1018]恣意撲殺訟
隻[1019]. 而只以貴勢之故 不得正法 則國安得不亡乎? 此必得屍然後可
正其罪 臣方搜之. 若得則臣必手殺[1020]曾." 是時 公見帶訓鍊大將 遂
發軍卒及坊民 盡聚江舡 多造鐵釣 如蜘蛛狀 蔽江搜得. 其日 公出坐

1003) 장령(掌令) : 조선시대 사헌부의 정4품 벼슬.

1004) 이증(李曾, 1610~?) : 조선조 효종 때의 문신. 자는 성오(省吾), 본관은 전주(全州),
    이응순(李應順)의 아들.

1005) 결송지안(決訟之案) : 결안(決案). 소송 사건을 판결하여 처리한 문건(文件).

1006) 잔민(殘民) : 가난에 지친 힘없는 백성.

1007) 조귀(朝貴) : 조정의 권귀(權貴). 조정에서 지위가 높고 권세가 있는 신하.

1008) 고립무원(孤立無援) : 고립되어 구원을 받을 데가 없음.

1009) 익살(匿殺) : 백성을 죽이고 그 사실을 숨기는 일. 굶주리는 백성에게 오히려 양곡을
    내라고 매질하여 죽인 백성이 있음을 숨기는 것.

1010) 기경(機警) : 재빠르고 재치가 있음.

1011) 규점(窺覘) : 규시(窺視). 몰래 엿봄.

1012) 유포(誘捕) : 꾀어서 붙잡음.

1013) 궁힐(窮詰) : 죄를 끝까지 캐어물음.

1014) 약토(略吐) : 대강(大綱)을 털어놓음.

1015) 단서(端緒) : 실마리. 어떤 문제를 해결하는 방향으로 이끌어 가는 일의 첫 부분.

1016) 남성(南城) : 경기도 광주시 중부면(中部面) 산성리(山城里) 남한산에 있는 조선시대
    의 산성인 남한산성(南漢山城).

1017) 형정(刑政) : 범죄를 예방하기 위하여 펼치는 행정.

1018) 조신(朝紳) : 조정의 높은 관료.

1019) 송척(訟隻) : 송사(訟事)하는 상대자. 소송의 상대자.

1020) 수살(手殺) : 손수 죽임.

江邊將壇[1021] 與卒若得屍則立旗 不得則偃. 俄而 一舡自漢江立旗 疾
馳而來. 公起而拍案曰, "曾今死矣!" 驗之果是嚴屍. 公於是多發刑吏
軍卒 圍曾家捕. 曾卒斃於獄中 朝廷震慄[1022].

074 栗谷以遠接使西出時 歷見牛溪. 栗谷着藍大緞[1023]道袍 牛溪正色
曰, "公之所着 何太華靡[1024]也?" 栗谷曰, "接待天使[1025] 不得不如是."
及其聯枕[1026] 錦衾燦然. 牛溪曰, "此亦接待天使耶?" 栗谷但笑而不答.

075 白沙李公恒福 於益齋[1027]爲傍孫[1028]. 白沙兒時 姆携與遊戲於樹陰
下 姆放兒深睡. 兒匍匐 將入井. 姆夢中有一白髮老人 神貌[1029]魁
偉[1030] 風儀[1031]頎秀[1032] 宛若鉅人[1033]樣者 以杖急叩之. 姆驚起視之 兒
將入井 急收之. 其後 益齋後孫家 晴日洒[晒]益齋遺像[1034]. 其姆適見
之 大驚曰, "宛然前日夢中所見老人."云. 盖益齋之於白沙 幾百年而

1021) 장단(將壇) : 대장(大將)이 지휘할 때 올라서는 단.
1022) 진율(震慄) : 무섭고 두려워서 몸을 떪.
1023) 남대단(藍大緞) : 품질이 좋은 쪽빛 비단.
1024) 화미(華靡) : 화사(華奢). 화려하고 사치스러움.
1025) 천사(天使) : 사대(事大)의 외교를 하던 조선시대에 명나라의 사신을 높여 이르던 말.
1026) 연침(聯枕) : 잇닿아 베개를 벤다는 뜻으로, 한 방에서 함께 자는 것을 말함.
1027) 익재(益齋) : 고려 공민왕 때의 문신인 이제현(李齊賢, 1287~1367)의 호. 이제현의
　　　　처음 이름은 지공(之公), 자는 중사(仲思), 본관은 경주(慶州), 이진(李瑱)의 아들.
　　　　시호는 문충(文忠).
1028) 방손(傍孫) : 방계(傍系)에 속하는 혈족의 자손.
1029) 신모(神貌) : 신선 같은 모습.
1030) 괴위(魁偉) : 체격이 장대하고 훤칠함.
1031) 풍의(風儀) : 풍채(風采). 드러나 보이는 사람의 겉모양.
1032) 기수(頎秀) : 빼어나게 헌걸참.
1033) 거인(鉅人) : 위인(偉人). 큰 인물.
1034) 유상(遺像) : 죽은 사람의 초상화.

冥佑[1035]如此 可知其精魄[1036]之猶存[1037]. 白沙應運[1038]而生 宜有神明之護持[1039]. 益齋亦間氣[1040] 宜其有不隨死而亡者矣.

076 宋東萊象賢[1041] 少時夢作一律[1042]云, '天運[1043]重回士女殲 丙申[1044]之禍碧於藍 北歸鐵嶺[1045]愁無酒 東走金剛喜有塩 翠華[1046]頻驚遼鶴唳[1047] 黃巾[1048]竟倒漢靴尖 他年待得干戈[1049]息 吾骨須收瘴[1050]海南'

1035) 명우(冥佑) : 명우(冥祐). 명조(冥助). 모르는 사이에 입는 신불(神佛)의 도움.

1036) 정백(精魄) : 정령(精靈). 산천초목이나 무생물 따위의 여러 가지 사물에 깃들어 있다는 혼령.

1037) 유존(猶存) : 아직 남아 있음.

1038) 응운(應運) : 하늘의 운수에 응함.

1039) 호지(護持) : 보호하여 지킴.

1040) 간기(間氣) : 여러 세대에 걸쳐 드물게 있는 뛰어난 기품.

1041) 송상현(宋象賢, 1551~1592) : 조선조 선조 때의 문신. 자는 덕구(德求), 호는 천곡(泉谷), 본관은 여산(礪山), 송복흥(宋復興)의 아들. 임진왜란 때 동래부사로 순절하였음. 시호는 충렬(忠烈).

1042) 일률(一律) : 율시(律詩) 한 편. 율시는 전체가 여덟 구로 이루어진 한시(漢詩)의 한 형식. 이 시가 천리대본에는 순서가 흐트러져 있으므로 버클리대본에 따라 바로잡았음. 조경남(趙慶男, 1570~1641)의 《난중잡록(亂中雜錄)》권3에는 송상현이 아들의 꿈에 나타나 시를 지어 준 것으로 되어 있음.

1043) 천운(天運) : 하늘이 정한 운명. 조경남의 《난중잡록》권3에는 비운(否運)으로 되어 있음. '비운'은 '막혀서 어려운 처지에 이른 운수', 혹은 '불행한 운명'을 뜻함.

1044) 병신(丙申) : 1596(선조29)년. 조경남의 《난중잡록》권3에는 병정(丙丁)으로 되어 있음. '병정'은 병신년과 정유년(1597)을 말함.

1045) 철령(鐵嶺) : 함경남도 안변군 신고산면 과 강원도 회양군 하북면 사이에 있는 고개. 조경남의 《난중잡록》권3에는 "서쪽 철옹(鐵瓮)에 가자니(西行鐵瓮)"라고 되어 있음.

1046) 취화(翠華) : 물총새의 깃털로 장식한 천자(天子)의 기(旗). 조경남의 《난중잡록》권3에는 "임금의 일산(日傘)이 비록 요동(遼東) 학 울음소리에 놀라나[翠蓋雖驚遼鶴唳]"로 달리 되어 있음.

1047) 학려(鶴唳) : 풍성학려(風聲鶴唳). 다른 일에 겁을 먹은 사람이 하찮은 일에도 놀라는 모습을 가리키는 표현. 중국 전진(前秦) 왕 부견(符堅)이 383년 비수(淝水)에서 동진(東晋)에 크게 패하고 바람소리와 학의 울음소리를 듣고도 적군이 쫓아오는 것이 아닌가 하고 놀랐다는 고사가 있음.

1048) 황건(黃巾) : 황건적(黃巾賊). 중국 후한(後漢) 말기에 장각(張角)을 우두머리로 하여

莫知其所謂. 壬辰以東萊府使 倭虜猝至 先殺守烽軍[1051] 襲[1052]至城下.
東萊手書 '月暈孤城 禦敵無策 君臣義重 父子恩輕' 十六字於所把扇
使奴間道 送其親庭[1053]. 具朝服 北向四拜 遂遇害. 倭人義之 斬其刺者
書諸旗上曰, '朝鮮忠臣宋某之柩' 下令軍中護送. 倭軍見其旗者皆不
犯. 殉節時 東萊以公服 坐椅上 倭人以槍刺之. 麾下從者申汝櫓[1054] 及
咸興妓妾金蟾[1055] 手執左右椅柱 同被害. 其側室李良女[1056]被執 倭將
欲劫之 守死不辱 倭人義之. 倭有節婦源氏女 倭人謂其義烈[1057]之相
似 與源女同置. 嘗有雷震[1058] 破源女垣墻[1059]屋壁 李良女之室 在咫尺

하북(河北)에서 일어난 유적(流賊). 모두 머리에 누런 수건을 쓴 데서 유래하며, 태평
도라는 종교를 세워 반란을 일으켰음.

1049) 간과(干戈) : 방패와 창. 전쟁을 뜻함.

1050) 장(瘴) : 장기(瘴氣). 축축하고 더운 땅에서 생기는 독한 기운.

1051) 수봉군(守烽軍) : 봉수대(烽燧臺)를 지키는 군사. '봉수대'는 봉화(烽火)를 올릴 수
있게 되어 있는 곳. 봉홧둑.

1052) 습(襲) : 엄습(掩襲). 뜻하지 아니하는 사이에 습격함.

1053) 친정(親庭) : 본가(本家). 가족들이 사는 중심이 되는 집. * 결혼한 여자의 부모 형제
등이 살고 있는 집.

1054) 신여로(申汝櫓, ?~1592) : 임진왜란 때 부산 동래성에서 순절한 송상현의 청지기.
동래성이 함락되자 송상현과 함께 순사하였음.

1055) 금섬(金蟾, ?~1592) : 임진왜란 때 동래성을 사수하다가 순절한 송상현의 첩. 성은
한씨, 본관은 함흥(咸興), 한언성(韓彦聖)의 서녀. 동래성에서 피살됨. 1704년(숙종
30) 충청도 청주에 정려(旌閭)가 세워짐.

1056) 이양녀(李良女) : 임진왜란 때 동래성을 사수하다가 순절한 송상현의 첩. 1592년 왜
적 침입의 소문이 일자 송상현이 한양으로 피신을 시켰는데, 동래성이 함락되었다는
소식을 접하고 통곡하면서 송상현을 따라 죽겠다며 동래로 돌아와서 왜적에게 포로
가 되었으며, 이후 일본으로 보내져 도요토미 히데요시(豊臣秀吉) 앞에 바쳐졌으나
죽음으로 항거하니 적장도 절의에 감탄하여 풀어주었다고 함. 전(前) 관백(關白)의
딸로 수절하고 있던 원씨(源氏)와 별원에서 함께 생활하면서 절개를 굳게 지키다가
고국으로 돌아와 송상현을 위해 3년상을 마쳤음. 1704년(숙종30) 충청도 청주에 정
려(旌閭)가 세워짐.

1057) 의열(義烈) : 의기(義氣)가 매서움.

1058) 뇌진(雷震) : 천둥이 울리고 벼락이 침.

1059) 금패영자(錦貝纓子) : 호박(琥珀)으로 만든 갓끈.을

而雷不及. 倭人驚異以爲, '此天之所知也' 出送我國. 良女常懷東萊所
懸錦貝纓子 歸而獻諸夫人. 一世稱其節操. 東萊之孫 多在淸州地. 其
家所錄如此.

077 成參判夢井[1060] 卽判書□[1061]之子. 判書航海朝天 經年之後 夫人懷
孕[1062]. 判書母夫人 不忍斥言[1063] 但令還歸本家. 夫人略不爲動 還家
分娩生男. 家人莫不窃疑 夫人若無聽也. 三年後 判書始還 覩其母而
無其婦 判書曰, "子婦安在?" 母夫人色不豫 但嚬蹙[1064]不言. 判書曰,
"若在其本家 速爲率來." 母夫人又曰, "率來何爲?" 判書曰, "此事甚
異. 宜幷其兒携來." 母夫人驚曰, "汝何以知之?" 判書曰, "在燕京을日
有異事 已知其生男 婦來則當自知之." 俄而夫人携兒來 先解襦係[1065]
所懸小紙 出示之. 記'某年某月某日夜夢 夫婦相會於井中.' 判書遂出
其所記 如合符契[1066] 家人遂釋然[1067]. 名其兒曰'夢井' 玆事盖近怪. 其
家著之家乘[1068] 子孫衆多 至今傳之爲異事.

1060) 성몽정(成夢井, 1471~1517) : 조선조 중종 때의 문신. 자는 응경(應卿), 호는 장암(場
巖), 본관은 창녕(昌寧), 성담년(成聃年)의 아들, 상진(尙震)의 매부. 하산군(夏山君)
에 봉해짐. 시호는 양경(襄景).
1061) 성몽정의 부친은 성담년(成聃年)임. 성담년은 조선조 성종 때의 문신. 생몰년 미상.
자는 인수(仁叟, 仁壽), 호는 정재(靜齋), 본관은 창녕, 성희(成熺)의 아들, 생육신(生
六臣)의 한 사람인 성담수(成聃壽)의 아우. 원문에는 이름을 밝히지 않고 빈칸으로
두었고, 판서(判書)를 한 것으로 되어 있으나 홍문관 교리(校理)에 그쳤음.
1062) 회잉(懷孕) : 회임(懷妊). 아이를 잉태(孕胎)함.
1063) 척언(斥言) : 남을 배척하는 말. 손가락질하여 말함.
1064) 빈축(嚬蹙) : 눈살을 찌푸리고 얼굴을 찡그림. 남을 비난하거나 미워함.
1065) 유계(襦係) : 저고리의 옷고름.
1066) 부계(符契) : 부절(符節). 예전에 돌이나 대나무옥 따위로 만들어 신표로 삼던
물건.
1067) 석연(釋然) : 의혹이나 꺼림직한 마음이 없이 환함.
1068) 가승(家乘) : 족보(族譜)나 문집(文集) 등 한 집안의 역사적 기록.

078 白沙尹公諱暄 於余爲外高祖. 爲關西伯[1069] 値丁卯之亂[1070]. 昇

平[1071]日久 邊地空虛 虜騎長驅[1072] 如入無人之境[1073] 縱兵屠戮[1074] 安

州[1075]以西 鷄犬無餘. 尹公猝當燎毛[1076]壓卵之勢[1077] 計無所出. 惟以

一死報國[1078]爲意 盡焚家財[1079] 將放火火藥庫 闔家[1080]欲同入火中. 其

季子棄庵尹公澄之 蒼黃涕泣曰, "事在急遽[1081] 徒死無益 請暫入山城

以爲收兵 蹞後之計. 如不可爲 從容就死 未爲晩也." 遂扶持[1082]力諫

得入山城 虜至中和[1083] 卽講和[1084]. 其後 遂以此成罪 卒被慘禍. 棄庵

公痛禍之由己. 其後 上疏自陳[1085] 有除命[1086]皆不拜[1087] 終身自廢[1088].

1069) 관서백(關西伯) : 조선시대에 평안감사(平安監司) 또는 평안도 관찰사를 달리 이르
던 말.

1070) 정묘지란(丁卯之亂) : 정묘호란(丁卯胡亂). 조선 인조 5년(1627)에 후금의 왕자 아민
(阿敏)이 인조반정의 부당성을 내세우고 침입하여 일어난 난리. 인조가 강화(江華)
로 피란하였다가 강화 조약을 맺고 두 나라는 형제의 나라가 되었음.

1071) 승평(昇平) : 태평(太平).

1072) 장구(長驅) : 말을 몰아서 쫓아감.

1073) 무인지경(無人之境) : 사람이 살고 있지 않은 외진 곳. 아무것도 거칠 것이 없는 판.

1074) 도륙(屠戮) : 사람이나 짐승을 함부로 참혹하게 마구 죽임.

1075) 안주(安州) : 평안남도에 있는 고을.

1076) 요모(燎毛) : 털을 태운다는 뜻으로, 쉬운 것을 비유하는 말. 중국 당(唐)나라의 유빈
(柳玭)이 자제들에게 다섯 가지의 큰 잘못에 대해 경계시키고는, 마지막에 "가문의
명성을 이루기는 하늘에 오르는 것만큼 어렵고 명성을 무너뜨리기는 털을 불태우는
것만큼 쉬운 법이다."라고 한 말에서 유래함.

1077) 압란지세(壓卵之勢) : 태산으로 계란을 누르는 세력이라는 말로, 큰 세력으로 보잘것
없는 세력을 억누르는 일. 또는 매우 쉬운 일을 비유하는 말. 중국 진(晉)나라 때
손혜(孫惠)의 고사(故事)에서 유래되었음.

1078) 보국(報國) : 나라의 은혜를 갚음. 또는 나라에 충성을 다함.

1079) 가재(家財) : 한 집안의 재물이나 재산. 살림 도구나 돈 따위를 이름.

1080) 합가(闔家) : 전가(全家). 온 집안.

1081) 급거(急遽) : 몹시 서둘러 급작스러운 모양.

1082) 부지(扶持) : 부지(扶支). 상당히 어렵게 보존하거나 유지하여 나감.

1083) 중화(中和) : 평안남도 남부에 있는 고을.

1084) 강화(講和) : 화친(和親). 싸우던 두 편이 싸움을 그치고 평화로운 상태가 됨.

1085) 자진(自陳) : 스스로 자신의 처지와 형편을 진술함.

自號棄庵 以丁卯以前職名尹注書[1089]終 其處義[1090]卓絶[1091]如此.

079 先祖妣 自幼就養於祖父母[1092]膝下. 白沙公爲關西伯時 先王考[1093]委禽[1094]於平壤. 國俗例於昏[婚]禮後加笄故 未及行笄禮[1095] 而遭虜變. 先燒家産 闔家將赴火自焚[1096]. 蒼黃中 一老妓 扶而哭曰, "此小姐[1097]何忍不加笄而就死乎?" 遂蒼[倉]卒[1098]作笄而加之. 先祖妣嘗曰, "其後 吾因此加笄." 爲敎. 老妓背負而出將就死 因轉向山城. "事定朝議持白沙公益急. 伊時 賊勢迅急 如震霆[1099]烈火[1100]. 方伯[1101]雖手下親兵 無暇可聚 擧世皆知 其無可奈何. 而無不爭持高論. 一人倡之莫敢誰何[1102]. 平生親舊 內懷悶惻[1103]之心 外峻執法之論 終被冤禍.

1086) 제명(除命) : 추천의 절차를 밟지 않고 임금이 직접 벼슬을 내리는 명령.
1087) 불배(不拜) : 숙배(肅拜)하지 아니함. 벼슬길에 나가지 않음.
1088) 자폐(自廢) : 스스로 그만둠.
1089) 주서(注書) : 조선시대 승정원(承政院)의 정7품 벼슬.
1090) 처의(處義) : 의리를 지킴.이
1091) 탁절(卓絶) : 더할 나위 없이 뛰어남.
1092) 조부모(祖父母) : 여기서는 윤훤(尹暄) 내외를 가리킴.
1093) 선왕고(先王考) : 선조고(先祖考). 돌아가신 할아버지. 여기서는 박장원(朴長遠)을 가리킴.
1094) 위금(委禽) : 결혼할 때 신랑이 신부 집에 기러기를 가지고서 초례상(醮禮床) 위에 올려놓는 것으로, 곧 장가가는 것을 이름.
1095) 계례(笄禮) : 예전에 15세가 된 여자 또는 약혼한 여자가 올리던 성인 의식. 땋았던 머리를 풀고 쪽을 찌었음.
1096) 자분(自焚) : 자기 몸에 스스로 불을 지르거나 불 속에 뛰어들어 죽음.
1097) 소저(小姐) : '아가씨'를 한문투로 이르는 말.
1098) 창졸(倉卒) : 창졸간(倉卒間). 미처 어찌할 수 없이 매우 급작스러운 사이.
1099) 진정(震霆) : 요란하게 울리는 천둥소리.
1100) 열화(烈火) : 맹렬하게 타는 불.
1101) 방백(方伯) : 감사(監司). 관찰사(觀察使). 조선시대 각 도의 으뜸벼슬.
1102) 수하(誰何) : 누구냐고 불러서 물어 보는 일.
1103) 민측(悶惻) : 불쌍히 여김.

大抵是時 尹氏極盛[1104] 公之從子[1105] 海嵩尉新之[1106] 尙貞惠翁主[1107].
翁主晝夜號泣於闕庭. 仁廟新承大統 欲振肅[1108]綱紀 且不無忌其權勢
之意 終被其禍. 淸陰金文正公 時適奉使赴燕 歸聞公禍 慘然[1109]流涕
曰, "我適不在 使尹次野[1110]寃死可惜." 其公議[1111]可見. 大抵人臣之節
鞠躬[1112]盡瘁[1113] 死而後已. 何可以無兵無備 强虜鐵騎 急於風火[1114]
而呼吸之頃[1115] 騈首[1116]就死[1117]爲貴哉? 如此而能效節 則誠宜愍其忠
而嘉其節. 國家之待臣隣[1118] 何可責其不能徒手就死 而戮之以法哉?
況國受其禍 而終不死 則誠有罪矣. 賊纔過去 而卽講和 雖欲死 將何
所據哉?

080 文谷[1119]金公之被禍也 其子農巖金公昌協[1120] 含恤隱痛[1121] 終身遜

1104) 극성(極盛) : 몹시 왕성함.

1105) 종자(從子) : 조카.

1106) 윤신지(尹新之, 1582~1657) : 조선조 선조의 부마(駙馬). 자는 중우(仲又), 호는 연
초재(燕超齋)·현주(玄洲), 본관은 해평(海平), 윤방(尹昉)의 아들. 선조와 인빈김씨
(仁嬪金氏)와의 소생인 정혜옹주(貞惠翁主)와 혼인하여 해숭위(海崇尉)에 봉해짐. 시
호는 문목(文穆).

1107) 정혜옹주(貞惠翁主) : 생몰연대 미상. 조선조 제14대 임금인 선조의 딸. 어머니는
후궁 인빈 김씨(仁嬪金氏), 남편은 해숭위(海崇尉) 윤신지(尹新之). 제16대 임금인
인조의 고모.

1108) 진숙(振肅) : 어지러워진 규율이나 분위기를 엄숙하게 바로잡음.

1109) 참연(慘然) : 슬프고 참혹함.

1110) 윤차야(尹次野) : 백사 윤훤을 가리킴. '차야'는 그의 자(字).

1111) 공의(公議) : 공론(公論). 여론(輿論). 사회 대중의 공통된 의견.

1112) 국궁(鞠躬) : 윗사람이나 위패(位牌) 앞에서 존경하는 뜻으로 몸을 굽힘.

1113) 진췌(盡瘁) : 진췌(盡悴). 몸이 여위도록 마음과 힘을 다하여 애씀.

1114) 풍화(風火) : 바람과 불길.

1115) 호흡지경(呼吸之頃) : 숨 한 번 쉴 만큼 짧은 시간.

1116) 병수(騈首) : 함께 체포됨.

1117) 취사(就死) : 죽을 곳으로 나아감.

1118) 신린(臣隣) : 한 임금을 모시는 신하끼리의 처지.

荒¹¹²²⁾ 誓死自廢¹¹²³⁾. 其後數十年之間 官至大宗伯¹¹²⁴⁾ 而終不起¹¹²⁵⁾ 涵濡¹¹²⁶⁾性理之書 大成文章之業. 氣味¹¹²⁷⁾恬澹¹¹²⁸⁾和雅¹¹²⁹⁾ 襟度¹¹³⁰⁾淸明洒落¹¹³¹⁾. 遨遊¹¹³²⁾山水¹¹³³⁾陶寫¹¹³⁴⁾ 性情¹¹³⁵⁾以自娛¹¹³⁶⁾. 爲一世文章宗匠¹¹³⁷⁾ 遂窮餓¹¹³⁸⁾而終. 棄庵誠有痛迫之情¹¹³⁹⁾ 農巖則無節拍¹¹⁴⁰⁾而毅然 自廢遯世¹¹⁴¹⁾以無悶. 志節之卓 可以廉頑而立懦¹¹⁴²⁾矣.

1119) 문곡(文谷) : 조선조 숙종 때의 문신인 김수항(金壽恒, 1629~1689)의 호. 김수항의 자는 구지(久之), 본관은 안동(安東), 김상헌(金尙憲)의 손자, 김광찬(金光燦)의 아들. 기사환국(己巳換局) 때 사사(賜死)됨. 시호는 문충(文忠).

1120) 김창협(金昌協, 1651~1708) : 조선조 숙종 때의 학자. 자는 중화(仲和), 호는 농암(農巖)·삼주(三洲), 본관은 안동(安東), 김상헌(金尙憲)의 증손, 김수항(金壽恒)의 아들. 시호는 문간(文簡).

1121) 함휼은통(含恤隱痛) : 슬픔을 머금고 고통을 숨김.

1122) 손황(遜荒) : 벼슬을 사양하고 초야(草野)에 묻힘.

1123) 서사자폐(誓死自廢) : 목숨 걸고 스스로 벼슬을 그만두기로 맹세함.

1124) 대종백(大宗伯) : 조선시대 예조판서를 달리 이르던 말.

1125) 불기(不起) : 벼슬하라는 부름에 응하지 않음. * 병들어 자리에 누워 죽음을 완곡하게 이르는 말.

1126) 함유(涵濡) : 흠뻑 젖음.

1127) 기미(氣味) : 생각하는 바나 기분 따위와 취미.

1128) 염담(恬澹) : 욕심이 없고 마음이 깨끗함.

1129) 화아(和雅) : 온화하고 품위가 있음.

1130) 금도(襟度) : 다른 사람을 포용할 만한 도량(度量).

1131) 청명쇄락(淸明洒落) : 맑고 밝으며 기분이나 몸이 상쾌하고 깨끗함.

1132) 오유(遨遊) : 재미있고 즐겁게 놂.

1133) 산수(山水) : 산과 물이라는 뜻으로, 경치를 이르는 말.

1134) 도사(陶寫) : 회포(懷抱)를 풂.

1135) 성정(性情) : 성질과 심정. 또는 타고난 본성.

1136) 자오(自娛) : 스스로 즐김.

1137) 종장(宗匠) : 경학(經學)에 밝고 글을 잘 짓는 사람. * 장인(匠人)의 우두머리.

1138) 궁아(窮餓) : 곤궁하여 굶주림. 또는 그런 사람.

1139) 통박지정(痛迫之情) : 몹시 절박한 심정.

1140) 절박(節拍) : 절도(節度). 일이나 행동 따위를 정도에 알맞게 하는 규칙적인 한도.

1141) 둔세(遯世) : 속세를 피하여 은둔함.

1142) 염완입나(廉頑立懦) : 《맹자》 진심 하(盡心下)에, "백이(伯夷)의 풍도(風度)를 들은

081 余嘗聞先君¹¹⁴³⁾下敎, "人家家法之謹厚¹¹⁴⁴⁾嚴重者 可以垂裕¹¹⁴⁵⁾後昆¹¹⁴⁶⁾ 而餘慶¹¹⁴⁷⁾蟬聯¹¹⁴⁸⁾. 愛勝¹¹⁴⁹⁾而無法度者 其後寢微." 洪默齋彦弼¹¹⁵⁰⁾ 其子忍齋暹¹¹⁵¹⁾ 父子繼相¹¹⁵²⁾ 官秩¹¹⁵³⁾相埒¹¹⁵⁴⁾. 默齋夫人 自製服[朝]衣¹¹⁵⁵⁾ 令其子先着 而觀其長短. 默[忍]齋¹¹⁵⁶⁾稱古風 而自着之. 其詼諧¹¹⁵⁷⁾嘻笑¹¹⁵⁸⁾ 亦可爲好氣像 而家法之不嚴可知 未聞後嗣¹¹⁵⁹⁾之繁昌.

　　사람들은 그의 감화를 받아서 탐욕스럽던 사람도 청렴해지고 나약한 자들도 뜻을 확고히 세우게 된다."라는 구절에서 온 말로, 백이처럼 맑은 절조를 지닌 농암은 남의 마음에 감화를 주어 그들의 행실을 변화시킬 수 있는 풍모를 지녔다는 말임.

1143) 선군(先君) : 선친(先親). 남에게 돌아가신 자기 아버지를 이르는 말. 여기서는 이 책 저자의 부친인 박심(朴鐔, ?~1707)을 가리킴. 박심은 조선조 숙종 때의 문신으로, 자는 대숙(大叔), 호는 지포(芝浦), 본관은 고령(高靈)이며, 박장원(朴長遠)의 아들임.

1144) 근후(謹厚) : 조심스럽고 중후(重厚)함.

1145) 수유(垂裕) : 복이나 덕을 드리움. 후손에게 복을 내려줌.

1146) 후곤(後昆) : 후손(後孫).

1147) 여경(餘慶) : 경사스럽고 복된 일이 자손에게까지 미침.

1148) 선련(蟬聯) : 높은 벼슬이 끊임없이 이어짐. 선초(蟬貂)가 대대로 이어짐. '선초'는 매미 날개와 담비 꼬리를 말하는데, 옛날 높은 벼슬아치의 관(冠)을 장식하던 것임.

1149) 애승(愛勝) : 사랑이 넘침.

1150) 홍언필(洪彦弼, 1476~1549) : 조선조 명종 때의 문신. 자는 자미(子美), 호는 묵재(默齋), 본관은 남양(南陽), 홍형(洪泂)의 아들. 1545년 명종 즉위 후 익성부원군(益城府院君)에 봉해짐. 시호는 문희(文僖).

1151) 홍섬(洪暹, 1504~1585) : 조선조 선조 때의 문신. 자는 퇴지(退之), 호는 인재(忍齋), 본관은 남양(南陽), 홍언필(洪彦弼)의 아들. 조광조의 문인. 시호는 경헌(景憲).

1152) 계상(繼相) : 대를 이어 정승(政丞)이 됨.

1153) 관질(官秩) : 벼슬의 등급과 녹봉(祿俸).

1154) 상랄(相埒) : 서로 같음.

1155) 조의(朝衣) : 공복(公服). 벼슬아치가 평상시 조정에 나아갈 때 입던 제복. 원문에 복의(服衣)라고 한 것은 잘못임.

1156) 인재(忍齋) : 홍섬을 가리킴. 원문에 묵재(默齋)라고 한 것은 잘못임.

1157) 회해(詼諧) : 해학(諧謔). 익살스럽고도 품위가 있는 말이나 행동.

1158) 희소(嘻笑) : 희소(嬉笑). 실없이 웃는 웃음.

1159) 후사(後嗣) : 대(代)를 잇는 자식.

082 李貳相[1160]尚毅[1161] 在世時 其子判書志完[1162] 陞亞卿[1163]. 國俗 秩
陞從二品然後 老者乘軺車[1164]. 古規 年末[未]艾者[1165] 未嘗乘軒. 有父
兄者 尤有所不敢. 搢紳謹厚家法然也. 一日 婢僕輩有喜色而相告曰,
"吾家少相公 今日乘軒車至矣." 貳相聞之曰, "吾欲見其乘車之容 須乘
而直驅至庭." 判書不敢違 及至 貳相正色曰, "汝旣喜乘軒車 宜終日坐
車勿下." 命繫於庭樹. 軺車之制 穹然[1166]高而獨輪 前後騶從 爲之軒
輊[輊][1167]而升降 箚住[1168]而無人 則不可降. 判書終日俛首坐 不敢降.
自此不敢乘. 貳相子孫 至今蕃衍 顯者[1169]輩出.

083 先王考嘗言, "少時往候藥峯徐判書渻[1170] 藥峯欲作書 命取硯來. 其
胤子右相景雨[1171] 危坐[1172]侍側. 是時 官已頂玉[1173] 傍多使令 不替人卽

1160) 이상(貳相) : 조선시대 삼정승(三政丞) 다음 가는 벼슬이란 뜻으로, 좌우 찬성(左右贊成)을 이르던 말.

1161) 이상의(李尙毅, 1560~1624) : 조선조 광해군 때의 문신. 자는 이원(而遠), 호는 소릉(少陵)·오호(五湖)·서산(西山)·파릉(巴陵), 본관은 여흥(驪興), 이우인(李友仁)의 아들. 좌찬성을 역임하였고, 영의정에 추증되었음. 시호는 익헌(翼獻).

1162) 이지완(李志完, 1575~1617) : 조선조 광해군 때의 문신. 자는 양오(養吾), 호는 두봉(斗峯), 본관은 여흥(驪興), 이상의(李尙毅)의 아들. 형조판서를 역임하였고 영의정에 추증됨. 시호는 정간(貞簡).

1163) 아경(亞卿) : 조선시대 참판 등 종2품 벼슬을 높여 이르던 말. 정2품 벼슬을 이르는 경(卿)에 버금간다는 뜻임.

1164) 초거(軺車) : 초헌(軺軒). 조선시대 종2품 이상의 벼슬아치가 타던 수레.

1165) 연미애자(年未艾者) : 나이가 아직 50세가 되지 못한 사람. 50세를 애년(艾年)이라고 함.

1166) 궁연(穹然) : 높다랗게 반구형으로 둥근 모양.

1167) 헌지(軒輊) : 들어 올렸다 내렸다 함. 높은 것과 낮은 것.

1168) 차주(箚住) : 움직이지 못하게 꽂아 둠.

1169) 현자(顯者) : 현달(顯達)한 사람. 세상에 이름이 드러난 사람.

1170) 서성(徐渻, 1558~1631) : 조선조 인조 때의 문신. 자는 현기(玄紀), 호는 약봉(藥峯), 본관은 달성(達城), 해(嶰)의 아들. 벼슬이 판중추부사(判中樞府事)에 이르렀고, 영의정에 추증됨. 시호는 충숙(忠肅).

起 自取於外而進之. 可見其家法之美爲敎." 余嘗聞先君下敎如此.

084 趙監司廷虎[1174] 與梁平山應洛[1175] 交誼至密 世稱梁趙. 梁公先沒
趙公每分祿俸 終身不替. 趙公於余高祖善山府君[1176] 亦爲石交. 高祖
下世後 亦分祿不廢. 出於先祖考所記.

085 樂靜趙公錫胤[1177] 觀察使廷虎之子. 觀察退居黔川[1178] 樂靜少時 因
事入城 是日適大風. 觀察隣居士人 日晚自津頭還 直至觀察家 顔色慘
然 入門急告曰, "吾亦向京 至鷺梁津 遇令子[1179]. 是時 風浪接天 爭渡
者如城. 令郎先登舡 未半渡 舡簸[簸]如箕[1180] 出沒波濤 終至全舡敗
沒. 望見心膽墮地 急回以告." 觀察方與客對碁 顔色不變 略無驚意 徐
曰, "吾子非溺死者 無慮也." 其人頓足[1181]曰, "吾旣目見其登舟 又目

1171) 서경우(徐景雨, 1573~1645) : 조선조 인조 때의 문신. 자는 시백(施伯), 호는 만사
      (晚沙), 본관은 달성(達城), 서성(徐渻)의 아들. 우의정을 역임하였음.

1172) 위좌(危坐) : 정좌(正坐).

1173) 정옥(頂玉) : 머리에 장식하는 옥관자(玉貫子). 옥관자는 주로 당상관(堂上官)들만이
      장식하였으므로 당상관을 일컫거나, 고위 관리를 가리키기도 함.

1174) 조정호(趙廷虎, 1572~1647) : 조선조 인조 때의 문신. 자는 인보(仁甫), 호는 남계
      (南溪), 본관은 배천(白川), 조충(趙沖)의 아들. 강원도 관찰사를 역임함.

1175) 양응락(梁應洛, 1572~1620) : 조선조 광해군 때의 문신. 자는 심원(深源), 호는 만수
      (漫叟), 본관은 남원(南原), 양근(梁謹)의 아들.

1176) 선산부군(善山府君) : 조선조 광해군 때의 문신인 박효성(朴孝誠, 1568~1617)을 가
      리킴. 박효성의 자는 백원(百源), 호는 진천(眞川), 본관은 고령(高靈), 박정(朴淨)의
      아들, 박양한의 고조부. 선산부사(善山府使)를 역임함.

1177) 조석윤(趙錫胤, 1605~1654) : 조선조 인조 때의 문신. 자는 윤지(胤之), 호는 낙정
      (樂靜), 본관은 배천(白川), 조정호(趙廷虎)의 아들. 시호는 문효(文孝).

1178) 검천(黔川) : 검내. 탄천(炭川). 경기도 용인시에서 성남시를 거쳐, 서울시 강남구·
      송파구를 거쳐 한강으로 흐르는 내.

1179) 영자(令子) : 영식(令息). 남의 아들을 높여 부르는 말.

1180) 강파여기(舡簸如箕) : 배를 키질하듯 까부름.

1181) 돈족(頓足) : 발을 구름.

見其覆沒 寧不驚心? 公何不動?" 觀察終不變曰, "初雖登舟 危則必降.
吾決知吾子之非溺死者. 君勿太驚" 其人累言不已 觀察公着碁如故.
居無何[1182] 樂靜入來. 觀察問之 對曰, "風波可畏 自厓而返." 其人錯
愕[1183] 樂靜曰, "此君之慮信然. 初果登舟 量其波勢 必難利涉[1184]故即
下舡 其舡果覆人[入]海中. 只見其登舟 未及見其下舡而然也." 噫! 曾
子[1185]亞聖[1186] 殺人暴行 亞聖之於暴行 相去[距]遠矣. 不信宜矣. 登舟
遇風 人事之適然[1187]. 終不動 何其操身飭行之美[1188] 已能見孚於父兄.
而況有遠大之期故 斷然不以爲疑. 可謂父子之知己也.

086 延陽李公時白 嘗種白牧[牡]丹佳品. 仁廟遣中使[1189]求之. 延陽對
中使垂淚曰, "老臣蓄此無益之物 至使聖上 有無益之求 其貽累聖德
實由老臣之罪也." 仍手自破碎. 洪判決事萬恢[1190] 嘗有棕櫚一盆. 肅
廟[1191]求之 判決辭而不進.

1182) 거무하(居無何) : 얼마 지나지 않아. 잠시 후에.

1183) 조악(錯愕) : 당황하고 놀람. * 착악(錯愕) : 뜻밖의 일로 놀람.

1184) 이섭(利涉) : 순조롭게 물을 건넘.

1185) 증자(曾子) : 공자의 제자 가운데 한 사람인 증삼(曾參)을 높여 부르는 이름.

1186) 아성(亞聖) : 유학에서 공자 다음가는 성인(聖人)이라고 하여 '맹자'나 '증자'를 이르
     는 말.

1187) 적연(適然) : 때마침 공교로움.

1188) 조신칙행지미(操身飭行之美) : 몸가짐을 조심하여 바른 행실을 하는 아름다움.

1189) 중사(中使) : 왕의 명령을 전하던 내시(內侍).

1190) 홍만회(洪萬恢, 1643~1709) : 조선조 숙종 때의 문신. 본관은 풍산(豊山), 영안위(永
     安尉) 홍주원(洪柱元)의 아들. 장례원 판결사(掌隷院判決事)를 역임하였음.

1191) 숙묘(肅廟) : 조선조 제19대 임금인 숙종(肅宗)의 묘호(廟號). 숙종의 재위는
     1674~1720. 이름은 이돈(李焞, 1661~1720), 자는 명보(明普), 현종의 아들, 어머니
     는 명성왕후(明聖王后) 김씨(金氏), 비는 인경왕후(仁敬王后) 김씨(金氏), 첫째 계비
     는 인현왕후(仁顯王后) 민씨(閔氏), 둘째 계비는 인원왕후(仁元王后) 김씨(金氏). 능
     은 경기도 고양(高陽)에 있는 명릉(明陵). 시호는 현의(顯義).

087 仙源金相國尙容 林塘鄭相國惟吉[1192]之外孫 氣度雍容和厚[1193]. 與
林塘之孫知敦寧[1194]鄭公[1195] 爲內外兄弟[1196]. 知敦寧少時 侍水竹[1197]
相公語 有語及後世聖人不可見 知敦寧曰, "我則見聖人." 水竹笑問之
對曰, "尙容氏兄卽聖人."云. 年相若[1198]弟昆[1199]之間 其愛慕歆服[1200]
如此 則其氣像之仁厚溫粹[1201] 盖可見矣. 其爲銓長[1202] 請札[1203]旁
午[1204] 無不應答詳盡. 其弟尙宓[1205]爲守宰 親舊之請受簡[1206]者 皆修而
與之. 其弟來言, "兄之書札頻煩 不暇應接 何不節損[1207]?" 仙源曰, "人
請抵汝書 吾將以汝爲不相識而防之乎?" 其仁厚如此 而終能臨亂效
命[1208] 大節卓然 可謂剛柔兼備矣.

1192) 정유길(鄭惟吉, 1515~1588) : 조선조 선조 때의 문신. 자는 원길(元吉), 호는 임당(林
　　塘), 본관은 동래(東萊), 광필(光弼)의 손자, 복겸(福謙)의 아들.
1193) 옹용화후(雍容和厚) : 마음이나 태도가 화락하고 조용함.
1194) 지돈녕(知敦寧) : 조선시대 돈녕부(敦寧府)의 정2품 벼슬인 지돈녕부사(知敦寧府事).
1195) 정공(鄭公) : 정유길의 손자이자 정창연의 아들인 정광성(鄭廣成)을 가리킴. 정광성
　　에 대해서는 제41화 주 참조.
1196) 내외형제(內外兄弟) : 내종(內從)과 외종(外從) 형제. 정광성에게 김상용은 고종사촌
　　형이 되고, 김상용에게 정광성은 외사촌동생이 됨.
1197) 수죽(水竹) : 조선조 인조 때의 문신인 정창연(鄭昌衍)의 호. 정창연에 대해서는 제41
　　화 주 참조.
1198) 연상약(年相若) : 나이가 서로 엇비슷함.
1199) 제곤(弟昆) : 형제(兄弟).
1200) 흠복(歆服) : 흠복(欽服). 공경하며 복종함.
1201) 온수(溫粹) : 온순(溫純)함.
1202) 전장(銓長) : 조선시대 문·무관의 인사를 담당한 이조와 병조의 판서를 이르던 말.
1203) 청찰(請札) : 청탁하는 편지.
1204) 방오(旁午) : 빈번함. 오가는 사람이 많아 붐비고 수선스러움.
1205) 김상복(金尙宓, ?~1652) : 조선조 효종 때의 문신. 자는 중정(仲靜), 본관은 안동(安
　　東), 김극효(金克孝)의 아들, 우의정 김상용(金尙容)과 좌의정 김상헌(金尙憲)의 아
　　우. 상주목사, 경주부윤 등을 역임함.
1206) 수간(受簡) : 관직에 임용한다는 문서를 받음.
1207) 절손(節損) : 절약(節約)하여 덜어냄.
1208) 효명(效命) : 목숨을 바침. 목숨을 아끼지 않고 일함.

088 浦渚趙公 少居廣州鷗浦[1209] 貧不能具鞍馬. 嘗入城赴擧 身載柴牛
而行. 入城遇判事[1210] 前導呼喝不已 因搶倒橋下. 盖判事未陞堂上[1211]
遇者不下馬 而以傔從未冠而愚悖[1212]者 挾鞍籠[1213]前導 遇鄕客則困之
故也. 公側臥泥水中 不卽起 但睨視[1214]曰, "我亦不免爲口腹之役[
累][1215] 何乃困之?"少無憤戾之色[1216]. 有過去吏胥 見之而驚 自入溝
中扶之曰, "郎君氣像 可以作相矣."遂携往其家舍之云.

089 仙源金相國 淸風溪[1217]太古亭[1218] 在仁王山[1219]下. 一日 有人往拜
之. 公顔色殊不怡 客問之 仙源曰, "居在山底 輒多爲辱. 今日 四山監
役[1220]巡山 以家後[1221]有犯松禁[1222] 箠笞[1223]家僮而去矣." 其時 國綱之

1209) 구포(鷗浦) : 경기도 광주에 있는 지명.
1210) 판사(判事) : 조선시대 도평의사사·중추원·돈녕부·의금부 등 1품에서 3품까지의 관직.
1211) 당상(堂上) : 당상관(堂上官). 조선시대 조의(朝議)를 행할 때 당상(堂上)에 있는 교의(交椅)에 앉을 수 있는 관계(官階) 또는 그 관원으로, 동반은 정3품의 통정대부(通政大夫) 이상, 서반은 절충장군(折衝將軍) 이상, 종친은 명선대부(明善大夫) 이상, 의빈(儀賓)은 봉순대부(奉順大夫) 이상의 품계를 가진 사람임.
1212) 우패(愚悖) : 어리석고 패악(悖惡)함.
1213) 안롱(鞍籠) : 수레나 가마 따위를 덮는 우비의 하나. 두꺼운 유지(油紙)로 만들며 한쪽에 사자를 그려 넣음.
1214) 예시(睨視) : 흘겨보거나 넘봄.
1215) 구복지루(口腹之累) : 살아 나갈 걱정. 먹고살 근심. 생활의 괴로움을 비유하여 이르는 말.
1216) 분려지색(憤戾之色) : 분하게 여기거나 탓하는 기색.
1217) 청풍계(淸風溪) : 인왕산 동쪽 기슭의 북쪽에 해당하는 종로구 청운동 52번지 일대의 골짜기. 선원 김상용의 집터가 있음.
1218) 태고정(太古亭) : 인왕산 청풍계에 있던 정자.
1219) 인왕산(仁王山) : 서울 서쪽. 종로구와 서대문구 사이에 있는 산.
1220) 사산감역(四山監役) : 사산감역관(四山監役官). 조선시대 서울의 북악산, 인왕산, 남산, 낙산의 성첩(城堞)과 송림(松林)을 지키던 종9품 말단 무관 벼슬.
1221) 가후(家後) : 집안의 아랫사람.
1222) 범송금(犯松禁) : 법적으로 소나무를 베지 못하게 하는 것을 범함.

嚴可知. 微末小官 能推治[1224]相公家奴僕. 此亦盛時法立之效也. 近日
則卿相不可論 雖小名官僕隷犯科 而法司[1225]不能伸其法 況而監役小
官 而敢箠相公家奴子乎?

090 李相國浣 爲捕盜大將時 行過生鮮街 忽然流眄[1226]而過. 旣歸 命選
將校中善偵察者 語之曰, "生鮮街上 有異常賊人 二十日內 詗探[1227]捉
來. 過限則當死." 將校聽令而出 茫然如捕風. 日往其近處 以金帛酒食
交結酒徒 坐市肆 搏[博]奕終日 杳不可得. 每搏[博]奕罷輒太息. 往往
心不在搏[博]奕 默無所言. 過十餘日 益無蹤跡. 一日 搏[博]罷 忽然垂
淚. 市人相親者問曰, "君飮酒博奕 豪俠自任 而近觀君貌 往往唏噓 心
不在博 固已怪之. 今又垂淚 必有異[以]也. 願聞之." 將校具以告曰,
"吾旣承將命 不得則死. 死固不足惜 但有老母在 是以悲耳." 市人曰,
"此果有形跡非常之人 有時往來是肆間已數年. 終日無所爲 能善衣善
食. 其人常往來壽進洞中 君可往而迹之." 將校如其言 偵伺壽進坊[1228]
探之. 築土室[1229]於窮源處 夜候其入捕之 室中無他物 但有朝紙[1230]數
負而已. 將校遂縛而來告. 其人塞口無所言 但曰, "速殺我." 李公使以

1223) 추태(箠笞) : 회초리로 때리거나 볼기를 때림.
1224) 추치(推治) : 추문(推問)하여 죄를 다스림.
1225) 법사(法司) : 조선시대 법을 집행하던 형조(刑曹)와 한성부(漢城府)를 아울러 이르
던 말.
1226) 유면(流眄) : 곁눈질을 함.
1227) 형탐(詗探) : 가만히 엿보며 샅샅이 찾음.
1228) 수진방(壽進坊) : 조선시대 초기부터 있던 한성부 중부 8방 중의 하나로서, 현재의
행정구역으로는 종로구 수송동·청진동 각 일부에 해당함.
1229) 토실(土室) : 토담집.
1230) 조지(朝紙) : 조보(朝報). 조선시대 승정원에서 재결 사항을 기록하고 서사(書寫)하
여 반포하던 관보.

藁索 密縛一身 以泥土塗而殺之. 盖外國人來探國事者也.

091 顯廟[1231]溫幸[1232]時 李相浣以訓鍊大將[1233]前驅[1234] 按軍徐行. 顯廟
煩懣[1235] 不能忍耐 車駕欲馳驟[1236] 而前驅按塞不進. 上住輦 命召訓
將[1237] 不至再召亦不至 上怒曰, "李浣將叛耶? 何爲不至?" 侍臣有白
上者曰, "此是軍行 軍中例不用口語. 殿下召上將 不發標信[1238] 只以
口語 如呼陪從之臣. 李浣知兵法故不至也." 上命宣傳官 持標信召之
李浣始入來 上曰, "吾病有火祟[1239] 欲前進 而卿按軍徐行 令人不耐須
臾." 浣對曰, "兵法吉行(日)五十里 今日未午 已行四十里 步卒尙有顚
仆者. 下敎雖如此 不敢承命." 終不變. 其行師之度 旗鼓[1240]肅穆[1241]
部伍[1242]齊整. 外王父嘗言, "肅廟[1243]朝 陵行[幸]回鑾[1244]時 閱武[1245]箭
郊[1246] 從東門還宮 上策馬驟驅. 是時 申判書汝哲[1247] 爲訓鍊大將 率

1231) 현묘(顯廟) : 조선조 제18대 임금인 현종(顯宗)의 묘호.

1232) 온행(溫幸) : 임금이 병 치료를 위해 온천에 거둥하는 일.

1233) 훈련대장(訓鍊大將) : 조선 후기 중앙 군영인 훈련도감(訓鍊都監)의 종2품 우두머리
장수.

1234) 전구(前驅) : 선구(先驅). 말을 탄 행렬에서 맨 앞에 선 사람.

1235) 번만(煩懣) : 번민(煩悶). 가슴속이 답답함.

1236) 치취(馳驟) : 몹시 빨리 달림.

1237) 훈장(訓將) : 훈련대장을 줄여서 이르던 말.

1238) 표신(標信) : 조선후기 궁중에 급변을 전하거나 궁궐 문을 드나들 때에 쓰던 문표(門
標). 중종 3년(1508)에 시행하였음.

1239) 화수(火祟) : 걷잡을 수 없이 타는 불과 같이 매우 급한 성격이 빌미가 됨.

1240) 기고(騎鼓) : 싸움터에서 쓰는 기와 북을 아울러 이르는 말. 병력(兵力)과 군세(軍勢)
를 비유적으로 이르는 말.

1241) 숙목(肅穆) : 엄숙하고 공손함.

1242) 부오(部伍) : 군진(軍陣)의 대오(隊伍).

1243) 숙묘(肅廟) : 조선조 제19대 임금인 숙종(肅宗)의 묘호.

1244) 회란(回鑾) : 환궁(還宮). 임금이나 왕비, 왕자 등이 대궐로 돌아옴.

1245) 열무(閱武) : 임금이 몸소 군대를 사열(査閱)함.

兵前驅. 前軍蹙於馬前 行列不成 卒伍多顚. 陪從諸臣 躍馬疾驅 面無
人色[1248]. 及至闕下 余語申公曰, '今日行幸 不成擧措[1249]. 其責實在於
令公.' 因誦李相故事 申公歎曰, '古人未知何爲而能如此. 今日之事
無可奈何.'云." 外王父嘗言, "李公雖出於前代 足以爲名人."云云. 誠
非申公所能及. 雖然 賢才[1250]亦係於人君之用捨耳. 李公若出於肅廟
朝 剛毅不撓如此 則亦豈能容哉? 顯廟朝筵中 語李相浣曰, "丙子之事
予不能知 卿爲余詳陳其時事." 李公起拜 語及其時事 不覺涕淚如泉
嗚咽不成語. 上爲之怵惕嗟悗[1251] 遂命勿言. 李公丙子後將兵 從淸虜
爲援 嘗圍寧遠衛[1252]. 戰罷 有一人着毛冠及藍大緞道袍 持戟行於戰
場 點檢積屍. 淸汗顧左右曰, "誰能捕此?" 麾下壯士一人 馳馬揮鎗
[槍]而出 未及合 其人刺而倒下. 淸汗麾下壯士數人 憤忿[1253]馳出. 其
人又皆刺殺之. 四五人繼出亦如之. 淸汗旣失壯士累人 仍曰, "此是兼
人(之)勇[1254] 不可爭鋒[1255]." 令勿復出. 其人累飜積屍 向晚得一屍於馬
上 痛哭而歸. 似是其父子兄弟之親 戰死而收屍也. 行過山隅 忽有放
砲一聲 其人墜死. 李公晚年 雖當食 每念此事 輒投匙流涕. 其忠憤[1256]

1246) 전교(箭郊) : 살곶이벌. 서울시 성동구 성수동 일대의 들판을 말하며, 조선시대 목마
     장이 있던 곳임. 전곶·뚝섬·전곶평·독도(纛島)라고도 함.

1247) 신여철(申汝哲, 1634~1701) : 조선조 숙종 때의 무신. 자는 계명(季明), 본관은 평산
     (平山), 신준(申竣)의 아들. 시호는 장무(莊武).

1248) 면무인색(面無人色) : 몹시 놀라거나 무서움에 질려 얼굴에 핏기가 없음.

1249) 거조(擧措) : 행동거지(行動擧止).

1250) 현재(賢才) : 뛰어난 재능. 또는 그러한 사람.

1251) 출척차완(怵惕嗟悗) : 두려워 조마조마해 하며 탄식함.

1252) 영원위(寧遠衛) : 중국 요동 땅에 있던 군사기지.

1253) 분분(憤忿) : 분분(忿憤). 분하고 원통하게 여김.

1254) 겸인지용(兼人之勇) : 혼자서 능히 몇 사람을 당해낼 만한 용기.

1255) 쟁봉(爭鋒) : 적과 창검으로 싸워 다툼.

1256) 충분(忠憤) : 충의(忠義)로 인해 일어나는 분한 마음.

慷慨¹²⁵⁷⁾如此.

092 清汗每恐喝¹²⁵⁸⁾ 北虜¹²⁵⁹⁾之倔强¹²⁶⁰⁾者 輒曰, "吾當取朝鮮 小砲盡殲
之." 其與皇明戰 凡掃蕩諸郡 輒携我國兵 到處勝捷. 錦州衛¹²⁶¹⁾戰罷
有一人立於城上呼曰, "高麗 汝何忍爲此? 汝國背神宗皇帝¹²⁶²⁾再造之
恩¹²⁶³⁾. 豈忍助虜殺我乎?" 語未終 放砲一聲 其人遂蹶. 千載之下 足令
忠臣義士流涕也.

093 李相浣 鷄林府院君守一¹²⁶⁴⁾之子. 鷄林爲平安兵使¹²⁶⁵⁾時 李相從
焉. 嘗射獵深山中 日暮至山谷 中有茅屋靜洒¹²⁶⁶⁾. 有一少女 靚粧¹²⁶⁷⁾
獨居. 公問, "何爲獨居此深山之中?" 其女曰, "吾夫出獵故 獨守空閨
耳." 公因與狎焉 與之共宿. 夜半 有人携一鹿而來 縛公將殺之. 公在
縛中 徐曰, "看汝亦非庸人 乃以一女子 殺壯士耶?" 其人熟視之解縛
與之坐 令其女 煖酒炙[炙]肉¹²⁶⁸⁾而共飲之曰, "大器不能容於世 落

1257) 강개(慷慨) : 의롭지 못한 것을 보고 의기가 북받쳐 원통하고 슬픔.

1258) 공갈(恐喝) : 공포를 느끼도록 윽박지르며 을러댐.

1259) 북로(北虜) : 몽골족, 여진족, 만주족 등 북방의 이민족.

1260) 굴강(倔强) : 깐깐하고 자존심이 강한 것을 말함.

1261) 금주위(錦州衛) : 중국 요녕성 심양 일대에 있던 군사 요충지.

1262) 신종황제(神宗皇帝) : 중국 명나라 제13대 황제(재위 1573~1620). 이름은 주익균(朱
翊鈞, 1563~1620). 묘호 신종(神宗). 시호 현황제(顯皇帝). 연호 만력(萬曆). 임진왜
란 때 조선에 원군을 파견하였음.

1263) 재조지은(再造之恩) : 거의 망하게 된 것을 구원하여 도와준 은혜.

1264) 이수일(李守一, 1554~1632) : 조선조 인조 때의 무신. 자는 계순(季純), 호는 은암
(隱庵), 본관은 경주(慶州), 이란(李鸞)의 아들. 평안도 병마절도사를 역임함. 이괄
(李括)의 난을 진압하고 계림부원군(鷄林府院君)에 봉해짐. 시호는 충무(忠武).

1265) 평안병사(平安兵使) : 평안도 병마절도사(兵馬節度使).

1266) 정쇄(靜洒) : 고요하고 조촐함.

1267) 정장(靚粧) : 곱게 단장(丹粧)함.

拓¹²⁶⁹⁾山谷中. 後十餘年 君當將兵關西¹²⁷⁰⁾ 而我陷死罪 須念今日之恩
而活我." 其後 公爲平安兵使 有一囚 仰首呼曰, "公不記前約而殺我
耶?" 公諦視之 卽其人 遂宥之.

094 甲子 李适以平安兵使起兵叛 京師震動. 平日與适相識者 皆囚之
其數甚多. 而初非有干連¹²⁷¹⁾者 只是危疑之際¹²⁷²⁾ 或慮其相應有變也.
及适兵漸逼 大駕去邠¹²⁷³⁾向公州. 臨發 金昇平堻 發其囚者 盡斬之. 至
今以甲子亂斬¹²⁷⁴⁾ 爲至冤極痛. 外王父嘗言, "昇平之無後¹²⁷⁵⁾ 必由於
甲子亂斬." 爲敎.

095 甲子适變 大駕南巡. 石門李判書景稷¹²⁷⁶⁾ 爲水原府使扈駕行. 公書
生 疎於兵事. 軍中凡斥候偵探等 師行諸務 皆漠然 無所措置 殆不成
樣¹²⁷⁷⁾. 仁廟大怒將斬之 諸臣亦無辭可救 末乃言於上曰, "景稷曾使日
本 威信著於倭奴. 今若賊勢猖獗¹²⁷⁸⁾ 兵連禍結¹²⁷⁹⁾ 則日後將有請援島

1268) 난주적육(煖酒炙肉) : 술을 데우고 고기를 구움.
1269) 낙척(落拓) : 어렵거나 불행한 환경에 빠짐.
1270) 관서(關西) : 마천령(摩天嶺)의 서쪽 지방. 평안도와 황해도 북부 지역을 달리 이르
     는 말.
1271) 간련(干連) : 남의 범죄에 관련됨.
1272) 위의지제(危疑之際) : 마음이 편하지 아니하고 의심스러울 즈음.
1273) 거빈(去邠) : 파천(播遷). 임금이 도성을 떠나 다른 곳으로 피란하던 일.
1274) 난참(亂斬) : 마구잡이로 목을 베어 죽임.
1275) 무후(無後) : 대를 이어갈 자손이 없음.
1276) 이경직(李景稷, 1577~1640) : 조선조 인조 때의 문신. 호는 석문(石門), 본관은 전주
     (全州), 덕천군(德泉君) 이후생(李厚生)의 6대손, 이유간(李惟侃)의 아들, 이경석(李
     景奭)의 형.
1277) 성양(成樣) : 모양이나 형식을 갖춤.
1278) 창궐(猖獗) : 못된 세력이나 전염병 따위가 세차게 일어나 걷잡을 수 없이 퍼짐.
1279) 병련화결(兵連禍結) : 전란의 화가 이어짐.

倭之擧 此則非景稷不可 今不可遽斬也." 上乃止命削職¹²⁸⁰⁾ 以白衣從
軍. 我朝崇儒術士 君子平居¹²⁸¹⁾ 不講兵機¹²⁸²⁾ 臨急失措¹²⁸³⁾ 自是通
患¹²⁸⁴⁾. 雖以李公之材 幾蹈危禍¹²⁸⁵⁾? 仕官者不可以不戒.

096 李同知惟侃¹²⁸⁶⁾無鬚 貌類宦者. 嘗造白沙李公 座起去. 坐客有一迂
儒¹²⁸⁷⁾ 請於白沙曰, "賤生¹²⁸⁸⁾之出入公之門下 仰望¹²⁸⁹⁾不淺. 今座上有
不當坐之人 殊失¹²⁹⁰⁾所望." 白沙笑曰, "如君年少輩 認作如此 誠有然
者. 然而此璫¹²⁹¹⁾ 誠是異常之璫." 因擧石門白軒¹²⁹²⁾兩公名曰, "此璫能
生某某兩子 豈非異璫哉?" 聞者齒冷¹²⁹³⁾.

1280) 삭직(削職) : 삭탈관직(削奪官職). 죄를 지은 자의 벼슬과 품계를 빼앗고 벼슬아치의
　　　명부에서 그 이름을 지우던 일.
1281) 평거(平居) : 평상시(平常時). * 일생(一生).
1282) 병기(兵機) : 전쟁 때 상황에 알맞게 문제를 잘 찾아내고 그 해결책을 재치 있게 처리
　　　할 수 있는 슬기나 지혜.
1283) 임급실조(臨急失措) : 급한 일이 벌어졌을 때 처리를 잘못함.
1284) 통환(通患) : 일반에 공통되는 걱정이나 폐해.
1285) 위화(危禍) : 위험한 재앙이나 화난(禍難).
1286) 이유간(李惟侃, 1550~1634) : 조선조 인조 때의 문신. 자는 강중(剛仲), 호는 우곡
　　　(愚谷), 본관은 전주(全州), 정종의 아들 덕천군(德泉君) 이후생(李厚生)의 5세손, 완
　　　성군(完城君) 이귀정(李貴丁)의 증손, 이수광(李秀光)의 아들. 동지중추부사(同知中
　　　樞府事)를 역임하였음.
1287) 우유(迂儒) : 세상 물정에 어두운 선비.
1288) 천생(賤生) : 주로 남자가 자기를 낮추어 이르는 1인칭 대명사. * 천출(賤出).
1289) 앙망(仰望) : 자기의 요구나 희망이 실현되기를 우러러 바람. 주로 편지글에서 씀.
1290) 수실(殊失) : 몹시 그르침.
1291) 당(璫) : 은당(銀璫). 내시부에 속한 환관을 가리키던 말.
1292) 백헌(白軒) : 조선조 현종 때의 문신인 이경석(李景奭, 1595~1671)의 호. 이경석의
　　　자는 상보(尚輔), 다른 호는 쌍계(雙溪), 본관은 전주(全州), 덕천군(德泉君) 이후생
　　　(李厚生)의 6대손, 이유간(李惟侃)의 아들. 시호는 문충(文忠).
1293) 치랭(齒冷) : 깔깔대고 웃음. 냉소(冷笑)함.

097 白軒李相國景奭 天資忠信和厚 一見可知 其誠篤君子. 性至孝 每入廟 雖晩年 輒流涕. 應事接物 誠意藹然[1294] 不事修飾. 嘗爲祈雨祭獻官 罷還了無雨意. 李公具朝服 上家後園林 伏於烈日[1295]中 潛心[1296]默禱[1297]. 石門李公景稷 卽白軒之兄 適來到 問公安在 家人具以告. 石門性豪俊不羈[1298] 聞而大笑 自至園林 蹴起之曰, "天聽[1299]甚高 安知朝鮮有李某乎?"

098 白軒李相國 有厚德 常隱惡而揚善 務爲掩匿覆蓋[1300]. 有一京畿都事[1301] 以儒校生考講[1302]事 將出巡列邑 而來辭於白軒者. 公曰, "鄕曲窮生 一落考講 輒入軍役. 試官雖務高峻 在渠實爲矜惻 賢[1303]須勿太高其規 俾無冤枉[1304]." 都事曰, "史略[1305]初卷 亦不通曉者 安得不沙汰[1306]乎?" 公(曰), "不然. 史略初卷達通 豈不難哉? 賢之能曉達無疑 吾未知信也." 都事曰, "某雖不學 史略初卷 豈不知之乎?" 公曰, "未易

1294) 애연(藹然) : 매우 왕성한 모양. 기름기 있고 윤택함.

1295) 열일(烈日) : 여름에 뜨겁게 내리쬐는 태양. 세찬 기세를 비유적으로 이르는 말.

1296) 잠심(潛心) : 마음을 가라앉힘.

1297) 묵도(默禱) : 눈을 감고 말없이 마음속으로 빎. 또는 그런 기도.

1298) 호준불기(豪俊不羈) : 호방하여 얽매는 데가 없음.

1299) 천청(天聽) : 임금의 귀에 어떤 말이 들어감. 여기서는 하늘에 어떤 말이 들어가는 것을 뜻함.

1300) 엄닉복개(掩匿覆蓋) : 남의 잘못 등을 가리고 덮어 줌.

1301) 도사(都事) : 조선시대 팔도 감영의 종5품 관직.

1302) 고강(考講) : 경서(經書)나 병서(兵書) 등을 배운 후 어느 정도 외우고 풀이하는가를 시험하던 일.

1303) 현(賢) : 현제(賢弟), 현질(賢姪)처럼 상대방에 대한 경칭(敬稱).

1304) 원왕(冤枉) : 억울함. 원통함.

1305) 사략(史略) : 중국 원나라의 증선지(曾先之)가 지은 중국의 역사책인 십팔사략(十八史略).

1306) 사태(沙汰) : 도태(淘汰). 물건을 물에 넣고 일어서 좋은 것만 골라내고 불필요한 것을 가려서 버림. 여럿 중에서 불필요하거나 부적당한 것을 줄여 없앰.

言也." 卽命左右取來 手指而問曰, "舜[1307]子商均不肖[1308] 舜有二妃[1309] 商均是娥皇之子乎 女英之子乎?" 都事曰, "士[上]古玄遠之事 如是窮問 何由知乎?" 公曰, "邃古之事 若無出處 則未詳宜矣. 若見於古書 而未能達 則豈非不通乎? 商均之女英之子 出於傳記. 而賢未之見耳." 又指'紂[1310]始爲象箸[1311]'曰, "箸者何物?" 曰, "此似是禮記所謂'飯黍無以箸[1312]'之箸耳." 公曰, "非也. 箸酒樽也. 所以與玉杯對耳. 然故未易言也." 其愛物之心 多類此.

099 外王父嘗言, "少時 吾爲奉常寺[1313]直長[1314]. 白軒李公爲都提擧[1315] 余爲稟官事造謁. 太常[1316]管國家祭享 公語及祭酒 問, '祭享所用何酒?' 吾答曰, '卽常例所釀之酒.' 李公曰, '何不用方文酒[1317]? 盖方文酒 卽我國搢紳之家 通行之酒 而以別方造釀 與所謂常酒有異也.' 余答曰, '方文酒卽閭閻別味 私家雖通用 朝家[1318]享祀 當用常法所釀 事理不可用別味 況自古通行之酒 今不可輕改.' 白軒言下大悟 嘖嘖稱

1307) 순(舜) : 중국 고대의 임금.
1308) 불초(不肖) : 아버지를 닮지 않았다는 뜻으로, 못나고 어리석은 사람을 이르는 말.
1309) 이비(二妃) : 순임금의 두 왕비인 아황과 여영을 이르는 말.
1310) 주(紂) : 중국 은(殷)왕조의 마지막 임금.
1311) 주시위상저(紂始爲象箸) : 주왕이 처음 무소뿔로 술통을 만들었다는 뜻.
1312) 반서무이저(飯黍無以箸) : '기장밥을 먹을 때는 젓가락을 쓰지 않는다.'는 뜻으로, 《예기(禮記)》곡례 상(曲禮上)에 나오는 말임.
1313) 봉상시(奉常寺) : 조선시대 제사(祭祀)와 시호(諡號)에 관한 일을 맡아보던 관아.
1314) 직장(直長) : 조선시대 종친부, 봉상시 등의 종7품 벼슬.
1315) 도제거(都提擧) : 도제조(都提調). 조선시대 봉상시 등의 정1품 자문직 벼슬.
1316) 태상(太常) : 태상시(太常寺). 봉상시를 고려시대에 이르던 말.
1317) 방문주(方文酒) : 맛과 약효를 위하여 전해 오는 약방문에 따라 특별한 재료와 방법으로 빚은 술.
1318) 조가(朝家) : 조정(朝廷).

善[1319]曰, '其言是矣. 其言是矣. 吾誤哉!' 去後謂傍人曰, '其人有宰相器識[1320].'"云云. 盖李公初不深思而偶言之. 悟其非而謝之. 其誠意之藹然[1321] 尙可想見.

100 白軒李相 以相臣掌試[1322]. 合考[1323]時 有一券 方在當取 而見其句中有違格[1324]. 以所麾便面[1325] 張而置諸券上. 是時 朝廷紀律頗嚴 試券之置命官[1326]前者 他試官不敢迭軸[抽][1327]而觀之故 違格之句 能不露而見取. 公之愛文匿瑕[1328] 樂成人美[1329]如此.

101 李公正輿[1330] 白江李相國敬輿[1331]之兄[弟]也. 其大人曰 李司諫綏祿[1332] 有狂疾 不知晝夜 狂奔疾走. 或越人屋宇 或超過城闉[1333]. 病人

1319) 책책칭선(嘖嘖稱善) : 큰 소리로 떠들며 좋은 것을 칭찬함.

1320) 기식(器識) : 기량(器量)과 지식(知識).

1321) 애연(藹然) : 성대(盛大)함. 왕성(旺盛)함.

1322) 장시(掌試) : 과거시험을 관장(管掌)함.

1323) 합고(合考) : 과거의 급제자를 결정하기 위하여, 시관(試官)들이 모여서 급제의 대상으로 뽑아 올린 시권(試券)을 다시 심사하는 일.

1324) 위격(違格) : 일정한 격식에 맞지 않음. 도리에 어긋남.

1325) 편면(便面) : 부채. 얼굴을 가리는 부채 모양의 물건.

1326) 명관(命官) : 조선시대 전시(殿試)를 주재하도록 임금이 친히 임명하던 시험관.

1327) 질추(迭抽) : 바꾸거나 빼냄.

1328) 익하(匿瑕) : 허물을 가려 숨겨 줌. 《춘추좌씨전(春秋左氏傳)》선공(宣公) 15년 조에 "아름다운 옥은 티끌을 숨겨 주고 나라의 임금은 더러운 것을 감싸 준다.[瑾瑜匿瑕 國君含垢]"라는 말이 있음.

1329) 낙성인미(樂成人美) : 남의 아름다움을 드러내주는 일을 즐김.

1330) 이정여(李正輿) : 생몰년 미상. 본관은 전주(全州), 이수록(李綏祿)의 아들, 이경여(李敬輿)의 아우.

1331) 이경여(李敬輿, 1585~1657) : 조선조 인조 때의 문신. 자는 직부(直夫), 호는 백강(白江), 본관은 전주(全州), 이수록(李綏祿)의 아들. 시호는 문정(文貞).

1332) 이수록(李綏祿, 1564~1620) : 조선조 광해군 때의 문신. 자는 수지(綏之), 호는 동고(東皐), 본관은 전주(全州), 이극강(李克綱)의 아들.

則其氣迅勇 能不致傷. 正興晝夜奔走 不計顚墜跌傷[1334] 而竭力隨行
終至致傷而歿. 世稱其至孝而悲之曰, "白江則知其必死 而不敢隨行
孝雖有慊於其兄[弟] 終能修身立名[1335] 以顯父母. 孝之大者 未知其何
者爲是也.

102 李相山海[1336] 土亭李公之菡[1337]之從子[1338]也. 李有一女 常以其叔
父之有藻鑑[1339] 請留意擇婿. 一日 土亭曰, "汝每要我擇婿 而未得其
人. 昨日路遇一人 駄載家藏瓢鼎器用之屬 載小兒其上. 其父母以賤裝
隨其後. 觀其兒 似爲國器[1340]. 吾思汝之托 踵之覘其去處 入於某坊某
家. 似是士族 貧不能居鄕 欲依於京洛[1341]親戚而來者耳." 李曰, "叔父
雖有敎 必待吾眼而決之." 明日 尋其家問之 主人曰, "果有在鄕親戚
窮而來歸者 方留諸廊舍[1342]耳." 李請見 主人送其上服. 俄而出來 鄕
曲窮生 借着他衣 頗野朴[1343]齟齬[1344]. 李曰, "聞君有子 願一見之." 其

1333) 성인(城闉) : 성문(城門). 성의 안쪽.
1334) 전추질상(顚墜跌傷) : 굴러 떨어지거나 발을 접질리는 부상.
1335) 입명(立名) : 입신양명(立身揚名). 출세하여 이름을 세상에 떨침.
1336) 이산해(李山海, 1538~1609) : 조선조 선조 때의 문신. 자는 여수(汝受), 호는 아계
    (鵝溪), 본관은 한산(韓山), 이지번(李之蕃)의 아들. 동인(東人)·북인(北人)·육북(肉
    北)의 영수(領袖). 시호는 문충(文忠).
1337) 이지함(李之菡, 1517~1578) : 조선조 선조 때의 학자. 자는 형중(馨仲), 호는 토정(土
    亭) 또는 수산(水山), 본관은 한산(韓山), 이치(李穉)의 아들. 시호는 문강(文康).
1338) 종자(從子) : 조카.
1339) 조감(藻鑑) : 사람을 겉만 보고도 그 인격을 알아보는 식견.
1340) 국기(國器) : 나라를 맡아 다스릴 만한 능력. 또는 그런 능력을 가진 사람.
1341) 경락(京洛) : 서울.
1342) 낭사(廊舍) : 행랑(行廊). 예전에 대문 안에 죽 벌여서 지어 주로 하인이 거처하
    던 방.
1343) 야박(野朴) : 촌스럽고 순박함.
1344) 서어(齟齬) : 익숙하지 않아 사이가 자연스럽지 못하고 매우 서먹서먹함.

子始出拜 卽八九歲豎子[1345]. 衣服蒙戎[1346] 擧止撤擗[1347]. 李一見奇之
請與爲婚. 是時 李已位隮卿列. 其人驚惶 謝不敢當. 李歸問於土亭曰,
"其兒纔已尋見 誠如叔父高見. 雖然未知其做得[1348]幾何?" 土亭曰, "作
相似先於汝之年矣." 其兒卽漢陰[1349]李公 果如其言. 其後三十二[七]
作相 枚卜[1350]少於李相云.

103 李山海 素以識鑑名. 松江鄭相澈[1351] 有女求婚 嘗問李相曰, "公有
人鑑 亦嘗見兒少中 有遠到者否?" 李曰, "吾嘗見一兒 必爲國器 但與
公氣像絶異. 公若見之 則必不取. 如欲只信吾言 勿尋見而爲婿 則吾
當言之." 因以楸灘吳相國允謙[1352]對. 其後 松江果尋見 以爲氣局[1353]
低微而不取. 盖楸灘天資溫粹如玉 已自少時 儀度端雅 儼若成人. 而
松江風度俊邁故 慊其或欠發揚氣像也. 楸灘四十不第 以平康[1354]縣監
至京病作. 是時 月沙李公爲知申[1355] 知申例兼內醫院[1356]. 楸灘送人求

1345) 수자(豎子) : 더벅머리 아이. 풋내기.

1346) 몽융(蒙戎) : 몽용(蒙茸). 풀 따위가 더부룩하게 나 있는 모양. 흐트러진 모양.

1347) 별벽(撤擗) : 엄지를 꼽음. 으뜸감.

1348) 주득(做得) : 성취함.

1349) 한음(漢陰) : 조선조 선조 때의 문신인 이덕형(李德馨, 1561~1613)의 호. 이덕형의
　　　 자는 명보(明甫), 본관은 광주(廣州), 이민성(李民聖)의 아들. 시호는 문익(文翼).

1350) 매복(枚卜) : 정승 또는 정승의 지위. 매복이란 원래 점을 쳐서 그 가운데서 가장
　　　 길한 것을 선택한다는 뜻으로, 정승(政丞)의 자리는 국가의 중임(重任)이므로 옛날
　　　 에는 길흉을 점쳐서 뽑았던 데서 유래함.

1351) 정철(鄭澈, 1536~1593) : 조선조 선조 때의 문신. 자는 계함(季涵), 호는 송강(松江),
　　　 본관은 연일(延日), 정유침(鄭惟沉)의 아들. 인성부원군(寅城府院君)에 봉해짐. 시호
　　　 는 문청(文淸).

1352) 오윤겸(吳允謙, 1559~1636) : 조선조 인조 때의 문신. 자는 여익(汝益), 호는 추탄
　　　 (楸灘), 본관은 해주(海州), 오희문(吳希文)의 아들. 시호는 충정(忠貞).

1353) 기국(氣局) : 기상(氣像)과 국량(局量).

1354) 평강(平康) : 강원도에 있는 고을.

1355) 지신(知申) : 지신사(知申事). 조선시대 승정원(承政院)의 최고위직인 정3품 도승지

藥 月沙適與都提擧領相李山海開衙 聞楸灘求藥之語 因自語曰, '某君
乃以我謂當用藥而求之耶?' 因答以, '我不敢私用藥料[1357] 不得相副之
意.' 盖太藥院[1358] 只爲御藥故 雖主管者 不敢私用也. 李已剽聞[1359]吳
平康之言 因令取其藥錄 鋪於几上 招醫官 亟出藥料 手自點閱[1360] 招
來人給送曰, "副提擧令公 不敢私用故 我自送之 須進服療病 善自保
重." 月沙心駭之 問曰, "相公曾知吳某乎?" 李曰, "吾固無分. 吳君少
時 吾嘗一見 知其大器. 異時 必爲國之楨幹[1361] 國家豈可以此藥易此
人耶? 吾之爲此 爲國非爲私也." 槩以未冠時一見 已卜其必貴 及其四
十不達 而尙能自信其鑑識而不疑 可謂善相士矣.

104 我國士大夫與中國異. 中國則 天下之人 各隨其才 而入仕於天子之
國 散在千萬里外. 有官則爲簪纓[1362] 無職則爲匹庶. 公卿之子爲庶人
庶人之子爲公卿. 我國則不然 幅員[1363]旣狹 名分已定. 自羅麗以來相
傳 爲士族者 世世傳襲. 雖無官者 與卿相無間. 有若所封 誠宜勿論貴
賤 與國家同其休戚[1364]. 曾於孝宗朝 筵臣[1365]有言, "內醫院藥材 自是

(都承旨)를 달리 이르던 말.
1356) 내의원(內醫院) : 조선시대 궁중의 의약(醫藥)을 맡아 보던 관청. 여기서는 승정원의
     승지가 겸직하던 내의원의 부제조(副提調)를 가리킴.
1357) 약료(藥料) : 약재(藥材). * 약값.
1358) 태약원(太藥院) : 약원(藥院). 내국(內局). 내의원을 달리 이르던 말.
1359) 표문(剽聞) : 슬쩍 들음.
1360) 점열(點閱) : 하나씩 쭉 살펴서 점검함.
1361) 정간(楨幹) : 담을 쌓을 때에 양편에 세우는 나무 기둥이라는 뜻으로, 사물의 근본을
     이르는 말.
1362) 잠영(簪纓) : 양반. 조정의 높은 벼슬아치.
1363) 폭원(幅員) : 땅이나 지역의 넓이. 일정한 영역이나 범위의 안쪽 부분. 특히 임금의
     교화나 정령의 영향이 미쳐서 풍속이 순화한 지역을 의미함.
1364) 휴척(休戚) : 편안함과 근심. 고락(苦樂).
1365) 연신(筵臣) : 경연(經筵)이나 서연(書筵) 등에서 경전(經典) 등을 강론(講論)하는 신

御藥所供 事體[1366]至重 而士大夫 輒多求乞而用之. 官員或多酬應[1367]
事甚未安 請禁之."上曰, "藥料珍貴者 非內局何以覓得? 國家之多積
藥料 大內[1368]所用幾何? 餘者將何用哉? 本欲與士大夫共用之意也.
何用禁之?"誠聖人之言也. 士大夫聞此 當不知死所矣.

105 孝廟賓天[1369] 尤庵[1370]執禮治喪 陽坡[1371]以首相當國. 國恤[1372]初日
分付長生殿[1373] 使之急具付板[1374]梓宮[1375]一部 人莫知其意. 尤庵以爲
殯斂之節[1376] 不敢堅束兩手 如常時拱揖之狀 左右廣闊. 長生殿 平日治
擗[1377] 比人臣家棺材 皆極闊大 而無可容者 畢竟用付板梓宮. 繄陽坡初
日已料其有此事 預治以待 早已料量宋公事故也. 人服其通敏[1378]. 大
抵 人雖有才識 無應猝之敏[1379]先機之智[1380] 無可用. 屢驗良然.

하를 말함.

1366) 사체(事體) : 사리(事理)와 체면(體面)을 아울러 이르는 말. 사태(事態).
1367) 수응(酬應) : 남의 요구나 부탁을 다 들어줌.
1368) 대내(大內) : 대전(大殿) 내. 궁궐 안.
1369) 빈천(賓天) : 임금이 세상을 떠남.
1370) 우암(尤庵) : 조선조 효종 때의 문신이자 학자인 송시열(宋時烈, 1607~1689)의 호.
　　　송시열은 노론(老論)의 영수(領袖)로, 자는 영보(英甫), 본관은 은진(恩津), 송갑조
　　　(宋甲祚)의 아들. 시호는 문정(文正).
1371) 양파(陽坡) : 조선조 현종 때의 문신인 정태화(鄭太和)의 호. 제41화 주 참조.
1372) 국휼(國恤) : 국상(國喪). 백성 전체가 복상(服喪)을 하던 왕실의 초상.
1373) 장생전(長生殿) : 조선시대 왕실용으로, 또는 대신에게 내리던 관곽을 갖추어 두
　　　던 곳.
1374) 부판(付板) : 부판(附板). 얇은 널판이 휘어지거나 비틀리는 것을 방지하기 위해 두
　　　조각을 결이 엇갈리게 붙여서 만든 널.
1375) 재궁(梓宮) : 자궁(왕, 왕대비, 왕비, 왕세자 등의 시신을 넣던 관)의 원말.
1376) 염사지절(殯斂之節) : 시신을 염하고 하관하는 등의 장례 절차.
1377) 치벽(治擗) : 치상(治喪). 장사를 치름.
1378) 통민(通敏) : 통달(通達)하고 민첩(敏捷)함.
1379) 응졸지민(應猝之敏) : 갑작스러운 일에 민첩하게 대처함.
1380) 선기지지(先機之智) : 기미(機微)를 미리 알아차리는 지혜.

106 同春¹³⁸¹⁾嘗於筵席 盛陳¹³⁸²⁾奢侈之弊. 時俗婦女 錦段[緞]之節太濫 請禁之. 其後 有一士大夫家 婚姻會婦女. 錦繡之服 紛然輝暎¹³⁸³⁾. 同春之女適追至 坐中諸人聞其來 皆畏懼¹³⁸⁴⁾ 盡入室中 更衣而出. 旣而 同春之女入坐 錦繡珠翠 絢煌¹³⁸⁵⁾人目 比他人一倍. 於是 諸婦女皆笑曰, "同春宅華侈 尤甚我輩 何爲改服?" 遂還服錦衣. 儒賢之不先正家 而欲矯俗弊 亦或慊然. 但世俗奢侈之弊 日加月增¹³⁸⁶⁾ 至於今日而極矣. 婦女輩 如欲赴會 則前期數月費百金 必造上品錦衣. 一往來宴集 後更不着. 後有宴會 則亦如之. 若非上品初不往. 其他中外¹³⁸⁷⁾衣服飮食器用 奢侈之弊 网[罔]有紀極¹³⁸⁸⁾. 生民日就顚連¹³⁸⁹⁾ 士大夫日極奢侈 耳目熟習¹³⁹⁰⁾ 不自覺知. 未知若此而至於何境也.

107 嶺南上道諸邑 自古極擇¹³⁹¹⁾名閥 列錄成案 謂之鄕案¹³⁹²⁾. 先入者圈

1381) 동춘(同春) : 동춘당(同春堂). 조선조 효종 때의 문신이자 학자인 송준길(宋浚吉, 1606~1672)의 호. 자는 명보(明甫), 본관은 은진(恩津), 송이창(宋爾昌)의 아들. 효종10년(1659) 병조판서가 되어 송시열(宋時烈)과 함께 북벌 계획을 추진하였음. 시호는 문정(文正).
1382) 성진(盛陳) : 강경하게 진술함.
1383) 분연휘영(紛然輝暎) : 어지럽게 뒤섞여 환하게 빛남.
1384) 외섭(畏懼) : 두려워함.
1385) 현황(絢煌) : 현란(絢爛). 눈부시게 빛남.
1386) 일가월증(日加月增) : 날마다 더해지고 달마다 늘어남.
1387) 중외(中外) : 조정과 민간. 국내와 국외.
1388) 망유기극(罔有紀極) : 끝 간 데를 모름. 극도에 달함.
1389) 전련(顚連) : 몹시 가난하여 어찌할 수가 없음.
1390) 숙습(熟習) : 익숙하게 몸에 밴 습관.
1391) 극택(極擇) : 매우 정밀하게 잘 골라 뽑음.
1392) 향안(鄕案) : 향적(鄕籍). 향언록(鄕諺錄). 향록(鄕錄). 향중좌목(鄕中座目). 조선시대 지방 자치기구인 향소(鄕所)를 운영하던 사족(士族)들의 성명·본관·내력 등을 기록한 명부. 대개 세족(世族)·현족(顯族) 등으로 불리는 재지(在地) 사족들만이 기록될 수 있었음.

點 點滿許入 然後始得參錄 謂之許參. 其法至爲嚴峻 必擇其父母妻三
鄕[1393]門閥而許入. 安東爲尤嚴. 國朝[1394]鄭相國琢[1395] 安東人 官至大
司馬[1396] 而不得入參鄕案. 適會安東鄕籍中人爲兵曹郎官[1397]. 自初枳
鄭於鄕案者 又適落講[1398] 爲軍上番[1399]入京. 鄭招郎官 問曰, "某人塞
我鄕參. 今聞以軍籍就番上都云. 君試圖之許我鄕參否?" 郎官與其人
善 卽佩酒往其舍館 宿留爲歡. 酒闌[1400]曰, "君曾塞吾判相於鄕籍 今官
位已隆 許入如何?" 其人搖首曰, "鄭琢豈兩班乎? 且世傳 柳西厓[1401]
官至大冢宰[1402]後 始鄕錄 喜動顔色云 其嚴可知." 夫主鄕論枳人者 何
等門閥 而落講則亦不免於充丁 吏兵曹判書 何等地位 而家世[1403]不足
則亦見塞於鄕參. 祖宗朝[1404] 法綱[1405]之畢擧[1406] 風俗之不苟 有如是

1393) 삼향(三鄕) : 자신의 본향(本鄕)과 외가가 있는 외향(外鄕), 그리고 처가가 있는 처향
(妻鄕)을 아울러 이르는 말.
1394) 국조(國朝) : 자기 나라의 조정(朝廷). 당대(當代)의 조정. 여기서는 조선(朝鮮)의 조
정을 가리킴.
1395) 정탁(鄭琢, 1526~1605) : 조선조 선조 때의 문신. 자는 자정(子精), 호는 약포(藥圃)·
백곡(栢谷), 본관은 청주(淸州), 예천(醴泉) 출신, 정이충(鄭以忠)의 아들. 좌의정,
영중추부사를 역임하고 서원부원군(西原府院君)에 봉해짐. 시호는 정간(貞簡).
1396) 대사마(大司馬) : 예전에 병조판서를 달리 이르던 말.
1397) 낭관(郎官) : 조선시대 육조(六曹)의 5품관인 정랑이나 6품관인 좌랑의 자리에 있던
사람을 이르던 말.
1398) 낙강(落講) : 조선시대 향교의 교생이나 서원의 원생이 대소과에 낙제한 것을 일
컬음.
1399) 상번(上番) : 군역(軍役) 등의 차례가 되어 근무 교대를 하러 가는 일. 또는 그런
사람.
1400) 주란(酒闌) : 술에 취해 거나해진 상태를 이르는 말.
1401) 서애(西厓) : 조선조 선조 때의 문신인 유성룡(柳成龍, 1542~1607)의 호. 유성룡의
자는 이현(而見), 본관은 풍산(豊山), 유중영(柳仲郢)의 아들. 영의정을 역임하고 풍
원부원군(豊原府院君)에 봉해짐. 시호는 문충(文忠).
1402) 대총재(大冢宰) : 조선시대 이조판서를 달리 이르던 말.
1403) 가세(家世) : 집안의 계통과 문벌.
1404) 조종조(祖宗朝) : 역내 왕조.
1405) 법강(法綱) : 법기(法紀). 법률과 기율(紀律)을 아울러 이르는 말.

者. 其視今日 强吐柔茹[1407] 視公器[1408]如私物何如也?

108 徐承旨益[1409] 爲安東府使. 時安東既嚴於鄕案 而府中鄕任 皆從鄕
案中極擇塡差[1410]. 是時 金鶴峯誠一[1411]之父 方爲座首. 鶴峯以玉堂歸
覲呈告[1412] 下鄕入見府使徐公曰, "某日卽家君晬辰[1413] 欲以酒饌奉壽
若蒙城主光臨則幸矣." 繫嶺南官民之分截然. 徐於鶴峯 雖是親友 凡
於拜見 言語之節 地分甚絶. 至於鄕任 則平日等級尤嚴 而徐公對鶴峯
埋[坦]然若平生. 因曰, "尊丈壽席 我何敢不往?" 其日 別設高座於主
壁 坐徐公. 酒闌鶴峯之父 告于徐公曰, "今蒙城主光臨 愚心最樂 老夫
請自歌 而侑觴歌[1414]畢而進觴." 徐亦歡然稱謝曰, "尊丈有敎 敢不惟
命?" 執酌而坐 待其唱曲. 鶴峯坐於末席 虥然而起 趨而進跪於其父之
前曰, "今日誠樂矣. 卽某王妃國忌 唱歌終覺未安 請勿唱." 盖遠代國
忌也. 徐聞其言 瞪目熟視 呼座首曰, "金座首, 君之子 極怪物 吾不可
飮此酒!" 投酌起去. 鶴峯性淸直 嚴於禮防[1415] 雖曰過於謹嚴 此何至
於罟座[1416] 而徐有氣岸[1417]. 且於俗眼 認爲古怪[1418]故如此.

1406) 필거(畢擧) : 남기지 아니하고 모두 듦.

1407) 강토유여(强吐柔茹) : 강토유여(剛吐柔茹). 강자는 두려워하고 약자는 괴롭히는 것
을 이르는 말.

1408) 공기(公器) : 공공성을 띤 기관이나 관직을, 사회의 개개인에게 영향을 미칠 수 있다
는 측면에서 이르는 말.

1409) 서익(徐益, 1542~1587) : 조선조 선조 때의 문신. 자는 군수(君受), 호는 만죽(萬竹),
본관은 부여(扶餘), 서진남(徐震男)의 아들.

1410) 전차(塡差) : 비어 있는 벼슬자리에 관리를 임명하여 채우던 일.

1411) 김성일(金誠一, 1538~1593) : 조선조 선조 때의 문신이자 학자. 자는 사순(士純),
호는 학봉(鶴峯), 본관은 의성(義城), 김진(金璡)의 아들. 시호는 문충(文忠).

1412) 정고(呈告) : 사직 또는 휴가를 청원하는 글을 바침. 소장(訴狀)을 제출함.

1413) 수신(晬辰) : 생신(生辰).

1414) 유상가(侑觴歌) : 권주가(勸酒歌).

1415) 예방(禮防) : 예법으로써 그릇된 행동을 하지 못하도록 막음.

109 許草堂曄[1419] 有兒奴 文才絶人. 許惜之 潛自出送 使之讀書登第.
盖我國之法 賤人不許赴擧故也. 十餘年後 許爲禮曹參判. 時有一禮郎
官來拜 瞰其無客 走下跪伏於庭曰, "小人卽某也." 許亟止之 命使上堂
曰, "此後 須以相親人往來門下 絶勿露形跡. 但戒子孫 勿令與吾家子
孫結婚可也." 因曰, "許筠得無知乎?"

110 月沙李相國 以國家宗系辨誣事 奉使朝天. 是時 天將李如松[1420] 以
遼東提督駐遼. 李公東征時 月沙旣有宿分. 且聞 李公之弟如柏[1421] 方
任禮部侍郎 適奉使出關. 月沙遂入見提督於遼府 請曰, "下國使事 係
於禮部 願老爺托於侍郎. 老爺速賜裁決" 李曰, "諾." 月沙遂留數日待
之. 及如柏至 提督以藩臣禮 出迎於道左. 如柏坐車中 自如目不瞬 按
轡而過 及至遼府. 翌日 月沙入見提督 復申其請. 李公命召如柏. 月沙
意其入來 當有威儀. 俄而 如柏着小帽子 手持一箒 杳然立於轅門之
內. 李公使之前 如柏趨而進跪於床下. 李公曰, "朝鮮使臣 事係禮部
須速稟裁以送." 如柏但俯首唯唯而去. 樊如柏卽提督之庶弟 其等

1416) 이좌(詈座) : 매좌(罵座). 꾸짖거나 욕하는 자리.

1417) 기안(氣岸) : 성질이 오만(傲慢)함. 마음이 견실(堅實)함.

1418) 고괴(古怪) : 예스럽고 괴이함.

1419) 허엽(許曄, 1517~1580) : 조선조 선조 때의 문신. 자는 태휘(太輝), 호는 초당(草
堂), 본관은 양천(陽川), 허한(許澣)의 아들, 허균(許筠)의 아버지. 동인(東人)의 영
수(領袖).

1420) 이여송(李如松, 1549~1598) : 중국 명나라 신종(神宗) 때의 장수. 자는 자무(子茂),
이성량(李成梁)의 아들. 임진왜란 때 구원병을 이끌고 조선에 들어와 왜장 고니시(小
西行長)에게 점령된 평양을 탈환하였으나, 벽제관(碧蹄館)의 전투에서 왜장 고바야
카와(小早川隆景)에게 패하였음. 시호는 충렬(忠烈).

1421) 이여백(李如柏, 1553~1620) : 중국 명나라 말기의 장수. 이성량(李成梁)의 아들, 이
여송(李如松)의 아우. 만력 48년(1619년) 사르후 전투에서 누르하치가 이끄는 후금
에 대패하여 자결하였음.

分[1422])之截然如此. 燕見[1423])不敢着公服. 小帽子 賤者之服. 持箒卽所
以執掃除之役 賤者見貴人之禮也. 往者 成進士璟[1424]) 庶派而能文. 嘗
來拜 外王父道此事. 又言, "皇朝有一親王[1425]) 新封就國. 其車馬旌旗
之盛 連亘數十里. 有一秀才騎小騾 從山谷中出來. 親王下輦 立於路
傍. 秀才至親王納拜 惟謹坐語. 良久 秀才辭去 親王拜送之節益恭. 待
其山廻不見然後 乃敢登車而去. 槩親王雖地近[1426]) 而官尊庶孽也. 秀
才雖疎戚[1427]) 嫡派也." 成因慨然自言, "我國朝廷用人 亦如上國 不間
於嫡庶貴賤 則庶孽之尊事嫡派 雖如奴隷 何傷云?"

111 晚沙沈相之源[1428]) 丙子虜亂 將入江都 聞大駕入南漢 改路向南漢.
未至城門十里 遇李玄洲昭漢[1429]) 言, "大駕方向江都 今方出城." 沈公
遂回路不入. 仁廟還入城 虜遂充斥[1430])以致 南漢江都 皆不得入. 其後
晚沙論趙判書啓遠[1431]) 趙公自卞[辨]之疏 遂擧此事 其所搆罪 有若忘
君負國 臨亂逃避者然 云云. 其乘憤不擇發[1432])如此.

1422) 등분(等分) : 등급의 구분.

1423) 연현(燕見) : 수시로 찾아보는 예절.

1424) 성경(成璟, 1641~?) : 조선조 현종 때의 진사. 자는 숙옥(叔玉), 본관은 창녕(昌寧),
　　　성후룡(成後龍)의 아들, 성완(成琬)의 아우.

1425) 친왕(親王) : 황제의 아들이나 형제.

1426) 지근(地近) : 가까움. 여기서는 황제와 가까운 사이라는 뜻임.

1427) 소척(疎戚) : 먼 친척.

1428) 심지원(沈之源, 1593~1662) : 조선조 효종 때의 문신. 자는 원지(源之), 호는 만사
　　　(晚沙), 본관은 청송(靑松), 심설(沈偰)의 아들. 벼슬이 영의정에 이르렀음.

1429) 이소한(李昭漢, 1598~1645) : 조선조 인조 때의 문신. 자는 도장(道章), 호는 현주
　　　(玄洲), 본관은 연안(延安), 이정구(李廷龜)의 아들, 이명한(李明漢)의 아우.

1430) 충척(充斥) : 많은 사람이 그득함. 그득하게 찬 것이 퍼져서 넓음.

1431) 조계원(趙啓遠, 1592~1670) : 조선조 현종 때의 문신. 자는 자장(子長), 호는 약천
　　　(藥泉), 본관은 양주(楊州), 조존성(趙存性)의 아들. 벼슬이 형조판서에 이름. 시호는
　　　충정(忠靖).

112 右議政鄭公維城¹⁴³³⁾ 少時以史官 奉上旨 傳諭¹⁴³⁴⁾於鶴谷洪公¹⁴³⁵⁾.
諭畢 鶴谷設酒饌待之 挽與穩話 酒闌洪公曰, "我誠流俗¹⁴³⁶⁾宰相 雖不
能砥礪¹⁴³⁷⁾ 本不至於貪饕¹⁴³⁸⁾. 君之直以墨相¹⁴³⁹⁾書之於史記則過矣. 盖
鄭公以翰林¹⁴⁴⁰⁾ 書鶴谷事 時人謂之墨相. 洪公因人聞之故 有此戲也.

113 許眉叟穆¹⁴⁴¹⁾ 以儒相¹⁴⁴²⁾赴朝. 有人往拜 而來見趙滄江涑 滄江問
曰, "許相作何事?" 答曰, "方招鞍匠補鞍." 滄江曰, "其意必曰, '所爲
之事 豈有匿於人者?'云爾. 雖然 便液涕唾 何必示於人?"云.

114 沈判尹之溟¹⁴⁴³⁾ 嘗奉事[使]水路朝天. 往返無恙 還到長淵¹⁴⁴⁴⁾下陸
處 舡將到泊 舟中人之眷屬千百 爲群來迎於水次¹⁴⁴⁵⁾ 相與賀其善返.

1432) 승분불택발(乘憤不擇發) : 분한 나머지 삼가지 않고 함부로 함.
1433) 정유성(鄭維城, 1596~1664) : 조선조 현종 때의 문신. 자는 덕기(德基), 호는 도촌
(陶村), 본관은 영일(迎日), 정근(鄭謹)의 아들. 시호는 충정(忠貞).
1434) 유(諭) : 유서(諭書). 관찰사, 절도사, 방어사 들이 부임할 때 임금이 내리던 명령서.
1435) 조선조 인조 때의 문신인 홍서봉(洪瑞鳳, 1572~1645)을 가리킴. 홍서봉에 대해서는
제37화 주 참조.
1436) 유속(流俗) : 유행하는 풍속. 예로부터 전하여 오는 풍속. 세상에 널리 퍼져 있는
풍속.
1437) 지려(砥礪) : 숫돌. 학문이나 품성 따위를 갈고닦음.
1438) 탐도(貪饕) : 재물이나 음식을 탐냄.
1439) 묵상(墨床) : 비위(非違)가 있는 재상.
1440) 한림(翰林) : 조선시대 예문관에 소속되어 사초(史草) 쓰는 일을 담당하던 정9품 벼
슬 검열(檢閱)을 예스럽게 이르던 말.
1441) 허목(許穆, 1595~1682) : 조선조 숙종 때의 문신. 자는 문보(文甫)·화보(和甫), 호는
미수(眉叟), 본관은 양천(陽川), 허교(許喬)의 아들. 시호는 문정(文正).
1442) 유상(儒相) : 과거 시험을 거치지 않고, 선비의 신분으로서 정승(政丞)이 될 사람.
1443) 심지명(沈之溟, 1599~1685) : 조선조 숙종 때의 문신. 자는 자우(子羽), 호는 농암
(聾巖), 본관은 청송(靑松), 심준(沈儁)의 아들. 시호는 호안(胡安).
1444) 장연(長淵) : 황해도에 있는 고을.
1445) 수차(水次) : 물가에 있는 망루(望樓).

舡上人 亦以言語 遙相酬酢[酌] 語音相聞 歡聲如雷. 舡未及岸尋丈[1446)
忽有大風 起自舡頭 退飛如箭 直向天水相接處. 杳茫怳惚 莫知所之.
風勢迅急 晝夜不止者 凡十五日. 藁[篙]師坐舡頭 遙望天際 黑雲一點.
忽然大叫一聲曰, "人將盡死矣. 急下舡艫!" 以斧斫斷帆索而落之. 俄
而 大颶[1447) 猝然逆至 卽回舡挂帆[1448). 急執[勢]如前 窮日夜不止者 又
十五日. 始至長淵下陸處 能免漂没之患 其事甚異. 沈公少從其兄弟之
名 又從水邊字 命名之溟 亦其前定耶?

115 沈判尹之溟 與潛谷金公堉[1449) 相友善. 潛谷之孫 息庵金公錫冑[1450)
孩提[1451)時 潛谷每置膝上 戲之曰, "君必爲此兒下官." 其後 潛谷之子
歸隱[溪]金公佐明[1452) 判兵曹時 沈公爲郎官 息庵判兵曹(時) 沈公年
將八十 爲兵曹參判 卒如其言. 歷落沉淪[1453) 歷人之三世 而爲下僚 則
其壽可知. 其視早顯驟貴 未享壽考[1454) 未知何者爲勝 必有能辨之者.
況秉權執政 移山轉海[1455) 卒罹禍網 身膏[伏]斧碩[鑕][1456) 則與貧賤而

1446) 심장(尋丈) : '심(尋)'은 8자, '장(丈)'은 10자. 8~10자 정도의 거리 또는 길이.
1447) 대구(大颶) : 태풍(颱風). 폭풍(暴風).
1448) 괘범(挂帆) : 괘범(掛帆). 돛을 닮.
1449) 김육(金堉, 1580~1658) : 조선조 효종 때의 문신. 자는 백후(伯厚), 호는 잠곡(潛谷)·
　　　회정당(晦靜堂), 본관은 청풍(淸風), 김흥우(金興宇)의 아들. 시호는 문정(文貞).
1450) 김석주(金錫冑, 1634~1684) : 조선조 숙종 때의 문신. 자는 사백(斯百), 호는 식암
　　　(息庵), 본관은 청풍(淸風), 김좌명(金佐明)의 아들. 청성부원군(淸城府院君)에 봉해
　　　짐. 시호는 문충(文忠).
1451) 해제(孩提) : 걸음마를 배울 무렵의 어린아이.
1452) 김좌명(金佐明, 1616~1671) : 조선조 현종 때의 문신. 자는 일정(一正), 호는 귀계(歸
　　　溪)·귀천(歸川), 본관은 청풍(淸風), 김육(金堉)의 아들. 시호는 충숙(忠肅).
1453) 역락침륜(歷落沉淪) : 세력이나 살림이 줄어들어 보잘것없이 됨.
1454) 수고(壽考) : 나이가 아주 많게 오래 삶.
1455) 이산전해(移山轉海) : 산을 옮기고 바다를 뒤엎음. 큰 권력을 휘두르는 것의 비유임.
1456) 신복부질(身伏斧鑕) : 몸소 큰 도끼를 들고 엎드려 죄를 청함.

考終[1457]者 亦不可同日論. 又況通籍[1458]朝班 與世相忘 投閑置散[1459]
晚致金緋黃耈[1460] 無疆優遊[1461]而卒世者 尤如何哉!

116 潛谷金公堉 少也貧居困頓[1462] 爲農於加平潛谷. 其自號以此也. 親
操耒耜[1463] 雜於野老. 東陽尉樂全申公翊聖 受暇東遊 遍踏金剛. 素與
金公友善 爲之歷訪. 時金公方耕于野 駙馬一行猝至 蓬蓽[1464]生輝. 夫
人使人持冠服 告于野次[1465] 金公笑曰, "彼旣知我耕田 衣冠何爲?" 遂
負耒耜 驅牛而歸 濯泥川上而入坐. 申公歡若平生 宿留爲穩. 是日 夫人
分娩生男 貧無飯米. 申公自行中覓 納米藿魚肉之屬. 申公素精推命 自
審其産時而推之曰, "此兒可至兵曹判書. 我有幼女 請爲婚姻." 卽歸隱
[川]金公也. 潛谷晚際 孝廟遭遇 旣隆 終做大事業 拯民於水火之中[1466]
其法能百年無弊. 慶溢孫支[1467] 誕育聖后[1468] 赫世公卿[1469] 曾玄[1470]如
林 百年無替 有以也. 金公以少時耕田 衣服藏之篋笥[1471] 及其富貴隆赫

1457) 고종(考終) : 고종명(考終命). 제명대로 살다가 죽음.
1458) 통적(通籍) : 고관대작이나 종친에게 궁문을 자유롭게 출입하도록 하던 제도.
1459) 투한치산(投閑置散) : 한산한 벼슬자리에 머물러 있음.
1460) 금비황구(金緋黃耈) : 황금빛 비단옷을 입은 늙은이.
1461) 무강우유(無疆優遊) : 아무 탈 없이 한가롭고 편안하게 지냄.
1462) 곤돈(困頓) : 아무것도 할 기력이 없을 만큼 지쳐 몹시 고단함. 곤핍(困乏).
1463) 뇌거(耒耜) : 쟁기와 따비. 밭을 일구거나 풀을 뽑을 때 쓰는 농기구임.
1464) 봉필(蓬蓽) : 쑥대나 잡목의 가시로 엮어 만든 문이라는 뜻으로, 가난한 사람이 사는
　　　집을 이르는 말.
1465) 야차(野次) : 임금이 교외로 행차할 때 머무르기 위하여 임시로 차려 놓은 곳. 여기서
　　　는 잠곡이 농사짓는 들판을 말함.
1466) 수화지중(水火之中) : 재난에 처한 것을 말함.
1467) 손지(孫支) : 자손(子孫).
1468) 탄육성후(誕育聖后) : 왕비가 될 귀한 인물을 낳아서 기름. 김육의 둘째아들인 김우
　　　명(金佑明)의 딸이 현종(顯宗)의 왕비인 명성왕후(明聖王后)가 된 것을 말함.
1469) 혁세공경(赫世公卿) : 대대로 지내는 높은 벼슬.
1470) 증현(曾玄) : 증손(曾孫)과 현손(玄孫).

之後 每見家人侈靡之習¹⁴⁷²⁾ 輒出而示之云. 東平都尉鄭公¹⁴⁷³⁾嘗言, "親見潛谷家三世 兒時每往拜潛谷 以柳器木器 貯棗栗饋之. 及至晚年 易以鍮器 逮夫¹⁴⁷⁴⁾歸隱[川]淸城之世 爛然以銀器易之."云.

117 我國近世無權臣 惟金淸城¹⁴⁷⁵⁾ 遭遇休明¹⁴⁷⁶⁾ 旣有寧社稷之功. 十年秉國 富貴薰天¹⁴⁷⁷⁾. 褊裨幕屬 化爲戎閫¹⁴⁷⁸⁾ 部曲¹⁴⁷⁹⁾傔從 皆霑祿位. 其奴慶先 大起甲第¹⁴⁸⁰⁾ 閫帥¹⁴⁸¹⁾以下 奔走拜跪 苞苴¹⁴⁸²⁾絡續 饋遺¹⁴⁸³⁾紛紜¹⁴⁸⁴⁾. 可謂有權臣氣習¹⁴⁸⁵⁾ 而若比之於紫綬金章¹⁴⁸⁶⁾. 左右趨問着 卽是蒼頭奴風斯下矣. 所謂慶先 亦比之於馮者[子]都¹⁴⁸⁷⁾秦宮¹⁴⁸⁸⁾寒乞

兒[1489]也. 國有大小之別 權臣亦豈無大小之異哉? 偏方小國之人分福
旣小範圍 亦狹規模 亦瑣眼目 又眇然矣. 乃以此圖占數十年功名富貴
有何加損於一身之朝夕一盂飯冬夏一裘葛? 而息庵以何等文章 何等
智略 沈醉富貴 迷而不悟 終身憂畏 一夜十徙[起][1490]. 至於身後 亦不
能保其一子 將欲何爲? 願從赤松子[1491]遊 何其難哉? 雖然 息庵之功
名富貴 自是東國百年以來 所未有也. 或有一生所成就 一資半級[1492]
而亦不免身罹禍網者 其視淸城 豈不尤可哀哉?

118 沈器遠之謀逆也 黃瀷[1493]李元老[1494] 夜往具綾川仁垕[1495]家請謁.
綾川將出見 其妾止之曰, "老爺 何不思之甚也? 深夜武士請見 未知何
事. 是宜招集入直將校軍兵 盛陳威儀而見之." 綾川悟 遂如其言 盡召
軍校然後出見. 瀷元老遂告變. 綾川遂縛兩人而赴闕. 世或傳 '兩人力

1488) 진궁(秦宮) : 중국 후한의 대장군 양기(梁冀)가 총애하던 종.

1489) 한걸아(寒乞兒) : 궁상맞은 사람.

1490) 일야십기(一夜十起) : 하룻밤에 열 번 잠자리에서 일어남. 형의 아들이 병을 앓을
때에는 하룻밤에 열 번이나 일어나 보살폈으나 물러나오면 편히 잠을 잘 수 있었고,
자신의 아들이 병들었을 때에는 보살피지 않아도 잠을 이루지 못하였다는 후한(後
漢) 제오륜(第五倫)의 고사가 있음.

1491) 적송자(赤松子) : 신선의 이름. 장량(張良)이 공을 세운 후 한고조(漢高祖)가 큰 벼슬
을 내렸으나 모두 거절하고 선생 황석공(黃石公)을 따라 신선이 되었다는 설이 있음.

1492) 일자반급(一資半級) : 보잘것없는 조그마한 벼슬.

1493) 황익(黃瀷) : 조선조 효종 때의 무신. 본관은 창원(昌原), 황득중(黃得中)의 아들.
1644년(인조22) 심기원(沈器遠)의 역모를 고변하여 2등 공신에 책록되었음. 나중에
황헌(黃瀗)으로 개명하였음. 평안병사, 통제사 등을 역임함.

1494) 이원로(李元老, 1576~1654) : 조선조 효종 때의 무신. 본관은 신평(新平), 이응룡(李
應龍)의 아들. 심기원의 역모를 고변하여 2등 공신에 책록되었음.

1495) 구인후(具仁垕, 1578~1658) : 조선조 효종 때의 무신. 자는 중재(仲載), 호는 유포
(柳浦). 본관은 능성(綾城), 구사맹(具思孟)의 손자, 구성(具宬)의 아들, 인조의 외종
형. 심기원의 모반 음모를 적발하여 능천부원군(綾川府院君)에 봉해짐. 시호는 충무
(忠武).

士 意在剪除大將而往見之 其兵威盛張 遂告變.'云. 夫然則 若非其妾
將不免矣. 其亦女之有智者.

119 汾崖申公晸[1496] 初登第爲假注書[1497]. 嘗入對前席[1498] 從前史官之
入侍者 手持小冊子 隨聞記事. 伊日 申公運筆如飛 手不停寫. 筵對諸
臣 莫不嘖嘖稱其善於記事 咸歸才敏[1499]. 及出 會坐閤門[1500]外. 陽坡
鄭公愛其才 擧手曰, "君以新進 才華之盛如此 他日所就 何可量也? 願
一奉玩." 申公狎手咫尺 無辭可辭 卽奉進其冊子. 鄭公披覽 無他語 皆
雜詩唐音絶句. 槩其意前席 倉卒之際 猝難歷記諸臣所達之語故 佯若
箚記[1501] 而實弄戲筆 以掩人目. 以延時譽 而欲追問諸臣而記之之意
也. 鄭公覽畢但稱善 坐中諸臣 有請傳玩者 鄭公曰, "良工不示人以璞
[樸][1502] 未成篇 何必見之?" 卽還于申公. 申公之誹[俳]諧[1503]玩世[1504]
已自少時如此. 鄭公之忠厚 掩覆不露人短 尤可尙也.

1496) 신정(申晸, 1628~1687) : 조선조 숙종 때의 문신. 자는 백동(伯東), 호는 분애(汾厓),
　　　　본관은 평산(平山), 신흠(申欽)의 손자, 신익전(申翊全)의 아들. 시호는 문숙(文肅).
1497) 가주서(假注書) : 조선시대 승정원의 대리 임시관직. 정7품 관직이었던 2인의 주서
　　　　가 유고시에 임시로 차출, 임명되었음. 이들은 대부분 주서의 주임무였던 승정원의
　　　　일기를 기록, 정리하는 일을 대신하였음.
1498) 전석(前席) : 경연(經筵)에서의 임금 앞자리. 임금이 신하의 이야기를 더 잘 들으려고
　　　　앞으로 나와 바짝 다가앉는 것을 말하기도 함.
1499) 함귀재민(咸歸才敏) : 모두 재주가 있고 지혜로우며 민첩하다는 데 의견일치를 보임.
1500) 합문(閤門) : 각문(閣門). 편전(便殿)의 앞문.
1501) 차기(箚記) : 독서하며 얻은 바를 수시로 기록해 둔 것. * 신하가 임금에게 올리는
　　　　상소문의 하나.
1502) 양공불시인이박(良工不示人以樸) : 훌륭한 목수는 갓 베어낸 원목을 남에게 보이지
　　　　않는다는 뜻.
1503) 배해(俳諧) : 우스개로 하는 말이나 문구.
1504) 완세(玩世) : 세상을 희롱함.

120 汾崖申判書 好詼諧 頡頑[1505]玩世. 肅廟朝 三事[1506]有缺 有一宰拜相之說 盛行於世 而其人人望之外[1507]. 是時 申公方爲戶判 上有明朝大臣命招 卜相[1508]之命. 申公方坐衙度支[1509] 亟令人待候於領相金公壽恒家. 如有尊客之來 使卽告知. 俄而來言, "某宰來矣." 申公卽屛去[1510]文簿 命駕往見. 金公座定 申公曰, "今日 小人窃有仰告之事 來拜耳." 金公曰, "何?" 曰, "大監試看小人. 小人家世不至寒微 才望不居人下. 雖無文名 亦足以自用. 爵秩[1511]方在孤卿[1512]之列. 今聞 國家有卜相之命 願得入參於擬望之末." 金公笑曰, "大監官位幾何 年輩幾何 而至今尙好詼諧? 不佞[1513]雖無似[1514]忝在大臣之列 坐中又有崇宰有同朝廷 遽作戲劇之言 以相侮弄 殊甚未安." 申公拱手稱謝曰, "小人出於實情 冒死仰請 大監不欲施行 輒歸之於詼諧 誠爲可悶." 金公含笑不答. 申公曰, "大監之意 以爲卜相重大 不可干請[1515]而得耶. 然則請辭而退." 因起作禮 回顧其宰曰, "君亦聽相公所敎 卜相不可以干請

1505) 힐완(頡頑) : 힐항(頡頏). 길항(拮抗). 세상과 맞서서 깔봄.

1506) 삼사(三事) : 의정부(議政府)에서 국가 주요 정책을 결정하는 일을 맡아보던 영의정(領議政)·좌의정(左議政)·우의정(右議政) 등 3정승.

1507) 인망지외(人望之外) : 세상 사람이 우러르고 따르는 덕망(德望)에서 벗어남.

1508) 복상(卜相) : 조선시대 새로 정승을 가려 뽑기 위해 후보자를 천거하던 일. 3정승 가운데 결원이 생기면 현직 정승 중 한 사람이 3명의 후보를 추천하였음.

1509) 탁지(度支) : 조선시대 육조(六曹) 가운데 호조(戶曹)를 달리 이르던 말.

1510) 병거(屛去) : 물리쳐버림.

1511) 작질(爵秩) : 작위(爵位)와 녹봉(祿俸)을 아울러 이르는 말.

1512) 고경(孤卿) : 본디 삼공(三公) 밑의 소사(少師), 소부(少傅), 소보(少保)를 이르는데, 우리나라에서는 의정부의 좌·우 찬성(贊成)과 육조(六曹)의 판서를 이름.

1513) 불녕(不佞) : 편지글에서 재주가 없는 사람이라는 뜻으로, 말하는 이가 대등한 관계에 있는 사람에게 자기를 문어적으로 낮추어 이르는 1인칭 대명사.

1514) 무사(無似) : '어진 사람을 닮지 못한 사람'이라는 뜻으로, 주로 자기를 못난 사람이라고 낮추어 말할 때 쓰는 겸양의 말임.

1515) 간청(干請) : 청탁(請託)함.

得之云. 宜同我退去." 遂起去. 是時 其人以此沮止 其後入相云.

121 汾崖申判書 爲知申¹⁵¹⁶⁾時 鄭維岳¹⁵¹⁷⁾爲承旨 同在政院¹⁵¹⁸⁾. 客有識
鄭者 來見鄭 談間曰, "近日無筆 如有院中所分者 須分惠也." 鄭曰,
"近無所得奈何?" 申公瞪目熟視良久曰, "吾雖與客無分 昨日 院中分
筆百枝 我有所儲 請餉¹⁵¹⁹⁾之." 因手啓篋笥 以百柄所封者 全數與之.
鄭面色如土.

122 陽坡鄭公太和先君 知敦寧¹⁵²⁰⁾公諱廣成 卽余外王父東山先生尹忠
正公之外祖. 敦朴¹⁵²¹⁾剛嚴¹⁵²²⁾數十年 退老水原桑皐村. 陽坡以其長子
身爲上相¹⁵²³⁾ 佩國家安危數十年. 陽坡長子參議公載岱¹⁵²⁴⁾ 替侍左右
動靜致養. 公性儉素 所覆木綿衾 年久弊甚. 嘗語參議公曰, "吾身
後¹⁵²⁵⁾小殮¹⁵²⁶⁾ 當用此衾." 所坐褥弊則移坐一邊 令婢補綻. 敎子孫甚
嚴. 其仲子左議政致和¹⁵²⁷⁾ 曾爲關西伯 往辭焉. 適當秋穫 公語之曰,

1516) 지신(知申) : 조선시대 승정원(承政院)의 우두머리인 정3품 도승지(都承旨)를 달리
이르던 말.
1517) 정유악(鄭維岳, 1632~1702) : 조선조 숙종 때의 문신. 자는 길보(吉甫), 호는 구계
(癯溪)·동촌(東村), 본관은 온양(溫陽), 정뇌경(鄭雷卿)의 아들.
1518) 정원(政院) : 승정원(承政院). 조선시대 왕명의 출납을 맡아보던 관아.
1519) 향(餉) : 배급(配給)함.
1520) 지돈녕(知敦寧) : 조선시대 돈녕부(敦寧府)의 정2품 관직인 지돈녕부사(知敦寧府事)
의 줄임말.
1521) 돈박(敦朴) : 인정이 많고 두터우며 성품이 꾸민 데가 없이 수수함.
1522) 강엄(剛嚴) : 강직(剛直)하고 엄정(嚴正)함.
1523) 상상(上相) : 조선시대 영의정(領議政)을 달리 이르던 말.
1524) 정재대(鄭載岱) : 조선조 숙종 때의 문신. 본관은 동래(東萊), 정태화(鄭太和)의 아
들. 공조참의를 역임하였음.
1525) 신후(身後) : 사후(死後).
1526) 소렴(小殮) : 운명한 다음 날, 시신에 수의를 갈아입히고 이불로 싸는 일.

"汝兄有子潛[替]行. 汝無子 宜往看收穫." 議政公不敢辭 張盖隴上 終日坐檢不怠. 至今稱爲美事. 敦寧公 福履[1528]俱全. 長子爲領議政 次子爲京畿監司. 時第三子參判萬和登第. 陽坡將率其弟新恩及第 歸覲水原. 上相出則道臣例當陪行. 書於朝紙曰, '領議政覲親事 水原地出去 京畿監司鄭某 領議政陪行事出去.' 兄弟三人 一時簪花[1529]. 我國每於慶筵[1530] 雖官尊者 有先進[1531]則輒呼而進退之. 是日 雖遇膝下之慶 儼然不色喜 他人不敢呼出上相. 有一家側室性慧者曰, "今日 雖領議政 安可不進退乎? 人無呼者 我當呼之." 高聲曰, "領議政呼新來!" 陽坡遂俛首趨而進. 其榮耀盛滿如此. 其後近百年 世襲卿相 子孫蕃昌 冠冕[1532]綿延[1533]. 此皆敦寧公家法謹嚴 勤儉世守 無墜之效也.

123 世之爵祿隆盛 光輝一時者 不善居寵者[則]已 於其身 親見敗亡. 甚者 誅夷刑戮[1534] 身敗家亡. 雖不至於是者 數世連居顯職者 盖鮮矣. 雖有之 或退居田野 或不秉權要[1535]者能之. 若世執國命[1536] 權勢薰灼[1537]者 未有不終底敗亡何? 則古語曰, '貴不與驕期 而驕自至 富不與侈期

1527) 정치화(鄭致和, 1609~1677) : 조선조 효종 때의 문신. 자는 성능(聖能), 호는 기주(棋洲), 본관은 동래(東萊). 정광성(鄭廣成)의 아들. 정태화(鄭太和)의 동생. 평안감사, 좌의정을 역임하였음.

1528) 복리(福履) : 복록(福祿). 타고난 복과 벼슬아치의 녹봉이라는 뜻으로, 복되고 영화로운 삶을 이르는 말.

1529) 잠화(簪花) : 예전의 경사로운 모임에서 남자의 머리에 꽂던 조화.

1530) 경연(慶筵) : 경사스러운 잔치를 벌인 자리.

1531) 선진(先進) : 어느 한 분야에서 연령, 지위, 기량 따위가 앞섬. 또는 그런 사람.

1532) 관면(冠冕) : 갓과 면류관이라는 뜻으로, 벼슬아치를 비유적으로 이르는 말.

1533) 면연(綿延) : 끊임없이 이어 늘임.

1534) 주이형륙(誅夷刑戮) : 형벌을 내려 죽임.

1535) 권요(權要) : 권력이 있는 중요한 자리. 또는 그런 자리에 있는 사람.

1536) 국명(國命) : 국운(國運).

1537) 훈작(薰灼) : 큰 세력을 가짐을 비유적으로 이르는 말. * 불에 태움.

而侈自志[至].'1538) 人必有大見識大力量 能免於此. 常人之情 貴則驕 富則侈 驕侈則必亡 自然之理也. 世之富貴者 若是大見識大力量 便足 以致君堯舜 登一世於熙皞1539)之域 此豈可易言哉? 後世則治日常少 亂日常多 亂日之富貴者 皆是驕侈放恣 招權倚勢之類. 如是而不覆 亡1540)者 未之有也. 東萊之鄭 數百年世保爵祿 至于今連亘不絶. 文翼 公1541)之孫林塘1542) 林塘之孫[子]水升[竹]1543) 水竹之弟[從兄] 右相芝 衍1544) 水竹之孫 陽坡兄弟1545) 左相知和1546) 陽坡之子 右相載嵩1547) 相 繼入相 七世八公. 漢之袁楊1548) 所不及 可謂盛矣. 而終無一人及禍者 子孫衆多 無不富饒. 其能善保富貴而不替 國朝以來 搢紳家所未有也. 大抵保身保家 垂裕後昆1549)之道 無過於老子之道 故曰, '金玉滿堂 莫

1538)《서경》「주관(周官)」에 "지위는 교만함을 기약하지 않아도 교만해지고, 봉록은 사치 함을 기약하지 않아도 사치해지니, 공검(恭儉)을 덕으로 삼고 너의 거짓을 행하지 말라.[位不期驕 祿不期侈 恭儉惟德 無載爾僞]"라고 한 것을 응용한 말이다.

1539) 희호(熙皞) : 백성들의 생활이 즐겁고 화평함.

1540) 복망(覆亡) : 나라나 집안이 망함.

1541) 문익공(文翼公) : 조선조 중종 때의 문신인 정광필(鄭光弼, 1462~1538)의 시호. 정광 필의 자는 사훈(士勛), 호는 수부(守夫), 본관은 동래(東萊), 정난종(鄭蘭宗)의 아들.

1542) 임당(林塘) : 조선조 선조 때의 문신인 정유길(鄭惟吉, 1515~1588)의 호. 제87화 주 참조.

1543) 수죽(水竹) : 조선조 인조 때의 문신인 정창연(鄭昌衍, 1552~1636)의 호. 제41화 주 참조.

1544) 정지연(鄭芝衍, 1527~1583) : 조선조 선조 때의 문신. 자는 연지(衍之), 호는 남봉 (南峰), 본관은 동래(東萊), 정광필(鄭光弼)의 증손, 정유인(鄭惟仁)의 아들.

1545) 양파 형제(陽坡兄弟) : 정태화(鄭太和) · 정치화(鄭致和) · 정만화(鄭萬和)를 가리킴.

1546) 정지화(鄭知和, 1613~1688) : 조선조 숙종 때의 문신. 자는 예경(禮卿), 호는 남곡 (南谷) · 곡구(谷口), 본관은 동래(東萊), 정광필(鄭光弼)의 5대손, 정광경(鄭廣敬)의 아들.

1547) 정재숭(鄭載嵩, 1632~1692) : 조선조 숙종 때의 문신. 자는 자고(子高), 호는 송와 (松窩) · 의곡(義谷), 본관은 동래(東萊), 정태화(鄭太和)의 아들. 벼슬이 우의정에 이 르렀음.

1548) 원양(袁楊) : 중국 후한(後漢) 때 재상을 다수 배출한 원씨와 양씨의 가문을 가리킴.

1549) 수유후곤(垂裕後昆) : 후손에게 덕행을 많이 남겨 준다는 뜻으로,《서경(書經)》상서

之能守 富貴而驕 自遺其咎 功成名遂身退 天之道.'[1550] 又曰, '天下有
三寶. 曰慈, 曰儉, 曰不敢爲天下先.'[1551] 此皆老氏之旨訣[1552]. 鄭氏家
法 盖得老氏之深者 而世守而勿失. 此所以善於持滿[1553]而不敗者也.
外王考 嘗言, "曾見陽坡公 有書諸座右者曰, '言不可道盡 事不可做盡
福不可享盡 留有餘不盡之言 以養身氣[1554] 留有餘不盡之事 以待後人
留有餘不盡之福 以遺子孫.' 吾嘗問曰, '此何人語也?' 陽坡答曰, '不
知何人語 而自先代書諸座右者故 吾亦書之.'"云云. 老氏之學 全是
私[1555]之一字. 雖與吾儒有異 亦是古人所謂至道 而久無弊者. 況秦漢
以後 老氏之道盈天下 至今累千年爲老氏世界. 古來英雄賢智之士 無
一得脫 其圈套[1556]者 亦可見其道之無所不包[1557]也.

124 自孝廟以後 山人[1558] 戚里[1559] 詆排[1560]各立 仇隙[1561]日深. 外王考嘗

(商書)「중훼지고(仲虺之誥)」에서, "의로 일을 바로잡고 예로 마음을 바로잡아 후세에
덕행을 남겨 주소서. [以義制事 以禮制心 垂裕後昆]"라고 하였음.

1550) 《도덕경(道德經)》제9장에 나오는 말로, "금옥관자가 방 안에 가득하더라도 그것을
지킬 수 없고, 부귀하여 교만해지면 스스로 허물을 남기게 된다. 공을 이루었으면
그만 물러나는 것이 하늘의 길이다."라는 뜻임.

1551) 《도덕경》제67장에 나오는 말로, "내게는 세 가지 보물이 있어서 그것을 간직하여
소중히 지키고 있다. 그 하나가 자애로움이고, 그 둘이 검약이며, 그 셋이 천하를
위해 감히 나서지 않는 것이다."라는 뜻임.

1552) 지결(旨訣) : 요결(要訣). 가장 중요한 방법이나 긴요한 뜻.

1553) 지만(持滿) : 활시위를 한껏 당긴 채 대기하고 있는 상태. 완전히 준비를 마치고 때를
기다림.

1554) 신기(身氣) : 몸의 기력(氣力).

1555) 사(私) : 공(公)의 상대적인 개념이자 정(正)의 상대적인 개념인 사(邪)의 뜻으로,
유학(儒學)의 이념과 다른 이단(異端)의 뜻임.

1556) 권투(圈套) : 그물을 친 안이라는 뜻으로, 세력의 범위를 이르는 말. * 새나 짐승을
잡는 데 쓰는 올가미나 올무, 덫 따위의 기구. 남을 속이는 수단을 비유적으로 이르
는 말.

1557) 포(包) : 포용(包容) 또는 용납(容納)의 뜻임.

1558) 산인(山人) : 산당(山黨). 조선조 현종 때의 붕당(朋黨)의 하나. 서인(西人) 중 청서

言, "靜觀齋李公端相¹⁵⁶²⁾ 論戚里隧道事¹⁵⁶³⁾. 後嘗侍陽坡語及此事曰,
'山人戚里之怨 至於此極 難望更合.' 陽坡笑曰, '天下之事 變無窮 誠
有不可知者. 安知日後山人戚里離而復合 更有吻然¹⁵⁶⁴⁾無間之時乎?'
其後 果如其言. 世事之不可知者 如此." 爲敎.

125 陽坡久秉國鈞¹⁵⁶⁵⁾ 盖深知天下之勢. 必有伊周之臣¹⁵⁶⁶⁾ 遇堯舜之
君¹⁵⁶⁷⁾然後 可行其道. 後世臣旣無伊周 何可責其君以堯舜? 雖有賢才
苟無契合之昭融¹⁵⁶⁸⁾ 而妄有所作爲 則事不成而先受其禍. 陽坡之意
深有見於此故 連相仁孝顯三朝 數十年 身佩國家安危 多靜而少動 有
守而無變. 弘以納汚¹⁵⁶⁹⁾ 重以鎭物¹⁵⁷⁰⁾. 有才而不敢用 有智而不敢盡.

(淸西)의 한 분파인 산당(山黨)에 속하였던 김집(金集)·송준길(宋浚吉)·송시열(宋時烈) 등을 가리키는 말. 이들이 모두 연산(連山)과 회덕(懷德)의 산중에 살았기 때문에 붙여진 이름임.

1559) 척리(戚里) : 척완(戚畹). 임금의 외척이 모여 사는 곳이라는 뜻으로, 임금의 외척을 이르는 말.

1560) 저배(詆排) : 헐뜯고 배척함.

1561) 구극(仇隙) : 서로 원수처럼 지내는 사이.

1562) 이단상(李端相, 1628~1669) : 조선조 현종 때의 문신이자 학자. 자는 유능(幼能), 호는 정관재(靜觀齋)·서호(西湖), 본관은 연안(延安), 이명한(李明漢)의 아들. 시호는 문정(文貞).

1563) 수도사(隧道事) : 왕릉 안에 묘도(墓道)를 만드는 일. 효종 때 사망한 김육의 무덤을 만들 때 현종 비 명성왕후의 부친인 김우명이 외척으로 부친의 무덤에 묘도를 만들어 지탄을 받은 일을 가리킴.

1564) 문연(吻然) : 두 입술이 합쳐지듯 부합함.

1565) 국균(國鈞) : 권력을 쥐고 나라를 다스림. 또는 그렇게 하는 사람.

1566) 이주지신(伊周之臣) : 중국 은(殷)나라의 재상 이윤(伊尹)이나 주(周)나라의 재상 주공(周公) 같은 신하라는 뜻으로, 훌륭한 재상을 이르는 말.

1567) 요순지군(堯舜之君) : 중국의 전설적 성군(聖君)인 요순(堯舜)과 같은 임금.

1568) 소융(昭融) : 뚜렷하게 밝다는 뜻으로, 임금의 예지(叡智)를 말함.

1569) 홍이납오(弘以納汚) : 큰 도량으로 더러운 것도 받아들임.

1570) 중이진물(重以鎭物) : 중후함으로 만물을 안정시킴.

但於國家關係之最重 事勢之可爲者 時出其餘而應之 亦不自有其功. 山野之人 目之以固位[1571] 搢紳之士 疑之以伴食[1572]. 雖然 邃才遠器[1573] 國賴而安 陰功厚澤[1574] 民受其利如泰山喬嶽[1575]. 雖無運動之迹 而人蒙潤[1576]而不知. 昔嘗聞先君子[1577]下敎, "曾在孝顯之際 先君每退朝 憂形於色 歎吒[1578]不已曰, '國事如此危亡 無日爲之 食息不寧.' 自今觀之 孝顯之世 自是治平之日. 若觀今日 其憂尤當如何?" 誠如先君子之言 不但比今日爲治平之世 仁孝顯三朝 實是小康[1579]之日 豈非輔相[1580]之功哉!

126 陽坡爲平安監司時 朝廷募僧獨步 從水路奔問[1581]明朝 令關西給送三百石米 公遂以順字舡載送. 一邊潛修狀本 入送瀋陽 仰達於東宮曰, '某月某日 順字舡 稅米三百斛 失於洋中. 似爲水賊所取 請聞見於沿邊[1582].'云云. 居無何 其舡果爲淸虜所捉 審其舡形字號米斛 正是朝鮮之物. 淸汗大怒 召世子大君 責之曰, "汝國必是潛通大明 事將不測."

1571) 고위(固位) : 지위를 굳힘.

1572) 반식(伴食) : 별다른 능력도 없는 높은 벼슬아치를 놀림조로 이르는 말.

1573) 수재원기(邃才遠器) : 깊은 재주와 원대한 도량을 갖춘 인물.

1574) 음공후택(陰功厚澤) : 뒤에서 돕는 숨은 공과 두터운 은혜.

1575) 태산교악(泰山喬嶽) : 큰 산과 웅장한 봉우리처럼 큰 것을 비유하는 말.

1576) 몽윤(蒙潤) : 은혜를 입음. 혜택을 받음.

1577) 선군자(先君子) : 선군(先君). 선친(先親). 선고(先考). 남에게 자신의 돌아가신 아버지를 이르는 말.

1578) 탄타(歎吒) : 탄식(歎息)함.

1579) 소강(小康) : 소란이나 분란, 혼란 따위가 그치고 조금 잠잠함. * 병이 조금 나아진 기색이 있음.

1580) 보상(輔相) : 대신을 거느리며 임금을 도와 나라를 다스림. 또는 그런 사람.

1581) 분문(奔問) : 난리를 당한 임금에게 달려가 문후(問候)하는 일.

1582) 연변(沿邊) : 국경, 강, 도로 따위를 끼고 따라가는 언저리 일대.

世子遂言, "前日有道臣狀達 論此事者 請出而考見." 遂搜得其狀本以
示胡汗. 其字號及石數 正合狀本所達 汗以爲, '果是水賊所窃置.'而不
問. 其消患於未萌 多類此.

127 陽坡凡於四方物情閭巷動靜 隨事洞知 擧世以爲神智. 人莫測其端
倪[1583] 而實無他奇術. 多結閭閻有智慮可信人爲心腹. 常時未嘗頻頻
及門 每曉鐘後 其人輩連續來謁. 每招一人 入房內與語. 各隨其所聞
見 輒告閭里事情. 一人出 又招一人 如是陸續[1584]. 天未明 皆散去 盡
無至者. 此(其)所以深得中外事情 而來者皆得其人故 聞見得實 門庭
不雜. 此則聞之伯舅[1585]判官公.

128 宋尤庵 累被禮召[1586] 以右相赴朝. 時陽坡爲上相[1587] 尤庵造焉 與
議廟謨[1588]. 是時 孝廟方銳意復讐. 尤庵詳論北伐之策 凡治兵繕甲[1589]
粮餉器械[1590] 反復區劃[1591]. 若可以有爲者 陽坡與之酬酢[酌] 隨問隨
答 亹亹[1592]不已. 尤庵去後 傍人問曰, "今日所謂 復讐雪恥 都是虛言

1583) 단예(端倪) : 일의 시초와 끝. 맨 끝. 또는 아주 먼 끝. 사물이 되어 가는 것을 추측하
  여 앎.
1584) 육속(陸續) : 끊이지 않고 계속함.
1585) 백구(伯舅) : 외삼촌 가운데 나이가 가장 많은 외삼촌. 조선조 숙종 때의 문신인 윤채
  (尹棌)를 가리킴. 윤채의 자는 이화(爾和), 본관은 파평(坡平), 윤지완(尹趾完)의 아
  들. 판관(判官)을 역임하였으며, 박양한의 외삼촌인 동시에 중부(仲父)인 박선(朴銑)
  의 장녀와 혼인하여 사촌 자형(姉兄)이기도 함.
1586) 예소(禮召) : 임금이 예우(禮遇)를 다하여 부르는 일.
1587) 상상(上相) : 영상(領相). 영의정을 달리 이르던 말.
1588) 묘모(廟謨) : 묘책(廟策). 묘략(廟略). 조정에서 세우는 국가 대사에 관한 계책(計策).
1589) 치병선갑(治兵繕甲) : 군사를 훈련시키고 여러 가지 병기(兵器)와 갑주(甲胄)를 수선
  (修繕)함.
1590) 양향기계(粮餉器械) : 군량미와 여러 가지 기구.
1591) 구획(區劃) : 구분하여 계획을 세움.

卽上下之所知 公豈不諒? 而俄間[聞] 公與右相 酬酢[酌]之語 有若實
有可爲之勢 而縷縷¹⁵⁹³⁾辨難¹⁵⁹⁴⁾ 其必不可成之事 何也?" 陽坡答曰,
"方今聖上聘召儒相¹⁵⁹⁵⁾ 艱辛造朝. 儒相之出 只秉復讐之義. 若直以事
勢之決不可成 隨事防塞 則儒相必以爲 俗流當國 沮戲¹⁵⁹⁶⁾大事 而拂
然¹⁵⁹⁷⁾還山. 則傷聖上必致之意 而只成其藉口之資¹⁵⁹⁸⁾. 此吾所以雖知
其難成 而未免黽勉¹⁵⁹⁹⁾酬應¹⁶⁰⁰⁾者也."

129 陽坡仲子 義谷鄭右相 聰悟絶人. 以明經¹⁶⁰¹⁾登第 而至老洞誦經書
不錯一字. 一家年少 每請讀 則披書囱[窓]外 誦以敎之曰, "輯註¹⁶⁰²⁾某
氏之言如此 小註¹⁶⁰³⁾某某之言如此." 云云 毫髮不差. 常曰, "吾之明經
恨不給小[少]輩." 平日耳所聽目所見 輒不忘故 搢紳家忌日生日 無不
知者. 其爲戶曹判書 度支¹⁶⁰⁴⁾事務 如絲如麻¹⁶⁰⁵⁾ 雖絶世聰明 難於領

1592) 흔흔(昏昏) : 정성을 다해 부지런히 힘쓰는 모양.

1593) 누누(縷縷) : 실 따위가 길고 가늘게 이어지고 끊이지 않음. 말 따위를 아주 소상히
　　　 말함.

1594) 변난(辨難) : 서로 말다툼을 함.

1595) 유상(儒相) : 과거 시험을 거치지 않고, 선비의 신분으로 정승이 된 사람.

1596) 저희(沮戲) : 훼방(毀謗)을 놓아 일이 안 되도록 방해(妨害)함.

1597) 불연(拂然) : 노여워하거나 불쾌해 하는 모양.

1598) 자구지자(藉口之資) : 핑계거리.

1599) 민면(黽勉) : 부지런히 힘씀.

1600) 수응(酬應) : 요구에 응함.

1601) 명경(明經) : 명경과(明經科). 조선시대 식년(式年) 문과 초시에서 사경(四經)을 중심
　　　 으로 시험을 보던 분과.

1602) 집주(輯註) : 주해(註解)를 모아 놓은 곳.

1603) 소주(小註) : 잔주. 큰 주석 아래에 더 자세히 단 주석.

1604) 탁지(度支) : 호조(戶曹). 조선시대 육조(六曹) 가운데 호구(戶口), 공부(貢賦), 전량
　　　 (田糧), 식화(食貨)에 관한 일을 맡아보던 관아.

1605) 여사여마(如絲如麻) : 명주실이나 삼실처럼 가닥가닥 많은 일이 끊이지 않음을 비유
　　　 한 말.

畧¹⁶⁰⁶⁾ 而公獨摠攬¹⁶⁰⁷⁾無遺. 且能深於物價事情 不漏錙銖¹⁶⁰⁸⁾ 而亦未嘗深刻 務歸的當 洞達物理 深通人情. 至今稱爲, "近世度支長¹⁶⁰⁹⁾ 無過於此."云. 外王父嘗言, "內兄¹⁶¹⁰⁾鄭相國 爲度支時 有屬司¹⁶¹¹⁾文牒 以年例請得¹⁶¹²⁾者. 鄭兄呼吏語之曰, '此文報 似是前日來呈 已如數出給¹⁶¹³⁾. 某月間文書 汝宜考出¹⁶¹⁴⁾以來.' 吏趍出. 吾旣詳知 此兄聰明絶人故 因曰, '其牒之某日來呈 幾何出給 公旣了然知之 而何不直以爲言 令吏考其文簿?' 鄭兄曰, '凡吾聰明所及者 示之於吏胥 則吾所不知處 吏能窺測¹⁶¹⁵⁾ 不如按其文簿 據其實而論斷之爲愈也.' 余深服其識量¹⁶¹⁶⁾." 鄭相卽義谷鄭相 於外王父 爲內兄也.

130 鄭相爲度支時 鐘閣失火. 必於其日懸鐘 可以趂夕鳴鐘. 廟堂諸公莫不悶塞¹⁶¹⁷⁾ 罔知所措. 鄭公曰, "此是度支之任 豈以擧一國之力 廢夕鐘乎? 此則我自當之 請公勿憂也." 凡係有司之任 各自主管 責應¹⁶¹⁸⁾者 加意¹⁶¹⁹⁾來供 遂親自往督. 急鳩公私所儲材木 招集百工 督令

1606) 영략(領略) : 깨달음. 이해함. * 받아들임. 감상함. 거들떠봄. 응락함.

1607) 총람(摠攬) : 도맡아 관할함. * 인재를 널리 끌어들임.

1608) 치수(錙銖) : 아주 가벼운 무게를 이르는 말. 옛날 중국의 저울눈에서 기장 100개의 낱알을 1수, 24수를 1냥, 8냥을 1치라고 한 데서 유래함.

1609) 탁지장(度支長) : 호조판서(戶曹判書)를 달리 이르던 말.

1610) 내형(內兄) : 외사촌 형.

1611) 속사(屬司) : 어느 관청에 딸린 하급 관청.

1612) 연례청득(年例請得) : 해마다 청하여 허락을 얻음.

1613) 여수출급(如數出給) : (청한) 숫자대로 발급함.

1614) 고출(考出) : 초록(抄錄)함. 필요한 부분만을 뽑아서 적는 일.

1615) 규측(窺測) : 엿보아 헤아림. 눈치로 헤아림.

1616) 식량(識量) : 식견(識見)과 도량(度量)을 아울러 이르는 말.

1617) 민색(悶塞) : 답답함.

1618) 책응(責應) : 책임지고 물품을 내어줌.

1619) 가의(加意) : 특별히 마음을 씀.

各司¹⁶²⁰⁾ 未終日而成. 未夕而鐘已懸矣.

131 義谷鄭相 當己巳¹⁶²¹⁾廢妃¹⁶²²⁾之日 先已退去廣州義谷¹⁶²³⁾ 聞變急搆
疏 使家人直呈政院. 已後於禁令之下 兄弟在京者 還推¹⁶²⁴⁾不呈. 公常
以此爲平生至恨.

132 外王父忠正公 己巳春 已退居安山¹⁶²⁵⁾ 聞廢后之變 急搆疏 直呈政
院 已後禁令之下 不得入其疏. 辭氣嚴正直切 若入則必有大禍. 公期
被大何¹⁶²⁶⁾結束¹⁶²⁷⁾以待 終以未徹天聽¹⁶²⁸⁾爲恨.

133 鄭相知和 陽坡公之從弟 無相望¹⁶²⁹⁾而致位三事¹⁶³⁰⁾. 少時 以其相貌
之豊碩¹⁶³¹⁾ 人有言於陽坡曰, "禮卿¹⁶³²⁾亦當作相云. 如何?" 陽坡曰, "禮
卿相則相矣. 禮卿而相 則國事當如何哉?" 爲之長吁. 禮卿鄭相表

1620) 각사(各司) : 경각사(京各司). 조선시대 서울에 있던 각 관아를 통틀어 이르던 말.
1621) 기사(己巳) : 기사환국(己巳換局)이 있었던 1689(숙종15)년을 가리킴. '기사환국'은
　　　소의(昭儀) 장씨 소생의 아들을 원자로 정하는 문제로 정권이 서인에서 남인으로
　　　바뀐 사건.
1622) 폐비(廢妃) : 기사환국으로 지위가 오른 희빈 장씨(禧嬪張氏)의 간계로 인현왕후(仁
　　　顯王后)가 폐서인이 된 일을 가리킴.
1623) 의곡(義谷) : 경기도 광주(廣州)에 있던 고을. 오늘날의 경기도 의왕시(義王市) 지역임.
1624) 환퇴(還推) : 도로 밀침.
1625) 안산(安山) : 경기도에 있는 고을.
1626) 대하(大何) : 큰 죄. 큰 꾸짖음.
1627) 결속(結束) : 뜻이 같은 사람끼리 서로 단결함.
1628) 천청(天聽) : 임금의 귀. 또는 그 귀에 어떤 말이 들어감.
1629) 상망(相望) : 재상이 되어도 좋을 만큼 뛰어나다는 좋은 평판. * 서로 바라봄.
1630) 삼사(三事) : 삼상(三相). 영의정·좌의정·우의정을 한꺼번에 이르던 말.
1631) 풍석(豊碩) : 크고 풍만(豊滿)함.
1632) 예경(禮卿) : 조선조 숙종 때의 문신인 정지화(鄭知和, 1613~1688)의 자(字).

德¹⁶³³⁾.

134 外王父忠正公 自少常有遯世獨立之志. 繄以時世¹⁶³⁴⁾ 已不可爲也.
是以 未釋褐¹⁶³⁵⁾時 已造東山之墅¹⁶³⁶⁾ 便有終焉之志. 嘗有詩曰, '雲作
藩籬山作屏 雲山面面白和靑 好風一陣松濤起 欹枕虛堂獨自聽' 其襟
韻風味¹⁶³⁷⁾可見. 及至庚申改紀¹⁶³⁸⁾之初 士類彙征¹⁶³⁹⁾ 必欲致之 群起力
勸 未免一出. 及至晩年 常自悔歎曰, "吾庚申出脚¹⁶⁴⁰⁾一誤 以致終身
齟齬¹⁶⁴¹⁾." 爲敎. 及至甲戌¹⁶⁴²⁾以後 春澤¹⁶⁴³⁾輩私徑¹⁶⁴⁴⁾之說 喧傳一世
故 若將浼焉. 遂決意遯世而無悶焉.

135 外王父忠正公 聰明彊記 卓絶倫輩¹⁶⁴⁵⁾. 少時 一覽綱目¹⁶⁴⁶⁾ 歷代事

1633) 표덕(表德) : 아호(雅號)나 별호(別號)를 이르는 말. * 덕행이나 선행을 드러냄.

1634) 시세(時世) : 그 당시의 세상.

1635) 석갈(釋褐) : 문과에 급제하여 처음으로 벼슬하던 일. 천민이 입는 갈의(褐衣)를 벗는
다는 뜻에서 유래함.

1636) 동산지서(東山之墅) : 동산에 있는 농막(農幕). '동산'은 경기도 안산시에 있었던 지
명임.

1637) 금운풍미(襟韻風味) : 가슴속의 운치(韻致)와 멋지고 아름다운 사람 됨됨이.

1638) 경신개기(庚申改紀) : 경신대출척(庚申大黜陟). 1680(숙종 6)년 서인(西人) 일파가
반대파인 남인(南人)을 몰아내고 권력을 잡았던 사건.

1639) 휘정(彙征) : 같은 무리가 연이어 함께 나아감. * 훌륭한 인재를 등용함.

1640) 출각(出脚) : 벼슬자리에서 물러났다가 다시 벼슬길에 나아감.

1641) 얼올(齟齬) : 일 따위가 어그러져 마음이 불안함.

1642) 갑술(甲戌) : 1694(숙종 20)년. 당시의 집권층인 남인(南人)이 폐비 민씨의 복위 운동
을 꾀하던 일파를 제거하려다 도리어 화를 입은 사건인 갑술옥사(甲戌獄事)가 일어
난 해.

1643) 김춘택(金春澤, 1670~1717) : 조선조 숙종 때의 문신. 자는 백우(伯雨), 호는 북헌(北
軒), 본관은 광산(光山), 김진구(金鎭龜)의 아들. 시호는 충문(忠文).

1644) 사경(私徑) : 사사로운 이익을 추구하는 떳떳하지 못한 길.

1645) 탁절륜배(卓絶倫輩) : 무리 가운데 더할 나위 없이 뛰어남.

1646) 강목(綱目) :《통감강목(通鑑綱目)》. 중국 남송(南宋)의 주희(朱熹)가 지은 중국의 역

實 瞭然無礙. 七旬之後 每擧故事 輒誦綱目數行 或數十行 觸處洞
然[1647]. 數十年前 按節南北時 訟獄曲折一擧 輒誦其人名 事理如破竹
聞者驚歎. 晚年嘗自言平生, "只是一歲三冬[1648] 讀書取科第. 少時 見
文士輒多輕驕儇薄之態[1649] 心淺之 以爲, '人若能文 則皆如是.' 遂不
肆力[1650]於文章. 平生不以文辭自任[1651]故 千萬意外 忽以將任[1652]加
之. 備經[1653]危機駭浪 盡力自免 而不能脫身. 世之到底[1654] 危苦極矣.
自今思之 所謂文士者處世差便[1655]." 爲教云.

136 外王父立朝事君 不敢以便身 自期燥濕不擇[1656] 夷險一節[1657]. 壬戌
方擇日本通信使 航海萬里 人皆視爲死地. 有力者厭避 終歸於公. 公
晏然不避. 其時 相臣有素惡公者 至以生梗[1658]於隣國爲言 宜因此尤
[求]解[1659]. 而公以爲, '旣曰死地 則何可因嫌而自便[1660]?' 終不辭. 履
溟渤如坦途 視鯨鰐如小蟲 怡然不以爲意. 李判書彦綱[1661]爲副 輒自

사책. 사마광(司馬光)의 《자치통감(資治通鑑)》을 강(綱)과 목(目)으로 나누어 편찬한
것임.
1647) 촉처통연(觸處洞然) : 가서 닥치는 곳마다 막힘이 없이 훤히 꿰뚫어 앎.
1648) 일세삼동(一歲三冬) : 한 해의 겨울 석 달 동안.
1649) 경교현박지태(輕驕儇薄之態) : 경박하고 교만하며 교활하고 얄팍한 모습.
1650) 사력(肆力) : 진력(盡力). 있는 힘을 다함.
1651) 자임(自任) : 어떤 일에 대하여 자기가 적임(適任)이라고 자부(自負)함.
1652) 장임(將任) : 대장이나 장수의 임무.
1653) 비경(備經) : 두루 겪음.
1654) 도저(到底) : 철저함. 심오함. 만만찮음. * 아무리 하여도. 도대체.
1655) 차편(差便) : 조금 나음.
1656) 조습불택(燥濕不擇) : 마른 것과 젖은 것을 가리지 않음.
1657) 이험일절(夷險一節) : 쉬운 일에나 어려운 일에나 한결같이 절개를 지킴.
1658) 생경(生梗) : 말썽이 생겨 틈이 벌어짐.
1659) 구해(求解) : 양해(諒解)를 구함.
1660) 자편(自便) : 자기 한 몸의 편안함을 꾀함.

懊歎曰, "半百年一往 百僚中只擇三人 豈料其及於吾身哉?" 咄咄[1662]
自恨不已. 公每慰解曰, "勿太惱心. 往來之後 反勝於不往." 李曰, "公
勿言. 曷嘗以此 增其胸次[1663]哉?"

137 外王父赴日本辭陞[1664]時 肅廟下敎曰, "使臣行具之未備者 宜各陳
達." 他使臣迭相[1665]陳白 各有所請. 忠正公 獨無所言. 上曰, "上使何獨
無陳請?" 公進曰, "朝廷以越海之役 便是死地 資裝治送 無所不備 無他
可請者. 玆有稟定[1666]者 非曰此事之必有第此仰達. 島倭本自巧詐[1667]
每以我國之背皇明 事淸虜爲脅持[1668]之欛柄[1669]. 從前或言, '朱氏一脈
在於台灣島.' 此亦未必眞有 只是欺誑[1670]我國之言. 今若又擧此事 以
爲, '汝國雖力弱臣虜 常有不忘皇朝之意. 今朱氏餘派 在於台灣 何不
通信奔問[1671]?' 云爾則事機重大 不可以一時使臣之意 依違[1672]答之事
宜嚴加斥絶[1673]. 請詢大臣講定[1674]何如?" 上曰, "大臣之意 何如?" 相臣
齊言, "此則何可依違答之? 似當明言斥絶矣." 肅廟亦以爲然. 盖先是

1661) 이언강(李彦綱, 1648~1716) : 조선조 숙종 때의 문신. 자는 계심(季心), 본관은 전주
　　(全州), 이백린(李伯麟)의 아들. 시호는 정효(貞孝).
1662) 돌돌(咄咄) : 뜻밖의 일에 놀라 지르는 소리.
1663) 흉차(胸次) : 흉금(胸襟). 마음속 깊이 품은 생각.
1664) 사폐(辭陞) : 먼 길을 떠날 사신(使臣)이 임금께 하직 인사를 드림.
1665) 질상(迭相) : 서로 번갈아.
1666) 품정(稟定) : 웃어른이나 상사에게 여쭈어 의논해서 결정함.
1667) 교사(巧詐) : 교묘하게 남을 속임.
1668) 협지(脅持) : 위협하여 따르게 함.
1669) 파병(欛柄) : 칼자루. 칼자루를 쥠.
1670) 기광(欺誑) : 얼을 빼어 속임.
1671) 분문(奔問) : 난리를 당한 임금에게 달려가서 문후(問候)하는 것을 말함.
1672) 의위(依違) : 가부(可否)를 결정하지 못하고 우물쭈물함.
1673) 척절(斥絶) : 배척(排斥)하여 단절(斷絶)함.
1674) 강정(講定) : 강론(講論)하여 결정함.

湖南有漂海唐舡稱, "皇明後裔 方居島中." 渠輩冠服不變云云. 請勿捕
送燕京 而其言不可信. 假令如此 我朝丙子以後 畏約[1675]日深 强虜頻生
釁隙[1676] 凌暴[1677]無數 那得不送? 遂送之. 其人輩至燕 但稱 渠在遐
陬[1678] 未及剃髮. 淸皇遂放還之. 亦未知其言之虛實 而我國士論 一時
譁[1679]沓至[1680]. 靜觀李公端相 詩曰, '南國浮查[1681]海上來 紅雲一孕
[朶]日邊開 千秋大義無人識 石室山[1682]前痛哭回.' 繄淸陰金文正 以尊
周大義 名重一世 俎豆[1683]於石室. 而文正金領相壽恒 以其孫爲首相當
國 捕送唐人故 譏之如此也. 公慮其不先稟定於朝廷 或遇倭人之嘗
試[1684] 而以己意斥之 則必致浮議[1685]之紛然故爲此也. 及其引對[1686]罷
出 李判書彦綱歎曰, "我輩只爲一身之行裝 各有所陳 而公乃邈然[1687]
無一言 及此乃慮 吾輩意慮之所不到." 人之愚智相懸如是哉!

138 外王父奉使日本時 朝廷以近年萊府館[1688]倭 或多闌出[1689] 或多違

1675) 외약(畏約) : 모든 일에 겁을 내어 몸을 움츠림.

1676) 흔극(釁隙) : 틈. 벌어져 사이가 난 자리.

1677) 능포(凌暴) :-남을 업신여기고 학대함.

1678) 하추(遐陬) : 하방(遐方). 서울에서 멀리 떨어진 지방.

1679) 준(譁) : 수군거림.

1680) 답지(沓至) : 끊임없이 많이 몰려 듦.

1681) 부사(浮査) : 바다에 떠다니는 뗏목이나 배.

1682) 석실산(石室山) : 병자호란 때 척화파(斥和派)였던 김상헌(金尙憲)을 가리킴. 김상헌
은 청음(淸陰)이라는 호 이외에 석실산인(石室山人)이라는 호를 쓰기도 하였음.

1683) 조두(俎豆) : 각종 제기(祭器)를 통틀어 이르는 말. 조(俎)는 고기를 담는 제기이고,
두(豆)는 국 따위의 일반 음식을 담는 제기임. 제사 지내는 일을 가리키기도 함.

1684) 상시(嘗試) : 속마음을 감추고 겉으로 다른 일을 말하며 상대방의 속마음을 떠보
는 일.

1685) 부의(浮議) : 들뜬 의논.

1686) 인대(引對) : 임금이 신하를 불러 묻고 답하는 일.

1687) 막연(邈然) : 막연(漠然). 뚜렷하지 못하고 어렴풋함.

1688) 내부관(萊府館) : 동래왜관(東萊倭館). 조선시대 부산에 입국한 왜인(倭人)들이 머물

越約條　弊端百出[1690]　令使臣周旋於彼國申定[1691]約條．大抵島倭　狡
獪[1692]變詐[1693]難以理奪[1694]．我國之所求　必不順從．輕發而見格[1695]　則
反爲辱命[1696]．況且對馬島絶遠於江戶[1697]　其國命令　有不行者．而兩國
交際　則對馬島主居間主管．凡違約作弊之事　皆出於對馬島　而江戶之
所不知．如欲周旋於對馬島　則輒藉重[1698]本國．若又發之於江戶　則又
恐其從中慫慂[1699]沮敗[1700]　亦宜十分愼密．盖非一時使臣所能料度講定
然旣有朝命　不敢不自盡吾心　而左思右度　終覺難處．舟中遂招譯舌[1701]
之敏悟慧点[點][1702]　習於機密[1703]者朴再興[1704]　指授方略．俾與護行差
倭[1705]及通事[1706]倭酬酢[酌]之際　以“汝輩居於兩國之間　近來因循[1707]

면서 외교적인 업무나 무역을 행하던 관사.
1689) 난출(闌出) : 함부로 경계 밖으로 나감.
1690) 폐단백출(弊端百出) : 여러 가지 폐단이 많이 발생함.
1691) 신정(申定) : 확실히 정함. 다짐해서 정함.
1692) 교쾌(狡獪) : 교활(狡猾)함. 간사하고 꾀가 많음.
1693) 변사(變詐) : 변덕스럽게 이랬다저랬다 함. 이리저리 속임.
1694) 난이리탈(難理以奪) : 이치로 뜻을 빼앗기가 어려움. 이치로 설득하기가 어려움.
1695) 경발이견격(輕發而見格) : 경솔하게 격식에 맞추려 함.
1696) 욕명(辱命) : 임금의 명을 욕되게 함.
1697) 에도(江戶) : 일본 도쿄(東京)의 옛 이름. 도쿠가와 막부(德川幕府, 1603-1867)가
　　　 있던 곳임.
1698) 자중(藉重) : 중요한 것이나 권위 있는 것에 의거함.
1699) 종용(慫慂) : 옆에서 선동하여 부추김. 권함.
1700) 저패(沮敗) : 저지(沮止)함. 막아서 못하게 함.
1701) 역설(譯舌) : 역관(譯官). 조선시대 외국어 통역을 맡던 사역원(司譯院)의 관리.
1702) 민오혜힐(敏悟慧點) : 기민혜힐(機敏慧點). 눈치와 동작이 빠르고 슬기가 있음.
1703) 기밀(機密) : 외부에 드러내서는 안 될 중요한 비밀.
1704) 박재흥(朴再興, 1645~?) : 조선조 숙종 때의 역관. 자는 중기(仲起), 본관은 무안(務
　　　 安), 박원랑(朴元郎)의 아들.
1705) 차왜(差倭) : 조선시대 일본에서 조선에 보내던 사신. 대차왜(大差倭), 별차왜(別差
　　　 倭), 재판차왜(裁判差倭) 따위가 있었음.
1706) 통사(通事) : 통역(通譯). 조선시대 역관을 이르던 말.
1707) 인순(因循) : 낡은 인습을 버리지 아니하고 지킴.

放恣. 約條漸弛 前後違法犯禁 爲弊於本國者甚多. 今者 使臣至江戶 與汝國執政[1708] 修明[1709] 約條 痛革舊習[1710]. 汝輩前後不法之事 必多發現. 我則與汝輩 情意親密故 不得不言之."(云則)倭輩必無驚畏之意. 如是者 槩以使臣之與執政語 兩國譯舌居間故也. 若如此則因其言端[1711]之發現. 又曰, '使臣爲此大事 豈用譯舌? 將與執政對坐 尋丈之間[1712] 各以文字手書往復. 我輩何敢居其間乎?' 以此爲言 觀其氣色以告." 再興果來告曰, "一如相公所敎言及 倭人頓無驚悶之色 但曰, '使臣老爺 雖欲爲之 凡事皆在吾輩之手 曷能有害於我輩? 宜與我輩謀事 事可成矣.' 小人又如下敎答之. 始聞而大驚憂悶之色滿顔."云云. 公遂令再興 歷擧渠輩過失而怖之. 倭輩遂驚懼 晨夜切懇於再興曰, "此後凡事 雖非變通[1713]於江戶 我輩當一從敎令而奉行. 此意懇達於使臣老爺." "勿爲此擧 君須爲我輩 從中宣力 俾無罪責."云云. 再興以其言 續續來告. 又敎以, "初則嚴辭斥絶 而連日酬酢[酌] 觀其氣色而後 畧許以'當觀勢周旋 而我何能容力?'爲言. 再興如其言 語之曰, "汝觀使臣老爺氣像 我輩豈可以贊一辭乎?" 如是恐之數日 倭輩朝夕拜謁使臣之際 顯有憂色. 再興始知所敎許以周旋. 又每稱"老爺一定之後 堅確不撓[1714]." 極言[1715]其難奪之意. 又行累日 倭人益自着急[1716]. 槩此

1708) 집정(執政) : 정권을 잡고 있는 사람.

1709) 수명(修明) : 법 따위를 정리하여 분명하게 함.

1710) 통혁구습(痛革舊習) : 예전의 관습을 통렬히 뜯어 고침.

1711) 언단(言端) : 말다툼을 일으키는 실마리.

1712) 심장지간(尋丈之間) : 한 길 정도의 거리. '한 길'은 사람 키 정도의 길이. 또는 여덟 자, 열 자.

1713) 변통(變通) : 형편과 경우에 따라서 일을 융통성 있게 잘 처리함.

1714) 견확불요(堅確不撓) : 마음이 견고하고 확실하게 흔들리지 않음.

1715) 극언(極言) : 있는 힘을 다해서 간하여 말함. 또는 그런 말.

1716) 착급(着急) : 몹시 급함.

事知者多而見泄 則又必狼狽故 曾不言及於兩使臣. 朴再興之昏夜[1717]
密告 倭人之朝夕憂遑[1718] 多露幾微[1719]. 副使輒言, "上使與譯舌 謀議
何事? 恐其見賣[1720]於巧倭."云云. 而以不與相議 頗有不平之色 公不
得已從容言之. 俾勿露幾微 以觀事機. 倭人日日哀懇於再興. 再興始
以"江戶則絶遠 馬島最近. 凡係交隣之事 皆在馬島與通事 決不可失其
心之意 縷縷懇達 使臣老爺嚴確難動."之意 連日爲言. 過數日 又言其
庶有挽回之望 而如是累日 幾至江戶然後 始言快許勿發之意. 是後 倭
人顏色 顯有喜色. 及其回程 還到對馬島之後 始招島主及諸倭 厲聲責
曰, "汝罪汝果自知乎?" 因具言前後館倭之橫逸[1721] 及其他違約犯禁之
事. "以此 朝廷之議 或多以爲交好 不可復全 上意堅定. 何可以微事失
歡 羈縻[1722]至今? 此皆非江戶之所知 無非汝輩之罪. 吾若變通於執政
則汝輩無遺類矣. 特以江戶遠而馬島近 不可失其歡心 隱忍[1723]而歸.
汝輩今可依吾言爲之乎?" 倭人皆叩頭言, "死罪!" 僕僕稱謝[1724] "謹當
惟令! 是從公." 於是 條列其(目) 凡諸弊端 一竝革罷. 自今以後 申
明[1725]約束 刻於木札 使懸於倭館之外. 倭人無不感服 一如所教 歡聲
如雷. 其後 前患遂絶 至今賴而不廢其約. 公每言此事 因曰, "夫子[1726]
云, '忠信可行蠻貊[1727]' 且吾平生 未嘗有一毫欺人之事. 況奉使蠻夷.

1717) 혼야(昏夜) : 어둡고 깊은 밤.
1718) 우황(憂遑) : 근심으로 어쩔 줄 모름.
1719) 기미(幾微) : 기미(機微). 낌새.
1720) 견매(見賣) : 속음.
1721) 횡일(橫逸) : 제멋대로 놂.
1722) 기미(羈縻) : 속박(束縛). 구금(拘禁). 억류(抑留). 회유(懷柔).
1723) 은인(隱忍) : 밖으로 드러내지 아니하고 마음속에 감추어 참고 견딤.
1724) 복복칭사(僕僕稱謝) : 귀찮을 만큼 번거롭게 고맙다고 함.
1725) 신명(申明) : 거듭 밝힘. 명백하게 천명(闡明)함.
1726) 부자(夫子) : 공자(孔子)를 가리킴.

尤宜一以誠信 相與使孚[1728]於異類. 而初旣知不可發之於執政 而令譯
官 以此恐喝. 雖非吾自欺之 使人以權謀怵[1729]之 殊非信及豚魚[1730]之
義 此爲平生之愧." 爲敎.

139 外王父赴日本時 舟中我國人輒稱倭. 公嘗責之曰, "日本人稱汝輩
每曰, '朝鮮人'. 汝輩亦宜云, '日本人' 可矣. 每稱倭何也?" 倭人感服.
在舡艫[1731]而聽之者 咄嗟曰, "何但稱倭 每言倭奴 豈不可恨?" 槩亦感
喜之辭.

140 外王父赴日本 氷蘗[1732]之操 倭人至今傳說. 而獨我國所無之物 欲
取種 流傳於邦內. 倭栗之大 可數寸者 及白鷴[1733]一雙 有一太守饋之.
栗則來種我國 至今猶存者. 累年而後 其體漸小 而比我國栗尙大. 白
鷴則公云, "只爲取種故持來." 旣以思之 若或至京而聞於九重 貽累聖
德 則大段難處故 到尙州 留付尙(州)牧使之保護 而永其傳. 時李憪[1734]
方爲尙牧 答云, "俟公休退安山 吾當載白鷴而往." 其後 爲狸奴[1735]所

1727) 충신가행만맥(忠信可行蠻貊) : 《논어(論語)》위령공편에 "[말이 성실하여 신의가 있
고, 행실이 돈독하여 공경스러우면 비록 오랑캐의 나라에서도 행할 수 있다.[言忠信
行篤敬 雖蠻貊之邦 行矣.]"라는 말이 있음.

1728) 부(孚) : 믿고 따름. 믿고 복종함.

1729) 출(怵) : 두렵게 함.

1730) 신급돈어(信及豚魚) : 《주역(周易)》〈중부괘(中孚卦)〉에 "돼지와 물고기에까지 미치
게 되면 길하다고 한 것은 그 믿음이 돼지와 물고기에게까지 미치게 되기 때문이다.
[豚魚吉 信及豚魚也]"라는 말이 나옴.

1731) 강로(舡艫) : 뱃머리.

1732) 빙얼(氷蘗) : 청고(淸苦)한 지절(志節)을 말함. 청빈한 생활로 얼음을 마시고 나무의
움을 먹는다는 '음빙식얼(飮氷食蘗)'이라는 말에서 유래하였음.

1733) 백한(白鷴) : 꿩과의 새.

1734) 이한(李憪) : 조선조 숙종 때의 문신. 자는 정숙(靜叔), 본관은 연안(延安), 이시백(李
時白)의 아들. 상주목사, 호조참의 등을 역임함.

噬云. 公嘗言, "曾見李白詩云, '白鷴白如錦' 東方人引用曰, '白鷴白如雪' 今見白鷴狀如雉 皓白之中 有紅紋微細 遠見只是白雉 近看紅縷成紋. 如錦之稱 自是實際語. 東人之改作如雪 只緣不見其狀也. 唐人劒詩云, '碧鵝¹⁷³⁶⁾淬花¹⁷³⁷⁾白鷴尾' 其尾强而長形 如環刀¹⁷³⁸⁾." 云. 又求枇杷¹⁷³⁹⁾小樹 種於盆 欲傳於我國東平尉¹⁷⁴⁰⁾鄭公 (鄭公)外王父從弟 以爲, '此若廣布我國 誠爲奇幸¹⁷⁴¹⁾. 必須善於栽培花木者 可樹而成. 沈青平益顯¹⁷⁴²⁾ 有花癖¹⁷⁴³⁾ 且多器具 可善養.' 乞, "幷賜我. 我當給靑平待其長而分種則好矣." 其後 潦水¹⁷⁴⁴⁾墻壞盡折之. 曾聞 枇杷木在東萊民家 太守每數其實而索之 民不能自堪 潛開其根之土 剝皮而枯之. 今又以五樹 皆種於靑平家而折之 終不可爲我國之有歟! 可異也. 枇杷如杏而大 味酸甘多水云.

141 外王父又云, "日本有所謂孟宗竹¹⁷⁴⁵⁾者. 中實無孔 其堅如鐵 正合作軍器. 又有所謂金竹¹⁷⁴⁶⁾者 其體與全身與葉眞黃如金. 兩種俱不産

1735) 이노(狸奴) : 고양이를 달리 이르던 말.
1736) 벽제(碧鵝) : 푸른 사다새. 시퍼런 칼날을 사다새의 부리에 비유한 것임.
1737) 쉬화(淬花) : 담금질한 꽃. 잘 담금질 된 칼을 꽃에 비유한 것임.
1738) 환도(環刀) : 예전에 군복에 갖추어 차던 군도(軍刀).
1739) 비파(枇杷) : 장미과의 상록교목. 또는 그 열매를 가리킴.
1740) 동평위(東平尉) : 조선조 효종의 부마가 된 정재륜(鄭載崙, 1648~1723)을 가리킴.
1741) 기행(奇幸) : 대단한 행운.
1742) 심익현(沈益顯, 1641~1683) : 조선조 효종의 사위. 자는 가회(可晦), 호는 죽오(竹塢), 본관은 청송(靑松), 심지원(沈之源)의 아들. 효종의 둘째딸인 숙명공주(淑明公主)와 혼인하여 청평위(靑平尉)에 봉해졌음.
1743) 화벽(花癖) : 화초 가꾸는 취미가 고치기 어렵게 굳은 버릇.
1744) 요수(潦水) : 장마 등으로 인해 갑자기 고인 물.
1745) 맹종죽(孟宗竹) : 볏과의 상록 아교목인 죽순대의 다른 이름. 일명 강남죽(江南竹).
1746) 금죽(金竹) : 대나무의 일종. 간간이 황금색이 있고 속이 차서 비지 않았음.

於我國. 金竹只是翫好 而孟宗竹 可資兵器之用故 求其種 而倭人不與 故不得携."爲敎.

142 外王父自日本歸時 舟中見一鴈 賦詩云,'一鴈飛飛任所如 海天遼 闊白雲舒 吾今幹事歸程穩 不用憑渠進帛書[1747]' 其胸次之廣 氣像之遠 可見.

143 忠正公使日本還 嘗言,"日本源家康[1748] 滅平秀吉[1749]後 欲生永久 世襲之意 定都於其國之極東 所謂江戶[1750]者. 六十州之太守妻子眷屬 皆置江戶如質子[1751] 而使其太守 一年出居於各其所莅之州. 翌年還與 妻子居 而又翌年 復出其州. 槩爲其不敢捨妻子而叛也." 公每以爲, "其法甚固 國中旣不生釁[1752] 則必不侵及他國 倭虜之變 可無慮矣." 聞 者或曰,"跋扈[1753]者出 則豈恤妻子乎?" 公答曰,"不恤妻子者雖出 一 人之外 豈其多哉? 事機轉變之後 雖不可知 此法 未變之前 吾謂,'必 不爲隣國患矣.'" 大抵 近世之人 或因符讖[1754] 人莫不以南憂爲疑故 公

1747) 백서(帛書) : 비단에 쓴 편지. 전한 무제(前漢武帝) 때 소무(蘇武)가 흉노(匈奴)에게
   사신으로 갔다가 19년 동안 억류되어 있을 때 소제(昭帝)가 보낸 사자가 선우(單于)
   에게 거짓말을 하기를 "황제가 상림원(上林苑)에서 사냥하다가 북쪽에서 날아온 기
   러기를 잡았는데 기러기의 발목에 소무 등이 아무 곳에 있다고 쓴 백서(帛書)가 묶여
   있었다."라고 하자, 선우가 사과를 하고 소무를 돌려보냈다는 고사가 있음.
1748) 원가강(源家康) : 일본 에도 막부의 초대 쇼군(將軍)인 도쿠가와 이에야스(德川家康)
   를 가리킴.
1749) 평수길(平秀吉) : 일본의 정치가인 도요토미 히데요시(豊臣秀吉)를 가리킴.
1750) 에도(江戶) : 일본 '도쿄(일본 간토(關東) 지방의 남부, 도쿄 만에 면하여 있는 도시)'
   의 옛 이름. 도쿠가와 막부(德川幕府)가 있던 곳임.
1751) 질자(質子) : 볼모. 인질(人質).
1752) 흔(釁) : 틈. 흠. 결점.
1753) 발호(跋扈) : 권세나 세력을 제멋대로 부리며 함부로 날뜀.
1754) 부참(符讖) : 부록(符錄). 부서(符書). 점술에서 나중에 일어날 일을 미리 알아서 해

壬戌[1755]使日本. 還後甲子[1756] 嘗閑坐 倭譯朴再興來謁曰, "小人方以
渡海譯官[1757]入對馬島 而兵判大監 以右議政分付 出給天銀[1758]一千兩
使之往探鄭錦[1759]消息."云云. 公方臥聞此言 大驚蹶然起曰, "是何言
也? 倭虜巧詐 雖非探問 輒做虛言 以誑我國. 汝與我往日本時 何嘗有
鄭錦消息乎? 其時我國人問之 則倭人答以 '鄭錦在海島中 與琉球國戰
而奪其寶貨 日本起兵救之.'云云. 而其所爲說 全不近理明是 以謊
說[1760]誑我 只此而已 邈然更無所聞. 今汝以錦[銀]貨探問 則彼必譸張
虛說[1761]以誑之. 其說一出 必將擧國鼎沸[1762] 乃千金貿得虛言 震驚一
世之人心. 以人心一動之實難定 此何擧措?" 再興大驚俯伏曰, "小人
將死矣." 公曰, "汝何爲死哉? 將相出銀偵探 汝有何罪? 謀國如此 只
可仰屋[1763]." 再興辭去釜山. 後倭書契[1764]果至 稱, '鄭錦擧兵將來.' 朝
廷震動 上下驚遑. 公遂以與朴再興 酬酢[酌]之言 陳達於榻前. 大臣以
爲, '此殊不然. 朴再興尙留釜山 未入馬島 而倭書出來曷嘗?' 以此致

석하기 어렵게 적어 놓은 글.

1755) 임술(壬戌) : 1682(숙종8)년.

1756) 갑자(甲子) : 1684(숙종10)년.

1757) 도해역관(渡海譯官) : 바다를 건너 일본에 보내는 역관을 이르던 말.

1758) 천은(天銀) : 품질이 가장 뛰어난 은.

1759) 정금(鄭錦) : 중국 명(明)나라 사람. 정지룡(鄭之龍)의 후손으로 청(淸)나라에 대항하
     여 싸웠으며, 싸움에 크게 패하자 중국 본토를 떠나 대만(臺灣)으로 들어가서 웅거하
     였음. 그가 죽은 뒤 그 아들 정극상(鄭克塽)이 청나라에 항복하였음.

1760) 황설(謊說) : 거짓말. 거짓말을 함.

1761) 주장허설(譸張虛說) : 터무니없는 거짓말을 함.

1762) 정비(鼎沸) : 솥 안에서 물이 끓는 것과 같이 떠들썩하고 요란함을 비유적으로 이르
     는 말.

1763) 앙옥(仰屋) : 지붕만 바라봄. 아무리 생각해도 좋은 계책이 없어 막연함을 뜻하는
     말임.

1764) 서계(書契) : 조선시대 왜인(倭人)이나 야인(野人)의 추장이나 유력자에게 통호(通
     好)를 허가하던 신임장. 조선시대 일본 정부와 주고받던 문서.

之. 公進曰, "此事臣實詳知. 再興所親通事 倭有藤成時者 頗機警[1765].
再興每與論事 而臣方待罪[1766]禮曹. 倭人往來日期 皆報禮曹故 臣輒
知之. 朴再興下去後十五日 藤成時出來 藤成時還入去後十五日 倭書
契出來此. 朴再興聞臣言驚畏 恐其罪及於渠 往釜山後 招藤成時議之
倭書使之必赴. 渠未入去時出送 以爲自脫之計. 此實明若觀火 決不可
以此驚動 以身當之." 力言挽止. 而大臣諸臣 猶不相信 至請以倭書契
奏聞於淸國 以爲乞授之計. 公旣明知其虛僞. 又將有此大擧措 不勝驚
駭 極言力爭. 以爲前日 亦以虛事 輕奏淸國 淸虜尙以爲探試[1767] 嘖
言[1768]不止. "今若奏此 必大生嘗試之疑[1769] 將成釁隙[1770]. 此若小事 臣
何必竭論至此? 而實係國家安危 不得不縷縷爭之爲言." 而廟議堅執
不已. 公乃進曰, "玆有一事 決不可奏者 中國人見事精詳 未嘗泛
看[1771]. 今此對馬島生[主]平義眞[1772]書契中所著國[圖]書[1773] 卽頃年請
於我國 我國造給者. 我國所造與倭國制樣 華人知之明甚. 若以此疑而
問之 則將答以何辭?" 於是 大臣諸臣齊言, "此一節決不可奏聞." 遂
止. 而一日之內 城中如沸. 未數日 輦下[1774]殆空 扶携入山者 相續如雲

1765) 기경(機警) : 눈치가 빠르고 재치가 있음.
1766) 대죄(待罪) : 죄인(罪人)이 자신의 잘못에 대하여 처벌(處罰)을 기다림. 여기서는 관
리가 해당 관직에 있는 것을 겸손하게 일컫는 말임.
1767) 탐시(探試) : 살펴봄.
1768) 책언(嘖言) : 힐책(詰責)하는 말. 말다툼함.
1769) 상시지의(嘗試之疑) : 속으로 감춘 것이 있으면서 겉으로 짐짓 다른 일을 빌려 이야
기하여 의심스레 상대방의 속마음을 떠보는 일.
1770) 흔극(釁隙) : 틈. 흠.
1771) 범간(泛看) : 눈여겨보지 않고 데면데면하게 봄.
1772) 평의진(平義眞) : 일본의 제3대 대마도 번주(藩主)인 소우 요시자네(宗義眞,
1639~1702)를 가리킴.
1773) 도서(圖書) : 인신(印信). 조선시대 예조에서 대마도주나 여진인에게 구리로 만들어
주었던 도장. 이 도장이 찍힌 서계(書契)를 가져오는 사람에게만 우리나라와의 통상
을 허락하였음.

矣. 是時 金淸城錫胄爲右相 南相國九萬爲兵判. 其後 一如公言 朝野
始服公明識.

144 甲子後筵中 金淸城錫胄 請加設兩南邊將[1775] 簇簇[1776]羅列於海邊.
忠正公方爲御營大將 竭力爭之 以爲, "我國三面際海 濱海而望 何處
不虞 何處不緊畏乎? 今若以海防之疎 虞而隨處設堡 則必將國內騷然
民不堪命矣. 方今已設之邊將 其麗[1777]孔殷[1778] 民疲於誅求 國弊於耗
費 又何可益其數 而耗國害民乎?" 肅廟下敎曰, "卿將臣 言何爲若是?"
公對曰, "要在事理之便宜而已. 何可以將臣 必欲設無益之防 費有限
之財 以擾民乎? 臣旣明知其事之利害 國之安危 而不力爭 則是不忠
也. 決知其不可加設也." 淸城不能難[1779] 遂止. 自甲子至今 五十年之
間 海防無警[1780]. 若非公言 是時加設之數 殆將半百. 五十年之間 半百
邊將 所需幾何? 其蠹國害民[1781]何如哉! 公之智 裨國事於無形之地 公
之惠 抒民力於不知之域 人無有知(之)者(可嘆).

145 左議政老峯閔公鼎重[1782] 才猷[1783]敏達[1784] 諳練[1785]事務. 外王父忠

1774) 연하(輦下) : 연곡지하(輦轂之下). 임금의 타는 수레의 아래라는 뜻으로, 서울 도성
　　(都城)을 말함.
1775) 변장(邊將) : 조선시대 변방을 지키는 종3품 첨사(僉使), 종4품 만호(萬戶), 종9품
　　권관(權管)을 통틀어 이르던 말.
1776) 족족(簇簇) : 빽빽하게 들어선 모양.
1777) 려(麗) : 법망(法網)에 걸려듦.
1778) 공은(孔殷) : 매우 성함. 매우 많음. 매우 급박함. 매우 긴급함.
1779) 난(難) : 막다. 물리치다. 비난하다.
1780) 무경(無警) : 경보(警報)가 없음. 경계하여 미리 알리는 일이 없음.
1781) 두국해민(蠹國害民) : 나라를 좀먹고 백성들을 해침.
1782) 민정중(閔鼎重, 1628~1692) : 조선조 효종 때의 문신. 자는 대수(大受), 호는 노봉
　　(老峰), 본관은 여흥(驪興), 민광훈(閔光勳)의 아들. 시호는 문충(文忠).

正公 以廟堂[1786]有司之任 同時在朝. 凡有所論 列事理之是非得失 他相多未領會[1787] 獨閔公輒欣然契悟[1788]. 每於心會[1789]處 嘖嘖嗟歎曰, "是矣, 是矣." 隨事必諮 有言必從. 外王父晚年 未嘗不稱之 亹亹[亹亹][1790]不已 以爲有知己之感. 後老峯爲己巳[1791]群小所搆誣 竄歿[1792]於西塞[1793] 慘矣. 老峯卽驪陽國舅[1794]之兄. 是時 仁顯王后[1795] 遜處[1796]私邸 戕害[1797]后之叔[仲]父如此 是可忍也 孰不可忍也? 雖然 逢迎[1798]上意 廢黜母后之賊 又何可責哉!

1783) 재유(才猷) : 재주와 꾀.

1784) 민달(敏達) : 눈치가 빠르고 민첩하여 모든 일에 환하게 통달함.

1785) 암련(諳練) : 아주 익숙하게 알고 있음. 모든 사물에 정통함.

1786) 묘당(廟堂) : 조선시대 의정부(議政府)를 달리 이르던 말.

1787) 영회(領會) : 사물이나 사건의 내용을 연구하여 깨달음. * 옷깃이 서로 만났다 헤어졌다 한다는 뜻에서, 운명(運命)을 이르기도 함.

1788) 계오(契悟) : 깨달음. * (불교) 자신이 본래 갖추고 있는 청정한 성품을 그대로 체득하여 깨달음.

1789) 심회(心會) : 마음으로 이해함.

1790) 미미(亹亹) : 부지런히 힘쓰는 모양. 지칠 줄 모르는 모양. 끊임없는 모양.

1791) 기사(己巳) : 1689(숙종15)년, 남인이 득세하고 서인정권이 몰락한 기사환국(己巳換局)이 일어난 해.

1792) 찬몰(竄歿) : 귀양 가서 죽음.

1793) 서새(西塞) : 서쪽의 변방. 민정중이 유배 간 곳은 평안북도 중북부의 벽동(碧潼)이었음.

1794) 여양국구(驪陽國舅) : 조선조 숙종의 장인인 민유중(閔維重, 1630~1687)을 가리킴. 민유중의 자는 지숙(持叔), 호는 둔촌(屯村), 본관은 여흥, 민광훈(閔光勳)의 아들, 민정중(閔鼎重)의 아우. 시호는 문정(文貞).

1795) 인현왕후(仁顯王后, 1667~1701) : 조선조 제19대 임금인 숙종의 계비. 본관은 여흥(驪興). 아버지는 여양부원군(驪陽府院君) 민유중(閔維重), 어머니는 은진송씨(恩津宋氏).

1796) 손처(遜處) : 물러나 거처함.

1797) 장해(戕害) : 참혹하게 상처를 내어 해침.

1798) 봉영(逢迎) : 남의 뜻을 맞추어 줌.

146 外王父忠正公 嘗奉使日本. 老峯閔公問曰, "禮段銀[1799] 公將何以
處之?" 忠正公答曰, "此事實爲難處. 古人有投諸海者 或有移充[1800] 公
木[1801]還給倭國者. 所謂投水 無可憑準[1802] 極涉[1803]可疑. 移充倭貢[1804]
身得美名 國受其恥 寧持歸而給於度支 使用公費 實甚便好. 而雖然度
支 如或上達 若命使之領受[1805] 則其狼狽如何哉? 此所以爲難處也."
閔公曰, "公言誠是矣. 何不如是行之?" 公答曰, "若有領受之命 則公
能陳白還寢[1806] 而使歸度支 則當如敎." 盖閔公方任時相故也. 閔公笑
曰, "此則似難矣." 公答曰, "然則雖有慊於國體 移充倭貢之外 似無他
道矣." 及歸三使臣 禮幣沒數[1807] 留之萊府 使充倭貢. 嶺南之民 千百
爲群聚會 路傍上手稱謝 歡聲如雷. 公爲駐車 召民人問曰, "汝輩所謝
者何事?" 民人曰, "聞老爺 以倭國禮段銀 移充倭貢 以蠲[1808]一道民役
故 來謝耳." 公曰, "不然. 倭國禮幣 留之萊府 以充公用 其減上納[1809]
與下納[1810] 未可知. 惟俟國家處分. 我何可私減民稅? 汝輩誤知 宜退
去." 民人輩憮然自失[1811]而去. 肇與倭講和之後 嶺南貢稅 分半給倭

1799) 예단은(禮段銀) : 외교상 예물로 쓰는 은.
1800) 이충(移充) : 다른 곳으로 옮겨 충당함.
1801) 공목(公木) : 조선시대 일본과의 공식 무역에서 일본 사신이 가지고 온 개인 상품의
　　　대가로 내주던 무명.
1802) 빙준(憑準) : 표준으로 삼는 근거.
1803) 극섭(極涉) : 지극히. 너무도.
1804) 왜공(倭貢) : 조선시대 왜인들에게 공급하던 물품.
1805) 영수(領受) : 영수(領收). 돈이나 물품을 받아들임.
1806) 환침(還寢) : 환수(還收). 임금이 내렸던 명을 취소하는 일. * 침소로 돌아옴.
1807) 몰수(沒數) : 진수(盡數). 수량의 전부.
1808) 견(蠲) : 없앰.
1809) 상납(上納) : 세곡 따위를 중앙에 바치는 일.
1810) 하납(下納) : 세곡 따위를 지방 관아에 바치는 일.
1811) 무연자실(憮然自失) : 크게 낙심하여 자신의 존재를 잊을 정도로 허탈해하거나 멍한
　　　모양.

納於國者 謂之上納 給倭者 謂之下納. 槩以此充倭貢. 不蠲民役 則下
納小而上納多故 不欲作私惠 欲其德澤之歸於國家 如是爲言也. 及其
復命之日 白于上曰, "使臣禮段 使充倭貢 嶺南民人 來謝於道傍. 臣果
答之如此. 雖然 今年通信使往來 嶺南勞役多矣. 朝家若以此蠲減民役
則庶償其勞矣." 上命依其數 特減嶺南貢稅. 其實皆公之惠 而南民終
不知. 此誠古人之事 世之爲方伯守令者 莫不煦煦[1812]. 然爲私惠滔
滔[1813]者皆是 或至恩歸於己 怨歸於國者多矣. 其視公此擧何如哉?

147 閔右相鎭長[1814] 老峯之子也. 性至孝 隨侍老峯 至謫所. 凡左右就
養[1815] 及旨物[1816]之養 無不自盡其誠. 及其遭艱[1817] 謫所返櫬[1818]之際
哀毁[1819]哭泣之節 一路觀者 莫不嗟歎 爲之流涕. 關西之民 至今稱之
爲閔孝子. 其母夫人 平生抱病 或不省事故 閔公常時晝夜侍側如櫛髮.
饋飯之節 手自親執[1820] 不敢少懈. 遭罹乙亥丙子[1821]大侵之灾[1822] 以賑
恤[1823]主管堂上 殫心竭力[1824] 饋粥給糧 所濟活甚衆. 連以兵戶判 專掌

1812) 후후(煦煦) : 온정을 베푸는 모양. 아첨하여 웃는 모양. 선웃음을 치는 모양.
1813) 도도(滔滔) : 사조(思潮) · 유행(流行) · 세력(勢力) 등이 걷잡을 수 없이 성한 모양.
1814) 민진장(閔鎭長, 1649~1700) : 조선조 숙종 때의 문신. 자는 치구(稚久), 본관은 여흥
    (驪興), 민정중(閔鼎重)의 아들. 송시열의 문인. 시호는 문효(文孝).
1815) 취양(就養) : 부모 곁에서 음식 따위를 돌보아 드림.
1816) 지물(旨物) : 맛있는 음식.
1817) 조간(遭艱) : 당고(當故). 부모의 상을 당함.
1818) 반츤(返櫬) : 사람이 외지에서 죽어 형편상 그곳에 임시로 매장을 하였다가, 후일
    고향 또는 선산 등으로 관을 옮겨와 다시 장사지내는 일.
1819) 애훼(哀毁) : 부모의 죽음을 슬퍼하여 몸이 몹시 여윔.
1820) 수자친집(手自親執) : 남을 시키지 아니하고 손수 행함.
1821) 을해병자(乙亥丙子) : 대기근을 겪었던 1695~1696(숙종21~22)년.
1822) 대침지재(大侵之灾) : 매우 큰 흉년이 든 재앙.
1823) 진휼(賑恤) : 흉년을 당하여 가난한 백성들을 도와주는 일.
1824) 탄심갈력(殫心竭力) : 마음과 힘을 다함.

國家機務 夙夜盡瘁[1825] 未能享壽 終歿於其母夫人膝下. 可謂有忠孝
大節也. 其後 筵臣[1826]白上 命旌其閭.

148 老峯閔公 當辛亥大饑[1827] 以賑恤主管堂上 忘身殉國竭力濟活. 是
時 國內大饑 八路流民 襁負其子 咸聚京師 留接於郊外 如雲如海. 公
逐日親自臨視 饋粥給糧 莫不各適其宜. 饑民輩 左餐右粥 得以全活.
時癘氣彌滿 疾疫無數. 公連日薰染[1828] 因得天行病[1829]. 終不臥調 强
疾[1830]自力 五月着貂皮煖帽 逐日出往郊外 坐而退熱. 其誠意之勤篤
氣稟之剛强 至今稱之. 甲戌乙亥[1831] 又遭大歉[1832] 三年荐饑[1833] 有甚
於辛亥. 而老峯之子右相公 又當賑恤之任. 能繼舊迹 至誠濟活 都
民[1834]稱之. 古人謂, '三世爲將 道家所忌.' 槩以其殺人之多 恐有陰禍
也. 昔于公[1835]曰, "活千人 子孫有封 因高大其門閭." 然則 殺人而遘
禍 活人而蒙福 理之常也. 今者 國家不幸 運値中否[1836]. 數十年間 再

1825) 숙야진췌(夙夜盡瘁) : 밤낮으로 몸이 여위도록 마음과 힘을 다해 애씀.
1826) 연신(筵臣) : 경연(經筵)에 참가하여 임금에게 경전을 강하는 신하.
1827) 신해대기(辛亥大饑) : 1671(현종12)년의 대기근.
1828) 훈염(薰染) : 감염(感染)됨. * 좋은 감화(感化)를 주거나 받음.
1829) 천행병(天行病) : 계절성을 띠면서 강렬한 유행을 일으키는 병. 전염병.
1830) 강질(强疾) : 병을 무릅쓰고. 병중에.
1831) 갑술을해(甲戌乙亥) : 1694~1695(숙종 20~21)년.
1832) 대겸(大歉) : 큰 흉년, 또는 흉년이 크게 듦.
1833) 천기(荐饑) : 거듭 기근(饑饉)이 듦. 흉년이 연이어짐.
1834) 도민(都民) : 도성(都城)의 백성들.
1835) 우공(于公) : 중국 한(漢)나라 때 사람. 옥사(獄事)를 처리하는 것이 공평하여 남은
덕이 있었는데 스스로 이르기를, "후세에 자손들 가운데 반드시 출세할 이가 있을
것이니 문려(門閭)를 크게 하여 고거(高車)와 사마(駟馬)가 들어갈 수 있게 하라."고
했는데, 과연 아들인 우정국(于定國)이 승상이 되었음. 이를 우공고문(于公高門)이
라 함.
1836) 운치중비(運値中否) : 국운(國運)이 도중에 막힘.

遭振古所無之凶荒 而公之父子 前後當國 竭誠救活 論以常理 是宜有
報施之道 子孫繁昌. 而老峯只有一子. 右相公生五子 五子中兩子 僅
至三四十 其他或不滿二十而夭札[1837]無餘. 遭詛祝[呪]之變[1838] 掘得埋
凶[1839]無數. 今其後孫不過數人云. 理之不可知如此.

149 吳始壽[1840]獄事 槩緣甲寅[1841]顯廟大喪時 淸國致祭勅使再來 伊時
象胥輩[1842]傳言. 嘗問再致祭[1843]之由於虜譯 答云, "爾國臣强主弱故
皇上特悲. 國王受制[1844]强臣 爲之再祭爾." 吳始壽以儐使[1845] 歸奏其
語. 及庚申[1846]更覈其事. 使使燕者 問於其時虜譯 則云, "伊時但言,
'朝鮮兩班鼻强[1847].' 未嘗有受制强臣之語." 終歸於始壽造言誣上 鞫
廳[1848]大臣 請參酌賜死. 臺官以嚴鞫正刑[1849]論啓[1850]. 忠正公以大

1837) 요찰(夭札) : 전염병에 걸려 일찍 죽음.
1838) 저주지변(詛呪之變) : 저주로 인해 일어난 재앙이나 불행.
1839) 매흉(埋凶) : 특정인이 사망하거나 질병에 걸리도록 저주(詛呪)하는 의미로, 흉한
     물건을 만들어 일정한 장소에 파묻는 행위.
1840) 오시수(吳始壽, 1632~1681) : 조선조 숙종 때의 문신. 자는 덕이(德而), 호는 수촌
     (水邨), 본관은 동복(同福), 오정원(吳挺垣)의 아들. 1680년(숙종6년) 우의정 재직
     중 경신대출척(庚申大黜陟)으로 유배되었다가, 앞서 청나라 조제사(弔祭使)가 왔을
     때 왕에게 왕약신강설(王弱臣强說) 등 허위 보고를 했다는 이유로 탄핵받고 사사되
     었음.
1841) 갑인(甲寅) : 1674(현종15)년.
1842) 상서배(象胥輩) : 역관(譯官)들.
1843) 치제(致祭): 임금이 제물과 제문을 보내어 죽은 신하를 제사 지내던 일. 또는 그
     제사.
1844) 수제(受制) : 통제를 받음.
1845) 빈사(儐使) : 외국 사신 일행을 맞아 접대하는 관원.
1846) 경신(庚申) : 경신대출척(庚申大黜陟)이 일어난 1680(숙종6)년.
1847) 비강(鼻强) : 콧대가 억셈.
1848) 국청(鞫廳) : 조선시대 역적 등의 중죄인을 신문하기 위하여 설치하던 임시 관아.
1849) 정형(正刑) : 조선시대 죄인을 사형(死刑)에 처하던 형벌.
1850) 논계(論啓) : 신하가 임금의 잘못을 따져 아룀.

諫¹⁸⁵¹⁾引避¹⁸⁵²⁾云, "始壽之罪 犯人情之所同嫉 明示典刑¹⁸⁵³⁾ 固無不可.
而第言根 是異國之人證左¹⁸⁵⁴⁾ 又象胥之輩嚴鞫之請 亦出於此. 而始
壽曾在近君之列 亦難加以刑訊¹⁸⁵⁵⁾. 請貸死栫棘¹⁸⁵⁶⁾." 檗公之本意 始
壽憸嫉廷臣 矯誣¹⁸⁵⁷⁾上躬¹⁸⁵⁸⁾ 則罪死無惜 而情實終涉難明¹⁸⁵⁹⁾. 在獄
體¹⁸⁶⁰⁾宜嚴刑象胥輩 至死不服 然後可及於始壽. 其時 象胥輩交作浮
言 媚悅¹⁸⁶¹⁾當國之人. 及其時移勢去之後 諉¹⁸⁶²⁾之於始壽. 象胥則一辭
抵賴¹⁸⁶³⁾ 而不爲嚴刑鞠問 徑殺大臣 獄體無據. 且不可導小主¹⁸⁶⁴⁾ 以殺
大臣 乃爲此啓. 大抵時議奔波 打成一片¹⁸⁶⁵⁾. 凡臺啓所發 皆循一時.
主論之意 不敢以一人之見 有所從違. 而忠正公 平生志節 元無苟
同¹⁸⁶⁶⁾立朝之意 爵祿之念 邈若雲霄 孰能禦之? 以此大忤時議. 翌年

1851) 대간(大諫) : 대사간(大司諫). 조선시대 사간원(司諫院)의 정3품 으뜸 벼슬.

1852) 인피(引避) : 공동으로 책임을 지고 일을 피하던 일. 직무상 거북한 처지에 있어 그
     벼슬을 사양하여 물러나거나 또는 은퇴하여 후진에게 길을 열어줌.

1853) 전형(典刑) : 예로부터 전하여 내려오는 법전(法典). 한번 정하여져 변하지 아니하
     는 법.

1854) 증좌(證左) : 참고가 될 만한 증거.

1855) 형신(刑訊) : 형문(刑問). 고문(拷問). 죄인의 정강이를 때리며 캐묻던 일.

1856) 천극(栫棘) : 귀양살이하는 중죄인의 거처에 가시나무로 울타리를 둘러 쳐서 출입을
     제한하던 일. * 가난한 사람이 옷이 없어서 밖에 나가지 못함을 의미하는 말로도
     쓰임.

1857) 교무(矯誣) : 이리저리 꾸며대어 남을 속임.

1858) 상궁(上躬) : 임금 또는 임금의 옥체.

1859) 종섭난명(終涉難明) : 끝내 밝히기 어려운 데 이름.

1860) 옥체(獄體) : 형벌의 모양이나 갖춤새.

1861) 미열(媚悅) : 아첨(阿諂)함. 남의 환심을 사거나 잘 보이려고 알랑거림.

1862) 위(諉) : 핑계를 댐.

1863) 저뢰(抵賴) : 변명을 하며 신문(訊問)에 복종하지 아니함.

1864) 소주(小主) : 나이 어린 임금. 여기서는 숙종을 가리킴.

1865) 타성일편(打成一片) : 하나로 집약됨. 본래는 불교용어로, 피아(彼我)·주객(主客)·
     선악(善惡)·호오(好惡) 등 모든 상대적 대립 관념을 타파하여 차별이 없는 평등의
     세계로 조화시키는 것을 말함.

終不免奉使日本 而文谷金相國壽恒 以當國領相 積怒在中 陳於前席
極言詆斥[1867] 至以生梗[1868]. 鄰國爲言 槩始壽貸死[1869]之論 朝廷一經翻
覆 戈戟相尋[1870]. 實有'范文正[1871]他日手滑[1872] 吾輩亦不免.'之慮 其實
正爲. 伊時 當國大臣 而發金相隘塞[1873] 不知此義 反怒公之崖異[1874]
卒致始壽於死 而身亦終不免霄[宵]小[1875]之手 可悲也. 忠正公終無一
毫介懷[1876]之意. 平生每提及金公 則必稱文谷 言語每加尊敬 沒身無
異. 槩金公之於公 六年以長 老峯之於公 七年以長. 兩公皆以大臣當
朝. 時公職在正卿[1877]之列 以事體[1878]極其敬待. 雖在家言語 必尊敬不
替 沒世如此. 其氣量之大 風流之厚 可見.

150 忠正公之爲通信使也. 金相壽恒 旣詆毁於前席[1879] 至以生梗鄰國

1866) 구동(苟同) : 구합(苟合). 분별없이 남의 말에 찬동하거나 영합(迎合)함.
1867) 저척(詆斥) : 남을 헐뜯어 욕하며 배척함.
1868) 생경(生梗) : 두 사람 사이에 불화가 생김.
1869) 대사(貸死) : 사형(死刑)을 사면(赦免)함.
1870) 과극상심(戈戟相尋) : 창과 칼을 서로 겨눔.
1871) 범문정(范文正) : 중국 북송(北宋) 때의 학자이자 정치가인 범중엄(范仲淹, 989~1052)을 가리킴.
1872) 수활(手滑) : 일에 숙달되어 민활(敏活)해서 자제하지 못함을 이름. 송나라 경력(慶曆) 연간에 근시(近侍)가 죄를 범하자, 집정대신들은 모두 그의 정상을 무겁게 여겨 그를 죽이기를 청하였으나 오직 범중엄(范仲淹)만은 아무 말 하지 않고 물러 나와 신료들에게 경계하기를 "공들이 폐하께 법 밖의 규정으로 가까운 신하를 죽이도록 권하는데, 비록 일시적으로 마음이 상쾌할지는 모르나 폐하로 하여금 수활하게 해서 는 안 된다."라고 하니, 여러 신료들이 아무 말도 하지 못하였다는 고사가 있음.
1873) 애색(隘塞) : 궁색(窮塞)함.
1874) 애이(崖異) : 모가 나서 남과 다름.
1875) 소소(宵小) : 소인(小人).
1876) 개회(介懷) : 개의(介意). 어떤 일 따위를 마음에 두고 생각하거나 신경을 씀.
1877) 정경(正卿) : 조선시대 정2품 이상의 벼슬을 이르던 말.
1878) 사체(事體) : 사리(事理)와 체면(體面)을 아울러 이르는 말.
1879) 전석(前席) : 임금이 신하의 이야기를 더 잘 들으려고 앞으로 나와 바짝 다가앉는

爲言. 而當時旣視日本爲死地 人多厭避. 因此必遞 則亦有故避之嫌
故 公只數次陳疏而已. 初不介懷[1880] 怡然就道. 歸後 連以備邊司有司
堂上[1881] 與金同在廟堂者數年. 備局之規 凡係廟謨[1882] 大臣與有司 叅
論裁決啓草. 大臣呼之 則有司進大臣之前 隨其所言 而手書草本例
也. 忠正公甞與從兄義谷鄭相[1883]從容言. 公曰, "久與領相周旋於廟堂
每進前執筆 心常踧踏[1884] 不敢安我. 旣不見知於彼 彼於心中 以我爲
不韙之人[1885]. 而强與之同事 彼將以我爲何如哉?" 鄭公曰, "君不見領
相氣色乎? 近觀其意 顯有愧悔於君者. 隨事諮問 有言必用極有敬服
之意. 人之幾微之色[1886] 豈不知之耶?" 其後戊辰[1887]冬 金相遭嚴旨[1888]
屛居[1889]郊外. 是時 適有太祖影幀奉還全州慶基殿[1890]之事 上特命金
相陪行. 時忠正公 方爲大司馬[1891]. 金相甥侄[姪]李領相濡[1892] 於忠正

것을 말함. 진 효공(秦孝公)이 상앙(商鞅)과 대화를 하다가 자기도 모르게 앞으로
나와 앉았다는 고사, 한 문제(漢文帝)가 선실(宣室)에서 가의(賈誼)와 귀신에 대한
이야기를 나누다가 바짝 다가앉아 경청했다는 고사가 전함.

1880) 개회(介懷) : 개의(介意). 어떤 일 따위를 마음에 두고 생각하거나 신경을 씀.

1881) 유사당상(有司堂上) : 비변사의 업무를 전담하여 맡아보는 정3품 이상의 당상관.

1882) 묘모(廟謨) : 조정에서 세우는 국가 대사에 관한 계책(計策).

1883) 의곡 정상(義谷鄭相) : 정재숭(鄭載嵩)을 가리킴. 정재숭에 관해서는 제123화 주 참조.

1884) 축적(踧踏) : 조심하는 모양. 조심하여 걷는 모양.

1885) 불위지인(不韙之人) : 올바르지 못한 사람. 좋지 못한 사람.

1886) 기미지색(幾微之色) : 얼굴에 나타나는 어떤 낌새나 조짐.

1887) 무진(戊辰) : 1688(숙종14)년.

1888) 엄지(嚴旨) : 임금의 엄중한 명령.

1889) 병거(屛居) : 세상에서 물러나 집에만 있음.

1890) 경기전(慶基殿) : 전라북도 전주시 풍남동에 있는 누전(樓殿). 조선 태조의 영정(影
幀)이 봉안되어 있음.

1891) 대사마(大司馬) : 조선시대 병조판서를 달리 이르던 말.

1892) 이유(李濡, 1645~1721) : 조선조 숙종 때의 문신. 자는 자우(子雨), 호는 녹천(鹿川),
본관은 전주(全州). 세종의 다섯째 아들인 광평대군 여(廣平大君璵)의 후손. 이중휘
(李重輝)의 아들. 시호는 혜정(惠定).

公爲姻親. 金相抵書於李相云, ‘我之情地[1893] 危蹙[1894]至此. 意外忽
膺[1895]是命 萬無造朝之望[1896] 不往亦涉偃蹇[1897] 進退路窮 莫知所處
問議於兵判以示.’云. 李相來傳金言而問之. 忠正公答曰, “我則此爺
受是命之初 已有所料量. 往役之義[1898] 似不敢辭. 宜勿陳疏冀免 直爲
入來奉命 往來亦勿復命 自城外直爲退還 則去就之義 似爲穩當.” 李
相曰, “當以此相報.” 其後 金相一如忠正公之言. 盖其愧悔敬重之意
可見.

151 肅宗朝戊辰[1899] 景宗[1900]誕生. 寔出於儲位[1901]久虛 臣民顒望之
餘[1902]. 而己巳[1903]春 上忽下二品以上命召會議之命. 議以王子立以爲
元子 以常理論之. 在廷之臣 宜無異辭. 而是時 上有廢后之志 而恐廷

1893) 정지(情地) : 딱한 사정에 있는 처지.

1894) 위축(危蹙) : 위태롭고 긴박함. 불안하고 곤궁함.

1895) 응(膺) : 받음.

1896) 조조지망(造朝之望) : 조정에 복귀할 희망.

1897) 언건(偃蹇) : 거드름을 피우며 거만함.

1898) 왕역지의(往役之義) : 임금의 명을 받고 나아가 복무하는 의리. 만장(萬章)이 맹자에
게 "서인(庶人)이 군주가 자신을 불러 부역을 시키면 가서 부역을 하고, 군주가 그를
만나보고자 하여 부르면 가서 보지 않는 것은 어째서입니까?" 하고 묻자, 맹자는
"나아가 복무하는 것은 의(義)요, 가서 만나 보는 것은 의가 아니기 때문이다.[往役義
也 往見不義也]"라고 하였음. 조정에서 나라의 일을 위하여 부를 때에는 개인의 사정
을 돌보지 말고 나아가서 일하는 것이 의리에 합당하다는 뜻임.

1899) 무진(戊辰) : 1688(숙종14)년.

1900) 경종(景宗, 1688~1724) : 조선조 제20대 왕. 재위 1720~1724. 이름은 윤(昀), 자는
휘서(輝瑞), 본관은 전주(全州). 숙종의 맏아들로, 어머니는 희빈 장씨(禧嬪張氏), 비
(妃)는 심호(沈浩)의 딸 단의왕후(端懿王后)이고, 계비는 어유구(魚有龜)의 딸 선의
왕후(宣懿王后). 능호는 의릉(懿陵)으로 서울시 성북구 석관동에 있음.

1901) 저위(儲位) : 세자(世子)의 자리.

1902) 우망지여(顒望之餘) : 우러러 바라던 결과.

1903) 기사(己巳) : 1689(숙종15)년, 남인이 득세하고 서인정권이 몰락한 기사환국(己巳換
局)이 일어난 해.

臣不從故 兇徒潛自醞釀[1904] 挾熙[希]載[1905]圖之. 國言[1906]喧藉[1907]洶
洶[1908] 有朝夕將發之慮[1909]. 而忽有此擧 諸臣危怖[1910] 莫知所對. 上敎
有如以爲不可者 幷宜退去之語故 壺谷南判書龍翼[1911] 有'退則退矣.'
之語 上震怒簒之. 外王父忠正公 以兵判入對[1912]. 晚年嘗語其時事曰,
"諸臣入侍 前席之後 上以元子之定號[1913] 下詢吾意 則未及入對 已料
其爲此事 心中預念其仰對之辭. 欲引明德王[皇]后[1914]事仰白, '今若
中宮取以爲子 則便是元子別無定號之事.'爲言矣. 及入伏榻前之後 竊
自思之. '卽今中外洶洶 壺位[1915]有朝夕難保之憂. 我若如是爲言 而上
敎萬一 因此觸激[1916] 言端遂及於中宮[1917] 則是當此危懼之際 便是因
我激發 我將爲罪首[1918].' 故不得已思之又思 不敢盡其說 因進曰, '漢

1904) 온양(醞釀) : 남을 모함하기 위하여 없는 죄를 꾸며 냄. 마음속에 어떠한 생각을 은근
   히 품고 있음. * 술을 빚어 담금.
1905) 장희재(張希載, ?~1701) : 조선조 숙종 때의 무신. 본관은 인동(仁同), 역관 장현(張
   炫)의 종질이며, 희빈장씨(禧嬪張氏)의 오빠. 희빈 장씨가 숙종의 총애를 받게 되자
   그 덕으로 금군별장에 이어 총융사가 되었음. 1694년 인현왕후가 복위된 뒤 제주에
   유배되었다가 인현왕후 사후 극형을 받았음.
1906) 국언(國言) : 나라의 여론.
1907) 훤자(喧藉) : 여러 사람의 입으로 퍼져서 왁자하게 됨.
1908) 흉흉(洶洶) : 분위기가 술렁술렁하여 매우 어수선함. * 물결이 세차고 물소리가 매우
   시끄러움.
1909) 장발지려(將發之慮) : 곧 일어나지 않을까 하는 우려.
1910) 위포(危怖) : 불안하고 두려움.
1911) 남용익(南龍翼, 1628~1692) : 조선조 숙종 때의 문신. 자는 운경(雲卿), 호는 호곡
   (壺谷), 본관은 의령(宜寧), 남득붕(南得朋)의 아들. 시호는 문헌(文憲). 희빈 장씨가
   낳은 아들을 원자로 삼는 데 반대하다가 명천에 유배되어 죽었음.
1912) 입대(入對) : 궁중에 들어가 임금을 알현하던 일.
1913) 정호(定號) : ('원자(元子)'라는) 명호를 정함.
1914) 명덕황후(明德皇后) : 중국 후한(後漢)의 제2대 황제 명제(明帝)의 황후인 마씨(馬氏).
1915) 곤위(壺位) : 곤위(坤位). 왕후(王后)나 황후(皇后)의 지위.
1916) 촉격(觸激) : 부딪쳐 격동(激動)시킴.
1917) 중궁(中宮) : 중전(中殿). 중궁전(中宮殿). 왕비를 높여 이르던 말.
1918) 죄수(罪首) : 죄인의 우두머리.

之明德皇后 取章帝¹⁹¹⁹⁾爲巳[己]子 豈非美事? 而卽今王子幼沖¹⁹²⁰⁾ 事
涉太遽¹⁹²¹⁾.'云云. 退憂金公壽興¹⁹²²⁾ 以原任¹⁹²³⁾入侍聞此言 欣然進曰,
'我朝亦有之懿仁王后¹⁹²⁴⁾.' 未及畢說 余於心中以爲, '我亦非不知此
所引不好故 只發明德事. 此老誤引 必狼狽矣.' 纔說懿仁王后字 天怒
震疊¹⁹²⁵⁾厲聲曰, '此豈引證之事¹⁹²⁶⁾乎?' 槩懿仁取光海爲子故也."外
王父又曰, "有一朝臣 伏於我後 遽曰, '此殿下家事.'云云. 余心中驚駭
'未知何許奸人 亦不讀書 不知事之出處 而爲此言也.' 不覺回首而視
之 乃睦林一¹⁹²⁷⁾也."

152 外王父忠正公 氷蘖之操¹⁹²⁸⁾ 特其餘事¹⁹²⁹⁾ 而惟恐人知之淸白¹⁹³⁰⁾ 只
是平生主意¹⁹³¹⁾. 前後居官 內則常祿¹⁹³²⁾外無一物用手 外則喫飯之外公

1919) 후한 장제(後漢章帝, 57~88) : 중국 후한의 제3대 황제. 재위 75~88. 이름은 유달(劉
炟). 명제(明帝)의 다섯째 아들. 친모는 귀인 가씨(貴人賈氏), 명덕황후(明德皇后) 마씨
(馬氏)에게 입양됨. 묘호(廟號)는 숙종(肅宗), 시호는 효장황제(孝章皇帝).

1920) 유충(幼沖) : 나이가 어림.

1921) 사섭태거(事涉太遽) : 일이 너무 급작스러움.

1922) 김수흥(金壽興, 1626~1690) : 조선조 숙종 때의 문신. 자는 기지(起之), 호는 퇴우당
(退憂堂). 본관은 안동. 김상헌(金尙憲)의 손자. 김광찬(金光燦)의 아들. 김수항(金壽
恒)의 형. 시호는 문익(文翼).

1923) 원임(原任) : 전관(前官). 전에 그 벼슬자리에 있던 벼슬아치.

1924) 의인왕후(懿仁王后, 1555~1600) : 조선조 제14대 왕 선조(宣祖)의 왕비 박씨. 본관
은 나주(羅州). 반성부원군(潘城府院君) 박응순(朴應順)의 딸. 1569(선조2)년 왕비에
책봉됨.

1925) 진첩(震疊) : 존귀한 사람이 몹시 성을 내어 그치지 아니함.

1926) 인증지사(引證之事) : 인용하여 증거로 삼는 일.

1927) 목임일(睦林一, 1646~1716) : 조선조 숙종 때의 문신. 자는 사백(士伯), 호는 청헌(靑
軒). 본관은 사천(泗川). 목내선(睦來善)의 아들.

1928) 빙벽지조(氷蘖之操) : 곤궁하면서도 청렴결백한 지조.

1929) 여사(餘事) : 그다지 중요하지 않은 일.

1930) 청백(淸白) : 청렴(淸廉)하고 결백(潔白)함.

1931) 주의(主意) : 주장이 되는 요지나 근본이 되는 중요한 뜻.

家物不敢私用爲心故 累典雄藩¹⁹³³⁾ 先墓一片石 不敢生意經營. 常自言
(曰), "江都留守¹⁹³⁴⁾ 極是厚祿 而與京官 同逐朔頒祿¹⁹³⁵⁾ 便是常廩¹⁹³⁶⁾
心欲經營碑役. 每月初 除出朔料數石 別置私庫. 而兩弟在京 貧無以爲
生. 不得已使之 逐朔送馬載去故 終無餘者."爲敎. 己巳¹⁹³⁷⁾ 休退之後家
屬窮 無以自活 如貂帽¹⁹³⁸⁾金帶¹⁹³⁹⁾章服¹⁹⁴⁰⁾之屬 盡數斥賣¹⁹⁴¹⁾以過.

153 外王父忠正公 自少不喜華美. 所着衣服 只從家人所進而着之 不自
知其新舊美惡故. 曾爲嶺南伯 是時 嶺伯除挈[挈]眷¹⁹⁴²⁾故 家眷不得往
而凡四時衣服 皆自家中造送. 嘗製寄寒衣¹⁹⁴³⁾ 恐道間霑濕¹⁹⁴⁴⁾ 翻其表
裏而裹送. 及其經冬 入春之後 始脫而還送. 家人見之 因當時所送 反
其表裏而着之 已垢弊矣. 表從祖¹⁹⁴⁵⁾左議政尹公¹⁹⁴⁶⁾ 爲北伯¹⁹⁴⁷⁾時 率往

1932) 상록(常祿) : 일정한 녹봉(祿俸).

1933) 웅번(雄藩) : 규모가 큰 고을.

1934) 강도유수(江都留守) : 조선시대에 고려 때 임시도읍이었던 강화도(江華島)에 두었던
3품 이상의 지방관.

1935) 축삭반록(逐朔頒祿) : 조선시대 매달 초하룻날마다 나누어주던 녹봉.

1936) 상름(常廩) : 일정하게 비축하여 두는 곡식.

1937) 기사(己巳) : 1689(숙종15)년, 남인이 득세하고 서인정권이 몰락한 기사환국(己巳換
局)이 일어난 해.

1938) 초모(貂帽) : 담비 털로 만든 모자.

1939) 금대(金帶) : 금띠. 조선시대 정2품의 벼슬아치가 조복(朝服)에 띠던 띠. 가장자리와
띠 등을 금으로 아로새겨서 꾸몄음.

1940) 장복(章服) : 관디. 옛날 벼슬아치들의 공복(公服).

1941) 척매(斥賣) : 헐값으로 마구 팖.

1942) 제설권(除挈眷) : 가족을 데리고 부임하지 못하게 하던 일.

1943) 한의(寒衣) : 추위를 막는 겨울옷.

1944) 점습(霑濕) : 물기에 젖음.

1945) 표종조(表從祖) : 외종조(外從祖).

1946) 윤공(尹公) : 조선조 숙종 때의 문신인 윤지선(尹趾善, 1627~1704)을 가리킴. 윤지
선의 자는 중린(仲麟), 호는 두포(杜浦), 본관은 파평(坡平), 윤강(尹絳)의 아들, 윤지
완(尹趾完)의 형.

其庶母. 庶母適送布之 有黃色而極細者於外家 家人製袍以進. 忠正公
不知其爲何物而着之. 徐領相文重¹⁹⁴⁸⁾ 平生喜華侈故 潛因連家人¹⁹⁴⁹⁾
問其出處 求覓而服之. 習性之異如此.

154 外王父四五歲時一日 姑母蔡湖洲¹⁹⁵⁰⁾夫人 忽送人招之. 出示象牙
扇子一柄 制樣窮極奇巧. 仍曰, "有人賣此 請以僧頭扇¹⁹⁵¹⁾十柄易之.
將欲買而給汝招之." 忠正公以四五歲兒 便棄擲不顧 請勿買. 湖洲夫
人喜曰, "小兒亦不好 此誠奇事." 因還給其人而送之. 槩自少天性如
此. 公晚年手把白僧頭扇 皆已垢弊. 兒子芝秀¹⁹⁵²⁾兒時 適進前擧扇與
之曰, "此扇吾把三年矣. 給汝曾孫."爲敎. 其事稀貴 藏之至今 以示後
孫云. 常敎子孫曰, "晏子¹⁹⁵³⁾一狐裘三十年¹⁹⁵⁴⁾ 不但儉德而已 亦出於
着之之精¹⁹⁵⁵⁾. 年少輩不可放倒¹⁹⁵⁶⁾散亂¹⁹⁵⁷⁾衣裳."爲敎.

1947) 북백(北伯) : 함경감사(咸鏡監司). 함경도관찰사(咸鏡道觀察使).
1948) 서문중(徐文重, 1634~1709) : 조선조 숙종 때의 문신. 자는 도윤(道潤), 호는 몽어정
    (夢漁亭), 본관은 달성(達城), 서정리(徐貞履)의 아들. 서원리(徐元履)에게 입양(入
    養). 시호는 공숙(恭肅).
1949) 연가인(連家人) : 대대로 서로 친하게 사귀어 오는 집안의 사람.
1950) 호주(湖洲) : 조선조 효종 때의 문신인 채유후(蔡裕後, 1599~1660)의 호. 제49화
    주 참조.
1951) 승두선(僧頭扇) : 합죽선(合竹扇)의 일종으로, 부채의 목 아래 부분이 중의 머리같이
    둥글다 하여 붙여진 명칭임.
1952) 박지수(朴芝秀, 1700~1741) : 조선조 영조 때의 문신. 본관은 고령(高靈), 박양한(朴
    亮漢)의 아들.
1953) 안자(晏子) : 중국 춘추시대 제(齊)나라의 정치가인 안영(晏嬰). 자는 평중(平仲). 평
    소 검소한 생활을 실천하였음.
1954) 호구삼십년(狐裘三十年) : 중국 춘추시대 제(齊)나라의 안자(晏子)가 한 벌의 갖옷을
    30년이나 입었다는 것으로, 그 검약(儉約)함을 기리는 말
1955) 착지지정(着之之精) : 의복을 착용하는 정신.
1956) 방도(放倒) : 마음을 놓아 정신이 혼미해짐.
1957) 산란(散亂) : 흩어져 어지러움.

인명색인

옮긴이 **김동욱**

성균관대학교 국어국문학과 졸업
한국정신문화연구원 한국학대학원 문학석사
성균관대학교 대학원 문학박사
현재 상명대학교 한국어문학과 교수

저서 : 《고려후기 사대부문학의 연구》, 《고려사대부 작가론》, 《따져가며 읽어보는 우리 옛
　　　이야기》, 《실용한자·한문》, 《대학생을 위한 한자·한문》, 《중세기 한·중 지식소통
　　　연구》, 《양심적 사대부 시대적 고민을 시로 읊다》, 《한국야담문학의 연구》

역서 : 《완역 천예록》(공역), 《국역 동패락송》(천리대본), 《국역 기문총화》 1–5, 《국역 수촌
　　　만록》, 《옛 문인들의 붓끝에 오르내린 고려시》 1·2, 《국역 청야담수》 1–3, 《국역
　　　현호쇄담》, 《국역 동상기찬》, 《국역 학산한언》 1·2, 《국토산하의 시정》, 《새벽 강가
　　　에 해오라기 우는소리》 상·중·하, 《교역 태평광기언해》 1–5, 《국역 실사총담》 1·2,
　　　《교역 오백년기담》(장서각본), 《국역 동패락송》 1·2(동양문고본), 《교역 언해본 동패
　　　락송》, 《천애의 나그네》(백사 이항복의 중국 사행시집), 《붉은 연꽃 건져 올리니 옷에
　　　스미는 향내》, 《이별의 정표로 남겨 둔 의복》(한유와 태전의 교유를 소재로 한 우리
　　　한시), 《국역 잡기고담》, 《국역 구활자본 오백년기담》

국역 매옹한록 上

2016년 7월 28일 초판 1쇄 펴냄

지은이 박양한
옮긴이 김동욱
펴낸이 김흥국
펴낸곳 보고사

책임편집 이경민
표지디자인 손정자

등록 1990년 12월 13일 제6-0429호
주소 경기도 파주시 회동길 337-15 보고사 2층
전화 031-955-9797(대표), 02-922-5120~1(편집), 02-922-2246(영업)
팩스 02-922-6990
메일 kanapub3@naver.com / bogosabooks@naver.com
http://www.bogosabooks.co.kr

ISBN 979-11-5516-575-1
   979-11-5516-574-4 94810 (세트)
ⓒ 김동욱, 2016

이 도서의 국립중앙도서관 출판예정도서목록(CIP)은 서지정보유통지원시스템 홈페이지(http://seoji.nl.go.kr)와 국가자료공동목록시스템(http://www.nl.go.kr/kolisnet)에서 이용하실 수 있습니다.(CIP제어번호: CIP2016016478)